Editora
Charme

SEDUTOR
DE NOVA YORK

Autoras Bestseller do *New York Times*

PENELOPE
VI KEEL

Copyright © 2019. Park Avenue Player, by Penelope Ward and Vi Keeland.
Direitos autorais de tradução© 2020 Editora Charme.

Todos os direitos reservados.
Nenhuma parte desta publicação pode ser reproduzida, distribuída ou transmitida sob qualquer forma ou por qualquer meio, incluindo fotocópias, gravação ou outros métodos mecânicos ou eletrônicos, sem a permissão prévia por escrito da editora, exceto no caso de breves citações consubstanciadas em resenhas críticas e outros usos não comerciais permitido pela lei de direitos autorais.

Este livro é um trabalho de ficção.
Todos os nomes, personagens, locais e incidentes são produtos da imaginação da autora. Qualquer semelhança com pessoas reais, coisas, vivas ou mortas, locais ou eventos é mera coincidência.

1ª Impressão 2020

Produção Editorial - Editora Charme
Designer da capa - Letitia Hasser, RBA designs
Fotógrafo - Hudson Taylor
Adaptação da capa e Produção Gráfica - Verônica Góes
Tradução - Alline Salles
Revisão - Equipe Charme

Esta obra foi negociada por Brower Literary & Management.

FICHA CATALOGRÁFICA ELABORADA POR
Bibliotecária: Priscila Gomes Cruz CRB-8/8207

W256s	Ward, Penelope
	Sedutor de Nova York/Penelope Ward; Vi Keeland; Tradução: Alline Salles; Revisão: Equipe Charme. Campinas, SP: Editora Charme, 2020.
	388 p. il.
	ISBN: 978-65-87150-39-0
	Título Original: Park Avenue Player
	1. Ficção norte-americana	2. Romance Estrangeiro - I. Ward, Penelope. II. Keeland, Vi. III. Salles, Alline. III. Equipe Charme. VI. Título.
	CDD - 813

www.editoracharme.com.br

Editora
Charme

SEDUTOR
DE NOVA YORK

Tradução: Alline Salles

Autoras Bestseller do *New York Times*
PENELOPE WARD
VI KEELAND

CAPÍTULO 1

Elodie

Às vezes, eu queria ser feia. Talvez não feia do tipo nossa-que-nariz-gigante, só-três-dentes-e-todos-pretos, cicatriz-ao-longo-da-bochecha e cabelos-finos-ralos — porque preciso me olhar no espelho de vez em quando —, mas seria bom entrar no bar e não ser secada por todo babaca corretor de ações de terno extravagante.

Pareço amarga? Desculpe. Mas os bares de corretores de ações no centro sempre me irritam. Corretores não são apenas vendedores de carros usados em ternos mais chiques? Se são tão bons em escolher ações, por que não estão em casa contando seus milhares de dólares ganhos com investimentos de alto rendimento em vez de vender conselhos para outros investirem?

Eu estava minimamente grata pelo cara desta noite não ser um corretor de ações.

Falando nisso... Meu alvo tinha acabado de me notar. O babaca sedutor demorou um minuto inteiro para erguer o olhar até o meu rosto. Pelo menos esse traidor era exatamente como na foto que nos deram: alto, atlético, cabelo escuro lambido para trás, maxilar quadrado e nariz arrogante. *Olhos semicerrados.* Um olhar, e eu sabia que desviaria para o outro lado se isso não fosse um trabalho.

Meu oponente desavisado era um advogado do Upper West Side — um advogado do show business com uma tendência de transar com vedetes que ainda não haviam aprendido a olhar através do terno de lã de três mil dólares e enxergar o lobo.

Nosso orçamento não reembolsável era de quarenta horas para esse trabalho. Eu apostaria que conseguiria terminar em uma fração desse tempo. *Humm... talvez eu aposte.* Soren sempre gostava de uma apostinha. Claro que ele venceria de qualquer jeito, já que isso me motivava a finalizar o trabalho rapidamente, o que, por sua vez, significava que eu estava livre para começar outro em seguida.

Só que eu esperava que não aparecessem mais trabalhos como esse. Eu tinha uma entrevista para um emprego *de verdade* na noite seguinte — um que não envolvia ser apalpada diariamente — e, com sorte, essa merda acabaria logo.

Sentindo Larry, o advogado, me devorar do outro lado do bar de novo, pisquei sedutoramente ao olhar para cima e lançar a ele meu melhor sorriso você-é-um-ricaço-durão-e-eu-sou-só-uma-garotinha-meio-velha-idiota. Só por diversão, adicionei uma jogada do meu cabelo naturalmente platinado enquanto erguia os seios grandes em sua direção. Sua esposa sem peitos tinha mencionado que ele preferia loiras com peitões.

Está com sorte, Larry. Olhe aqui. Venha pegar, cachorrão.

Quando terminei de enviar a mensagem sobre a aposta para Soren, o advogado traidor já estava ao meu lado.

— Parece que está precisando de uma bebida — ele disse.

Mordi o lábio e olhei para baixo, fingindo timidez por alguns segundos, então ergui meus grandes olhos azuis para ele.

— Não costumo beber com estranhos.

Ele me ofereceu sua mão.

— Garrett Lopresti.

E assim começa. Mentira número um, *Larry Mercer.*

Colocando minha mão na dele, nos cumprimentamos.

— Sienna Bancroft.

Ele não soltou.

— Agora não somos estranhos, não é, Sienna?

Eu sorri, como se estivesse lisonjeada por sua atenção. Como se homens atraídos por pernas longas e peitos grandes fossem a razão da minha existência. Quando meu celular tocou, eu sabia que era Soren.

— Com licença, um minuto.

Soren: Leo acabou de chegar. Deve entrar a qualquer minuto.

Elodie: Estou com sorte. Ou devo dizer que *Larry* está pensando que está com sorte com Sienna esta noite. O que me diz da aposta?

Soren respondeu segundos depois.

Soren: Finalize este trabalho em quatro horas ou menos que eu vou dobrar o pagamento.

Desculpe, Larry/Garrett. Nem vai ter um gostinho esta noite. Mas o que vai ter... é exatamente o que merece.

Joguei meu celular dentro da bolsa e inclinei a cabeça timidamente.

— Você falou em bebida?

Às vezes, me sentia mal em relação ao que eu fazia. Havia dois lados em toda história, e nós só ficávamos sabendo de um deles. Algumas vezes, as mulheres que nos contratavam eram vadias cruéis. Apesar de isso ainda não dar a nenhum homem o direito de trair. Vá embora, Futuro Sr. Traidor. Sempre havia essa opção.

No entanto, às vezes pegávamos uma esposa cruel com um marido que levamos semanas para filmar sequer o mínimo sinal de infidelidade. Talvez eu tivesse uma parcela de culpa nesses trabalhos. Mas *esta noite* com certeza não era desse tipo.

Trinta minutos após Garrett sugerir que nos sentássemos em uma cabine para termos mais privacidade, sua mão com aliança estava no meu joelho debaixo da mesa. *Desprezível demais.* Ainda assim, eu precisava continuar a farsa, sabendo que Leo não conseguiria gravar a mão com sua câmera do outro lado do bar.

Queria que ele tirasse a mão do meu joelho.

Queria que ele se afastasse de mim.

Então joguei sujo. A câmera não iria gravar o que eu dizia.

Ele estivera encarando meus lábios nos últimos minutos como se estivesse prestes a devorá-los. Detestava quando algum dos meus trabalhos me beijava na boca — ou me beijava em qualquer lugar, na verdade. Então, definitivamente, seria bom um empurrãozinho na direção certa. O desgraçado abriu a porta, possibilitando que eu o chutasse para dentro.

— E aí, o que me diz de sairmos daqui? — ele sugeriu. — Ir para sua casa?

Me inclinei e baixei a voz.

— Não tenho uma amostra do que vou ter antes de ir para casa?

— Linda, você pode ter tudo o que quiser. O que tem em mente?

— Bem... — Apertei os braços nas laterais do meu corpo, fazendo meus seios pularem da minha blusa já bem decotada, exibindo uma quantidade generosa de decote.

Seus olhos seguiram.

— Meu pescoço é bem sensível. Gosto que chupe a pele debaixo da orelha.

— Posso fazer isso. Mas o que você vai *chupar* em mim em troca?

Engoli a bile na garganta e forcei um sorriso.

— O que você quiser.

Nem tive uma chance de me preparar e ele já estava em cima de mim. Sua boca foi direto para o meu pescoço. Deixei-o começar a dar alguns beijos e chupadas nojentos antes de olhar por cima, para onde eu sabia que Leo estava posicionado. Ele me deu um aceno rápido, e eu empurrei Larry para trás e menti entre os dentes cerrados.

— Isso foi muito gostoso. Vamos para minha casa. Estou *morrendo* de vontade de te dar uma boa chupada também.

— Indique o caminho.

— Me dê dois minutos para ir ao banheiro me refrescar.

Ele pegou minha mão e a colocou em sua ereção através da calça.

— Estaremos bem aqui te esperando. Vá rápido.

— Oh, vou, sim.

Minha saída sempre era bem planejada. Alguns dias antes, eu tinha ido ao bar e encontrado uma saída de emergência no fim do corredor que levava ao banheiro. Como era nos fundos do lugar, eu tinha estacionado meu carro na rua de trás do bar.

Abrindo a porta, passei rápido por ela e inspirei fundo o ar fresco. Precisaria ir para casa tomar banho depois de os lábios daquele cara terem encostado em mim. Porém, por enquanto, eu tinha terminado. Enviei uma mensagem conforme seguia para o carro.

Elodie: Pronto. A cada minuto, nasce um otário.

Soren respondeu rapidamente.

Soren: Está se referindo a mim por causa da nossa aposta ou a Larry, o advogado?

Elodie: Ambos. Valeu pelo dinheiro extra. Te vejo no dia do pagamento.

Bang!

Merda.

Fechei os olhos. Essa era a última coisa de que eu precisava. Estava quarenta e cinco minutos adiantada para minha entrevista, mas não era tempo suficiente para lidar com um acidente. Coloquei o carro em ponto morto, tomando cuidado para deixá-lo exatamente na posição em que ocorrera o acidente, e saí. O para-choque da frente do meu antigo Jeep Wrangler tinha um pequeno amassado e alguns arranhões, porém o outro carro sofreu o maior impacto da batida. Seu pneu de trás estava chiando e já meio vazio. A roda amassou bastante para dentro e pressionou contra o pneu. A Mercedes chique que parecia novinha pareceu quase implodir com o impacto.

— Que porra foi essa? Só pode estar de brincadeira comigo. — O motorista da Mercedes saiu do carro e se juntou a mim para olhar o estrago, passando a mão pelo cabelo. — Você não me viu? Eu estava fazendo baliza para estacionar.

Claro. Não só tinha batido em um carro que provavelmente valia uns cem mil dólares, como o motorista tinha um maxilar de um deus grego. Imaginei que ele teria que ser maravilhoso para combinar com seu carro ostentação. Não gostei dele logo de cara.

— Eu cheguei primeiro. Você começou a fazer baliza *depois* que eu já tinha começado a entrar.

— Começado a entrar? Acho que não. Você tentou entrar enquanto eu já estava dando ré para estacionar na vaga. Não havia ninguém atrás de mim quando comecei.

Minhas mãos voaram para a cintura.

— Oh, sim, eu estava atrás. Você simplesmente não me viu. Parei atrás de você e aguardei. Quando não se mexeu por um minuto, até buzinei. Então, pensei que estivesse simplesmente parado em fila dupla, e eu poderia estacionar na vaga. Se não tivesse pisado tanto no acelerador, teria tido tempo de me ver e parar antes de bater em mim.

Ele ergueu as sobrancelhas rapidamente.

— Bater em *você*? — Ele apontou para seu carro. — Acho que é bem óbvio quem bateu em quem pelo estrago.

Eu o ignorei.

— O quê? Você estava no celular ou algo assim?

Ele fez careta.

— Espero que tenha seguro.

— Não. Dirijo por aí sem seguro. — Revirei os olhos. — Só porque não dirijo um carro chique como você não significa que sou criminosa.

O sr. Mercedes bufou.

— Tenho um compromisso agora. Podemos apenas trocar dados e seguir caminho?

Peguei meu celular e comecei a tirar fotos do estrago.

— Não. Precisamos fazer um B.O.

— Isso vai demorar uma ou duas horas, no mínimo. Não precisamos de um B.O. para um acidente tão óbvio.

— Vai admitir que foi sua culpa para sua seguradora? Porque, enquanto *você* pode conseguir arcar com a franquia, eu não posso.

— Não vou admitir que foi culpa minha, porque *não foi* minha culpa.

— É por isso que precisamos de um B.O.

O sr. Mercedes resmungou algo que não consegui entender e tirou o celular do bolso. Presumi que estivesse ligando para a polícia. Mas, aparentemente, não estava. Ouvi enquanto falava raivoso com quem quer que fosse do outro lado da linha.

— Fale para Addison que estou atrasado e para começar sem mim.

Sem *oi* ou *alô*. O homem podia ser bonito e dirigir um carro bacana, mas era grosseiro. Deslizou o dedo para desligar sem falar tchau também.

Minha expressão, ao que parece, não escondeu o desdém.

O idiota olhou para mim.

— O que foi?

— Espero que não seja sua esposa. Você não foi muito educado.

Ele semicerrou os olhos para mim.

— Preciso fazer outra ligação. Por que não faz alguma coisa de útil e liga para a polícia enquanto isso?

Que imbecil. Dei a volta para o outro lado do meu carro a fim de pegar o documento e as informações do seguro no porta-luvas. Quando voltei para onde o sr. *Grosseiro* Mercedes estava falando raivoso no telefone de novo, seus olhos grudaram nas minhas pernas. Balancei a cabeça e liguei para a polícia.

O operador atendeu.

— 190. Qual é a emergência?

— Oi. Acabei de me envolver em um acidente na esquina da Park Avenue com a 24.

— Certo. Alguém está machucado e precisando de atendimento médico?

Cobri o celular e perguntei ao outro motorista:

— Está machucado em algum lugar? Estão perguntando se precisamos de atendimento médico.

Sua resposta foi curta.

— *Estou bem.* Só fale para eles se apressarem.

Voltei ao operador.

— Não, obrigada. Ambos estamos bem. Aparentemente, os únicos estragos foram em nossos carros e na *educação* do outro motorista.

O sr. Mercedes fez careta para mim.

Fiz careta de volta.

Depois que desliguei, ergui minha papelada para ele.

— Por que não trocamos os dados do seguro antes de a polícia chegar? Eu *também* tenho um compromisso importante.

Ele pegou os documentos do seu carro e a habilitação na carteira. Tirei uma foto da identidade de Hollis LaCroix. Naturalmente, ele realmente morava na Park Avenue — isso vinha com todo o pacote. Depois de tirar uma foto do seu seguro, vi que ele ainda estava analisando minha habilitação quando terminei.

— Posso garantir que é verdadeira, se é isso que está pensando.

Ele tirou uma foto dela e a entregou para mim junto com a papelada.

— Connecticut, hein? Explica muita coisa.

Peguei minhas coisas do sr. Grosseiro Hollis LaCroix.

— Tipo o quê?

— Você não saber fazer baliza.

Estreitei os olhos.

— Para seu governo, sou muito boa motorista.

Ele inclinou a cabeça em direção ao seu carro.

— Tenho um estrago de dez mil dólares que diz o contrário.

Balancei a cabeça.

— Você é um idiota. Sabia disso?

Eu podia jurar que vi seu lábio se erguer, como se ele tivesse gostado de me provocar. Felizmente, a polícia chegou, então não precisei mais aguentá-lo. Depois de conversar com o policial e dar a minha versão da história, fui sentar no meu carro. A polícia conversou, então, com Hollis. Meu estômago roncava enquanto os dois homens conversavam do lado de fora, então peguei a sacola de guloseimas que tinha comprado para assistir filmes com Bree na noite seguinte e abri uma caixa de bala de menta. Comer a bala me fez sentir que estava na plateia assistindo a um show — um show com um protagonista bonito pra caramba.

Hollis era lindo mesmo. Alto, ombros largos, cintura fina, pele bronzeada, cabelo escuro que passava um pouco do ombro e não combinava muito com seu terno imaculadamente sob medida. Mas seus olhos verdes brilhantes e os cílios escuros é que eram de parar o trânsito.

Como se ele sentisse que eu estava encarando, olhou para o meu carro, e nossos olhos se encontraram. Não me dei ao trabalho de desviar o olhar e fingir que não estivera observando-o. *Dane-se ele*. Se ele podia olhar para minhas pernas, eu podia olhar para seu rostinho bonito. Quando ele não parou de encarar, abri um sorriso excessivamente zeloso cheio de dentes e claramente falso.

Dessa vez, não me enganei quanto à erguida de boca, principalmente porque foi seguida de um sorriso completo. Hollis desviou o olhar, voltando-se para conversar com o policial, e eu senti que havia ganhado uma competição não verbal de encarar. Quanto terminaram e o policial se aproximou do meu carro, eu tinha acabado a caixa de balas.

— Certo, srta. Atlier. Este papel tem o número do seu B.O. Pode entrar na internet e pegar o B.O. de verdade entre vinte e quatro horas e quarenta e oito horas, ou passar na delegacia e solicitar uma cópia.

Peguei o papel.

— Obrigada. Você colocou que o acidente não foi culpa minha?

— Eu listei os fatos. É a seguradora que atribui a porcentagem de culpa a cada motorista.

Suspirei.

— Certo. Obrigada. Mais alguma coisa? Porque tenho um compromisso, e realmente tenho que ir.

— Não, senhorita. Se seu carro estiver andando, está livre para ir. O sr. LaCroix precisa esperar um guincho.

— Ok. Ótimo. Tenha um bom dia, policial.

— Você também. E tome cuidado na direção.

Parecia estranho ir embora sem falar nada para Hollis. Então aguardei um minuto, até o policial voltar para o carro e partir. Então saí do carro e fui até a Mercedes. Hollis estava apoiado no porta-malas, mexendo no celular.

— Humm... precisa de alguma coisa? — perguntei. — Uma carona ou algo assim?

— Acho que você já fez bastante coisa por hoje. Obrigado.

Deus, por que fui perguntar?

— Ótimo. — Dei um sorriso hipócrita e fingido. — Tenha uma boa vida.

CAPÍTULO 2

Hollis

Addison ia acabar com a minha raça por estar atrasado. Eu tinha lhe pedido o favor de começar as entrevistas, mas perdi a primeira inteira. Olhei para o meu relógio. Provavelmente, a segunda já deveria estar terminando também agora.

O elevador chegou ao décimo quinto andar, e entrei pelas portas duplas de vidro, jogando minha maleta no balcão da recepção. Todo mundo já tinha ido embora, porém ouvi vozes vindas da sala de reunião no fim do corredor. Eu já estava atrasado, então passar no banheiro não iria fazer mal.

Gritei para avisar Addison que era eu que tinha chegado.

— Addison, é o Hollis. Estarei aí em um minuto.

— Que bom que resolveu aparecer! — ela gritou. — Talvez precise substituir esse Rolex espalhafatoso que usa por um Timex.

Eu a ignorei e fui para o banheiro masculino. Precisava mijar desde que estava esperando o maldito guincho. Depois de lavar as mãos, tirei o paletó e segui para a entrevista. Com o dia que tivera, realmente torcia para o candidato ser bom. Precisava desesperadamente de ajuda.

Addison havia afastado sua cadeira para trás a fim de olhar para o corredor e me viu aproximando. Ela bateu no relógio.

— Tenho esta coisa há quinze anos. Paguei apenas cinquenta dólares por ele, se me lembro corretamente. Ainda assim, milagrosamente, ele consegue marcar a hora.

— Desculpe o atraso. — Entrei na sala de reunião e me virei para me desculpar com a candidata sentada com as costas viradas para mim. — Uma pessoa bateu no meu carro enquanto eu estava tentando estacionar.

A mulher se virou e começou a falar.

— Que engraçado... Eu... — Ela parou no meio da frase, e eu olhei para baixo a fim de entender o motivo.

Você só pode estar brincando comigo.

Balancei a cabeça, sem acreditar.

— Você?

Seu sorriso desapareceu tão rápido quanto o meu. Ela fechou os olhos e suspirou.

— Olá, Hollis.

Elodie.

Não.

Não pode ser.

Ergui as mãos.

— Certo. Sinto muito, mas isto não vai dar certo. Não quero que perca seu tempo nem o meu. Então, sugiro...

— Está falando sério? Nem vai me dar uma chance porque acha que eu causei um acidente que foi *sua* culpa?

— Só pelo fato de ainda acreditar que não teve culpa demonstra que pode ser um pouco iludida, Elodie. Não é uma característica que estou procurando em se tratando desse cargo.

Addison interrompeu nossa discussão.

— Bom, é muita coincidência vocês dois terem sofrido um acidente, *e* Elodie ser uma das entrevistadas de hoje. Mas vamos seguir em frente. Claramente, você é muito parcial para tomar uma decisão justa nisto, Hollis. Acho que precisa, pelo menos, dar uma chance à srta. Atlier, permitindo que participe desta entrevista como planejado e não a julgue baseado em algo que não tem nenhuma relação com o emprego.

Fechei os olhos, soltando o ar. Tinha sido um longo dia e, na verdade, eu não tinha energia para protestar.

Vamos só acabar com isto.

Massageando as têmporas e sentindo que uma veia no meu pescoço estava prestes a explodir, eu disse:

— Certo. — Me sentei e estendi a mão na direção de Addison. — Me mostre o currículo dela.

Addison me entregou a folha de papel, e eu o analisei. Elodie Atlier de Connecticut tinha sido babá por dois anos, porém isso fora há muito tempo. Depois disso, ela não teve emprego por um bom tempo e, então, passara os dois últimos anos trabalhando para um detetive particular.

— O que você faz exatamente para o detetive particular?

— Humm... um pouco de tudo.

Bufei.

— Esclarecedor. Você parece muito qualificada.

Ela me olhou desafiadoramente.

— Fui babá de gêmeos por dois anos.

— Sim e... o que está fazendo agora? Como *um pouco de tudo* em seu emprego atual a torna qualificada para cuidar de uma criança?

— Bom, eu... faço várias coisas ao mesmo tempo no trabalho. E preciso... lidar com muitos tipos diferentes de pessoas. São duas qualidades para uma boa cuidadora de crianças.

Meu instinto me dizia que ela estava escondendo alguma coisa.

— Me dê um exemplo de como faz várias coisas ao mesmo tempo.

Ela olhou para baixo.

— Bem, eu... às vezes... ajudava com vigilância e como fotógrafa.

Joguei o papel para o lado.

— Então ajudava a *espionar* as pessoas... e o que mais? Tirava selfies? Exatamente como seu emprego atual se equipara à experiência de trabalho relevante, srta. Atlier? — Não pude evitar rir um pouco no fim da pergunta.

— Se lesse além do meu último emprego, veria que minha formação, na verdade, é em educação infantil, e que trabalhei cuidando de gêmeos no Ensino Médio.

— No Ensino Médio. Ótimo. — Suspirei, frustrado. — Acredito que não tenha o tipo de experiência que a tornaria uma candidata adequada para cuidar de uma garotinha de onze anos.

— Tenho que discordar. Acho que minha mais recente área de trabalho me prepara exatamente para esse cargo.

Genuinamente intrigado por sua declaração, inclinei a cabeça.

— Oh, sério? Me conte exatamente qual é a relação, srta. Atlier. Porque, por algum motivo, sinto que não está me contando *tudo* que realmente faz em seu emprego atual.

Seu rosto ficou vermelho.

— Meu emprego me preparou para lidar quase com qualquer coisa. Em minha linha de trabalho, precisei lidar com todos os tipos de pessoas. Precisei aprender autodefesa. Se quiser que teste em você, ficarei feliz. E... também me ensinou a permanecer calma sob pressão. Acho que são qualidades que se aplicam ao cargo em questão. Addison me falou sobre Hailey. Também sou boa candidata porque sei um pouco sobre crianças problemáticas... porque *fui* uma delas.

Meus olhos pairaram nos dela.

— E é para me deixar mais confiante o fato de ter um passado problemático, de não saber dirigir e de ter passado os últimos anos trabalhando para um detetive particular fazendo só Deus sabe o quê, para ser a pessoa certa para o trabalho?

Ela se endireitou na cadeira.

— Vou te falar que sim, precisa ser uma para entender. É por isso que, com certeza, eu seria a melhor pessoa para lidar com uma garotinha que tem problemas familiares. Eu mesma lidei com uma boa parte deles. O histórico de Hailey é bem parecido com o meu. E preciso lembrá-lo de que minha deficiência é em *estacionar*... não dirigir? Na verdade, sou muito boa motorista.

— Isto é uma entrevista de empregou ou uma competição? — Addison interrompeu. — Caramba, vocês dois são peças raras.

Addison tinha razão. Estava ridículo. Eu precisava dar um fim naquilo.

— Com todo o respeito, srta. Atlier, acho que precisamos acabar com isto neste momento.

Os olhos grandes de Elodie se estreitaram.

— Sabe qual é o seu problema? Acha que só porque é rico e poderoso tem o direito de julgar as pessoas.

— Acho mesmo que tenho o direito de julgar as pessoas... esta é uma entrevista para um cargo. É isso que se faz: *se julga os candidatos.*

— Não foi o que eu quis dizer.

Me levantei. Aquilo foi uma perda de tempo desde o início.

— Obrigado por vir, mas você não é a melhor pessoa para um emprego de babá, independente do quanto tente me convencer.

Sua expressão se fechou, e a decepção foi palpável.

— Ok. Bem, não vou ficar aqui sentada implorando por uma chance quando você não quer me contratar. — Ela se virou para Addison. — A verdade é que ele tomou a decisão sobre mim no segundo em que me viu.

— Terei que concordar com você — Addison falou.

— Obrigado pelo apoio, Addison — eu disse, bravo. — Talvez devesse perguntar a Elodie se há alguma vaga para fazer *de tudo* em seu emprego atual.

— Acho que eu gostaria de um emprego em outro lugar por um tempo. Talvez ela e eu possamos trocar por um dia. Ela vai querer morrer aqui. — Addison deu risada. — Oh, vamos, Hollis. Sério mesmo. Você está procurando a Mary Poppins, e ela não existe. Por que não dá uma chance a Elodie?

Eu estava prestes a considerar essa possibilidade por um milésimo de segundo quando Elodie se levantou rápido da cadeira e proclamou:

— Mary Poppins iria cutucar sua bunda arrogante com o guarda-chuva!

E lá se vai qualquer esperança de lhe dar uma chance.

Tchau, Elodie.

Foi bom te conhecer.

Joguei a cabeça para trás, rindo.

— E ela não sabe por que não consegue encontrar um emprego decente.

— Adeus, Hollis. Foi um prazer. — Elodie foi até a porta. — Tenho coisa melhor para fazer do que ser zoada por alguém cego por seu ego.

— Coisa melhor? Envolve bala de menta? — zombei.

Elodie lançou um olhar gelado. Algo nele fez meu pau latejar. Eu estava mesmo me excitando com a briga com aquela mulher?

— Obrigada pela oportunidade, Addison — Elodie disse antes de seguir pelo corredor.

Minha expressão divertida se esvaiu quando me sentei, me virei e vi a cara fechada de Addison. Ela jogou sua pasta em mim antes de sair brava, deixando-me sozinho na sala de reunião.

Girei em minha cadeira, batendo a caneta na mesa. A adrenalina daquela situação estava indo embora. Por mais que pensasse que Elodie não fosse a pessoa certa para o emprego, talvez tivesse pegado muito pesado com ela.

No entanto, definitivamente, ela estava escondendo alguma coisa e, quando eu tinha essa sensação com uma mulher, costumava ficar na ofensiva. Outra coisa pela qual eu poderia agradecer a Anna.

CAPÍTULO 3

Hollis - *14 anos antes*

— Você é muito ruim.

— Eu tenho câncer, cara.

Me estiquei e tirei o boné para trás da cabeça careca de Adam. Ele a havia raspado no dia em que viu a primeira área sem cabelo devido aos tratamentos.

— É. E, se eu descobrisse uma pílula mágica para curá-lo amanhã, você *ainda seria ruim* neste jogo. Então, nem tente se fazer de coitadinho para mim. Já engana a Anna.

Adam balançou suas sobrancelhas inexistentes.

— Talvez eu finja desmaiar da próxima vez que a vir no corredor, só para ela fazer uma respiração boca a boca em mim.

Eu dei um empurrão nele. Ele caiu deitado no sofá, mas o controle não saiu de suas mãos.

— Tire suas mãos da minha garota. — Fingi estar bravo, mas claro que não estava. Adam só tinha treze anos, e minha namorada, quase dezessete. Ele tinha tanta chance com ela quanto de cair uma nevasca em julho em Nova York. Além disso, Adam e eu éramos amigos. Ele não faria isso comigo, mesmo que ainda tivesse força. Ele gostava só de provocar.

E, de qualquer forma, não poderia culpá-lo por olhar. Anna fazia garotos *e* seus pais virarem a cabeça. Não era fácil namorar uma menina gostosa.

— Vamos jogar de novo. O dobro ou nada?

— Você já perdeu dez dólares que sei que não tem. Não sei se quero desgastar meus dedos tentando ganhar os vinte que nunca vou ver.

— Covarde.

Balancei a cabeça e me levantei para reiniciar o jogo. Enquanto voltava para o sofá, a enfermeira Pam entrou na sala.

— Hollis, a enfermeira da sua mãe acabou de ligar. Ela acordou, e você precisa se arrumar para a escola.

— Obrigado, Pam. Vou subir.

— Salvo pela sua *mamãe* — Adam disse. — Eu estava prestes a acabar com você na revanche.

Andei até a porta.

— Claro que estava. Virei mais tarde para te mostrar de novo como se faz.

— Melhor ainda, mande sua mulher me mostrar como se faz.

Dei risada e fui para o elevador. Durante a subida até o nono andar, olhei a hora no relógio do cara ao meu lado. Seis horas já. Nem conseguia me lembrar que horas tinha ido para a ala pediátrica. Devia ser umas três. Adam parecia ser a única pessoa com mais insônia do que eu ultimamente, então imaginei que ele estaria jogando videogame na sala de pacientes da oncologia pediátrica, como geralmente ficava.

Eu tinha descoberto aquele lugar três anos atrás, na primeira vez que minha mãe ficou internada. Ela sempre insistia que eu fosse para casa, porém eu não gostava de deixá-la sozinha, caso precisasse de algo — ou caso alguma coisa mudasse em sua saúde. Nas noites em que eu tinha insônia, ia para a unidade pediátrica — o lugar era cheio de guloseimas e videogame. Foi onde conheci Adam. E Kyle. E Brenden. E, ao longo dos anos, um bando de outros adolescentes que eram jovens demais para ter câncer. Inferno, minha *mãe* era jovem demais.

Essa era a terceira vez que eu via Adam voltar para uma longa estadia. Não gostava de falar sobre sua doença porque, uma vez, ele me contou que jogar videogame juntos o fazia se sentir normal. Eu não o tratava diferente porque estava doente, como todo mundo fazia. Eu fizera isso com as crianças que conheci no começo — deixando-as vencer os jogos, não discutindo sobre quem iria primeiro, ajudando-as a fazer coisas que queriam tentar fazer sozinhas. Aprendi rápido a lição. Tratá-las como qualquer outra criança era o que elas queriam. Principalmente, Adam — a mãe dele o tratava como um copo de vidro, e eu sabia que ele detestava. Não era tão frágil quanto ela pensava. Mas eu também sabia que não era bom sinal ele estar de volta ao hospital. Não era bom para minha mãe também.

Algumas pessoas gostam de falar sobre *o feitiço da terceira vez*. Mas, na minha experiência, a terceira vez das quimioterapias é tudo menos isso. Ao longo dos anos, perdera dois amigos que conhecera ali para o câncer — ambos depois da terceira vez.

Minha mãe estava na quarta vez.

Ela parou de ler o livro que estava lendo quando entrei em seu quarto.

— Aí está você. Estava começando a ficar preocupada de você ter dormido lá embaixo no sofá e se atrasasse para a escola de novo.

— Não. Só passeando e acabando com Adam no GTA.

— Oh. — Mamãe franziu o cenho. — O Adam voltou?

— Sim.

— Sinto muito por isso.

Assenti e peguei minha mochila na poltrona reclinada que era minha cama com frequência.

— Quais são seus planos para hoje enquanto estarei na escola?

A expressão franzida de mamãe se transformou em um sorriso. Jogávamos assim toda manhã quando ela estava no hospital, inventando coisas que iríamos fazer naquele dia.

— Bom, estava pensando em fazer uns bolinhos e passar um café para ir ao Central Park e comer em um cobertor de piquenique, já que o tempo está bom — ela disse. — Depois, vou ao Museu de História Natural por algumas horas, então vou assistir a uma matinê na Broadway, já que é quarta-feira. Pegarei um voo para Boston para comer lagosta no jantar. E você?

Me inclinei e beijei a bochecha dela.

— Estava pensando em gabaritar minha prova de Química e faltar às outras aulas para levar Anna à praia.

Mamãe semicerrou os olhos.

— Espero que a única parte inventada disso seja faltar às aulas, meu jovem. Espero que gabarite a prova de Química.

— Te amo. Te vejo depois da praia. — Dei uma piscadinha. — Quero dizer, da escola.

Anna não me viu chegando.

Ela não havia me dito que planejava me encontrar no hospital esta manhã, mas eu sabia que era ela, mesmo de costas. Depois do mês que passou, eu conseguia identificar sua bunda em uma multidão. Anna Benson era minha amiga desde criança. Seis meses atrás, as coisas mudaram. Eu sempre a amara, mas nunca havia pensado nela desse jeito — até uma noite em que passamos doze horas no pronto-socorro com minha mãe. Anna tinha dormido com a cabeça no meu ombro e, quando acordou, olhou para mim e sorriu. Aqueles grandes olhos castanhos eram da cor de mel e, de repente, eu tinha vontade de doce. Foi como se levasse uma pancada na cabeça. Como eu *não* tinha pensado nela desse jeito antes? Me inclinei e a beijei ali mesmo, na sala de emergência infestada de germes, e nenhum de nós nunca se arrependeu.

Eu ainda a amava como quando éramos crianças, mas agora também a via nua. Então, diria que as coisas tinham mudado para melhor — muito melhor.

Anna estava ocupada folheando um caderno de costas para a porta giratória de vidro, então me aproximei de mansinho e beijei seu ombro exposto por trás.

Ela fechou o caderno rapidamente.

— Kenny, é você?

Abracei-a e apertei.

— Engraçado. Muito engraçado.

Ela se virou para me encarar, abraçando meu pescoço.

— Trouxe café da manhã para você e escrevi o conto que é para hoje na aula de Inglês... sabe, aquele que você esqueceu totalmente.

Trabalho de Inglês?

— Você é a melhor.

— Como está sua mãe?

— Melhor. A contagem de leucócitos subiu um pouco, e ela se levantou e andou um pouco ontem à noite. A cor dela também está melhor. Não está tão cinza. Mas o médico disse que vai demorar. Esta última rodada de quimioterapia detonou mesmo a imunidade dela.

Anna suspirou.

— Bem, que bom que melhorou. O que posso fazer para ajudar? Talvez asse cookies para ela depois da escola e passe na biblioteca para pegar uns livros novos para ela antes de visitar esta noite.

— Na verdade, há uma coisa que você pode fazer para ajudá-la.

— O quê?

Pressionei minha testa na dela e tirei o cabelo do seu rosto.

— Pode faltar as últimas aulas e ir à praia comigo.

Ela deu risada.

— E como isso vai ajudar sua mãe?

— Bem, estou estressado ultimamente, e ela consegue sentir. E isso a deixa estressada, e estresse não é nada bom para sua imunidade já comprometida. Então, um dia na praia, olhando você naquele seu biquíni pequeno de que gosto tanto, me ajudaria a relaxar, o que faria minha mãe relaxar e ajudaria em sua imunidade.

Ela semicerrou os olhos.

— Você é muito mentiroso.

— Não, é sério. — Meu lábio se curvou, mas, de alguma forma, consegui conter meu sorrisinho. — Basicamente, a vida da minha mãe depende disso.

Anna se inclinou no pequeno espaço que nos separava e beijou meus lábios.

— Vou matar aula para ir à praia com você, mas só porque acho que está estressado ultimamente e que será bom ter um tempo livre... *não* porque estou acreditando em toda essa besteira.

Abri um sorriso animado.

— Você é a melhor.

— Mas você também vai voltar para treinar beisebol depois da escola enquanto eu vou para casa e faço cookies para Rose. Então, vai me buscar para me levar ao hospital para visitá-la por algumas horas esta noite e, no caminho, *iremos* parar na biblioteca e pegar uns livros para ela.

— Combinado. — Rocei os lábios nos dela e falei para minhas palavras vibrarem contra eles. — Aliás, amo quando fica mandona.

— Ah, que bom. É melhor se acostumar.

CAPÍTULO 4

Elodie

Após sair da reunião com Hollis, minha garganta estava seca. Aquilo tinha exigido muita energia de mim — para nada. Bem, pelo menos eu tentara. *Nota dez para o esforço, Elodie. Zero por foder com tudo com seu comportamento.*

Estava procurando água e acabei entrando em uma cafeteria no térreo do prédio. Havia café de cortesia em vários recipientes, além de algumas máquinas de snacks. Avistando um refrigerador de água, fui para o outro lado do lugar.

Enquanto estava pegando um copo de papel, vi uma garota sentada, os conteúdos de sua mochila florida Jansport espalhados pela mesa. Ela estava balançando as pernas para cima e para baixo de maneira nervosa.

— Oi. — Sorri.

Ela colocou o dedo indicador sobre a boca.

— Shh.

Olhei em volta. *Ela tinha acabado de me mandar ficar quieta?*

— Por que está me mandando ficar quieta? — Dei um gole na água.

— Não quero que ninguém repare que estou aqui.

— Por que está se escondendo?

— Porque não fui à aula extracurricular de hoje e me meti em encrenca. E não estou preparada para levar bronca.

— Certo. Bem... o que você fez?

Ela suspirou.

— Quando saí da escola, peguei o ônibus para a Macy's. Fui pega roubando batom do balcão da MAC.

Ah.

— Não deveria fazer isso mesmo. Mas sei que já sabe disso. Por que sentiu que precisava roubar? Não pode pedir para alguém comprar para você?

— Não é pelo dinheiro. Eu tinha dinheiro. Tinha um monte de dinheiro no bolso. — Ela fechou os olhos por um instante. — Nem sei por que fiz aquilo, ok?

Deus, é como encontrar eu mesma mais jovem.

— Você rouba pela adrenalina — eu expliquei.

Ela piscou algumas vezes.

— É. Eu... eu acho que sim.

Puxei uma cadeira ao seu lado.

— Quando eu tinha sua idade, fiz algo parecido... roubei tiaras e outros acessórios de cabelo da Claire's no shopping. Também fui pega. E também tinha dinheiro suficiente para comprar tudo.

— Também se meteu em encrenca?

— Bem, meu pai tinha os próprios problemas. Acho que deve ter sido um dos motivos pelos quais roubei... para chamar atenção. Porém, a loja ligou para minha mãe. Obviamente, ela não ficou feliz. — Suspirei. — Como foram as coisas na Macy's? E que cor você escolheu? — Dei uma piscadinha.

— Foi o Ruby Woo Retro Matte.

— Ah... bem vermelho. Ousada.

— É. — Ela sorriu. — A moça que me pegou no flagra não chamou a polícia. Mas, quando lhe disse que tinha matado a atividade extracurricular, ela me fez contar qual era minha escola e, então, ligou para o diretor para contar que eu estava na Macy's. Peguei o ônibus de volta para a escola e, depois, vim para cá.

Terminei de beber minha água.

— Ok, é o seguinte... Apesar de, às vezes, parecer bom fazer coisa ruim, é só uma satisfação temporária. Você só acaba querendo fazer outra coisa, e nunca realmente satisfaz a vontade por muito tempo. Da próxima vez que tentar algo assim, vai se meter em mais encrenca. Em certo momento, essas coisas vão te dar problema, e a moça da loja não será tão legal. Mas eu entendo. Não que seja certo, mas eu entendo por que você fez isso.

— Obrigada por não me julgar. — Ela se levantou e andou até a máquina de snacks. Usando Chucks pink neon, ela parecia ter dez ou onze anos. Batia o pé repetidamente como se pensasse no que comprar. Virando-se para mim, perguntou: — Quer dividir uma barra de Twix?

Meu estômago roncou.

— Oh... não. Não posso. Estou de dieta.

— Que tipo de dieta? Você não é gorda.

— Bom, obrigada. Já comi doce hoje e, quando não estou burlando a dieta, tento comer mais proteína. Chama-se Keto.

Ela arregalou os olhos e cobriu a boca.

— Oh, meu Deus. *Keto*? Nããooo!

Inclinei a cabeça, confusa.

— É, por quê?

— Sua virilha é Keto?

— O quê?

— Sua perereca tem cheiro de bacon?

Fiquei boquiaberta.

— O qu... não! Do que está falando?

— Ouvi falar sobre isso no jornal. Nem sabia o que era Keto. Mas *sei* o que é virilha Keto. Minhas amigas da escola... nós zoamos umas às outras por isso. Tipo "haha, você tem cheiro de Keto".

— Bom, definitivamente, eu *não* tenho cheiro de Keto. De qualquer forma, acho que isso é mito.

— Que bom. — Ela deu risada. — Porque iria feder.

— Literalmente.

— É. — Ela riu.

No que essa conversa se transformou?

Ela abriu a embalagem e deu uma mordida na barra de chocolate.

— Você é muito bonita.

Pega de surpresa pelo comentário gentil, eu disse:

— Obrigada. Você também.

— Como você se chama?

— Elodie. E você?

— Hailey.

Hailey.

Hailey.

Ah, merda. Hailey.

Congelei. Puta merda. Como não liguei uma coisa na outra?

— Seu tio não sabe que você está aqui embaixo?

— Não. Ainda não. Quando não tem ninguém para ficar comigo, às vezes venho para cá depois das atividades extracurriculares. Mas ele não pode saber que faltei hoje. Por favor, não conte a ele... caso o diretor não tenha ligado. Se o diretor contou a ele, estou frita.

— Ãh... ok.

— Então... você conhece meu tio? Trabalha aqui?

— Não. Quero dizer... Não, não trabalho aqui. Mas o *conheço.*

— Sinto muito por saber disso — ela falou. — Brincadeira.

— Eu não tinha ligado os pontos. Sabia que ele tinha uma sobrinha, e sabia que seu nome era Hailey. Só não havia me tocado até agora.

— Então, se não trabalha aqui, como conhece meu tio Hollis?

Eu não sabia se admitia que tinha sido entrevistada para ser sua babá. Não queria falar mal de Hollis na frente dela. E não havia uma boa maneira de contar aquela história sem refletir negativamente nele.

— Seu tio e eu... batemos um no outro mais cedo. Eu estava aqui cuidando das coisas.

— Você estragou o carro precioso dele?

Me encolhi.

— Estraguei.

— Talvez esteja mais encrencada do que eu. Ele gritou com você?

— Não, na verdade. — *Bem, isso não é verdade.*

Ela deu outra mordida na barra de chocolate.

— Sei como tirá-lo do seu pé.

— Como?

— Peça a ele para comprar absorventes noturnos para você. Faz ele ficar quieto.

Dei risada.

— Ok, provavelmente não vou fazer isso, mas obrigada pela dica. — Observei-a e pensei no que ela tinha acabado de falar. — Uau... você... é meio nova para já...

— Tenho onze anos. E já... então não, não sou.

Jesus. Caiu minha ficha de quanto trabalho Hollis tinha herdado. Só conseguia pensar em como deve ter sido avassalador para ele ter assumido essa responsabilidade de repente. Pelo que Addison me contou, ele estava fazendo o melhor que podia para sua sobrinha, porém precisava descobrir as coisas por conta própria. Claro que estava sendo difícil, por isso a necessidade de uma babá.

— Tem certeza de que não quer meu segundo Twix? — ela perguntou. — Eles dão duas barras para que possa dividir uma.

Quando ia abrir a boca para responder, uma voz grave respondeu atrás de mim:

— Se fossem balas de menta, ela iria devorar.

Pulei de susto e me virei com o coração martelando. Hollis tinha entrado na cafeteria. Parecia um professor flagrando duas crianças fofocando, por algum motivo. Seus olhos lindos eram perfurantes.

— Há quanto tempo está aí escutando? — perguntei.

— Desde a virilha de Keto.

Ótimo. Que ótimo.

— Eu estava pegando água. Não sabia que ela era sua...

Ele me interrompeu, virando-se para Hailey.

— Quer me contar por que não foi à atividade extracurricular e roubou uma maquiagem hoje?

— O diretor te ligou?

— Ligou.

— Ok... Sei que não faz sentido. Mas acho que Elodie me ajudou a descobrir por que fiz isso.

Ele olhou para mim e ergueu uma sobrancelha.

— Oh, ela ajudou, é?

— É. E não vou fazer de novo. Juro.

— Posso acreditar nisso?

— Não sou meu pai. Quando digo alguma coisa, estou falando sério.

A expressão de Hollis mudou de raiva para outra coisa. Tristeza? Compreensão, talvez? Por mais curiosa que eu estivesse para ficar e observar a interação deles, não era da minha conta.

— Vou deixar vocês dois conversarem. — Me virei para ela. — Hailey, foi muito legal te conhecer.

— Você também, VK. — Ela deu uma piscadinha.

Demorei um pouco para perceber que era uma abreviação.

Virilha de Keto.

— Tio Hollsy, não fique bravo com Elodie por bater no seu carro. Ela não fez de propósito.

— Menina esperta. Deveria dar ouvidos a ela, *Hollsy*. — Dei uma piscadinha antes de sair de lá.

CAPÍTULO 5

Elodie

Soren estava transando com a nova secretária. Ele estava sentado em sua cadeira executiva de couro alta, as mãos unidas atrás da cabeça e os pés apoiados em sua enorme mesa de madeira escura. E Bambi (sim, ela jurava que esse era seu nome de verdade) estava montada nele, rindo.

Eles não tinham me ouvido entrar, ocupados demais roçando um no outro.

Me sentei na poltrona de visita.

— Que elegante. Posso assistir?

Soren deu risada de como Bambi pulou do seu colo. Ela se desculpou ao voltar correndo para trás de sua mesa. Peguei uma lixa na minha bolsa enorme e tentei salvar uma unha que havia quebrado a caminho do escritório.

— Sabe, poderia ter sido um cliente em vez de mim.

— Não administramos uma loja de chá. As mulheres entram aqui porque seus maridos transam com outras. Aposto que algumas delas iriam gostar de me observar meter na Bambi.

— Você é nojento. Nem faço ideia do porquê trabalho para você.

— Porque te pago muito. — Ele tirou as botas de cima da mesa, e elas fizeram barulho ao encostar no chão. — E eu aguento você. Agora que estou pensando nisso, não sei como *eu* trabalho com *você*.

Sorri.

— Vai sentir minha falta quando eu for embora, não vai?

— Conseguiu o emprego? Aquele de cuidar da criança para o ricaço?

Suspirei.

— Não.

— Por que não?

— Houve um pequeno incidente.

Soren levou sua caneca de café até a boca.

— O que você fez? Derrubou algo nele ou lhe deu uma bronca?

— Nenhum dos dois. Bem, mais ou menos.

— Então por que está sentada à minha frente e não em uma cobertura milionária e chique?

— Me envolvi em um pequeno acidente.

— Outro? Foram quantos até agora? É o terceiro nos últimos dezoito meses? Seu seguro deve ser uma fortuna.

— É impossível fazer baliza. Apesar de que, desta vez, eu nem estava dando ré. Só não consigo entender por que não se pode fazer vagas maiores na rua para as pessoas poderem estacionar mais fácil.

— Porque são quase dois mil por metro quadrado de imposto, querida.

— Acho que vou precisar começar a andar de transporte público.

— Falo isso para você desde que começou aqui. Ninguém dirige. Aprendem a andar de metrô, ao invés.

Suspirei.

Soren colocou sua caneca de café vazia na mesa e uniu as mãos atrás da cabeça de novo, recostando-se na cadeira.

— O que seu acidente tem a ver com não conseguir o emprego que queria? Chegou atrasada ou perdeu a hora da reunião, por acaso?

— Oh. Tive um acidente estacionando no quarteirão de baixo de onde era minha entrevista. Acontece que o motorista, *que não queria admitir que foi o culpado pelo acidente*, era, na verdade, o cara com quem eu tinha entrevista.

Soren jogou a cabeça para trás para rir. Na verdade, ficou roncando de tanto gargalhar.

— Fico feliz por você achar minha vida desastrosa tão divertida.

— Você é um desastre que tem sorte por ser gostosa. Ou você está batendo em alguma coisa, derramando outra ou acabando com a vida de um esquisitão. Seu irmão iria brigar com você pelas merdas que faz. Inferno, ele brigaria com nós dois pelas merdas que deixo você fazer. Na verdade, a única coisa que ele aprovaria é o fato de eu te pagar bem.

Soren tinha sido da marinha, policial e tudo o mais. Tinha sido o sargento do meu irmão mais velho na corporação. Também me deixava escolher os trabalhos que eu queria, fazer meu próprio horário e realmente me pagava *bem* — três das minhas qualidades preferidas em um homem.

Após meu último trabalho com Larry, o advogado, eu esperava ter parado de trabalhar para Soren. Não que não gostasse de ele ter me dado um emprego quando saí do último sem um centavo no bolso e apareci em seu escritório — porque eu gostava. Mas precisava conseguir um emprego por conta própria. Alguém estava me ajudando no auge dos meus vinte e cinco anos. Já era hora, apesar de, aparentemente, não ser hoje, afinal de contas.

— Então, qual é a programação desta semana? — perguntei.

Soren colocou óculos de leitura na ponta do nariz. Eles depreciavam sua frieza insignificantemente.

— Tenho outro traidor para você, se quiser. A esposa chegará às cinco, então preciso que fique por aqui.

— Eu? Ficar por aqui?

Era raro eu conversar com as esposas. Normalmente, as mulheres não eram muito minhas fãs. E Soren pensava que uma mulher já desprezada não precisava que a outra mulher prestes a seduzir seu marido aparecesse em sua frente.

— Essa pediu você especificamente. Falou que foi indicada por uma amiga de uma amiga. Claro que não me contou quem. Não que importe, contanto que ela pague.

Eu deveria ter vestido um sutiã menos rendado hoje. Ou não ter almoçado.

A almôndega tinha derramado molho na minha blusa branca. Soren tinha berrado inesperadamente enquanto eu tentava remover a mancha jogando um pouco de água com bicarbonato de sódio no local, me assustando e me fazendo derramar a garrafa inteira em mim. Agora eu tinha uma mancha gigante vermelha, uma blusa ensopada e um mamilo insolente aparecendo pelo tecido úmido e claro do meu sutiã e da minha blusa.

— Sua cliente das cinco chegou — Bambi anunciou pelo telefone.

Me sentei em uma das poltronas de visita do outro lado da mesa de Soren conforme ele me analisava. Balançou a cabeça e pareceu que estava prestes a reprovar.

— O que foi? A culpa é sua por eu estar assim.

— Culpa minha? Nos dois anos em que você trabalha aqui, depois de comer, nunca saiu deste escritório sem um vestígio na roupa. O bom é que você tem peitos bonitos. A maioria dos homens nem enxerga as manchas com um corpo desse.

— Então pare de me olhar assim. Ignore a mancha como todos os outros babacas fazem.

Soren resmungou e apertou o botão do telefone.

— Mande a sra. Brady entrar, por favor.

Os serviços de investigação particular sobre divórcio de Soren, onde reuníamos provas de que traidores em série eram apenas isso — *traidores* —, eram um dos mais populares que ele oferecia. No entanto, a cliente raramente queria conhecer a mulher que seduziria seu marido, então eu estava curiosa para ver o que diferenciava aquela das outras.

Todas vinham nos contar sobre seus maridos babacas, mentirosos e traidores e, ainda assim, *sempre* estavam prontas para a ocasião. As mulheres com motivos para vir aqui tinham ego ferido, coração partido e falhas na fé no sexo masculino, mas permaneciam altivas ao contar suas histórias. Embonecar-se todas era parte da história não dita que queriam nos contar.

Não é culpa minha.

Meu marido não traiu porque engordei vinte quilos, o recebia com moletom manchado todos os dias quando ele voltava do trabalho e porque não lhe fazia um boquete há dez anos.

Traiu porque é um idiota de caráter duvidoso.

A questão é que... a maioria das esposas provavelmente ficava um pouco *desleixada*, sim — ficava confortável, parava de se cuidar porque estava cuidando de outros. Mas nada disso deveria importar. Essas mulheres não precisavam provar nada. Só de estar aqui, eu já sabia que não importava se elas recebessem seus homens com lingerie de renda e se ajoelhassem. Porque não era culpa do parceiro fiel. Não importava. Era culpa do traidor.

Eu sabia, por experiência própria.

Caroline Brady era pequena. Vestida em um terninho conservador que cobria a maior parte de sua estrutura magra, ela parecia mais uma banqueira do que uma mulher menosprezada. Seu cabelo castanho arrumado era grosso e liso, e corte channel com franja pesada. Metade do rosto estava coberto por enormes óculos escuros. Parecia mais que ela estava tentando esconder olhos que provavelmente estavam inchados de horas infinitas de choro pelo marido de merda.

Soren se levantou e se apresentou, depois olhou para mim.

Amenizei meu tom normalmente arrogante e estendi a mão.

— Sou Elodie. É um prazer conhecê-la, sra. Brady.

Depois de me cumprimentar, ela me olhou de cima a baixo por trinta segundos. Permaneci na postura e a encarei de volta. Podia vê-la me julgando, mesmo escondida atrás dos óculos.

Finalmente, Soren interveio.

— Por que não se senta?

Com os olhos protegidos, ela continuou me olhando por alguns segundos e, então, se sentou.

— O que a traz aqui hoje, sra. Brady?

Sua voz era fria.

— Quero que *ela* durma com meu marido imbecil.

Soren ergueu as mãos.

— Uau. Espere um minuto. Não é o que fazemos aqui. Temo que esteja mal-informada.

Olhei desafiadoramente para ela.

— Não sou prostituta.

Ela franziu os lábios, porém não precisou dizer uma palavra. Sua expressão disse tudo.

Me levantei.

— Sabe de uma coisa, Soren? Na verdade, não vou poder pegar o trabalho da sra. Brady de qualquer forma.

A única coisa que eu sabia de Soren era que ele gostava mais de mim do que de qualquer cliente.

Ele assentiu.

— Sem problema, querida. Por que não vai embora e conversamos amanhã? Tenho bastante trabalho para você.

— Obrigada. — Sorri e não dei a Caroline Brady a satisfação de um último olhar ao sair.

Eu estava perdida em pensamentos enquanto dirigia para Whitestone Bridge. Houve um tempo em que eu realmente gostava do trabalho que fazia para Soren. Meu próprio relacionamento terrível me arruinara tanto que eu precisei de uns anos para acabar com a vida de homens babacas. Toda vez que Leo tirava foto, eu me imaginava registrando a prova e acabando com meu ex, Tobias. Estranhamente, armar para traidores era purificante para mim — e bem mais barato do que uma terapia.

No último segundo, logo antes de virar na ponte para ir para casa, tomei uma decisão repentina. As buzinas soando conforme cortei duas faixas do trânsito para sair da rampa de entrada demonstraram como minha decisão fora de última hora.

Eu estava cansada de trabalhar para Soren, pelo menos no que dizia respeito ao cargo atual. Quando começara a trabalhar lá, ele me dava trabalhos administrativos. Eu tinha certeza de que havia outras coisas que precisavam ser feitas a fim de me manter ocupada. Mas, antes de seguir por esse caminho, antes de me sentar e conversar com Soren, precisava tentar uma última vez o que eu realmente queria.

Fazendo um retorno irregular, voltei para a parte de cima da cidade — de volta ao escritório de Hollis LaCroix. Estava tarde; ele poderia não estar mais lá. Entretanto, eu também tinha uma foto de sua carteira de motorista no celular, e a usaria se fosse preciso.

CAPÍTULO 6

Elodie

Eu não era do tipo de me rebaixar.

Mas me rebaixar para um cara lindo como Hollis *realmente* me deixava desconfortável.

Embora eu quisesse o maldito emprego.

Realmente queria o emprego. Principalmente depois de ter conhecido Hailey e ter percebido que poderíamos mesmo nos dar bem. Então, se precisasse rastejar com o rabo entre as pernas, então hoje eu seria um rato, em vez de um gato.

Parada diante da cobertura no endereço que peguei da carteira de motorista dele, ergui a mão para bater, então abaixei.

Deus, por que ele tem que ser tão bonito? Alto, confiante e de uma estrutura óssea que faria um escultor chorar — ele me lembrava de todos os homens que eu amava odiar. Não queria achá-lo atraente.

Permaneci imponente e bati na porta firmemente. Por fora, eu parecia a pintura da confiança, mas, por dentro, me encolhia e torcia para que ele não estivesse em casa.

Não tive essa sorte.

A porta se abriu, e Hollis franziu o cenho imediatamente.

Tentei começar com o pé direito.

— Deveria ter me desculpado aquele dia. Voltei para retificar isso. O acidente foi tudo culpa minha.

O silêncio pairou entre nós. A expressão de Hollis era ilegível conforme me encarava. Eu sabia que mandar o carro para o conserto era irritante, mas não foi como se eu tivesse matado um gatinho ou algo assim. Infelizmente, o silêncio só me deu outra oportunidade de observar a beleza do homem diante de mim. E o fato de ele ficar mais bonito ainda de roupa casual do que com o terno caro que usava no outro dia me irritou.

— Pode mesmo provar que não estaciono bem? Algumas pessoas não são protegidas por lei federal do trabalho ou algo assim?

Hollis ergueu uma sobrancelha.

— Não sei se motoristas ruins se encaixam nas classes protegidas constitucionalmente, como raça, sexo e preferência religiosa.

Acenei a mão.

— Que seja. E, para seu governo, não sou uma motorista ruim. Só não estaciono bem.

Hollis semicerrou os olhos. Tive a sensação de que ele estava analisando minha sinceridade, tentando decidir o que fazer com minha aparição. Não era o típico cara com quem me deparava; tentar seduzi-lo não me dava permissão para ir aonde eu desejava. Mas permaneci firme enquanto ele me estudava, e mantive contato visual. Eu tinha pisado na bola, e me responsabilizava por isso.

Em certo momento, ele deu um passo para o lado.

— Entre.

Depois de alguns passos pela soleira, uma voz alta veio de algum lugar de dentro do apartamento. O som me fez pular.

— Anna chegou! *Squawk!* Anna chegou! *Squawk!* Anna chegou!

Hollis baixou a cabeça e olhou para baixo.

— Ignore isso. É o meu pássaro.

— Isso foi um pássaro?

Como se ele entendesse o que eu tinha perguntado e quisesse provar, a voz gritou de novo.

— Anna chegou! *Squawk!* Anna chegou! *Squawk!* Anna chegou! — Só que, desta vez, o pássaro complementou sua declaração com o som de asas voando rapidamente, o que validava, de fato, que era um pássaro.

Hollis assentiu para o interior sagrado do seu apartamento.

— Entre. Se ele não vir você, nunca vai calar a boca.

Segui Hollis pela entrada de mármore e entrei na cozinha impecável. Seu apartamento era incrível, com uma sala de estar rebaixada e aberta para a cozinha e vistas surpreendentes do teto ao chão do Central Park — apesar de a vista ser parcialmente obstruída por uma gaiola enorme e branca que ficava ao lado das janelas, abrigando o maior e mais exótico pássaro que eu já tinha visto.

Era lindo. Corpo preto, bico cinza-escuro, rabo preto comprido, uma juba cheia de penas orgulhosas formando um moicano no topo da cabeça e as bochechas coloridas de vermelho, que eram desprovidas de penas. O animal devia ter mais de meio metro.

Andei pelo apartamento e me aproximei da gaiola.

— Uau. Nunca vi um pássaro desse. Qual é?

— É do tipo pé no saco.

— Qual é o nome dele?

— Huey.

— É em homenagem ao cantor Huey Lewis?

— Não. Mas não foi um palpite ruim. É em homenagem a Hugh Jackman.

Dei risada.

— Fã do Wolverine?

Hollis se aproximou e ficou ao meu lado.

— Não mesmo. Ele pertencia à minha ex. É uma cacatua preta australiana. Ela resgatava pássaros feridos e ameaçados e pensou em dar o nome de algum australiano.

O pássaro gritou de novo, me fazendo sorrir.

— Ele é lindo. Sinto muito por eu não ser a Anna.

— Eu não sinto — Hollis resmungou, então se virou e voltou para a cozinha. Abriu a geladeira e disse para mim: — Quer beber alguma coisa?

Humm. Sua educação era bem melhor em casa.

— Não. Estou bem. Obrigada. — Voltei para a cozinha a fim de me juntar a ele.

Ele pegou uma garrafa de água da geladeira, abriu a tampa e se apoiou no balcão da cozinha. Inclinando-a em minha direção antes de levá-la aos lábios, disse:

— A culpa do acidente não foi toda sua.

— O que quer dizer?

Hollis bebeu de sua garrafa de água, me observando por cima dela.

— O prédio da empresa tem um monte de câmeras dentro e fora. Hoje de manhã, fui até a segurança e pedi para eles colocarem a filmagem da hora do acidente. Você fez o que falou. Esperou um pouco e, então, buzinou para ver se eu estava esperando para estacionar naquela vaga.

— Te falei.

— É, mas não acreditei em você. Eu estava no celular e não te escutei.

Arregalei os olhos.

— Então você *estava* no celular, sem prestar atenção, e ainda me fez pensar que a culpa era minha. Eu sabia!

Ele semicerrou os olhos.

— Por que chegou aqui hoje falando que foi culpa sua, se sabe que não foi?

— Sinceramente?

— Não, minta para mim.

Revirei os olhos.

— Porque quero o emprego.

— Por quê?

— Porque gosto de comer.

— Você não está passando fome. Tem um emprego. Se me lembro corretamente, um que você faz bastante *de tudo*.

Suspirei. Hollis não era burro. Ele sabia que tinha algo estranho durante a entrevista. Tomei uma decisão no calor do momento de falar a verdade. Não tinha nada a perder agora.

— Não faço muito trabalho administrativo no meu emprego atual. Uso minha aparência para auxiliar detetives particulares.

— Continue. — Ele cruzou os braços à frente do peito. — Mal posso esperar para ouvir o resto.

— Bem, a firma em que trabalho oferece ajuda em casos de divórcio...

atraindo cônjuges e tirando fotos em situações incriminadoras, geralmente prova de traição. Às vezes, é difícil conseguir a prova, porque, assim que o processo de divórcio começa, o traidor futuro pagador de pensão se torna mais discreto.

— Ok...

— Uma das minhas funções é atrair os traidores. Aparecer em um bar, paquerar um pouco... então, assim que mordem a isca, nosso fotógrafo tira algumas fotos, e finjo que preciso ir ao banheiro. Então saio pela porta dos fundos.

Os olhos de Hollis analisaram meu rosto.

— Eles sempre mordem a isca?

— Está duvidando da minha capacidade?

Seu lábio se curvou.

— Como exatamente você se envolveu nessa profissão?

Suspirei.

— Soren, o dono da firma, foi militar junto com meu irmão.

Hollis coçou o queixo. Hoje ele estava com a barba por fazer, e ficava bem linda nele.

— Você gosta de fazer isso?

A resposta certa, provavelmente, deveria ser não e deixá-lo pensar que eu fazia pelo dinheiro. Mas eu já estava pela metade da minha roupa suja; era melhor já lavar tudo de uma vez.

— No começo, eu gostava. Peguei esse trabalho logo depois do meu divórcio. Fui casada por nove meses com um professor que conheci na faculdade. Resumindo, flagrei ele com uma aluna. Não precisa ser psicólogo para descobrir o que me fez gostar do trabalho no começo.

— E agora? Falou que gostava no começo. Significa que não gosta mais?

Balancei a cabeça.

— Quero virar a página. É difícil fazer isso quando se é lembrada, todos os dias, de todos os motivos pelos quais não está feliz.

Hollis me encarou por um bom tempo.

— Obrigado por ser sincera comigo. — Ele repousou a garrafa de água no balcão da cozinha e colocou as mãos na cintura. — Então é por isso que está aqui? Uma última tentativa de me convencer a contratá-la? Não uma necessidade avassaladora de se desculpar pelo acidente ter sido sua culpa?

— Sinceramente?

— Vamos continuar te dando uma chance, sim.

— Ainda não achava que o acidente tinha sido culpa minha quando decidi vir aqui hoje. Não estaria aqui se não fosse pelo emprego.

O lábio de Hollis se curvou de novo.

— Deixando os empregos anteriores de lado, Addison me contou que tinha perguntado sobre seu histórico de motorista. Nosso acidente não foi sua primeira batida. Tenho certeza de que pode imaginar por que eu ficaria preocupado em você cuidar de Hailey. Pode ser que precise levá-la a alguns lugares.

Meus ombros caíram. Ele tinha razão. Eu nem conseguia estacionar na frente do prédio dele. Por que confiaria em mim para cuidar de sua sobrinha? E ele não sabia sobre todos os meus acidentes. Mesmo assim, eu não estava preparada para desistir. Trabalhar como babá poderia não ser um acontecimento que mudaria a vida da maioria das pessoas, mas era do que eu precisava. Minha vida precisava começar a ir na direção certa. Eu queria *começar* minha vida de novo. Fazia muito tempo que eu queria algo para mim que não fosse destrutivo. E eu realmente sentia que, talvez, me identificaria com Hailey.

— Vou trabalhar de graça por duas semanas. Se achar que não sou competente, ou se tiver outra batida, então não me contrate depois desse período.

Hollis me encarou daquele jeito de novo. Parecia perdido em pensamentos. Presumi que ele estivesse pensando na minha proposta, debatendo se valia a pena o incômodo, mas, aparentemente, sua mente estava em outro lugar.

— Já nos vimos antes de ontem?

Minhas sobrancelhas baixaram.

— Acho que não.

Ele coçou o queixo. Após outra longa contemplação, ele se afastou do balcão da cozinha e estendeu a mão.

— Deixe-me pensar e falar com Hailey.

— Sério?

— Não prometo nada.

Eu tinha acabado de estacionar diante da minha casinha alugada em Connecticut quando meu celular começou a tocar. Procurei dentro da bolsa bagunçada e verifiquei o número.

— Alô?

— Para mim, se você não está cinco minutos adiantada, você está atrasada. Detesto que as pessoas me deixem esperando.

Hollis. Ele realmente precisava aprender a falar no telefone.

— Hummm... Quem é?

— Não brinque comigo. Você quer o emprego ou não?

Internamente, eu me parabenizei e pulei no ar.

— Sim. Acho que quero, sim.

— Segunda-feira?

— Segunda-feira. Sete horas.

Sorri.

— Te vejo às cinco para as sete.

Apesar de Hollis ter dito que iria pensar, eu não tinha ido embora de sua casa tão confiante. Com certeza, não esperava uma ligação menos de uma hora depois de ter saído de lá. No entanto, fiquei animada por ele ter mudado de ideia. Dei tapinhas no volante, maravilhada.

— E mal posso esperar para conhecer Hailey melhor.

Uma vozinha dentro de mim, uma que eu me recusava a responder, completou:

— *E você também, Hollis LaCroix.*

CAPÍTULO 7

Elodie

— Consegui o emprego! — Ergui uma garrafa de Dom Perignon quando Bree abriu a porta, entregando-lhe conforme entrava em sua casa.

Ela analisou o rótulo.

— Uau. Deve pagar bem se você está ostentando com coisa boa.

— Não. Alguém da faculdade enviou para Tobias de presente de casamento. Guardei para ter algo especial em nosso aniversário de casamento de um ano. Quando guardei as coisas dele, dei-lhe os enfeites que uma pessoa tinha nos enviado. Sabe, já que ele detestava essas merdas. Só guardei para mim o que pensei que ele realmente gostasse. Tinha até esquecido que tinha isso até agora.

Bree sorriu.

— Boa jogada. Ele adora coisas pretensiosas como essa. Vai ser ainda mais delicioso para nós.

Tirei os sapatos e me joguei no sofá, sentando em cima das pernas.

— Espero que consiga abrir. Da última vez que tentei, acabei destruindo a rolha e pesquei os pedacinhos com um garfo. Precisei cuspir pedaços de rolha a cada gole.

Sua resposta foi um *pop* alto alguns segundos depois. Ela segurava a rolha para analisá-la, ainda bem intacta, entre seu polegar e o indicar, e tossiu.

— Não posso beber. Mas vou abrir uma exceção para sua comemoração.

Na verdade, Bree era a meia-irmã do meu ex-marido. Alguns meses antes de Tobias e eu terminarmos, ela tinha se mudado de volta para a cidadezinha onde morávamos em Connecticut, para ficar mais próxima da família. Tobias não tivera muito contato com ela antes disso, e eu só a tinha encontrado uma vez em um velório de um de seus primos. Mas nós duas nos demos bem imediatamente.

Tínhamos nos tornado amigas rapidamente e, quando pegara Tobias dormindo com uma de suas alunas e o chutei para fora, ela foi minha maior apoiadora.

Certa noite, após algumas taças de vinho, ela admitiu que nunca gostou muito de seu meio-irmão. A melhor coisa que tinha me acontecido com o curto casamento e o subsequente divórcio foi Bree.

Alguns meses atrás, quando o contrato de aluguel do seu apartamento terminou, a pequena casa vizinha à minha ficou vaga. Desde que ela se mudara, eu praticamente a via todos os dias. Ela havia se tornado a irmã que eu nunca tive. E isso me permitia ficar de olho em sua saúde. Bree tinha se mudado de volta para cá a fim de ficar perto de seu pai porque ela tem linfangioleiomiomatose, uma doença terrível de pulmão com uma chance absurdamente baixa de sobrevivência. Apenas cinquenta e cinco por cento dos acometidos pela doença viviam cinco anos. Vinte por cento conseguiam viver dez anos. Mas você nunca adivinharia pela forma como Bree agia.

Ela desembaraçou o tubo anexado à máquina de oxigênio à qual ela passava os dias ligada e foi até o sofá para me dar uma taça de vinho.

— Taças de champagne são para os fracos. Cabe mais em taças de vinho.

Ela brindou sua taça na minha, e nós duas bebemos.

— Então... me conte... e o emprego?

— Ah, meu Deus... Bem, por onde começar? Vou cuidar de uma garota de onze anos, que acabei conhecendo quando estava saindo do escritório dele naquele primeiro dia. Ela me lembra muito de mim quando era criança. Acho que tenho mesmo muito a oferecer a ela.

— Isso é ótimo. Estou empolgada por ter dado certo.

Bebi mais champagne e apontei para ela.

— Tenho que te agradecer por isso. Se não tivesse lido aquele classificado, eu estaria sendo maltratada pelo marido da sra. Brady amanhã.

— Quem?

— Uma das clientes de Soren.

— Oh. Bem, estou animada que você vai trabalhar na área que estudou. Mas estou ainda mais animada que não vai mais trabalhar naquele emprego maluco.

Suspirei.

— Sabe, acho que tudo acontece por um motivo. Aquele emprego pode não ter sido o ideal, porém pagava bem e me deu um lugar para desestressar o que precisava depois de tudo que aconteceu com Tobias. Apesar de também ser um constante lembrete de todos os motivos que existem para odiar os homens, e provavelmente não seria uma profissão saudável para seguir, já que quero virar a página.

— Concordo com cada palavra. — Bree sorriu. — Estou te falando para sair desse emprego há um ano.

— É. Acho que eu só precisava de um tempo.

Bebi mais champagne e resolvi ser sincera com minha amiga quanto a outra coisa que pode ter me dado a repentina ideia de mudar. Me sentia meio tímida por falar de homem com Bree. Eu sabia que era bobagem. Ela nunca me dera motivo para me sentir assim. Na verdade, era o contrário. Bree havia me encorajado a voltar a namorar quase antes de a tinta secar nos documentos do divórcio com seu meio-irmão.

Respirei fundo e afastei essa sensação esquisita.

— Então, além do mais, o cara para quem vou trabalhar é lindo.

Bree estava no meio de um gole e começou a tossir. Ultimamente, ela passava metade do dia tossindo por causa da progressão da doença. Mas, desta vez, minha confissão a pegara de surpresa.

— Merda. — Peguei a taça dela e dei tapinha em suas costas conforme seu rosto se avermelhava. — Você está bem?

Ela colocou a mão no peito e tentou respirar fundo.

— Estou bem — ela falou, esforçando-se para dizer as palavras.

Após alguns minutos de tosse residual e pigarros, a cor de seu rosto começou a voltar ao normal.

— Desculpe. Não deveria ter dito isso. Sei que você não é a maior fã dele, mas Tobias é seu irmão. Sou uma idiota.

— Primeiro de tudo, *meio*-irmão. Segundo, não seja louca. Estou... feliz em saber que conheceu alguém. Só não esperava que dissesse isso.

— Tem certeza? Entendo se for estranho para você.

Ela assentiu.

— Tenho.

— Ok. Bom, não que ele esteja interessado, na verdade. Eu não criei uma boa primeira impressão. E não estou preparada para começar a namorar de novo também. Mas foi bom sentir um calorzinho no meu coração gelado. Como se, talvez, não esteja morto, afinal.

Bree se levantou para pegar o champagne na cozinha. Seus passos estavam lentos, mas eu sabia que ela não gostava que eu me intrometesse e fizesse as coisas por ela. Fiquei sentada, apesar de não ser fácil ver sua dificuldade. Ela voltou para a sala, sem fôlego.

Enchendo de novo minha taça, ela disse:

— Depois de nos magoarmos, demora um tempo para nos sentirmos preparadas. E, acredite em mim, você não é ideal para julgar a primeira impressão que causa nos homens. Tenho certeza de que a impressão dele foi *hoje deve ser meu dia de sorte*.

— Sabe o que é engraçado? Acho que um dos motivos pelos quais ele me atraiu foi porque ele *não* pareceu abismado com minha aparência.

Bree sorriu.

— Você gosta de um desafio.

Dei um gole na bebida.

— Gosto de sinceridade. E beleza é a maior mentira de todas. As pessoas olham para você, veem o exterior e presumem que o interior seja igual. Mas um espelho não mostra quem você é.

Bree suspirou.

— Deus, meu meio-irmão babaca-e-muito-lindo realmente te decepcionou.

— Meu tio te acha gostosa.

Parei no meio da trança, com uma mecha de cabelo de Hailey em cada mão.

— Ele falou isso para você?

Ela balançou a cabeça.

— Eu o ouvi no computador.

— O que quer dizer com *o ouviu no computador?*

— Ele instalou um programa no meu celular para ele poder escutar minhas ligações. Acha que não sei. Mas eu sei. Então, certa noite, desbloqueei seu celular e instalei a mesma coisa no dele. Quando estou entediada, ouço as ligações dele.

Eu tinha muuuuitas perguntas. *Por que você faria isso? Por que simplesmente não conversava com ele? Sabe que duas coisas erradas não somam uma certa?* Mas, ainda assim, eu continuei...

— Com quem ele estava falando quando contou que me achava bonita?

— O amigo dele, Lucas. Ele tem tipo... dois metros de altura. Precisa se abaixar para passar pelas portas.

Não vamos perder o fio da meada.

— O que mais ele falou sobre mim?

— Ele disse que você era... brasiva. — Ela deu de ombros. — Seja lá o que isso significa.

— Abrasiva?

— Oh, talvez tenha sido isso que ele falou. O que significa *abrasiva?*

— É meio que alguém que te deixa nervoso.

Ela sorriu.

— Então, o tio Hollis é abrasivo para mim.

Dei risada. É, ele também é abrasivo para mim.

Mas precisei voltar um pouco. Continuando a trança, tentei dar o exemplo correto.

— Sabe, Hailey, quando descobriu que seu tio tinha colocado algo em seu celular para monitorar suas ligações, você deveria ter sentado com ele e conversado sobre isso.

— *Sentado com Hollis?* Você o conheceu, não é?

Pensei que ela tinha razão.

— Sabe, seu tio pode ser... difícil... às vezes. Mas também sabe ser sensato. Veja ele e eu... não nos conhecemos na melhor das circunstâncias, e nunca pensei que ele me daria uma chance depois daquilo. Ainda assim, aqui estou eu. Voltei para conversar com ele e, então, ele pensou e mudou de ideia sobre me contratar.

Amarrei um elástico no fim da segunda trança embutida que fizera no cabelo de Hailey, e ela se virou para me olhar.

— O tio Hollis te contratou por causa dos absorventes.

— Humm... como é?

— Depois de nos conhecermos na cafeteria, perguntei ao tio Hollis se você era uma das pessoas entrevistadas para ser babá. Ele disse que sim, mas que você não era qualificada. No dia seguinte, ele chamou um homem de uma agência de babá para vir aqui... um *cara*. Ouvi o tio Hollis dizer quanta experiência ele tinha, e pareceu que ia contratá-lo. Então me chamou para conhecer o babaca e questionou se eu tinha alguma pergunta para ele. Perguntei se ele poderia me mostrar como se coloca um absorvente interno.

Minha mão voou para a boca para cobrir meu sorriso.

— O que o cara da agência falou?

— Que encontraria uns tutoriais no YouTube para eu assistir. Olhei para o tio Hollis e disse: "Elodie tem uma vagina *de verdade*".

Ah, meu Deus. Olhar para essa garota era como me olhar no espelho há quinze anos.

— O que aconteceu depois disso?

Ela deu de ombros.

— O cara foi embora cinco minutos depois, e meu tio tomou aquela coisa dourada, de um pote chique, que ele geralmente toma após um longo dia.

Aposto que tomou.

— Enfim — Hailey continuou —, você foi contratada por causa dos absorventes, não porque meu tio Hollis é sensato.

Percebi que, no outro dia, ela tinha falado sobre absorventes noturnos e agora usou os absorventes internos como uma arma contra o tio, o que significava que realmente tinha dúvidas sobre produtos femininos, que eram a fonte de sua raiva.

— Seu tio compra as coisas para você quando está menstruada?

Ela fez uma careta e assentiu.

— Você não está... usando absorventes internos, está? — Ela não tinha idade para isso.

— Não, mas posso usá-los? Os outros são como usar fralda.

— Pode me mostrar quais ele compra para você?

Hailey me levou para o banheiro em seu quarto, abriu o gabinete debaixo da pia e pegou um pacote de algo mais apropriado para alguém com incontinência urinária, em vez de menstruada.

— Você é jovem demais para usar absorvente interno. Mas acho que podemos comprar coisas bem melhores do que estes. Devem ser desconfortáveis. E você precisa de abas. Pode ter certeza. Hoje, depois da escola, vamos à farmácia fazer umas comprinhas.

— Ok.

— Por que não se veste, já que está atrasada para a escola?

— Não me importo de me atrasar.

Dei risada.

— Certamente não. Mas seu tio não gosta de atrasos, e é sua última semana de aula antes das férias de verão, então acho que podemos tentar chegar na hora por mais cinco dias.

— Certo. — Ela não pareceu feliz, mas foi se trocar mesmo assim. Na porta do quarto, ela se virou de volta. — Elodie?

— Sim?

— Estou feliz por ele ter te contratado.

Um calor se espalhou pelo meu peito.

— Eu também, Hailey. Eu também.

CAPÍTULO 8

Hollis

— Anna chegou! *Squawk!* Anna chegou! *Squawk!* Anna chegou!

Só uma vez, eu queria chegar em casa e ser recebido diferente.

Joguei meu paletó na mesa redonda perto da porta da frente e fui para a cozinha. Estava um cheiro muito bom no apartamento.

— De onde você pediu?

— Olá, Hollis. — Elodie abriu um sorriso obviamente falso para mim. — Ninguém te disse que é costume cumprimentar alguém antes de chegar falando?

— Ninguém te disse que você é um pé no saco?

— Já disseram, na verdade.

Esperei que ela respondesse sobre ter pedido comida, mas claro que não o fez. *Porque ela é um pé no saco.* Em vez de responder, ela cruzou os braços à frente do peito e ergueu uma sobrancelha.

Suspirei.

— Olá, Elodie. De onde você pediu comida?

— Não pedi. Eu fiz.

Nossa, que surpresa.

— Você sabe cozinhar?

— *Todo mundo* sabe cozinhar. Mas aconteceu de *eu* ser boa nisso. É um dos meus muitos talentos escondidos. — Ela deu uma piscadinha antes de se virar, alcançar um pegador de panela e abrir a porta do forno.

O cheiro de algo apimentado invadiu o ar, e ela me deu uma boa visão de sua bunda ao se abaixar para tirar do forno o que estava cheirando bem. Comecei a salivar, e eu não sabia se era pelo aroma ou a vista.

Meus olhos ainda estavam grudados em sua traseira quando ela colocou a assadeira em cima do fogão, e quase fui flagrado quando ela se virou.

Porra. Preciso muito transar.

Pigarreei.

— O que é isso?

— Camarão e quinoa. O camarão estava na promoção, e Hailey disse que é uma de suas comidas preferidas.

— Eu nem sabia que ela comia camarão.

Ela inclinou a cabeça.

— Você *perguntou a ela* o que ela gosta de comer?

Devo ter perguntado. Não? Sei lá.

Pigarreei.

— Você não precisa cozinhar. Deixei um cartão de crédito com você para pedir comida.

— Eu sei. Usei no mercado. E também na farmácia. Hailey precisava de uns produtos femininos. Espero que não se importe.

— Claro que não. Obrigado por fazer isso.

— Hailey gosta de cozinhar. Não tenho muitas lembranças boas dos meus pais, mas as tardes em que eu e minha mãe cozinhávamos juntas eram meus dias favoritos.

Eu queria ser babaca com essa mulher, mas ela dificultava quando mostrava seu lado vulnerável. Assenti.

— Cadê a Hailey?

— No quarto dela, terminando a lição de Matemática.

— Impressionante. Geralmente, ela faz isso às nove da noite em frente à televisão da sala.

— Isso é porque você a *deixa* fazer isso.

Soltei um pouco minha gravata.

— Eu escolho minhas batalhas.

Elodie apontou para a assadeira.

56   SEDUTOR DE NOVA YORK

— Precisa esfriar por dez minutos antes de servir. Só vou me despedir de Hailey.

Ela desapareceu e voltou com minha sobrinha alguns minutos depois. Hailey estava com o cabelo rebelde puxado para trás em duas lindas trancinhas. Ela parecia mais jovem e domada.

— Olá, Hailey. Como foi seu dia?

Meus olhos foram para Elodie e voltaram, e ela sorriu quando eu fiz o que ela tinha pedido: *cumprimentei* Hailey.

Acho que, talvez, realmente não fosse algo que eu fizesse normalmente, porque o rosto da minha sobrinha franziu de confusão.

— Oi, tio Hollsy.

— Como foi seu dia?

— Ãhhh... bom?

— Não foi uma pegadinha.

— Então por que está agindo tão estranho?

Elodie deu risada.

— Hailey, querida, por que não vai lavar as mãos? Seu tio vai me acompanhar até a porta, e então vocês podem jantar. A comida está bem quente, então espere-o. Não se sirva sozinha.

— Ok. Te vejo amanhã, tá bom?

Hailey pareceu nervosa que Elodie talvez não voltasse.

— Claro. Te vejo pela manhã.

Elodie esperou até Hailey ir ao banheiro e, então, assentiu para a porta da frente.

— Você me acompanha?

— Lógico.

No corredor, ela apertou o botão do elevador antes de se voltar para mim.

— Para Hailey e eu criarmos uma conexão, não posso revelar as coisas que ela me conta. A menos, claro, que seja algo perigoso.

— Ok...

— Mas, talvez... às vezes, eu possa direcionar você para descobrir as coisas por conta própria.

— Do que está falando?

O elevador apitou e as portas se abriram.

— Pegue o laptop dela emprestado. Diga a ela que o seu está com problema ou algo assim.

— Ok, mas para quê? O que vou procurar?

Ela entrou no elevador e esticou a mão para apertar o botão no painel.

— Aliás, nem sempre sou abrasiva. Só quando encontro pessoas grosseiras. — As portas começaram a fechar, e Elodie me deu um sorriso brincalhão no último minuto. — Mas sou sempre gostosa.

Que merda foi essa?

Comi metade da assadeira.

E a conversa no jantar também não foi tão ruim. Enquanto, normalmente, Hailey reclamava de tudo e todos que encontrara durante o dia, naquela noite, ela não conseguia parar de falar sobre a nova babá.

— Sabia que Elodie gosta de pintar?

— Não sabia, não. Mas isso é ótimo. Então, vocês duas têm muita coisa em comum.

— Ela foi casada, sabe?

— É, eu sei disso.

— O marido dela era professor de arte. Eles foram para Paris na lua de mel, e ela foi ao Louvre.

— Professor de arte, é? — *Disso*, eu não sabia, e definitivamente não era o que eu esperava.

— Ela vai me levar ao MOMA nas férias.

— Acho uma ótima ideia.

A conversa de vinte minutos que tivemos no jantar deve ter sido os melhores vinte minutos que passara com ela desde que ela apareceu na minha porta dois meses antes. Hailey até ajudou a tirar a mesa e a colocar a louça na máquina de lavar e, depois, assistimos um pouco de TV juntos.

Às nove e meia, ela estava começando a pegar no sono no sofá.

— Ei, garota. Por que não vai se arrumar para dormir?

Ela bocejou.

— Ok.

Dei um tempinho para ela usar o banheiro e, depois, bati antes de abrir sua porta. Ela já estava na cama, mas a luz ainda estava acesa.

— Quer que apague a luz?

— Quero.

Quando fui apagar, meus olhos se fixaram na cômoda que ficava na mesma parede do interruptor. O laptop que eu dera a Hailey estava ali em cima, e me lembrei do que Elodie falara.

— Hummm... Posso pegar seu laptop emprestado? Esqueci o meu no escritório e preciso escrever alguns e-mails.

— Claro.

— Obrigado. — Peguei-o e senti uma parcela minúscula de culpa por mentir quando ela fora tão legal a noite toda.

— Boa noite, Hailey.

— Boa noite, tio Hollis.

Fui para meu escritório em casa e me servi de dois dedos de uísque. Me sentando na cadeira, abri o laptop e comecei a investigar. Nada parecia fora do normal. Mas eu não fazia ideia do que estava procurando. Elodie não tinha me dado nenhuma dica. Abri o Word e verifiquei quais documentos tinham sido abertos recentemente, depois abri o histórico de internet. Nada esquisito. Estava prestes a desistir quando resolvi abrir a pasta de aplicativos e ver se algo novo tinha sido instalado.

Bingo.

Que porra era aquilo?

O programa de monitoramento de chamadas que eu tinha instalado no celular dela e no meu laptop também estava no computador dela, e com certeza não tinha sido eu a colocá-lo ali. Cliquei e olhei a hora do último uso: ontem à noite às nove e meia.

Caralho.

Fechei os olhos e balancei a cabeça. Falara no telefone com Lucas, um amigo meu. A última coisa que Elodie dissera antes de as portas do elevador se fecharem — sobre ela ser abrasiva e gostosa — fazia sentido agora. Porque foi exatamente o que falei para Lucas sobre a nova babá.

Caramba, pensei depois de soltar um bufo profundo. Precisaria adicionar exercícios cardiorrespiratórios à minha rotina se esse negócio de cozinhar continuasse. Entrei na sala de jantar e encontrei Elodie e Hailey jogando Scrabble.

— O que você fez hoje?

Elodie olhou para mim e aguardou.

Qual era o problema dela?

Oh. Merda. *Tá bom.*

Assenti.

— Olá, Elodie. O que você fez de comida para o jantar de hoje? O cheiro está bom.

Ela sorriu.

— Olá, Hollis. Obrigada. Fizemos molho com almôndega e linguiça.

— Se continuar assim, vou ter que passar uma hora a mais na academia.

Os olhos de Elodie analisaram rapidamente meu corpo de cima a baixo, mas ela não comentou. Simplesmente voltou a olhar para Hailey.

— Por que não desliza o jogo para o lado na mesa, aí terminamos a partida outro dia?

O tabuleiro de Scrabble estava cheio, e li uma das palavras formadas com os bloquinhos.

Youniverso?

— Ãhhh... Seria universo?

Minha sobrinha sorriu.

— Não. Y-O-U[1]-niverso. É a pessoa que se acha e pensa que o mundo gira em torno dela.

Franzi a testa. Li outra palavra do tabuleiro.

Carcolepsia?

— Que merda é carcolepsia?

Hailey respondeu de novo.

— É o que tem o passageiro irritante que dorme assim que entra no carro com você.

Li outra.

— Caca?

— É a sujeira que sai do nariz.

— Interninho?

— O monte de cobertores no qual você se enfia quando não quer sair da cama e passa o dia mexendo na internet.

Dei risada.

— Jogo de Scrabble interessante.

Elodie se levantou.

— É mais divertido jogar com palavras inventadas.

— Se está dizendo...

Hailey deslizou o tabuleiro para a ponta da mesa, e Elodie foi para a cozinha. Ela tirou a tampa de uma panela e mexeu.

— Está pronto para quando quiserem. Tem massa de cabelinho de anjo no armário para adicionar. Só precisa ferver a água.

— Obrigado. Se estiver quase igual ao negócio de camarão que você fez ontem à noite, vou ter desmaiado de tanto comer às oito.

Elodie sorriu.

— Bem, fiz bastante, já que não teremos tempo para cozinhar amanhã.

— Vocês têm planos?

---

1   Em português, você. (N. da T.)

Seu sorriso murchou com um franzido.

— Amanhã é o piquenique em família de fim de ano.

— O quê?

Ela passou por mim e foi para a sala de jantar.

— Hailey, esqueceu de falar para seu tio sobre o piquenique na escola?

Minha sobrinha deu de ombros.

— Pensei que ele não fosse querer ir.

Elodie suspirou.

— Começa às três, logo depois da aula.

Ótimo. *Bem no meio do dia.* Eu precisava verificar minha agenda, mas tinha quase certeza de que tinha uma reunião às quatro. Minha expressão deve ter denunciado que a hora não era muito conveniente.

— Tudo bem — Hailey disse. — Elodie vai comigo. Você não precisa ir.

Bom, agora me sinto um babaca.

— Não, claro que estarei lá.

Elodie disse para Hailey ir terminar sua lição de casa, e as duas se despediram.

— Te acompanho — ofereci.

Assim como no dia anterior, esperei até estarmos no corredor e fora de alcance de ouvidos curiosos.

— Obrigado pelo aviso sobre o programa do celular.

Ela assentiu.

— O que vai fazer em relação a isso?

— Encerrei minha conta, então nenhum de nós consegue mais ouvir as ligações um do outro. Já que ela não tocou no assunto, acho que vou deixar assim e ver se podemos seguir em frente.

Elodie apertou o botão para chamar o elevador.

— Acho que é melhor. Posso perguntar o que estava esperando ouvir ao escutar as conversas dela?

— Quando descobri que meu irmão tinha sido preso, contei para ela onde ele estava. Não queria que ela pensasse o pior. Ela perguntou se poderia falar com ele, então coloquei crédito na conta de prisioneiro para meu irmão fracassado poder ligar para a filha. — Balancei a cabeça. — Não sei o que estava esperando ouvir quando ele ligasse.

Elodie sorriu.

— Claro que entendo por que você fez isso. Mas vai precisar dar um voto de confiança para ela, se quer que ela confie em você. Ainda não conversamos sobre ele, mas tenho certeza de que ela está brava com o pai por abandoná-la e se meter em encrenca. Acho que ela também sente que não há ninguém no mundo com quem ela pode contar e em quem pode confiar.

Respirei fundo.

— E o fato de ela descobrir que eu estava fazendo merda pelas costas só piorou isso.

Ela assentiu e as portas se abriram.

— Você chega lá. Olhe como já melhorou usando as palavras para cumprimentar.

Dei risada.

— Como você consegue deixar passar coisas com Hailey, mas não deixa passar nada comigo?

Ela entrou no elevador e apertou o botão no painel.

— Pelo mesmo motivo que Hailey e eu nos damos bem. Nós duas queremos que todos os homens paguem pelos pecados de outros.

As portas começaram a se fechar, porém Elodie apertou o botão para mantê-las abertas.

— Falamos sobre o pai de Hailey, mas você nunca mencionou por que a mãe dela não está mais aqui. O que aconteceu exatamente?

Franzi o cenho.

— Ela morreu quando Hailey tinha dois anos. Hailey não se lembra dela. O que é melhor, considerando que foi ela que a encontrou.

CAPÍTULO 9

Hollis - *12 anos antes*

— Quando sua mãe comprou isso? É de verdade?

Anna pegou um colar no balcão da cozinha. A bijuteria tinha um diamante obviamente falso pendurado em uma corrente que parecia enferrujada.

Franzi o cenho.

— Não. Meu meio-irmão apareceu aqui ontem à noite para vender à minha mãe. Acredita nisso?

— Stephen? Não sabia que vocês mantinham contato com ele depois que seus pais se divorciaram.

— Não mantemos.

Stephen era o filho do meu pai com sua primeira esposa e alguns anos mais velho do que eu. Quando meus pais se casaram, ele nos visitava uma ou duas vezes por ano. Ele sempre foi problemático — fumava aos onze anos e fugia pela janela do quarto no meio da noite. E, quando meu pai deixou minha mãe uma semana depois de ela receber o diagnóstico, nunca mais ficamos sabendo deles. Foi ótimo me livrar dos dois, se quer saber.

— Então ele simplesmente chegou aqui, do nada?

Assenti.

— E trouxe a namorada grávida junto. Falou que estava por aqui e pensou em passar para ver como estávamos. Mas, depois, contou uma história triste para minha mãe de como eles estavam morando em abrigos e realmente queriam arranjar um apartamento para dar uma vida boa para o bebê. De alguma forma, ele conseguiu tirar mil e quinhentos da minha mãe. Deu a ela essa porcaria e falou que a loja de penhores tinha avaliado em três mil, mas ele pensou que ela iria gostar, então lhe deu uma oportunidade de comprar primeiro.

Anna ergueu o colar para analisá-lo melhor.

— Sua mãe deve saber que não é verdadeiro.

— Claro que sim. Mas sabe como ela é. Ajuda qualquer um. É sua melhor e pior qualidade. Ela foi fisgada no instante em que ele a fez sentir o bebê se mexendo na barriga da namorada drogada. — Balancei a cabeça. — Não me surpreenderia se o filho que ela está carregando nem fosse dele. Ele pode simplesmente ter pago uma viciada grávida por uma hora para ajudá-lo a extorquir minha mãe.

Anna suspirou.

— Sua mãe não tem mil e quinhentos dólares para dar a alguém.

— Claro que não. Mas o fedelho do meu pai não se importa com isso. É egoísta, exatamente como seu querido velho pai. Nem perguntou como minha mãe estava se sentindo. Duvido que ele saiba que ela luta contra o câncer há seis anos ou que voltou a trabalhar há menos de um ano, quando finalmente entrou em remissão.

— Sinto muito por ele ter aparecido e feito isso com Rose. Fico triste por saber que as pessoas se aproveitam da natureza boa dela.

— Eu também. Então por que não vem aqui e me anima?

Anna sorriu. Estávamos juntos há bastante tempo agora, porém nunca me cansava da forma como seu rosto se iluminava ao pensar em mim colocando as mãos nela. Ela se aproximou e envolveu os braços no meu pescoço.

— Desculpe. Vai ter que adiar essa animação. Tenho que trabalhar de babá daqui a quinze minutos.

Fiz beicinho.

Ela deu risada.

— Você fica fofo emburrado.

Dando-me um selinho, ela disse:

— Me ligue assim que a carta chegar, mesmo que não receba nada hoje.

— Ok.

Anna tinha sido aceita na Universidade da Califórnia no dia anterior, com bolsa quase integral. Enviamos nossas inscrições no mesmo dia, mas eu ainda não tinha recebido nada.

Acompanhei-a até a porta e a abri, encontrando o carteiro se aproximando com um monte de correspondências na mão. Anna as pegou dele, correu para a mesa e começou a vasculhar.

— Conta médica. — Colocou um envelope de lado.

— Conta médica. — Colocou outro de lado.

— Conta de luz. — Deixou mais um de lado.

No quinto envelope, ela congelou.

— UCLA! Ah, meu Deus. Chegou! — Ela entregou para mim. — Abra! Abra!

Balancei a cabeça.

— Abra você.

Ela não discutiu. Rasgou o envelope e começou a ler. Prendi a respiração. Nós dois tínhamos as notas para entrar — não era esse o problema. Mas nenhum de nós tinha o dinheiro a menos que tivéssemos ajuda financeira.

Ela arregalou os olhos enquanto lia.

— Caro sr. LaCroix, parabéns por ter sido aceito na Universidade da Califórnia, em Los Angeles. Em anexo, consta sua carta de financiamento, que contém informações detalhadas de uma bolsa de atleta oferecida pela UCLA. — Anna jogou essa primeira carta no ar, e seus olhos visualizaram as páginas seguintes. Ela saltitou. — Você conseguiu bolsa integral, Hollis! *Bolsa integral pelo beisebol!*

Arranquei os papéis de suas mãos. Não era possível a UCLA estar me oferecendo isso. Parecia bom demais para ser verdade. Mas ali estava, em preto e branco. Olhei para ela, atônito.

— Puta merda. Vamos viver à luz do sol trezentos e sessenta e cinco dias por ano.

Ela sorriu.

— E viver juntos. Eles têm dormitórios compartilhados!

Jesus Cristo. Poderia ser melhor do que isso? Sol, minha garota, grátis, e minha mãe completaria um ano de remissão em apenas três dias. Dezoito meses antes, nunca pensei que chegaríamos aqui. Precisei engolir em seco algumas vezes a fim de conter umas lágrimas ameaçadoras. Anna tinha me visto chorar bastante quando minha mãe ficou doente. Além disso, não era hora de chorar. Era hora de comemorar.

— Não vou mais precisar encontrar um lugar para te ver nua. — Sorri.

— E eu posso ter um passarinho!

Dei risada.

— Bolsa integral e meu pau quando quiser, e você está mais empolgada em pegar um passarinho?

Ela me empurrou.

— Cale a boca. Também estou empolgada pelo seu pau.

— Ah, é? — Envolvi sua cintura com o braço. — Me mostre o quanto está empolgada pelo meu pau.

Ela deu risada.

— Não posso. Vou me atrasar para o trabalho de babá. Tenho que ir.

Resmunguei.

Anna me beijou suavemente.

— Vou te compensar depois. Parabéns, Hollis. Finalmente, as coisas estão melhorando para você.

Estão, não é mesmo?

— Volte depois que sair do trabalho.

— Ok. E não conte para sua mãe sem mim. Quero ver a cara dela!

— Certo.

— Na verdade — ela disse. — Por que não esperamos três dias? Estamos planejando aquela festinha surpresa de um ano de remissão. Podemos contar a ela nesse dia.

Sorri.

— O que fizer você feliz. Contanto que *nós* comemoremos em particular hoje à noite.

Três dias depois, eu estava muito ansioso. Sabia que minha mãe ficava preocupada em como iríamos pagar minha faculdade — mesmo a City College seria puxada, com empréstimos e nós dois trabalhando. Mas ela queria mesmo que eu tivesse a experiência de morar fora.

Fui para a cozinha e encontrei minha mãe cozinhando o jantar. Ela não fazia ideia de que chegaria um monte de gente mais tarde para comemorar.

— O correio acabou de chegar. Nada da UCLA. — Minha mãe franziu o cenho. — Sinto muito.

Senti uma pequena culpa por mentir para ela. Mas estava ansioso para lhe dar a carta. Anna iria trazer uma caixa para colocá-la dentro e papel para embrulhar.

Dei de ombros.

— Provavelmente, eles olham as inscrições por ordem alfabética, e Benson vem antes de LaCroix.

Ela forçou um sorriso.

— Acho que sim. É que estou tão ansiosa.

Observei minha mãe pegar alguns pratos no armário. Ela estava bonita. Tinha recuperado um pouco do peso, e sua pele tinha escurecido para sua cor naturalmente bronzeada. Também parecia feliz de novo. Mesmo enquanto cozinhava, tinha um sorriso no rosto. Acho que, depois que você passa por tudo que ela passou com inúmeras séries de quimioterapia, você aproveita cada momento.

— Por que não arruma a mesa? O jantar ficará pronto em alguns minutos.

Ela me entregou os pratos, e eu peguei uns utensílios na gaveta e guardanapos do suporte. O telefone tocou enquanto eu dobrava os guardanapos em triângulos, como minha mãe gostava. A porta do forno estava aberta, e ela segurava uma travessa quente.

— Eu atendo.

— Obrigada, querido.

Peguei o telefone da parede.

— Eu falando.

— Alô, posso falar com a sra. LaCroix, por favor? — um homem perguntou.

— Espere. — Cobri o telefone e ergui o queixo. — É para você.

— Pode ver quem é e dizer que ligo de volta?

Tirei as mãos do telefone.

— Ela está meio ocupada agora. Quem está falando?

— É o dr. Edmund.

O oncologista dela. Meu coração afundou no peito só de ouvir o nome. Olhei para minha mãe.

— Mãe, é seu médico.

Seu sorriso murchou, porém ela tentou se recuperar. Colocando a lasanha na mesa, ela retirou as luvas térmicas e limpou as mãos no pano de prato.

— Tenho certeza de que ele só quer me falar sobre os exames de check-up que fiz outro dia.

Ela pegou o telefone.

— Oi, dr. Edmund.

Observei sua expressão enquanto ela ouvia pelos sessenta segundos seguintes. Sempre passava, na televisão, um comercial idiota de seguro que dizia *"Uma ligação de um minuto pode mudar sua vida"*, mas aquilo sempre tinha parecido ridículo. Naqueles segundos... pela forma como sua expressão mudou... eu soube. *Eu soube* que a vida nunca mais seria igual. Ela nem precisou repetir o que o médico disse no telefone quando desligou.

Fui até ela e a abracei. Quando a primeira lágrima caiu, ela tentou escondê-la. Mas eu a abracei mais forte.

— Não se preocupe, mãe. A gente vai conseguir. Você venceu antes; vamos vencer de novo. Juntos.

Liguei para os vizinhos e as duas amigas do trabalho da mamãe para falar para não irem naquela noite. Minha mãe tinha se deitado, e eu estava enrolando para ligar para Anna. Não estava ansioso para lhe contar, e ela voltou cedo, antes de eu conseguir ligar, com uma caixa e papel de presente escondidos na mochila. Eu a segui até meu quarto, onde ela pegou a caixa. Parecia que as palavras estavam presas na minha garganta toda vez que tentava falar.

A voz dela estava tão alegre, e eu estava prestes a arruinar tudo. Não era fácil decepcioná-la.

— Cadê a carta? Você é muito ruim em fazer embrulho. Vou embrulhar para ficar bonito. — Ela foi até minha mesa, onde a carta estivera virada para baixo nos três últimos dias. — Cadê?

Quando não respondi, ela voltou a olhar para mim e percebeu que havia algo errado.

— Hollis, cadê a carta?

Encarei o chão. Simplesmente não conseguia falar.

— Hollis, você a perdeu ou algo assim?

Balancei a cabeça.

— Então, onde está?

Meus olhos se ergueram e encontraram os dela. Seus grandes olhos castanhos estavam cheios de animação e felicidade. Ainda sem conseguir falar, olhei para o lixo ao lado da cama. A carta amassada estava no fundo, sozinha.

Anna e eu não éramos apenas um casal. Éramos melhores amigos desde o jardim de infância; ela me conhecia melhor do que qualquer um. Seguiu meus olhos e, então, sua expressão ficou triste.

— O que aconteceu? — ela sussurrou.

Balancei a cabeça.

— O médico ligou com os resultados dos exames dela.

CAPÍTULO 10

Elodie

A escola de Hailey tinha reservado uma área do parque para o piquenique. Estava um lindo dia de frio. Com um carrinho de algodão-doce, salgadinhos e churrasco completo, a escola definitivamente tinha investido. Havia um brinquedo inflável, dentre outros jogos.

Falando em jogos, eles iam começar em breve, e Hollis ainda não havia chegado. Não era seu estilo atrasar. Era mais o meu. Olhei para o relógio, e Hailey percebeu.

— Acha que o tio Hollsy esqueceu?

Abri um sorriso de empatia.

— Não sei.

— Bom, não quero esperá-lo eternamente para comer. Eles estão servindo hambúrgueres e cachorro-quente. Posso pegar um? Estou com fome.

Olhei em volta uma última vez.

— Sim. Por que não entra na fila?

— Você não vai comer?

— Não, agora não.

— Oh, esqueci da sua dieta. — Ela revirou os olhos.

— Posso comer o hambúrguer. Só não o pão.

— O pão é a melhor parte! E o ketchup.

— Vou sobreviver.

Enquanto Hailey ia até a mesa de comida, estiquei o pescoço para ver se, por acaso, Hollis tinha chegado e eu não o tinha visto. Mas ainda nenhum sinal dele.

Sério, Hollis? Não podia faltar ao trabalho uma tarde?

Uma voz grave falou atrás da minha orelha.

— Oi.

Me virei e vi um homem bem bonito que parecia ter uns trinta anos.

— Oi — eu disse.

— Acho que não nos conhecemos. Sou o pai de Lawrence Higgins. — Ele estendeu a mão. — James Higgins.

— Oh. É um prazer conhecê-lo. Sou Elodie Atlier, babá de Hailey LaCroix.

— Pensei mesmo que fosse... uma babá.

Ergui a sobrancelha e ativei meu detector de babaca.

— Ah!

— Bom, sem querer ofender... — Ele baixou a voz. — Mas as mães, normalmente, não são tão atraentes quanto você.

Então era disso que se tratava esta conversa? Não consigo fugir dessa merda nem em um piquenique de escola.

— Obrigada.

— Por nada. — Ele bebeu sua água. — Há quanto tempo é babá?

— Não muito tempo, na verdade. Só algumas semanas.

Hailey apareceu, interrompendo nossa conversa.

— Você gosta de salsicha, não é?

A pergunta dela fez meu espírito juvenil dar risada.

— Só se for apenas carne, o que provavelmente não é.

Ela se virou para o homem.

— Quem é esse?

— É o sr. Higgins, pai de Lawrence.

A expressão dela se fechou.

— Seu filho é um idiota.

Me encolhi.

O sorriso dele se esvaiu.

— Como é?

Colocando as mãos nos ombros dela, eu disse:

— Pode nos dar licença? — Então a puxei e perguntei: — Por que falou isso para ele?

Hailey deu uma mordida em seu hambúrguer e respirou fundo.

— Aquele garoto é o pior. Pensei que o pai dele deveria saber.

— Bom, da próxima vez, use uma palavra mais educada para expressar isso.

— Foi ele que começou a tirar sarro dos meus peitos, me chamando de Tetas de Ciclope... porque acha que um é maior do que o outro.

Assenti, me lembrando de quando ela me contou a história.

— Ah, *esse* idiota?

— É.

Olhei para trás, para o homem, rapidamente.

— Ok. Bom, fodam-se ele e o pai, então.

— Provavelmente era isso que o pai dele queria... foder *você*.

— Onde aprendeu esse termo?

— Sei *muitas* coisas sobre sexo.

Merda.

— Ah, sabe, é? O que exatamente pensa que sabe?

Ela me entregou seu prato antes de enfiar o dedo indicador em um buraco formado por sua outra mão e simular o ato.

Adicionar à lista mental de afazeres: falar com Hollis sobre uma conversa de relação sexual com Hailey.

Antes de eu conseguir explorar mais esse assunto, meus olhos pousaram em um Hollis com aparência bem afobada ao longe. Parecia que ele tinha acabado de correr uma maratona e, de alguma forma, chegou ali. Devolvi o prato de Hailey e o observei um pouco.

Ele tinha tirado o terno e usava uma polo azul-marinho que abraçava seus músculos. Deus, ficava super gostoso vestido casualmente. Quero dizer, ele era super gostoso sempre, mas aquele estilo ficava particularmente bom nele. Eu adorava tudo nele — desde as mangas justas em volta dos bíceps grande até o relógio enorme que ele usava, e o jeans escuro que eu estava morrendo para ver moldando sua bunda.

Ele estava totalmente abstraído às mães famintas analisando-o conforme vinha em nossa direção.

Enfim, Hollis nos viu e acenou em meio à multidão.

Ele estava sem fôlego.

— Desculpe por chegar atrasado. Pensei que teria tempo para ir em casa me trocar, o que fiz mesmo, mas depois o trânsito foi uma bosta até aqui.

— Olha a boca, Hollis — repreendi.

— Desculpe.

— Estou feliz por ter vindo, tio Hollsy.

Ele abriu um sorrisinho.

— Eu também.

Hailey havia acabado com seu hambúrguer rapidamente.

— Quer a salsicha de Elodie? — ela perguntou.

Ele franziu a testa.

— Como é?

Ela ofereceu o cachorro-quente em seu prato.

— Aqui. Ela não pode comer por causa da dieta.

— Ah. — Ele pegou o prato dela. — Sim. Obrigado.

Hailey olhou por cima do ombro dele.

— Estou vendo minha amiga Jacqueline ali. Vou falar com ela.

Depois que ela saiu, Hollis se virou para mim, segurando sua salsicha sem pão, parecendo bem esquisito e desconfortável.

Não consegui conter a risada.

Ele não ficou feliz.

— O que é tão engraçado?

— Você.

Seu lábio se curvou.

— Eu?

— É.

— Posso saber *por que* sou tão engraçado?

Apontei para a salsicha.

— Parece que não sabe o que fazer com essa coisa. Como se não soubesse como se comportar aqui. Como se estivesse fora da zona de conforto. Acho que piquenique não é a sua praia.

— Bom, acho que estou mesmo... um pouco fora da minha zona de conforto.

— Pontos extras por ter vindo.

— Não sabia que estava sendo avaliado.

Nós dois sorrimos. Uma brisa soprou seu cheiro almiscarado em minha direção. Era, definitivamente, provocante. *Ele* era provocante. Lindo pra caramba.

Inclinei a cabeça.

— Venha. Vou te mostrar a área da comida, onde pode pegar um pão para essa salsicha solitária.

Fomos juntos até a enorme mesa de piquenique. Peguei o prato de Hollis, coloquei a salsicha em um pão e adicionei um monte de coisa. Coloquei uma porção generosa de salada de batata ao lado e peguei um saquinho de chips. Finalizei o prato com uma maçã. Entreguei tudo a ele com um sorriso.

— Obrigado, mãe — ele brincou.

Hailey estava brincando de argola com os amigos, então pegamos um lugar na sombra de uma árvore perto de onde estavam. Hollis devorou seu cachorro-quente cheio de ketchup e salada de batata enquanto eu comia meu hambúrguer solitário com um garfo e continuava a observá-lo. Meus olhos estavam grudados em suas enormes mãos. Eu adorava as veias saltadas que corriam nelas. Toda vez que ele lambia ketchup do dedo, um arrepio percorria minha espinha.

Quando ele terminou de comer, lambeu os lábios e disse:

— Estava bom. Não comia cachorro-quente há anos.

— Viu? Às vezes, é legal fazer *diferente*.

— Acredite em mim, minha vida inteira tem sido *diferente* desde que Hailey apareceu na minha porta.

— Sei disso. E também sei que está fazendo o melhor que pode.

— Bem, obrigado por reconhecer. Mas sou apenas tão bom quanto a ajuda que tenho. — Ele olhou para o prato por um instante. — Sinceramente, te devo desculpas.

— Tudo bem.

— Não, eu preciso falar isso. — Ele pausou. — Te julguei errado no início, duvidei de suas capacidades como cuidadora. Porém, não consigo imaginar uma escolha melhor agora. Não ter te contratado teria sido um erro enorme.

Isso me aqueceu por dentro e me deu uma grande sensação de conquista.

Sorri.

— Uau. Não sei como responder a isso, porque não estou acostumada a esta versão legal de Hollis.

— Não se acostume. Provavelmente é o nitrato mexendo com minha cabeça.

Demos risada de novo conforme Hailey se aproximou da gente.

— Por que se afastou de seus amigos? — perguntei.

— Lawrence começou a jogar também, e eu não queria ficar perto dele.

— Qual deles é ele?

— O de vermelho.

Eu não iria deixar que ela fosse maltratada por um garoto babaca.

— Não pode deixá-lo vencer assim, Hailey. Você estava lá primeiro. Saindo do jogo, está mostrando a ele que ele te afeta. Mesmo que afete, não o deixe perceber. Não lhe dê essa satisfação. Volte para o jogo e o ignore completamente se ele disser alguma coisa.

Ela respirou fundo.

— Tá bom. — Com relutância, voltou para lá.

Um olhar de preocupação enevoou a expressão de Hollis enquanto ele a observava.

— Qual é o problema com Lawrence?

— Ele zomba dela por causa dos seios. Aparentemente, ele a chamou de Tetas de Ciclope, porque fala que é um maior que o outro.

Hollis cerrou o punho.

— Merdinha. Eu deveria quebrar o pescoço dele.

— Quer saber? O pai do garoto estava dando em cima de mim mais cedo. Hailey chegou e, quando a apresentei para ele, ela disse "Seu filho é um idiota".

Hollis ficou boquiaberto.

— Nem sei se fico decepcionado com ela por isso.

— Eu sei. Foi o que senti. Mas sugeri que ela fosse mais educada para expressar sua opinião no futuro.

Hollis e eu ficamos conversando durante mais meia hora. Então, Hailey veio correndo até nós.

— Elodie, minha professora precisa da sua ajuda.

— O que houve?

— A pessoa que era para fazer pintura facial não veio. A sra. Stein comprou todos os produtos, mas não tem ninguém para fazer a pintura. Falei para ela que minha babá é uma artista.

— Oh... não sei. Nunca pintei o rosto de ninguém.

— Pode tentar? Por favor? Não tem ninguém para fazer, e todos nós queremos o rosto pintado de unicórnio.

Quê? Será que era muito difícil?

Me levantei do gramado e esfreguei a calça para tirar a sujeira.

— Quem vai cuidar do tio Hollis se eu vou fazer pintura facial? Não queremos que ele fique de conversinha com as mães da associação de pais e mestres.

— Vá se arrumar — ela disse. — O tio Hollis virá comigo.

Hollis se levantou.

— É? O que vou fazer?

Ela apontou para o canto da área.

— Eu, você, ali. Corrida de saco de batata.

CAPÍTULO 11

Hollis

No que fui me meter?

Estávamos em duplas — pais e os respectivos filhos.

— Precisa ir rápido, tá bom? Quero vencer o grande prêmio — Hailey comentou.

— Qual é o prêmio?

— Um cartão-presente da Target.

Com prazer, eu teria comprado um para ela se significasse sair daquele saco de batata.

A anunciante gritou:

— Em suas marcas... preparar... já!

Ao som do assobio, com minhas pernas presas em um saco de lona cinza, comecei a saltitar pelo campo aberto. Não consegui parar de rir pensando em como era ridículo. Pior, Hailey ficou me repreendendo o tempo todo porque eu tinha ficado atrás de todo mundo.

— Vamos, tio Hollsy! Pode fazer melhor do que isso!

Eu não estava levando a sério. Ela tinha razão. Poderia ter feito melhor. Muito melhor. Percebendo isso, de repente, aumentei a velocidade, saltitando o mais rápido que podia com toda a minha garra. Consegui ultrapassar algumas duplas e também ficar um pouco à frente de Hailey.

Finalmente, tinha acertado a passada na corrida de saco de batata quando passei pela barraquinha de pintura facial de Elodie. Ela ainda estava se arrumando. Havia um homem conversando com ela. Pensei se era o mesmo cara de antes — o pai do babaca que estava tentando transar com ela.

Conforme eu saltitava, meus olhos grudaram em Elodie e naquele cara. Até virei a cabeça para continuar olhando depois de passar por eles. Foi quando bati atrás de um dos pais.

Ops! Nós dois caímos.

— Merda! Desculpe. Você está bem? — perguntei.

O homem *não* ficou feliz. Mas não falou nada conforme se levantou e continuou a corrida.

Agora eu estava tão atrás que Hailey tinha praticamente desistido de nós.

Ela me alcançou.

— Você está bem? Como caiu? Tropeçou?

É. Tropecei no meu pau.

— É. Me distraí.

— Dez pelo esforço — ela disse, sem fôlego.

— Está parecendo Elodie agora, me dando nota.

Ela olhou na direção da estação de pintura.

— Parece que Elodie já está pronta. Vou entrar na fila. Vai ficar bem sem mim?

— Sim. Vou ficar bem.

Fui em busca de água e encontrei o cara que estivera conversando com Elodie quando caí de bunda.

Dei uma olhada em seu crachá.

— Você, por acaso, é o pai de Lawrence?

— Sou. E você é?

— Hollis LaCroix. Tio de Hailey. Diga para seu filho parar de desrespeitar minha sobrinha.

Ele suspirou.

— Olha, acabei de me desculpar com sua babá. Mas meu filho nega ter feito algo errado.

— Bom, Hailey não é mentirosa. Então, se ela disse que alguém a está maltratando, está falando a verdade. Só mantenha seu filho na linha. Enquanto isso, não encoste na minha babá. — Me afastei antes de ele responder.

Eu não precisava adicionar aquela última parte. Não sabia muito bem por que a ideia de ele tentando ficar com Elodie me deixava louco. Será que eu sentia algo por ela? Eu sabia que ela era atraente, mas não entendia por que o fato de esse cara falar com ela me irritava *tanto*.

Enfim, não importava como me sentia em relação a Elodie. Agora que ela se tornara a melhor coisa que aconteceu com Hailey em um bom tempo, definitivamente estava fora de cogitação. Eu nunca poderia transar com ela, porque aí não poderia vê-la de novo, e isso não funcionaria na equação.

Hailey veio correndo até mim.

— Olha! Elodie fez um unicórnio em mim.

Ela sorriu, orgulhosamente mostrando seu rosto rosa e roxo. Havia um chifre pintado no meio de sua testa. E brilho em volta de seus olhos.

— Uau. Você está... ótima.

Ela me pegou pela mão e me puxou até a barraquinha de Elodie.

— Venha. É a sua vez.

— Ah, não. Não quero pintar o rosto.

— Quer sim. E, olha, não tem ninguém na fila agora.

Elodie sorriu amplamente.

— Bem, olá. O que posso fazer pelo senhor?

Muitas respostas vieram à mente.

— Aparentemente, vou ganhar uma pintura no rosto.

Hailey deu risada, depois sussurrou algo no ouvido de Elodie.

Elodie balançou a cabeça e riu.

— Não. Não podemos fazer isso.

— Sim! Podemos, sim.

Olhei para as duas.

— Devo me preocupar?

— Sente-se — Elodie disse.

Hailey não parava de pular.

— Faça, faça!

Elodie suspirou.

O que está acontecendo aqui?

— Tio Hollis, pode me dar dinheiro? Vou pegar uma raspadinha enquanto Elodie te pinta.

Enfiei a mão no bolso e lhe dei uma nota de dez.

— Me traga uma — Elodie pediu. — Vou sair um pouco da dieta.

— Ok. — Hailey saiu correndo.

Quando os olhos de Elodie pousaram nos meus, perguntei:

— Então, o que vai fazer comigo exatamente?

Há inúmeros significados nessa frase...

Ela limpou o pincel antes de abrir uns potinhos de tinta.

— Não se preocupe. É tudo pela diversão.

Ela se inclinou e começou a pintar meu rosto com curtas pinceladas. Preciso dizer que não me importava de ela estar tão perto de mim. Era uma desculpa inocente para ficar perto dela, sentir seu cheiro, sem parecer inapropriado.

Também não pude deixar de olhar seu decote. Caralho. Ela tinha peitos maravilhosos. Seu cheiro também era maravilhoso. Nunca estivera *tão* perto dela. Ela cheirava a um misto de flores e bala.

— O que está olhando? — ela perguntou de repente.

Ergui os olhos e nem tentei negar. Porque estava bem claro que eu estivera gostando da vista.

— Para onde *espera* que eu olhe deste ângulo? Não tenho muita escolha. Só escolhi a melhor.

— Estou brincando, Hollis. Não me importo que olhe para mim.

Ela parou de pintar por um instante e olhou nos meus olhos. O sol destacava as mechas em seu lindo cabelo. Senti que eu estava começando a suar, e o tempo nem estava quente. Puta merda, ela era linda. Ok, então, talvez eu tivesse mesmo uma queda pela babá. Precisava deixar guardado esse segredinho sujo.

Quando ela voltou a pintar, fechei os olhos. Até que gostava de sua mão no meu queixo enquanto pintava. Era macia e delicada, e tive vontade de lambê-la. Mas claro que não o fiz.

— Podemos falar sobre sexo? — ela perguntou.

O quê? Meu coração acelerou.

— Humm?

Ela leu minha mente?

— Ok... então, Hailey disse uma coisa para mim, mais cedo, que me fez pensar se é hora de ter essa conversa com ela.

Respirei fundo, aliviado.

— Não queria fazer isso sem te consultar primeiro.

Pigarreei.

— Ah. Ok... bem, o que ela falou?

— Me contou que pensou que o pai que estava flertando comigo queria me foder. Claramente, ela sabe o que é sexo. Só pensei se, talvez, dado o fato de que está chegando à adolescência, alguém precisa conversar com ela sobre contraceptivos e tal.

Merda.

Porra.

Merda.

Ela é nova demais para isso, não é? Não, seria perigoso presumir isso. Melhor prevenir do que remediar.

— Ok... é, acho que está certa.

Ela colocou um pouco mais de tinta em seu pincel.

— Quer que eu faça isso? Que converse com ela... ou prefere...

— Oh, eu *não* prefiro. Não tem preferência aqui. Gostaria *mesmo* que você cuidasse disso. Espero que não esteja fora de suas funções como babá.

Eu daria minha bola esquerda para não precisar ter essa conversa com minha sobrinha.

— Acho que não temos funções *definidas*, temos?

— Bom, com certeza, cozinhar não é uma exigência para o trabalho, mas você cozinha mesmo assim. Não quero te desvalorizar. Você faz além. Mas acho que falar sobre sexo já é exagero.

— Não me importo. Tem algo que prefira que eu não fale com ela?

— Use seu bom senso. Só quero que ela esteja segura quando a hora chegar. Por mais que só pensar nisso já me deixe desconfortável, também não quero ser ingênuo. Me lembro dos adolescentes da escola transando, e sei que as coisas só pioraram. Seria muito fácil apenas jogar isso para debaixo do tapete. Então agradeço sua ajuda.

Ela parou de pintar por um instante.

— Posso te fazer uma pergunta pessoal?

— Pode...

— Antes de Hailey, presumo que costumasse levar mulheres para casa. Agora que ela está lá, onde você...

Minha boca se curvou em um sorriso com sua hesitação.

— Onde eu transo?

— É.

Ela pareceu ficar rosada. Adorei.

— Bem, não no apartamento.

Ela voltou a pintar.

— Certo. Estava curiosa... de como você fazia isso funcionar logisticamente.

Eu não sabia qual era a relevância da pergunta, além de simplesmente matar sua curiosidade.

— Bem, há outras formas — eu disse.

— Como...

— Como encontrar alguém na casa do outro no meio do dia ou contratar uma babá e sair à noite. Ter Hailey em casa limita minhas opções, mas...

Ela terminou minha frase.

— Mas, onde há força de vontade, dá-se um jeito.

Pensar em sexo enquanto ela estava com as mãos em mim — enquanto eu podia sentir sua respiração no meu rosto, e seus peitos estavam praticamente encostando em mim — definitivamente não era bom. Podia sentir que estava ficando excitado. Precisava mesmo pensar em outra coisa.

Hailey voltou, segurando duas raspadinhas.

Que bom. Agora vou conseguir.

— Ah, meu Deus! — Ela deu risada. — Você fez!

— Que merda vocês duas estão aprontando? — perguntei.

— Olha a boca, Hollis — Elodie disse.

Peguei meu celular para olhar meu rosto.

As tintas vermelha e preta foram chocantes. E ela tinha desenhado um chifrinho em cada lado da minha testa. Elas me transformaram no diabo.

— Então é assim que me enxergam?

— Lembre que é tudo pela diversão, Hollsy. — Elodie deu uma piscadinha.

Pensei se ela acharia que era tudo pela diversão se eu lhe desse um tapa na bunda e deixasse marca. Caramba, gostei dessa ideia. Talvez eu *fosse* o diabo.

— Cadê minha raspadinha? — zombei.

— Pensei que não quisesse.

— Você me perguntou?

— Quer que eu vá comprar uma?

— Só estou brincando, Hailey.

— Aqui.

Quando vi, Elodie tinha enfiado sua colher na minha boca. Agora ela estava me dando raspadinha. Preciso dizer que ela tinha um instinto bem maternal.

Me senti como um adolescente tarado tendo tesão pela mãe gostosa do amigo.

CAPÍTULO 12

Elodie

Coloquei a gaiola de viagem de Huey no chão.

— Oi. Liguei mais cedo. Tenho uma consulta às onze.

A mulher atrás da mesa da recepção digitou em seu computador.

— Você deve ser a sra. LaCroix.

— Não mesmo. Mas sou lacaia do sr. LaCroix, aparentemente. Meu nome é Elodie Atlier, e estou com Huey.

— Ãhh... ok. O veterinário vai chamá-la em breve. — Ela se levantou e colocou uma prancheta com papéis em cima do balcão. — Enquanto isso, pode preencher estes formulários, e me diga se Huey tem convênio.

Olhei para ela como se estivesse louca.

— Convênio? Tipo, convênio médico?

— Bem, sim. Convênio de animal de estimação.

— Isso existe?

A mulher franziu os lábios.

— Pode deixar essa parte em branco quando chegar nela, se não tiver.

Carreguei a gaiola até a sala de espera e me sentei. As primeiras perguntas foram bem fáceis — nome, endereço, número de telefone. Mas o resto da primeira página, toda a segunda e a terceira eram com perguntas sobre o histórico de saúde de Huey.

Ótimo. Hollis já estava irritado por eu ter feito a secretária dele tirá-lo de uma reunião quando vi que Huey não estava se sentindo bem naquela manhã. Sem contar que eu não tinha lhe contado que estava levando o pássaro dele ao veterinário com o cartão de crédito que me deu para usar para comida. Resolvi mandar mensagem, em vez de ligar.

Elodie: Qual é a data de nascimento de Huey?

Alguns minutos depois, ele me respondeu.

Hollis: Como vou saber? Ele foi resgatado na Austrália.

Deus. Que babaca. E bem quando eu tinha começado a pensar que, talvez, o tivesse julgado mal.

Elodie: E o histórico médico dele? Quais vacinas ele tomou nos três últimos anos?

Um minuto depois, meu celular tocou.

— O que está fazendo?

Revirei os olhos. Talvez *não se possa* ensinar novos truques a cachorros velhos.

— Alô, Hollis. Tudo bem?

— Elodie, agora não. Estou no meio de uma reunião importante de negócios.

— Se é tão importante, por que está olhando suas mensagens?

Ouvi o que pareceu ser algo cobrindo o telefone e, então, um abafado:

— Senhores, podem me dar licença um minuto, por favor? — Alguns segundos depois, uma porta se abriu e fechou, e Hollis voltou à linha. — Onde você está?

— Então você pede *licença* e *por favor* para as pessoas da sua reunião e nem dá um simples *oi* para mim?

— *Elodie...*

— Certo. Estou no veterinário com Huey.

Ele resmungou algo que não consegui entender.

— Por quê?

— Te falei quando liguei que ele está estranho.

— Ninguém pediu para você levá-lo ao veterinário.

Me sentei mais ereta.

— Quando alguém está sob meus cuidados, tomo as decisões médicas que acho apropriadas. Faz parte do meu trabalho.

— Não é de Hailey que estamos falando. É de um maldito pássaro.

— *Um maldito pássaro que não está se sentindo bem.* Vai responder as perguntas ou não? Preciso preencher a documentação antes da consulta.

— Onde é o consultório?

— É do dr. Gottlieb, a alguns quarteirões do seu apartamento.

A recepcionista chamou.

— Elodie Atlier e Huey?

— Preciso ir. Obrigada pelas informações úteis.

Desliguei antes de o sr. Mal-humorado poder falar mais alguma coisa.

A recepcionista me levou a uma sala de exames e, alguns minutos depois, um homem mais velho de jaleco entrou.

— Uau. Que lindeza.

Gostei dele imediatamente, já que pareceu que ele nem reparou em mim e realmente estava se referindo ao pássaro.

— Obrigada. Este é Huey. Desculpe não saber muito sobre ele, além de ele ser uma cacatua preta australiana que foi ferida em algum momento e resgatada. Pertence ao meu patrão, que não pôde estar aqui.

— Tudo bem. Vamos descobrir o problema de Huey.

O veterinário se virou, pegou um quarto de um biscoito em um vidro e abriu a porta da gaiola. Ofereceu a Huey, que pareceu totalmente desinteressado.

— Foi exatamente o que aconteceu hoje de manhã, quando a menininha de quem cuido tentou lhe dar um biscoito. Geralmente, quando alguém chega na casa, ele grita e fala algumas palavras. Mas ele não disse nada quando cheguei esta manhã e não comeu seu biscoito matinal. Então, voltei para o apartamento depois de deixar Hailey na escola, só para ver como ele estava, e o encontrei no chão da gaiola meio curvado, em vez de no poleiro, e suas penas pareciam meio... fofas.

— Ah. Sim. Penas fofas, normalmente, são o primeiro sinal de doença. Pássaros costumam estufá-las quando estão com frio, no entanto, se a temperatura está boa, pode ser um sintoma, assim como mudanças de posições e postura irregular. — Ele assentiu. — Você fez boas observações.

O dr. Gottlieb acariciou as penas de Huey.

— Ele parece bem calmo agora, então vou examiná-lo e tirar um pouco de sangue, se não tiver problema.

— Sim. Claro. O que precisar fazer. — *Deixe a conta bem cara para o babaca que estava ocupado demais para falar sobre o pobre pássaro.*

Observei enquanto o veterinário examinava Huey e tirava sangue de uma veia da asa. Quando terminou, ele disse que demoraria um pouquinho para saírem os resultados, e era melhor eu aguardar na sala de espera. Ele ficou com Huey, só no caso de haver algo errado com ele que pudesse ser transmissível para humanos ou animais.

Me sentei diante de uma senhora com um cachorro no colo. Não pude deixar de notar o quanto ela e seu poodle se pareciam — cabelo branco frisado, rosto fino e nariz comprido. Para não ficar encarando, olhei uma pilha de revistas na mesinha de canto ao meu lado e peguei uma *Cosmo* — apesar de não conseguir ficar sem dar umas olhadas conforme folheava as páginas. Quando estava na metade da revista, me deparei com um daqueles testes de leitor. O título desse era: *Que tipo de homem é mais atraente para você?*

Tossi. Eu sabia a resposta desse sem responder nenhuma pergunta. *Do tipo babaca.* Ainda assim, comecei a fazer o teste, de qualquer forma.

Pergunta um: Quando os homens elogiam sua aparência, qual palavra eles mais usam?

As alternativas eram A. Maravilhosa, B. Sexy, C. Linda e D. Gostosa.

Humm. Diria que B.

Pergunta dois: Pelo que é mais elogiada pelos homens?

As alternativas eram A. Seu rosto, B. Suas pernas, C. Seu sorriso e D. Sua personalidade.

Considerando que peitos não eram uma resposta, circulei a A.

Pergunta três: Como descreveria sua personalidade?

As opções eram A. Tranquila, B. Tímida, C. Engraçada e D. Espirituosa.

Eu estava prestes a circular *A* quando uma voz grave falou por cima do meu ombro.

— Tem uma opção E para mandona?

Assustada, minha reação instintiva foi jogar a revista ao ouvir a voz, o que resultou em bater bem na cara do falante.

— O que é isso? — Hollis resmungou.

— É culpa sua. Não chegue assim de fininho. Tem sorte de eu não ter te derrubado.

A expressão de Hollis se transformou de bravo para divertido.

— Me derrubado?

— É. Sei autodefesa.

Ele deu risada.

— Tenho noventa quilos. Você não vai me derrubar, querida. Mesmo que saiba autodefesa.

— Você é um idiota, sabia disso?

— Foi o que me disseram. Agora, onde está meu pássaro pé no saco?

— Huey está lá nos fundos. Estou esperando os resultados do laboratório.

Hollis deu a volta e se sentou na cadeira ao meu lado.

— Vai demorar quanto tempo?

— Não sei. Mas não precisava ter vindo. Eu poderia ter resolvido sozinha.

— É mesmo? Então por que me ligou?

— Para te avisar que achava que seu pássaro estava doente, e porque precisava do histórico médico. Mas, obviamente, você não deu a mínima.

— Eu estava em uma reunião.

Estreitei os olhos para ele.

— Você foi grosseiro comigo no telefone. *Nas duas vezes.*

Hollis passou a mão no cabelo e suspirou.

— O pássaro é uma pedra no meu sapato.

— O que ele fez para você? Eu sei, eu sei... ele fala o nome da sua ex quando você entra. Grande coisa. Supere.

Ele fez careta.

— Ele me custou dezoito mil, para começar.

Ergui as sobrancelhas.

— Você pagou dezoito mil por ele?

— Não. — Ele cerrou a mandíbula. — Esqueça.

— Ãh, nem pensar, Hollsy. Quero saber qual é o seu problema com Huey. Ele é tão fofo.

Hollis desviou o olhar e encarou a janela da frente por um tempo, então pigarreou.

— Peço desculpa por ter sido grosseiro no telefone. Umas ações grandes despencaram hoje de manhã, e não estou supervisionando minha equipe como deveria, então assumimos um grande risco.

— O que você faz exatamente? Quero dizer, além de gritar com as pessoas?

— Sou gestor de fundos patrimoniais.

— Ah. — Assenti como se ele tivesse esclarecido. Então sorri. — Não faço ideia do que isso significa. Mas parece terrível.

Ele deu risada.

— Pode ser.

— Srta. Atlier? — a recepcionista chamou.

Me levantei.

— Sim, estou aqui.

Hollis me seguiu.

— Volte lá. O veterinário quer falar com a senhorita.

Huey tinha uma infecção. Precisava de antibióticos e, para administrá-los, tinha que ser sedado. O veterinário falou que, provavelmente, demoraria dois dias para ele poder ir para casa, então falei para o doutor que voltaria no dia seguinte a fim de visitar. Hollis me olhou engraçado quando falei que visitaria Huey, mas foi esperto o suficiente para não comentar.

Do lado de fora, na rua, Hollis olhou para o relógio.

— Preciso voltar para o escritório.

— Claro. Vá. Tenho um tempinho até buscar Hailey, então vou fazer umas compras no mercado.

— Pode ser que eu chegue tarde esta noite. Preciso controlar as coisas lá — ele disse. — Pode ficar mais se eu trabalhar mais horas do que o normal?

— Lógico. Não tenho vida.

— É verdade ou está sendo sarcástica? Ainda não consigo identificar isso em você.

Sorri.

— Não, é verdade. Queria estar sendo sarcástica.

Ele hesitou.

— Por que não tem vida? Presumo que não haja problema para homens te chamarem para sair.

Arqueei uma sobrancelha.

— Está dizendo que me acha atraente, Hollis?

— Nós dois sabemos que você é, então pare de enrolar e responda minha pergunta.

Precisei me esforçar para esconder meu sorriso.

— Estou em uma autoimposta greve de homens bem longa.

— Bem longa quanto?

Mordi o lábio inferior.

— Vai fazer dois anos agora.

Hollis arregalou os olhos.

— Você não faz... — Ele balançou a cabeça... — Deixa pra lá. Preciso ir. — Ele começou a se afastar.

— Hollis! — gritei.

Ele virou de novo e olhou para mim.

— *Fale tchau.*

Ele balançou a cabeça.

— Tchau, pé no saco.

CAPÍTULO 13

Hollis

Era quase meia-noite.

Não era minha intenção trabalhar até tão tarde. Embora Elodie tivesse me dito que não havia problema ficar até quando eu precisasse, eu não queria me aproveitar. Mas os clientes da West Coast precisavam de uma atenção especial, e minha equipe toda também tinha ficado para apagar o incêndio.

Estava silêncio no meu apartamento. Era agradável pra caramba entrar e *não* ouvir o nome de Anna berrado para mim. Joguei as chaves na mesa e fui procurar Elodie. A TV da sala estava ligada, mas estava no mudo, e havia legendas na base da tela. Elodie estava apagada, deitada no sofá a um metro dela. Peguei o controle remoto e ia desligar a TV, mas o programa chamou minha atenção. Um cara de cabelo comprido estilo italiano estava desabotoando a camisa quando uma mulher com um decote enorme à mostra entrou.

O que é isso?

As palavras apareceram na base da tela enquanto a mulher caminhava até o cara, dizendo alguma coisa:

"Merhaba tatlım."

Que porra é essa?

Será que ela estava assistindo a uma novela estrangeira? Era isso que aquela merda parecia. Uma vez, tive um cliente da Turquia, e poderia jurar que *merhaba* era olá em turco. A mulher que entrou e viu o cara dois segundos antes já estava com os peitos amassados nele.

Dei risada sozinho e apertei o botão de desligar. Elodie, definitivamente, era diferente. Eu não fazia ideia do que esperar dela. Me virando, observei-a inspirar e expirar algumas vezes enquanto dormia. Ela era linda mesmo. Dormindo relaxada, seus traços eram suaves e femininos. Mais cedo, seu cabelo estivera amarrado para trás, mas agora havia uma mecha grossa loira solta, sobre sua bochecha. Tive a vontade mais louca de tirá-la de seu rosto. Sua camisa estava desgrenhada e puxada para um lado, expondo uma clavícula delicada e uma pele lisa e clara. Engoli em seco. *Droga*. Enquanto uma parte de mim queria arrumar o cabelo dela, uma parte igualmente forte queria enfiar os dentes naquela pele imaculada e deixar marcas de mordida onde as pessoas conseguiriam ver. Era zoado, e eu salivei, pensando, *dois anos. Dois anos* que aquele corpo lindo não tinha sido tocado.

Esfreguei as mãos no rosto e fui até o sofá para acordá-la.

— Elodie — sussurrei.

Ela não se mexeu. Então cutuquei seu ombro.

— Elodie?

Seus olhos se abriram, e ela esticou os braços acima da cabeça. A camisa subiu com o movimento, expondo sua barriga. Não consegui deixar de olhar. Não ficava com uma mulher há um tempo, e estar perto de Elodie me fez perder a compostura. Sua barriga era tão lisa e chapada, e seu umbigo, pequenininho, exibia um diamante brilhante. Nossa, eu queria pegar aquela coisa com os dentes e dar um bom puxão.

Balançando a cabeça, obriguei meus olhos a olharem para qualquer lugar, menos para a babá. Pigarreei.

— Desculpe ter chegado tão tarde.

— Tudo bem. — Ela abriu um sorriso bobo e se sentou, tirando aquela mecha de cabelo do rosto ao se levantar. — Adoro ser paga para dormir.

— Vou chamar um Uber para você. Não quero que pegue o metrô a esta hora.

— Ok. Obrigada. Preciso ir ao banheiro primeiro.

Elodie saiu da sala, e eu usei toda a minha força para manter a cabeça baixa e me concentrar em chamar um carro para ela, *não* em olhar para sua bunda.

Quando ela voltou, eu ainda estava parado na sala.

— Seu carro chegará em três minutos.

— Oh, uau. É melhor eu descer, então.

Ela andou pelo apartamento, recolhendo suas coisas.

— Foi tudo bem esta noite?

— Sim, tudo certo. Comemos e assistimos séries na Netflix. Bem tranquila. Hailey foi dormir às nove, mas fui vê-la uma hora depois e ela ainda estava acordada. Acho que está empolgada com o último dia de aula amanhã.

Assenti.

— Tenho certeza.

Elodie pegou sua bolsa do sofá e a traspassou pelo corpo. Eu estava atrás dela e pretendia acompanhá-la até a porta. No entanto, depois de alguns passos, ela parou de repente, virou-se e segurou meu braço.

Quando vi o que estava acontecendo, eu girei no ar e caí de costas no chão. Fiquei sem ar com a pancada.

— *Que porra foi essa?*

Elodie se inclinou acima de mim, exibindo um sorriso enorme, e estendeu a mão.

— Hoje à tarde, você deu risada quando falei que conseguia te derrubar. Agora não vai mais duvidar das minhas habilidades.

— Sério? Poderia ter quebrado meu pescoço.

— Me certifiquei de que caísse no tapete e suavemente.

Empurrei a mão dela para longe e me levantei sozinho, esfregando a calça conforme levantava.

— *Aquilo* foi suave? Onde aprendeu a fazer isso?

— Te falei, aulas de autodefesa.

Esfreguei minha nuca.

— Acho que deve ter usado esse golpe uma ou duas vezes apenas?

Ela sorriu.

— Na verdade, essa foi a primeira vez que o apliquei fora da aula. E estou *muito feliz* por ter dado certo.

Ela tinha acabado de rebaixar minha masculinidade, e era provável que eu ficasse dolorido por uma semana, ainda assim, não consegui deixar de rir.

— Você evoluiu de pé no saco no sentido figurado para o sentido literal. Vá embora.

Ela abriu a porta e se virou de volta com uma piscadinha.

— Boa noite, Hollsy. Bons sonhos. E tente não sonhar demais com umbigos brilhantes.

No dia seguinte, Elodie me ligou no trabalho bem quando eu estava entrando em uma reunião com um cliente importante.

Atendi:

— E aí?

Ela me corrigiu.

— *Olá,* Elodie. Como você está?

— *Olá, Elodie. Como você está?* O que quer?

— Você teria alguma objeção a Hailey e eu irmos a uma festa de fim de ano na casa de uma amiga dela em Connecticut depois da aula hoje? Acho que os pais de Megan têm uma segunda casa em Greenwich e, como está bem quente, convidaram algumas meninas para uma festa na piscina.

Cocei a cabeça.

— Acho que não tem problema.

— Vamos pegar carona com eles, já que vim de metrô hoje de novo. Então você vai ter que nos buscar em Connecticut hoje à noite. Tudo bem?

Suspirei.

— Contanto que eu não precise estar lá em uma hora específica. Não sei quando vou sair daqui. Sem contar que, sexta à noite, o trânsito para sair da cidade é um pesadelo.

— Tudo bem. Vamos ficar lá até você chegar.

— Ok, então, me envie o endereço por mensagem.

— Parece que você está sem ar. Tem certeza de que não interrompi um dos seus encontros da hora do almoço?

O comentário dela fez minha pulsação acelerar um pouco. Qualquer implicação de sexo me lembrava do quanto eu estava necessitado.

— Estou sem ar porque você está me atrasando para uma reunião.

Só que agora, por algum motivo, eu estava imaginando Elodie deitada na minha mesa, nua. Talvez isso também tenha contribuído um pouco para minha falta de ar.

Algumas horas mais tarde, eu ainda estava em reunião quando Elodie ligou de novo. Quase deixei cair na caixa-postal, porém, me lembrei de que ela e Hailey estavam indo para Connecticut. Fiquei preocupado de poder ter acontecido alguma coisa.

Ergui o dedo indicador e saí da sala para atender a ligação.

Falando baixo, atendi.

— Está tudo bem?

— Sim. Na verdade, acabamos de chegar. Mas tem um problema.

— Qual?

— Ligaram do consultório do dr. Gottlieb. Huey se recuperou mais rápido do que eles esperavam. Querem que o busquemos e o levemos para casa hoje. Estou aqui com Hailey, então não posso ir.

— Ele não pode passar a noite lá? Posso buscá-lo de manhã.

— Perguntei isso, mas eles insistiram para irmos agora. Tem a ver com o fato de precisarem de espaço.

— Droga. — Passei a mão no cabelo. — Então é para eu pegar Huey, levá-lo até minha casa e, depois, ir para Connecticut?

— A menos que queria que eu deixe Hailey aqui e volte para a cidade para buscá-lo.

Suspirei e resmunguei:

— Não. Eu vou buscá-lo.

— Caramba, você está me amando hoje, não está?

Se ela soubesse o que se passava na minha cabeça quando se tratava dela...

— Tchau, Elodie.

— Você não sabe dar oi adequadamente, mas, com certeza, não tem problema em falar tchau. — Ela deu risada.

Mais tarde, conforme eu tentava finalizar meu trabalho para poder sair na hora para minhas funções de motorista, Addison entrou no meu escritório.

— O que foi? — soltei antes mesmo de ela falar.

— O que deu em você? Está ainda mais ranzinza do que o normal hoje.

Parei de digitar e girei minha cadeira na direção dela.

— Se quer saber, Addison, parece que não consigo trabalhar sem me interromperem... minha babá é a primeira da lista. Primeiro, ela me pede para ir buscá-las em Connecticut esta noite, o que não tem problema, só que agora, porque ela está lá e eu, aqui, preciso buscar o maldito pássaro em um hospital veterinário em que ele nem deveria estar.

— O que aconteceu com Huey?

— Penas fofas e uma suposta infecção que, provavelmente, teria sumido sozinha. Elodie insistiu em levá-lo. Ela é um pé no saco. Tão irritante... tão... — Parei de falar.

Addison deu um sorrisinho.

— Ah, meu Deus.

— O quê?

— Você sente algo por ela.

Cerrei o maxilar.

— Do que está falando?

— Você nunca se irrita com mulheres desse jeito. E eu a vi... ela é linda. Acho que está começando a se apaixonar por Elodie. E isso está te irritando. Por isso está tão ranzinza.

— Não seja ridícula.

— Ridícula? Poderia apostar meu carro que vocês vão acabar na cama em uns três meses... se demorar tanto assim.

— Você é louca. Seu Bentley?

— Sim. Meu precioso Bentley. Não preciso me preocupar, então posso dizer, com segurança, que, se ainda não tiver dormido com ela em três meses, vou lhe dar.

— É o seu bem mais precioso, seu queridinho.

— Isso mesmo.

Voltei ao e-mail que estava escrevendo. Digitei e falei ao mesmo tempo.

— Não quero seu carro, Addison.

— Bem, você não vai ganhá-lo.

Parei de digitar.

— Não vou dormir com Elodie. Não apenas porque ela me deixa louco, mas porque Hailey a ama. Eu nunca prejudicaria esse relacionamento me metendo nele.

— Oh, você vai meter alguma coisa, sim.

Dei risada.

— Saia daqui.

Eu adorava meu relacionamento com minha sócia. Conversávamos um com o outro como dois homens em um bar.

Olhei para o meu celular.

— Merda. Ainda preciso ligar para Davidson.

— Eu cuido da ligação com Davidson. Você já está lotado de coisas e, pelo que me contou, tem um monte de tarefas hoje à noite. Por que não sai mais cedo pela primeira vez em sua carreira?

— Não é meu estilo, Addison. Sabe disso.

Ela me pressionou de propósito.

— É, bom, nem é seu estilo buscar pássaros ou dirigir para Connecticut em uma sexta à noite. Essa babá, com certeza, tem você na palma da mão.

— E você, com certeza, sabe como me irritar. — Eu estava suando. — Pensando bem, talvez eu precise de uma pausa. — Me levantei. — Cuide da ligação com Davidson.

O consultório do veterinário estava lotado. Havia quatro pessoas antes de mim na fila para, então, eu poder falar para eles que estava lá para pegar o maldito pássaro.

Quando seria minha vez, a atenção de todos foi para um homem que entrou rodopiando com um bode.

A porra de um bode!

Ele furou a fila.

— Com licença, linda — ele disse para a moça da recepção. Ele tinha sotaque australiano. — Estou com uma emergência. A família e eu estamos na cidade visitando minha irmã que acabou de se mudar para cá. Dirigimos lá da Califórnia. Enfim, estávamos descendo a rua quando uma explosão alta soou do chão. Ainda não entendi o que foi... algum tipo de explosão. Todo mundo está bem. Mas o Pixy aqui... bem, ele desmaiou. Ele faz isso às vezes quando se assusta. Mas, desta vez, bateu a cabeça muito forte no asfalto. Desde então, parece um pouco desorientado. Então, quero que examinem a cabeça dele.

Eu tinha quase certeza de que era *esse cara* que precisava ter a cabeça examinada.

A mulher deu a volta no balcão e se abaixou.

— Ele é tão fofo.

Todos no consultório agora estavam bajulando o bode. Espere. Não era apenas um bode — era um bode de fralda.

— Normalmente, ele faz cocô no lugar certo — o homem completou. — Mas, quando está nervoso, ele se caga. Por isso a fralda.

Muito obrigado, Elodie. Obrigado por me meter nesse fuzuê.

— Com licença — finalmente interrompi. — Mudando de assunto, estou aqui só para pegar meu pássaro. Alguém pode, por favor, trazê-lo?

— Vai precisar esperar, senhor.

— Tecnicamente, é a minha vez. Este cavalheiro e seu bode furaram a fila.

— Foi mal, amigo. Não foi de propósito. Só estava tentando ver se meu garoto está bem.

— Vamos levá-lo para ver o doutor — a mulher disse. Então, guiou o homem e seu bode para dentro.

Baaa. Pude ouvi-lo do corredor.

Quando eles trouxeram Huey, eu estava pronto para matar alguém. Parecia que meu pássaro estava totalmente normal. Havia uma etiqueta hospitalar grudada em sua gaiola: *Huey P. LaCroix.*

P? O que significava esse P?

— Ele vai ficar bem — a enfermeira explicou. — Obrigada por vir buscá-lo. Sei que é mais cedo do que o combinado.

Olhei para Huey e me senti meio mal por duvidar de sua necessidade de vir ao hospital, porque ele *parecia mesmo* bem melhor do que na manhã em que Elodie o trouxera. Por mais que eu falasse mal dele, nunca realmente quis que lhe acontecesse algo ruim. Em alguns dias, eu apenas desejava que ele voasse para um lugar mais feliz.

Estávamos quase na porta quando ouvi de novo.

Baaa.

Aquele maldito bode era barulhento.

E de novo... *Baaa.*

Espere um pouco.

Não estava vindo do corredor. Estava vindo de... Huey.

Ele abriu o bico. *Baaa.*

Que. Porra. É. Essa?

Eu o carreguei de volta para a recepção.

— Com licença. Meu pássaro sempre falou apenas uma coisa a vida inteira. Mal emitiu outro som além dessa única frase, e agora está fazendo sons de bode porque, aparentemente, pensa que é engraçado imitar aquele... *animal*... lá. Quer me dizer como vou viver assim?

Ela deu de ombros.

— Não é típico de pássaros como ele? Imitar coisas? Não é um problema de verdade.

— Não? Ele chega aqui sendo pássaro e sai sendo um maldito bode, e não é um problema? — Parecia que uma veia tinha estourado na minha cabeça.

Eu estava ficando nervoso. Só precisava ir embora.

O australiano saiu do corredor.

— Ei, amigo. Não pude deixar de ouvir você gritando. Imitação é a forma mais elegante de bajulação. E Pixy está *muito* lisonjeado.

Os sons de *baa* me deixaram maluco no caminho até em casa.

Deixei Huey em seu lugar, entrei no chuveiro e bati uma bem rápido para me acalmar antes de me trocar e colocar roupas casuais.

Como esperado, o trânsito foi lento quase o caminho todo até Greenwich. Ainda bem que eu tinha saído mais cedo do trabalho.

Quando cheguei à casa da amiga de Hailey, eu estava morrendo de fome. Não comia desde o café da manhã.

Estava um cheiro de churrasco no ar. Meu estômago roncou.

O sol ainda não tinha ido embora. Provavelmente, ainda faltava uma hora para ele se pôr.

Uma mulher me viu me aproximando da propriedade e abriu um portão que levava à área da piscina.

— Você deve ser o tio de Hailey.

— Sim. — Estendi a mão. — Hollis LaCroix.

Ela me cumprimentou, me olhando de cima a baixo.

— Lindsey Branson, mãe de Megan.

— Obrigado por receber Hailey.

— Foi um prazer. E sua Elodie também é ótima.

Minha Elodie?

Estava ansioso para encontrar Elodie e brigar com ela quanto ao que aconteceu com Huey. Ainda queria culpá-la pela coisa toda, embora, lá no fundo, eu soubesse que não era culpa dela. Só gostava de direcionar minha raiva para ela, por algum motivo.

No entanto, quando passei por aquele portão e a vi, não consegui lembrar de nada que tinha a dizer. Elodie estava deitada em uma espreguiçadeira usando um biquíni que mostrava sua barriga sarada — e shorts jeans curtos. *Caralho.* Aquela barriga com piercing de diamante estava brilhando na luz do sol que restava, e seus peitos estavam empinados de alguma forma. Eu nunca a vira tão exposta. Naquele ambiente, não era inapropriado. Era simplesmente *sexy*.

Quando ela me viu, levantou-se e se aproximou.

— Aí está você. — Ela sorriu. — Conseguiu chegar. Deu tudo certo hoje?

No caminho inteiro até lá, eu tinha pretendido brigar com ela. Pelo quê, exatamente? Nem eu sabia. Agora, tudo que eu queria fazer era olhar para ela. Bem, queria fazer mais do que olhar, mas sabia que isso não iria acontecer.

Em vez de brigar, eu disse:

— Foi tudo ótimo.

— Que bom. — Ela sorriu. — Está com fome?

Meus olhos baixaram por seu corpo.

Morrendo de fome.

— Posso comer.

— Vou fazer um prato para você.

— Não precisa fazer isso.

— Eu sei. Mas quero. Você teve um dia longo.

Enquanto eu a seguia em direção ao cheiro de churrasco, falei:

— Sabe, você meio que é uma anomalia.

— Como assim?

— Bem, odeia a maior parte dos homens. É bastante independente. Ainda assim, quando pode, tenta me servir ou me alimentar. Não sei se entendo.

— É simples — ela explicou ao pegar um hambúrguer e começar a fazer meu prato.

— É? Me esclareça.

— Você não espera. Não é o tipo de cara que presume que o papel de uma mulher é na cozinha ou que você é superior simplesmente porque é homem. Hailey me contou o que ensinou a ela sobre ser uma mulher forte e não aceitar merda das pessoas. Tenho prazer em fazer, porque não espera ser servido. — Ela me entregou o prato. — Aqui está.

— Obrigado.

— Por nada.

Voltamos às espreguiçadeiras, e Hailey finalmente me viu.

— Oi, tio Hollsy! — ela berrou da piscina.

Acenei e falei com a boca cheia.

— Oi, Hailey.

— Podemos ficar mais? — ela perguntou.

— Sim. Um pouco mais — respondi.

Com certeza não iria insistir para ir para casa cedo quando poderia ficar ali, olhando o corpo de Elodie daquele jeito.

É, era oficial. Addison tinha razão.

Sinto algo por Elodie.

CAPÍTULO 14

Elodie

É. Tenho quase certeza de que ele sente algo por mim. Pelo menos, a forma como ele estava olhando, disfarçadamente, meus seios e minha barriga indicava isso. Ou talvez fosse um desejo meu porque o achava bem atraente.

Hollis estava de camisa polo cinza e calça cáqui, seus óculos escuros pendurados na abertura da camisa. Adorava quando ele se vestia mais informal.

— Na verdade, não moro longe daqui — eu disse.

— É mesmo. Me esqueço de que você é do mato.

— Gosto de morar fora da cidade. É tranquilo. Meu ex-marido e eu tínhamos uma vida social bem ativa na cidade. Não me levou a lugar algum. Prefiro acordar com passarinhos cantando do que com buzinas e gritos todos os dias. — Sorri. — E isso era em nosso apartamento.

— Seu ex parece influenciar muitas das decisões que você toma.

— É. Mas passar por isso só me deixou mais forte.

— Mais forte ou cautelosa?

— O que quer dizer?

— Dois anos, Elodie? E o único homem com quem convive é em uma novela turca com legendas?

— Como sabe disso?

— Estava passando no Youtube na TV quando cheguei e te acordei ontem à noite.

— Ah... bem, é... Aquele cara é... bem legal. — Sorri, tímida.

— E ele não pode te machucar.

— Aonde está querendo chegar?

— Ele não pode te machucar, como seu ex-marido fez... o cara que a inspirou a se tornar isca de homem. O cara na TV é seguro.

— Acha que sabe como me sinto, não é?

Ele ergueu a sobrancelha.

— Não sei?

— Não vejo *você* em um relacionamento saudável. Mal consegue olhar para seu pássaro porque ele o lembra de uma garota que te deu o fora. Acho que você também tem um histórico de coração partido.

Antes de ele poder responder meu comentário, Hailey interrompeu. Ela estava pingando da piscina e tremendo.

— Posso dormir aqui? — ela perguntou.

— Não — Hollis respondeu. — Vim até aqui para te buscar. Isso significa que vai para casa comigo.

Ela fez beicinho, depois correu de volta para a piscina e pulou na água.

— Posso buscá-la amanhã de manhã e levá-la de volta, se você quiser — ofereci.

Apesar de estar pegando o metrô para a cidade na maioria dos dias para economizar combustível, ainda usava meu carro nos dias de folga.

— Não. Ela precisa aprender que, às vezes, a resposta é não.

— Ok.

— Além do mais, você não vai trabalhar amanhã.

— Não tenho mais nada para fazer. Pela primeira vez na vida, realmente gosto do meu trabalho. Fico ansiosa pelas segundas-feiras.

— O que faz nos fins de semana normalmente?

— Durmo até mais tarde. Às vezes, saio, compro comida para o café da manhã e vou para a casa da minha amiga Bree. Mais tarde, faço compras para a semana ou, talvez, trabalho um pouco em minha arte. Nunca tenho planos, na verdade.

— Dado seu hiato de dois anos com homens, imagino que fique em casa à noite curtindo o Fabio turco.

— Ele é o homem perfeito, não é? Lindo, engraçado, charmoso e não trai.

— Ele precisa de um corte de cabelo.

— Não zombe do meu programa até assistir, Hollsy. Tem umas mulheres bonitas para você, considerando que também não tem muita vida noturna no fim de semana. — Dei uma piscadinha.

Durante o trajeto para minha casa, Hollis nos contou o que aconteceu com Huey no veterinário. Hailey e eu demos muita risada. Ele não ficou feliz.

— Ele não fala nada além de "Anna chegou" há anos, e resolve mudar pra esse barulho? — Hollis soltou.

— Acho que ele sabia exatamente como te enlouquecer — eu disse.

— E o que significa o P no nome dele? Você deu mais um sobrenome para ele? — perguntou.

Dei risada.

— Significa *pássaro*.

— Criativa. — Ele riu.

— Bom, havia uma lacuna para o nome do meio no documento de admissão, então...

Hailey interrompeu a conversa quando, de repente, indagou:

— O que é PQQF?

Hollis e eu nos olhamos, sem saber como responder.

— Por quê? — perguntei.

— Megan ouviu a mãe dela chamar o tio Hollis disso. PQQF é tipo um xingamento?

Joguei a cabeça para trás, rindo.

— Bem pensado.

Claramente, Hollis não sabia como responder sem usar a palavra *foder*.

Rapidamente eu estava aprendendo que uma das minhas tarefas como babá de Hailey era salvar a pele de Hollis quando se tratava de certos assuntos.

— PQQF significa *Papai que quero falar* — eu disse.

Ela franziu o nariz.

— Tipo conversar?

Assenti.

— Exatamente.

— Ah. Não é tão ruim. Mas estranho ela dizer isso porque ele nem é meu pai. — Ela deu de ombros. — Você é uma babá com quem eu gosto de falar, Elodie. Isso te torna uma... BQQF?

Hollis olhou para mim, me causando calafrios quando ele murmurou baixinho:

— Elodie, definitivamente, é uma BQQF.

— Moro aqui. — Apontei para minha casinha, e Hollis parou o carro.

Ele colocou em ponto-morto e olhou em volta.

— Não tem muita coisa para ver aqui. Eu não adivinharia que você é uma garota do campo.

— Não sou. Originalmente, sou do Queens. Me mudei para cá quando me casei com Tobias. Ele queria sair da cidade, e o pai dele tinha acabado de se aposentar e se mudar para uma comunidade de idosos aqui perto. Ele gostou da área, então alugamos esse pequeno bangalô para testar. Só que nosso aluguel durou mais do que o casamento.

— Mas você ficou.

Dei de ombros.

— Gosto de estar mais perto da natureza. Apesar de, ultimamente, sentir falta da cidade, e morar lá seria mais conveniente, certamente.

— Por que não se muda de volta?

— Minha melhor amiga é minha vizinha. Na verdade, ela é meia-irmã do meu ex-marido. Foi assim que nos conhecemos. Mas Bree... não está bem. Tem uma doença de pulmão que a impede de sair muito. Então quero ficar perto para ajudar, apesar de ela não me deixar ajudar muito.

Hollis me encarou de um jeito engraçado.

— É muito gentil da sua parte.

— Não muito. Ela também é minha psicóloga extraoficial e me aguentou nos últimos anos. Acho que preciso dela para minha saúde mental mais do que ela precisa de mim para ajuda física. Na verdade, se não fosse por ela, nós não teríamos nos conhecido.

Ele uniu as sobrancelhas.

— Como assim?

— Bree viu seu anúncio de babá em algum lugar e me encorajou a enviar currículo. Ela detestava meu trabalho com Soren.

Hailey tinha se deitado no banco de trás uns minutos depois de pegarmos a estrada. O último dia de escola e uma festa na piscina realmente a tinham deixado exausta. Mas, de repente, ela se sentou e se alongou.

— Preciso dar um mijão.

— Hailey, não fale assim — Hollis a repreendeu.

— Assim como?

— Dar um *mijão*. É tão elegante quanto uma mulher falar que precisa mijar.

— Mas eu preciso mijar. O que quer que eu diga?

Me virei e me intrometi.

— Hailey, querida, acho que seu tio prefere que diga que precisa ir ao banheiro... ou ao toalete. *Mijão* e *mijar* são meio grosseiros, até para mim.

— Então não posso usar certas palavras, mas o tio Hollis pode falar o que quiser?

Hollis disse *sim* ao mesmo tempo que eu disse *não*. Eu ia explicar que não era isso que ele estava dizendo, mas Hollis estragou tudo falando por cima de mim.

— Sou adulto — ele respondeu.

— Então, quando eu for adulta, não terá problema usar *mijão* e *mijar*?

— Não, porque, quando for adulta, será uma dama.

— Talvez eu não queira ser uma dama.

— Hailey, não me provoque.

Quase dei risada. Era exatamente o que ela estava fazendo. Eu sabia disso porque também gostava de provocá-lo.

— Por que não entramos na minha casa para você poder usar o banheiro, Hailey?

— Ok! — Ela abriu a porta de trás e pulou para fora.

Olhei para Hollis.

— Você quer entrar e dar um mijão também antes de pegar a estrada?

Ele estreitou os olhos.

— Vocês duas vão me fazer beber.

Dentro de casa, mostrei a Hailey onde era o banheiro social e, então, levei Hollis ao banheiro do meu quarto. Quando acendi a luz, percebi que todas as minhas calcinhas e sutiãs estavam penduradas na cortina do box. Naquela manhã, eu tinha lavado à mão as coisas que não colocava na máquina.

Hollis congelou.

— São roupas íntimas. Não vão te morder. Vai ficar seguro para mijar.

Ele resmungou alguma coisa baixinho e fechou a porta. Fui aguardar Hailey na cozinha.

Ela saiu do banheiro alguns minutos mais tarde, cheirando as mãos.

— Que sabonete é esse? O cheiro é muito bom.

— É de lavanda. Compro uns para você da próxima vez que eu for na Bath & Body Works.

— Obrigada. — Ela pegou um banquinho que estava guardado debaixo do balcão da cozinha e ficou à vontade. — Gosto da cor do banheiro também. É meio assustadora, mas bonita ao mesmo tempo.

Sorri.

— Obrigada. Eu que pintei.

Ela arregalou os olhos.

— Foi mesmo?

— Sim.

— Uau! Pode me ensinar a pintar daquele jeito?

— Posso te ensinar umas técnicas, claro. — Abri a geladeira. — Quer beber alguma coisa antes de voltar para a cidade?

Ela balançou a cabeça.

— Não, obrigada. Só vai me dar vontade de ir ao banheiro.

Ouvi a voz de Hollis antes de vê-lo.

— Então você é capaz de usar a palavra *banheiro* com Elodie.

Hailey se virou para olhar para o tio, então o ignorou totalmente e voltou a olhar para mim.

— Você pintou mais alguma coisa em algum lugar?

Assenti e apontei para o corredor.

— Primeira porta à esquerda. É um quarto de hóspedes, mas o uso para pintar.

Hailey pulou do banquinho e saiu.

— Quer beber alguma coisa, Hollis?

— Não, obrigado.

Ele parecia totalmente desconfortável ali parado na minha cozinha, então, claro que eu precisava piorar. Inclinei a cabeça.

— Mexeu em alguma?

— O quê?

— Minhas calcinhas. Mexeu em alguma enquanto estava no banheiro?

Ele puxou o colarinho da polo e olhou para o corredor.

— Aonde ela foi? Precisamos pegar a estrada.

Ah, meu Deus!

Eu estava brincando. Mas... *puta merda*... ele tinha mexido!

Cobri a boca e caí na gargalhada.

— Você mexeu, não foi? Seu pervertido!

Hollis foi até o corredor.

— Hailey... vamos!

Não consegui tirar o sorriso do rosto. Alguma coisa me divertia quando pensava em Hollis mexendo nas minhas roupas íntimas. Queria que Hailey não estivesse por perto para eu poder perguntar a ele se cheirara também. Pensar nisso me fez rir mais ainda.

Hollis voltou à cozinha. Sua expressão estava séria.

— Nós nos vemos na segunda.

Acompanhei os dois até a porta. Hailey me surpreendeu com um abraço.

— Suas coisas são incríveis.

— Obrigada, querida.

Sorri para Hollis, que estava segurando a porta aberta para a sobrinha de forma impaciente.

— Seu tio também me acha incrível.

CAPÍTULO 15

Elodie

Só percebi quando comecei a escovar os dentes na manhã seguinte. Mesmo naquele instante, ainda não conseguia acreditar. *Tinha* que estar ali, em algum lugar. Empurrei a cortina pela segunda vez, certa de que não devo ter notado minha calcinha preta da primeira vez que procurei. Deve ter caído de onde eu a tinha pendurado na cortina do banheiro e ficado na banheira. Não era possível...

Não era possível.

Ele nunca...

Ainda assim, a banheira estava vazia.

Em negação, verifiquei o resto do banheiro e toda a roupa suja. Eu tinha certeza de que estava pendurada ali no dia anterior, quando mostrara o banheiro a Hollis. Eu a vira com meus próprios olhos. E o sutiã do conjunto ainda estava bem ao lado de onde a calcinha estivera. Eu *sempre* usava conjunto, *sempre* os lavava juntos e *sempre* os pendurava um ao lado do outro para secar. Mas agora... tinha desaparecido.

Não conseguia parar de balançar a cabeça. Tinha que contar para alguém. Então, peguei o robe no gancho do banheiro, enchi minha caneca de café até a borda e fui para a vizinha. Fazia uns dias que não via como Bree estava, de qualquer forma.

A porta abriu.

— *Ele roubou minha calcinha*! — marchei para dentro.

Bree franziu o rosto.

— O quê? Quem? — Ela fechou a porta e me seguiu até a sala.

— Meu novo chefe. Eu tinha quatro conjuntos de calcinha e sutiã pendurados no banheiro e, hoje de manhã, minha calcinha preta de renda tinha sumido.

Estivera tão envolvida na minha história idiota que nem percebi que Bree não parecia muito bem. Estava pálida e se apoiava no sofá como se estivesse tonta.

Fui até ela e segurei seus braços.

— Você está bem? Não parece muito legal.

— Estou bem. É só... que o médico mudou o remédio, e acho que me deixou meio tonta.

— Bem, venha, vamos sentar. — Fiz Bree se acomodar no sofá e me abaixei diante dela. — Devemos ligar para o médico? O que posso fazer? E por que não está com seu oxigênio?

Ela acenou para eu parar.

— Não. Estou bem. Não ligue para ninguém. Acho que... devo ter levantado muito rápido. Foi apenas isso. E só estava indo para a cozinha fazer um chá, então tirei meu oxigênio porque não o uso perto do fogão.

Procurei o tubo do oxigênio que serpenteava pela casa e encontrei a ponta com a cânula nasal pendurada no braço do sofá.

Pegando-a, ajudei-a a colocar.

— Sente-se e relaxe. Vou fazer o chá para você.

Fui até a cozinha, fervi água na chaleira e fiz o chá preferido de Bree, de hortelã. Eu a servi na sala, em sua xícara Tiffany preferida, que ela deixava de enfeite, mas nunca bebia nela.

— Não entendo o fato de colecionar louça e não usar. Você ama esse conjunto, por que não usa?

Ela deu um golinho.

— Acho que não quero quebrá-lo.

Arqueei uma sobrancelha.

— Você quebra xícaras com frequência?

Ela sorriu, o que me fez sentir bem melhor.

— Não.

— Então está certo. De agora em diante, você come e bebe na louça que coleciona. Acredite em mim, sua louça bonita quer mais do que ser admirada. É útil se você der uma chance.

Observei enquanto Bree bebia o chá — talvez vigilante demais.

— Estou bem. Pare de esperar que eu capote.

— Tem certeza de que não devemos ligar para o médico? Não faria mal ligar para seu pneumologista.

— Não. Só precisava me sentar por um minuto.

Analisei-a. Sua cor tinha melhorado, e ela não mais parecia que iria desmaiar.

— Ok. Mas levante-se com calma a partir de agora. Qualquer um que bater à sua porta pode esperar que você atenda ou pode ir se ferrar.

Bree sorriu tristemente.

— Talvez eu compre um capacho dizendo isso.

— Não me faça mandar fazer um para você.

Ela deu risada.

— Então, o que estava dizendo? Seu chefe pegou sua calcinha?

— Ah. É. Isso mesmo.

Isso era típico de Bree — mudar de assunto para não falar da sua saúde. Ela detestava lamentar sua doença. Na primeira chance que tinha, o foco sempre era voltado para mim. Pelo menos, naquele dia, minha história iria alegrá-la.

— Então, olha isso, Hollis... o sr. Ranzinza-pau-no-cu... *roubou minha calcinha.*

— Você... já dormiu com seu chefe?

— Não!

— Então como ele pegou sua calcinha?

— Hailey teve uma festa de último dia de aula na casa de verão de uma amiga em Connecticut. Pegamos uma carona para a casa depois da aula, mas meu chefe precisou nos buscar depois do trabalho. Ele me deixou em casa, e Hailey entrou para usar o banheiro. Hollis precisou ir também, então usou o do meu quarto. Você sabe que eu penduro meus sutiãs e calcinhas na cortina do box depois de lavá-los à mão, não é? Bem, depois que ele saiu, minha calcinha de renda preta sumiu.

— Tem certeza de que ele pegou? Não é muito o estilo de Hollis, pelo que me contou. Talvez você tenha guardado em uma gaveta ou está para lavar ou algo assim.

Balancei a cabeça.

— Eu procurei. E tenho certeza de que vi o conjunto lá quando acendi a luz e mostrei a ele o banheiro ontem à noite. Além disso, ele estava agindo estranho quando saiu. Na verdade, eu zombei dele e perguntei se tinha brincado com minha calcinha enquanto estava lá dentro, e ele ficou todo atrapalhado. Pensei que fosse porque ele havia mexido nelas... mas, hoje de manhã, vi que era porque ele havia *roubado*. O sr. Nervoso foi embora com minha calcinha escondida no bolso, Bree.

Uni as mãos e caí de costas no sofá. Contar a história me deixou tão animada quanto me senti quando percebi o que tinha acontecido. Eu daria risada ao pensar nisso por muito tempo ainda.

— O que vai fazer? Fingir que não sabe?

Me sentei.

— Esse remédio também te faz delirar? Você me conhece, Bree. Não vou deixar passar. Vou usar isso para torturá-lo.

Bree balançou a cabeça.

— Mas ele é seu chefe.

Dei de ombros.

— E daí? Ele que começou. Se não há problema em roubar minha calcinha, não há problema em provocá-lo. Além do mais, é muito divertido zombar dele.

— Por que acha que ele pegou? É solitário?

— Sinceramente, não faço a mínima ideia. Se ele for solitário, certamente não é porque não consegue um encontro. Até na festa de ontem, as mães ficaram bem animadinhas e atentas quando ele chegou.

Bree ficou quieta. Eu sabia o que ela estava pensando. Mas não era assim — não com Hollis, de qualquer forma.

— Pare de se preocupar. Não quero torturá-lo do mesmo jeito que fiz com os caras que conheci trabalhando para Soren. Hollis é diferente. Tenho quase certeza de que ele se sente atraído por mim, e isso realmente o irrita.

— Talvez ele seja diferente de uma forma boa — Bree rebateu. — Talvez ele seja o tipo de cara que usa bastante armadura porque está protegendo um coração frágil.

Bufei.

— Não sei, não. Acho que é mais porque ele não tem tido tempo para transar há umas semanas e não se importaria de traçar a babá. Mas é bem esperto para saber que pode não acabar bem e, então, terá que procurar outra. Por isso, bate uma com a calcinha da babá no rosto.

Bree pareceu cética.

— Só não seja demitida.

Sorri.

— Quem, eu? Nunca.

— *Baaa*!

Quando Hailey e eu entramos no apartamento na segunda-feira à tarde, Huey nos cumprimentou. Olhamos uma para a outra e sorrimos.

— Isso deixa seu tio maluco?

Seu sorriso se ampliou.

— Demais.

Demos risada.

— Vá tomar banho e tire essa coisa grudenta do cabelo. Vou começar a fazer o jantar, mas vou deixar a parte de cortar para você, quando sair do banho.

— Ok.

Hailey e eu tínhamos ido ao MOMA. E caminhamos pelo Central Park para eu poder mostrar a ela a fonte Bethesda, que tínhamos visto em dois quadros. Durante nossa caminhada, passamos por um vendedor de algodão-doce, e Hailey me convenceu a comprar para ela. Estava ventando, e seu cabelo comprido voou no algodão-doce cor-de-rosa umas doze vezes, deixando seus fios grudentos.

Na cozinha, coloquei a água para ferver e, então, ouvi a porta do banheiro se fechar. Como eu tinha uns minutos, resolvi dar uma xeretada. Hollis tinha agido normal — grosseiro — de manhã, e, já que Hailey acordava cedo, não tive chance de perguntar a ele sobre minha calcinha. Mas, talvez, eu pudesse encontrá-la, então teria certeza.

Ouvi na porta do banheiro para garantir que o chuveiro estivesse ligado e, então, fui para o quarto de Hollis. A porta rangeu quando a abri. Tinha olhado lá dentro na semana anterior, curiosa para ver como era o covil dele, mas nunca tinha realmente entrado.

Sentindo uma parcela de culpa, passei pela soleira. Estava invadindo a privacidade de Hollis. Mas, pensando bem, quanto é mais invasivo do que afanar roupas íntimas? Eu tinha todo direito de estar ali. *Olho por olho.* No entanto, como ele roubou minha calcinha, pensei que ele fosse mais um homem de *bunda por bunda*.

Olhei em volta. Havia uma cama king-size com uma cabeceira de madeira entalhada, que era a peça central do quarto, bem masculina e com lençóis luxuosos. *Aposto que são macios e confortáveis.* Tive um desejo forte de provar, rolar no centro da maciez listrada de azul-marinho e creme.

Outro dia, Elodie.

Bati meu dedo indicador no lábio.

Hummm...

Onde eu guardaria meu material de masturbação se fosse um ladrão de calcinhas? Fui ao lugar óbvio primeiro: as mesas de cabeceira ao lado da cama.

A da esquerda estava praticamente vazia — tinha umas baterias e uns controles remotos velhos. Mas a da direita estava bem cheia: camisinhas, colírio, uma caixa de relógio, um bloquinho de anotações, duas carteiras velhas, uma agenda telefônica, algumas canetas e outras coisas aleatórias entediantes.

Nada de calcinha.

Fechei a gaveta. Hailey não demoraria tanto no banho, e eu não queria ser pega, então precisava me apressar. Enfiei a mão debaixo do colchão, verifiquei debaixo da cama, abri todas as gavetas da cômoda e procurei rapidamente, e até verifiquei seu closet enorme — *nada de calcinha.* Suspirei, derrotada.

Talvez ele não tenha roubado. Será que poderia estar na minha casa e eu não tinha visto? Será que eu estava enganada, afinal? Estava prestes a apagar a luz quando a cama me chamou atenção de novo.

Hummm. Valia a pena tentar.

Dei a volta para o lado em que a mesa de cabeceira estava cheia — pensando que deveria ser ali que ele dormia —, puxei o lençol e ergui o travesseiro.

Bingo!

Ah, meu Deus!

Ah, meu Deus!

Meus olhos pularam para fora.

Minha calcinha.

Minha calcinha estava debaixo do travesseiro dele.

Apesar de eu estar procurando-a, fiquei chocada de realmente encontrá-la. *Principalmente debaixo do travesseiro dele.*

Encarei-a por muito tempo, sem saber o que fazer. Será que deixava lá? Levava? Não tinha uma etiqueta adequada por roubar de volta sua lingerie de um ladrão de calcinhas. Eu não fazia ideia do que fazer.

— *Elodie!*

Pulei, ouvindo a voz de Hailey.

Merda.

Merda.

Merda.

Rapidamente, soltei o travesseiro e coloquei o lençol de volta antes de sair correndo do quarto. Meu coração estava acelerado enquanto andei pelo corredor na direção do banheiro.

— Estou aqui.

— Pode pegar, para mim, um condicionador no armário do corredor? — ela berrou de detrás da porta do banheiro.

Coloquei a mão no peito, aliviada por não ter sido pega.

— Esqueci de pegar, e não tem mais.

— Sim. Claro. Espere um segundo.

Peguei o condicionador no armário e bati na porta do banheiro.

— Estou entrando, garota.

Coloquei-o em cima do vaso sanitário.

— Vou deixar bem aqui.

— Obrigada.

Saí do banheiro e fechei a porta. *Deus, essa passou perto.*

Agora eu sabia que tinha alguns minutos até Hailey terminar o banho, e poderia arrumar o lençol e pensar no que iria fazer.

Ainda com o coração batendo descontrolado, entrei de novo no quarto de Hollis. Fiquei na porta por bastante tempo, encarando a cama e tentando pensar em como lidar com essa situação. Então tive uma ideia — sério, como uma lâmpada acesa. Eu sabia *exatamente* como lidar com isso.

Entrei e fechei a porta, me certificando de trancá-la. Aproximando-me da cama, puxei de novo o lençol e peguei minha calcinha preta limpa debaixo do travesseiro. Então, desabotoei a calça, abaixei-a e tirei. Deslizei para baixo a calcinha pink de seda que estava usando e vesti a de renda preta que Hollis tinha roubado. Sorrindo, deixei a minha pink debaixo do travesseiro.

Aposto que vai gostar mais desta, pervertido.

Hollis estava de mau humor quando voltou para casa naquela noite. Tentei agir como se fosse trabalho, como sempre, apesar de não conseguir parar de pensar na situação da calcinha.

Ele nem me cumprimentou ao ir direto para o armário, pegar uma taça e se servir de vinho.

— A lasanha está esquentando no forno — avisei.

Hollis deu um longo gole, então, simplesmente grunhiu para indicar que tinha me ouvido falar alguma coisa.

Ele ainda não estava me olhando nos olhos.

Será que estava se sentindo culpado? Comecei a duvidar do que tinha feito para provocá-lo — por um milissegundo. Então voltei à realidade, me lembrando de que ele que roubara minha calcinha primeiro, portanto, tinha pedido por isso. *Ele* começou tudo.

Ele soltou sua gravata. Seu cabelo estava meio bagunçado. Uma coisa sobre Hollis era que ele ficava ainda mais sexy quando estava bravo.

Deu outro gole no vinho e, finalmente, perguntou:

— Algum motivo para ainda estar aqui? Precisa me contar alguma coisa sobre Hailey?

— Não. Nada. Hailey está ótima. Está arrumando o quarto dela. Tenho certeza de que ela vai te contar tudo o que fizemos hoje. — Após alguns segundos de silêncio desconfortável, falei: — Tenha uma boa noite.

— Você também — ele disse, massageando a tensão na nuca.

Isso é embaraçoso pra caralho.

Quando saí pela porta, percebi que eu estava com um pouco de ciúme da minha calcinha e da diversão que eles teriam sem mim.

CAPÍTULO 16

Hollis

Já desejou voltar no tempo e mudar algo que fez? Um erro idiota feito no impulso que tinha gerado repercussões?

Tenho muitos arrependimentos na vida. Mas mudaria uma única coisa, e seria o momento em que pensei que seria uma boa ideia guardar a calcinha de Elodie Atlier no bolso.

Aparentemente, acreditei que poderia me safar disso naquela noite. Mas foi o contrário, e abri uma enorme lata de minhocas das quais não conseguia me livrar. Com certeza, nunca pensei que ela fosse me provocar por roubá-la no segundo em que saí do seu banheiro. Ela é muito perceptiva.

No momento, desconfiava que ela soubesse que eu tinha feito mais do que encostar em sua lingerie. Será que eu teria sorte e o roubo não seria notado? Mas o fato de *não saber* estava me deixando louco. A incerteza me manteve agitado o dia todo e não me deixou me concentrar no trabalho. Basicamente, agora eu estava paranoico, como se tivesse cometido um crime e soubesse que a polícia iria aparecer na minha porta a qualquer minuto.

Mas, conforme a noite passou, consegui me acalmar. Hailey me contou sobre o dia delas no museu durante o jantar. A lasanha de Elodie estava fenomenal. Depois de umas taças de vinho e a barriga cheia, me senti menos nervoso.

Resolvi presumir que, mesmo que Elodie desconfiasse que eu tivesse pego a calcinha, ela não tinha como provar. Aquela sementinha de dúvida sempre existiria. Em certo momento, toda essa situação iria explodir.

No entanto, mais tarde naquela noite, ao ir dormir, percebi o quanto eu realmente era depravado. Porque, por mais que me arrependesse de pegar sua calcinha, continuava pensando no fato de ela estar debaixo do meu travesseiro. A única coisa que eu queria era pegá-la e usá-la como inspiração conforme me masturbava. *Que mal faria mais uma vez?*

Sim, eu tinha mesmo me masturbado com sua calcinha no rosto na noite anterior e agora estava pensando em repetir.

Tinha me convencido de que, se a oportunidade surgisse e eu voltasse à casa dela, poderia devolvê-la — talvez jogá-la atrás do aquecedor do banheiro ou algo assim. Seria como se essa coisa toda nunca tivesse acontecido. Então, pegá-la *mais uma vez* não faria mal a ninguém. Certo? Ninguém ficaria sabendo.

Mas, no fim, rolei para o lado e resolvi não pegá-la.

Não posso.

No entanto, após muitos minutos deitado ali olhando para o nada, a insônia venceu. Enfim, sucumbi ao fato de que precisaria de um alívio para dormir. Enfiei a mão debaixo do travesseiro e puxei a calcinha.

Meu coração estava acelerado e empolgado, mas parou de bater quando notei o tecido de seda. A cor era pink. *Não* era a mesma calcinha.

NÃO. Era. A. Mesma. Calcinha.

Encarei-a na mão como se estivesse viva.

Que porra é essa agora, Hollis?

Como descobriu que estava debaixo do meu travesseiro? O que ela estava fazendo no meu quarto? Queria lhe dar uma bronca por passar dos limites. Como ela ousava xeretar enquanto eu estava no trabalho?

Mas ela tinha a mim exatamente onde queria, porque eu não poderia repreendê-la.

Eu estava mais bravo comigo do que com Elodie. Eu tinha provocado isso. Por quê? Porque eu era impulsivo, tarado, egoísta — e a porra de um cheirador de calcinha, aparentemente.

Abri a gaveta da mesa de cabeceira e joguei a calcinha pink ali, depois a fechei com força. Era coisa demais para dormir agora.

Encarei a gaveta como se tivesse escondido um corpo no porta-malas. Elodie poderia ter pego sua calcinha preta de volta e não deixado nada no lugar. Poderia ter tirado uma foto para me provocar. Mas optou por deixar outra. Ela estava gostando desse joguinho, brincando comigo, aproveitando-se da minha atração sexual por ela.

Ela quer que eu fique com a calcinha.

Abri a gaveta lentamente e peguei a calcinha, passando o tecido de seda por meus dedos. Levei-a até o nariz e cheirei profundamente. *Ohhhhh.* Caralho. Enquanto a outra calcinha tinha vindo lavada e cheirava a sabão, essa tinha cheiro de mulher. Ela a tinha usado. Não havia dúvida. Me levantei e verifiquei se minha porta estava trancada.

Então voltei para a cama e me deitei, colocando a calcinha no rosto. Tirando meu pau duro, acariciei-o com firmeza, inspirando ao mesmo tempo. Se eu ia para o inferno por alguma coisa, pelo menos valeria a pena. E me masturbar com seu cheiro de verdade — sabendo que ela tinha tirado aquela calcinha para *mim*, sabendo que ela estivera contra sua boceta naquele dia — me deixava louco.

Não demorei. Gozei rápido e intensamente, espalhando tudo em minha barriga. Se alguém visse, pensaria que fazia dias que não me masturbava, quando, na verdade, a última vez foi na noite anterior.

No entanto, conforme a adrenalina do meu orgasmo se esvaía, comecei a voltar à realidade. E me enxerguei como um porco tarado deitado ali com a calcinha dela na cara. Amassei-a, joguei-a na gaveta e depois a fechei.

Na tarde seguinte, meu nível de concentração no trabalho estava ainda pior do que no dia anterior. De novo, eu não tinha conseguido olhar Elodie nos olhos ao sair para trabalhar naquela manhã. Eu pegara sua calcinha novamente quando acordei ao amanhecer, bati uma, então a deixei debaixo do travesseiro exatamente onde a tinha encontrado. Queria que ela pensasse que, talvez, eu não tivesse feito nada com ela, talvez nunca a tivesse encontrado, talvez me redimira e não quisesse mais nada com ela.

Eu sabia que estava me enganando. Passara pós-barba, e ela sentiria meu cheiro na calcinha.

Talvez uma parte de mim também quisesse isso. Eu era doente.

A voz de Addison me arrancou dos meus pensamentos.

— Olá? Terra para Hollis!

Eu estava rodando uma caneta na mão quando ela interrompeu minha reflexão.

Joguei a caneta na mesa.

— O que foi?

— Estamos te esperando na sala de reuniões há quase meia hora. Esqueceu da reunião das duas horas?

Merda. Esqueci completamente.

— Desculpe. Já estou indo.

Durante toda a reunião, Addison ficou me encarando, semicerrando os olhos... analisando. Ela me conhecia há muito tempo e conseguia perceber qualquer coisa.

Quando saímos da reunião, ela me encurralou na minha sala.

— O que deu em você agora, Hollis?

Primeiro, pensar em Addison saber o que estava havendo parecia humilhante. Mas a verdade era que seria bom saber sua opinião imparcial de como lidar com essa situação. Afinal, eu era chefe de Elodie, e o que eu fizera era mais do que inapropriado. Então, tanto do ponto de vista profissional quanto do pessoal, eu precisava de uma sugestão.

— Hoje é seu dia de sorte, Addison.

— Oh! E por quê?

— Porque vou te dar material para me chantagear eternamente.

— Xiiii. O que você fez? E, por favor, me diga que tem a ver com Elodie. — Ela sorriu. — Estou esperando algum avanço nisso.

Me preparei e comecei a lhe contar a história.

Addison achou tudo muito divertido.

— Seu safadão. É melhor do que eu esperava. Embora não saiba quem é pior, você ou ela.

— Pule a parte de me zoar. Como lido com isso?

— Só estou brincando. Isso não é um problema de verdade, Hollis. Está tudo na diversão.

— Você não vê problema nisso? Se eu roubasse sua calcinha, poderia me processar por assédio, e isso arruinaria minha carreira. Como isso é diferente?

— Bem, você, com certeza, assumiu um risco. Mas acho que assumiu, em parte, porque sabe que há uma atração recíproca aí, não é? Fica confortável com ela. E também presumiu, de maneira burra, que não fosse ser pego.

Suspirei.

— Ok, então, e agora?

— Só veja como as coisas vão acontecer. Por que precisa ter um plano?

— Porque nem consigo olhar para ela.

— Bom, precisa superar isso. Vocês dois são adultos e, claramente, ela está gostando disso.

Puxei meu cabelo.

— É uma puta confusão.

— Por quê? Por que é uma coisa ruim? É uma diversão inocente. Apesar de eu não achar que vá acabar de forma inocente.

— Já expliquei as consequências de me envolver com ela. Não escutou nada do que eu disse?

— Oh, é mesmo. Se as coisas não derem certo, *Hailey* pode ficar magoada.

— Precisamente.

— Não tem nada a ver com o fato de *você* poder se magoar também, certo?

Andei de um lado para o outro.

— Agora você está me analisando.

— Estou? — Ela cruzou os braços. — Acho que você enxerga Elodie exatamente como o tipo de mulher que gostaria na sua vida se não tivesse tanto medo de deixar alguém entrar nela. Acho que é por isso que você teme estragar tudo. *Não* apenas por causa de Hailey.

Parei de me mexer. As palavras dela me chocaram, mas eu não estava disposto a aceitar que ela estava certa.

Quando não falei nada, ela complementou:

— Nós tivemos muitas conversas bêbados, Hollis. Você mesmo me contou que as únicas duas mulheres que já amou... sua mãe e Anna... te abandonaram. Falou que nunca cometeria o erro de se envolver com alguém de novo. Se pensou que conseguiria simplesmente transar com Elodie, e acabar assim, estaria indo *na direção* dessa situação e não para longe dela. Você enxerga o potencial de algo mais aqui. E isso te assusta.

Falando em ir para longe, eu precisava sair da porra dessa conversa.

Voltei para trás da minha mesa e mexi em uns papéis.

— Estou atrasado com umas coisas administrativas.

— Viu? É isso que faz. Foge antes de ter que lidar com coisas que magoam. — Ela parou em frente à minha mesa e se debruçou nela até eu não ter opção a não ser olhar para ela. — Pare de deixar seu passado determinar seu futuro, Hollis. Permita que ele te torne uma pessoa melhor, não uma amarga.

Fechei os olhos rapidamente.

— Entendo o que está dizendo. Mas, mesmo que eu não tivesse quaisquer problemas que pensa que tenho, não é possível ter nada mais do que um relacionamento profissional com Elodie por causa de Hailey. Então não está aberto para discussão.

Depois que Addison saiu, as palavras dela me assombraram. Eu sabia que ela tinha razão.

Mesmo assim, eu não conseguia aceitar a possibilidade de acontecer algo mais com Elodie. Precisava de uma distração. Isso significava que eu precisava me aliviar com outra coisa que não fosse a calcinha de Elodie.

Hailey dormiria fora na sexta à noite. E eu teria o apartamento só para mim pela primeira vez em um tempo. Peguei o celular e enviei uma mensagem para alguém com quem eu sabia que não me envolveria profundamente.

Hollis: Sexta à noite na minha casa?

CAPÍTULO 17

Elodie

Eu estava tremendo. Literalmente tremendo. *Qual é o meu problema?* Tinha começado esse joguinho, mas agora estava nervosa.

Hollis e eu não tínhamos falado nada um com o outro naquela manhã. Não dava para saber se ele estava envergonhado ou bravo comigo pelo que eu fizera. E não me olhava por tempo suficiente para eu conseguir identificar.

Hailey e eu acabamos tendo um dia corrido, então não tivera oportunidade de me aventurar no quarto de Hollis para ver como estavam as coisas. Eu a levara para comprar roupas na Justice usando o cartão de crédito de seu tio. Depois fomos a Dylan's Candy Bar e nos recarregamos de açúcar.

Agora que estávamos de volta, Hailey tinha ido para seu quarto enquanto eu preparava o jantar.

Ela entrou na cozinha muitos minutos mais tarde e perguntou:

— Tem problema se eu descer para a casa da Kelsie?

Kelsie era a única garota da idade de Hailey que morava no prédio. Olhei para o relógio. Faltava uma hora e meia para Hollis chegar. Como eu sabia que, se ela saísse, eu teria oportunidade de xeretar como estivera morrendo de vontade de fazer, permiti.

— A mãe dela está em casa?

— Está. Eu a ouvi dizer que não tem problema.

— Só uma hora. Quero você de volta antes do seu tio chegar.

— Certo.

— Na verdade, vou te acompanhar até lá embaixo.

Não que eu não confiasse nela. Mas sabia o tipo de coisas que eu fazia quando tinha sua idade. No mínimo, precisava garantir que ela fosse para onde disse que iria.

Quando me certifiquei de que a mãe de Kelsie realmente estava em casa, voltei para o apartamento vazio.

Meu coração acelerou conforme seguia para o quarto de Hollis.

Fui direto para o travesseiro e o ergui, encontrando minha calcinha pink exatamente onde a deixara no dia anterior. Será que ele não a tinha visto? Refleti sobre isso — até eu cheirá-la. Tinha um cheiro almiscarado. Poderia ser do travesseiro? Eu não sabia. Tudo que sabia era que agora minha calcinha cheirava a Hollis. E isso me excitou bastante. Apertei os músculos entre as pernas. Tinha zombado dele sobre ser um pervertido, mas quem era pervertido agora? Porque eu só conseguia pensar em me sentar na cama dele e cheirar minha própria calcinha.

Não sabia o que fazer. Será que continuava esse jogo? Ou parava e deixava que ele tomasse uma atitude se quisesse continuar?

No fim, tirei a calcinha de novo. Só que, desta vez, coloquei-a na gaveta da mesa de cabeceira. Para fazê-lo procurá-la. Mudar um pouco.

No dia seguinte, Hailey e eu andamos de bicicleta pelo bairro e levamos nosso almoço para o Central Park, onde patinamos.

Eu tinha planejado atividades específicas que exigiriam que Hailey tomasse banho quando voltássemos. Na verdade, nós duas precisávamos de um banho. Eu fui primeiro.

Depois que saí e me troquei, Hailey entrou.

— *Baaa.* Anna chegou! — Huey gritou enquanto eu esperava para ouvir Hailey abrindo o chuveiro.

Quando ouvi a água correndo e estava confiante de que ela tinha entrado no banho, entrei no quarto de Hollis.

Olhei debaixo do travesseiro primeiro. *Nada.* Abri a gaveta onde tinha colocado a calcinha azul-royal no dia anterior e, com certeza, estava no mesmo lugar em que eu deixara. Ergui-a no nariz e fiquei empolgada ao sentir o cheiro do perfume de Hollis. Era isso: prova. Não tinha como ele não ter tocado nela.

Peguei você.

Nosso joguinho continuou ao longo da semana. Precisava admitir que estava ficando impaciente. Ficava esperando Hollis falar sobre o que estava acontecendo, dizer alguma coisa — qualquer coisa —, mas ele não se manifestava. Nenhum de nós tomava uma atitude. Acho que, no fundo, eu estava esperando que desse em alguma coisa. Mas acho que ter um fetiche de calcinha e querer um relacionamento eram duas coisas diferentes.

Quando chegou a sexta-feira, eu estava mais frustrada do que nunca. Naquela tarde, levei Hailey ao outro lado da cidade para dormir na casa de uma amiga.

Antes de voltar para casa em Connecticut para o fim de semana, resolvi ir ao apartamento para lavar umas louças que deixara na pia e alimentar Huey. Como Hailey estava fora, eu conseguiria sair cedo e não encontrar Hollis quando ele chegasse do trabalho. Eu tinha sentimentos confusos quanto a isso, mas, no fim, optei por não ficar.

Antes de sair, tirei minha calcinha amarela e a coloquei debaixo do travesseiro dele. Jurei que seria a última vez. Se nada saísse disso, eu não continuaria o jogo.

Peguei meu trem de volta para Connecticut e estava quase em casa quando entrei em pânico. Ao procurar na minha bolsa, vi que meu celular não estava em lugar nenhum. Será que eu o deixara na casa de Hollis? Não era típico de mim, mas minha cabeça não estivera no lugar naquele dia. Nunca que eu queria que Hollis tivesse acesso ao meu celular! Sempre tive muita preguiça de criar uma senha de segurança. Isso significava que ele conseguiria ver todas as minhas fotos, algumas das quais havia tirado anos antes, quando ainda estava casada com Tobias. Às vezes, eu enviava nudes para provocá-lo quando sabia que ele estava em uma reunião da faculdade. E tinha milhares de fotos antigas guardadas de celulares anteriores que tinham sido transferidas ao longo dos anos.

Merda. Eu precisava voltar.

Eram sete da noite quando peguei outro trem e voltei para a cidade. Ao entrar no prédio de Hollis, pensei se teria a sorte de ele não estar em casa. Bati, mas não obtive resposta, então decidi entrar.

Depois de virar a chave e abrir a porta, tomei o maior susto da minha vida ao ver Hollis em pé na sala — com uma mulher.

Ela tinha cabelo comprido ruivo e estava com roupa de trabalho. Os primeiros botões de sua blusa de cetim preta estavam abertos e revelando exatamente a quantidade certa de decote. Seus lábios estavam pintados de vermelho.

Ambos seguravam taças de vinho.

Isto é um encontro.

Interrompi um encontro de Hollis!

Mais do que brava, eu estava... devastada.

Seus olhos quase saltaram quando ele me viu entrar.

— Oh... ãh... — balbuciei. — Desculpe.

— O que está fazendo aqui? — ele soltou.

— Acho que esqueci meu celular. Estava no trem e tive que voltar.

— Deveria ter ligado ou... batido ou algo assim.

Ele está falando sério?

— Eu bati, mas, aparentemente, você estava ocupado demais para atender! Enfim, pensei que não fosse grande coisa. Esperava que não estivesse em casa.

— Da próxima vez, por favor, não use sua chave depois do horário.

Minhas orelhas queimavam. Não conseguia acreditar que ele estava me tratando de forma tão grosseira. *Foda-se ele.* Sem contar que ele estava planejando dar àquela vaca o *meu* orgasmo — o que eu *conquistara* por jogar aquele joguinho a semana inteira.

Ergui o queixo.

— Quem é essa?

— Essa é Sophia. — Ele se virou para ela. — Sophia, essa é Elodie, babá de Hailey.

— Olá — ela cumprimentou, olhando-me de cima a baixo.

— É um prazer conhecê-la — eu disse com tom amargo.

Passei por Hollis e segui para o corredor sem permissão.

— Com licença — ele pediu a ela.

E me seguiu conforme eu ia de quarto em quarto.

— O que pensa que está fazendo?

— Te falei. Estou procurando meu celular.

— Não pode simplesmente invadir aqui assim.

Sem parar, eu reagi:

— Está brincando? Passo mais tempo nesta casa do que você.

Finalmente avistei meu celular na pia do banheiro... Não lembrava de ter levado o celular para lá.

Ele o trouxe aqui?

Estava olhando minhas fotos?

Fiquei cheia de raiva.

De jeito nenhum iria deixá-lo transar com aquela mulher com minha calcinha debaixo deles.

Entrei no quarto dele e joguei seu travesseiro para o lado a fim de reaver minha calcinha. Tateei o lençol. Não havia nada ali. Tinha sumido.

— Cadê, Hollis?

Ele puxou o cabelo. Seu maxilar ficou tenso. Mas ele não falou nada.

— Não vou embora sem minha calcinha! — gritei.

Naquele instante, nós dois nos viramos e vimos Sophia parada na porta.

Ela não parecia feliz.

— O que está havendo?

— Sophia, sinto muito por isso — ele pediu.

— É. Eu também — ela bufou. — Boa noite, Hollis.

Seus saltos fizeram barulho no piso de mármore conforme ela marchava pelo corredor até a entrada. Quando ouvimos a porta da frente bater, o silêncio pairou no ar.

A voz de Huey soou ao longe.

— *Baaa!* Anna chegou.

— Está feliz agora? — Hollis finalmente perguntou.

— Não estou, não. Porque não encontrei minha calcinha.

— Vê como esta situação é ridícula?

— Na verdade, não. Você tem fodido com minha cabeça a semana inteira... me usando para se aliviar. Então, eu, inocentemente, volto aqui para pegar meu celular, que provavelmente você xeretou, e te encontro pronto para transar com outra.

— Por que é da sua conta com quem transo debaixo do meu próprio teto?

— É da minha conta porque está brincando com minha mente.

Ele deu alguns passos na minha direção.

— Você começou o jogo, Elodie.

Apontei para seu peito com o dedo indicador.

— Está fumando crack? *Você* começou ao roubar minha calcinha.

— Isso foi um erro — ele murmurou. — Foi só uma pegadinha.

— Uma pegadinha...

Ele engoliu em seco e não falou nada.

Estalei o dedo de maneira sarcástica.

— Oh! Porque homens de trinta anos de terno que trabalham em Wall Street saem por aí pregando peças como criancinhas o tempo todo. — Soprei meu cabelo no rosto e estendi a mão. — Olha, só me devolva minha calcinha, e eu vou embora.

Ele não falou nada.

— Vamos, Hollis.

Ele mordeu o lábio inferior e disse:

— Não posso.

— Por quê?

— Porque não está aqui.

— Onde está?

— Está... na lavanderia.

— Na lavanderia?

Sua voz estava baixa.

— Sim.

— Por que está... — Parei quando entendi.

Ele cerrou os dentes.

— Cheguei em casa e a vi, e... eu... Enfim, pensei que tivesse até segunda para devolver para você.

Senti meus olhos se arregalarem. Será que eu estava horrorizada ou totalmente excitada pelo fato de ele ter usado minha calcinha para se masturbar? Quero dizer, eu sabia que era isso que ele fazia com elas; só não sabia que ele fazia aquilo *com* elas. Acho que isso era novidade.

De certa forma, acho que eu não poderia culpá-lo. Eu o levara a fazer exatamente o que fez. Estava apenas frustrada por ele ter escolhido não me enxergar como algo mais do que aquele joguinho. Ele tinha convidado Sophia para passar a noite com ele — não eu. E isso falava bem alto.

Olhei para os meus pés.

— Pensei que, talvez, isso fosse... levar a algum lugar. Aí entro e vejo você com ela. — Rindo nervosa, eu disse: — Estive me enganando. Para ser sincera, estou magoada, Hollis. E me sinto uma boba por estar sentindo isso.

Soltei a respiração frustrada e fui em direção à porta.

Ele me seguiu.

— Elodie, espere...

Mas continuei andando.

No metrô de volta para casa, estava muito incomodada por ter encontrado meu celular no banheiro de Hollis, porque não me lembrava de tê-lo levado para lá. Se eu tinha aprendido alguma coisa sobre aquele homem irritante, era que, se meu instinto me dizia que havia algo errado, provavelmente era porque havia.

Imaginei se ele olhara minhas fotos, talvez colecionando um pequeno álbum para sua sessão de masturbação antes do seu grande encontro. Essa era a parte que mais me chateava — pensar que ele me usou para se aliviar antes do seu verdadeiro encontro. Tinha pensado que deixara meu trabalho com Soren para trás, porém, aparentemente, minha única utilidade para qualquer homem era minha aparência. Minhas bochechas queimaram de raiva.

Ainda assim, não conseguia deixar de me perguntar qual foto tinha servido para ele. Eu nem sabia mais o que tinha no meu celular. Olhei em volta no vagão do metrô; não tinha ninguém sentado perto de mim ou que veria meu celular. Seria a hora perfeita para verificar as fotos, então cliquei no meu álbum. Logo a primeira foto me fez parar.

Que porra é essa?

Ergui meu celular para analisar melhor.

Primeiro, não consegui identificar exatamente o que era; só via uma pele bronzeada. Mas, então, virei o celular de lado e arfei.

Ah, nossa!

Nossa mesmo!

Eu conhecia aquelas roupas e aquela mão. Hollis tinha usado meu celular para tirar uma selfie — uma aproximada de sua metade inferior. A foto foi tirada do umbigo para baixo. Sua camisa estava aberta, revelando um abdome matador e um V profundo, e suas calças estavam com o zíper aberto com uma mão empurrando para baixo o cós da boxer. Não revelava seu pau, mas estava perto pra caramba. A foto inteira era de pele firme e veias saltadas e um pouco de pelos perfeitamente aparados bem acima de onde seu pênis estaria.

Fiquei boquiaberta. Era, sem dúvida, a foto mais erótica que eu já tinha visto e, definitivamente, eu estava em estado de choque por ele tê-la tirado. Após minutos bem intensos analisando cada aspecto da foto, engoli em seco e, finalmente, consegui tirar os olhos dela. Precisava deslizar para o lado e ver se ele tinha me deixado mais alguma coisa. Infelizmente, foi a única — não que precisasse de mais.

Eu não fazia ideia do que pensar quanto a essa nova revelação. Acho que o plano dele era aumentar o nível do nosso joguinho. Se eu podia deixar algo provocante para trás, ele também podia.

Mas agora as coisas tinham mudado; nosso jogo tivera um fim abrupto. E a pergunta que não queria calar era: o que deveria fazer com aquilo agora? Além do inevitável — adicioná-la ao meu próprio material de masturbação: o clube do esfrega.

CAPÍTULO 18

Hollis

— Você e Elodie estão bravos um com o outro? — Hailey perguntou.

Bravo não seria exatamente a palavra correta. Talvez *irritado, enfeitiçado, contrariado, obcecado, nervoso, fascinado* — apesar de nenhuma das coisas que eu sentia pela babá ser apropriada para compartilhar com minha sobrinha.

— Não. Por que está perguntando?

— Porque vocês mal disseram duas palavras um para o outro esta semana e, quando ela fez o jantar, só fez o suficiente para mim e não deixou nada para você comer.

Ah, é, verdade.

Balancei a cabeça e ergui uma mão para chamar a garçonete a fim de pedir mais café.

— Só estamos ocupados, e fazer o jantar para mim não é trabalho de Elodie.

Minha sobrinha semicerrou os olhos. Ela era espertinha, mesmo para sua idade. Reconhecia mentira quando ouvia. Mas eu não iria explicar o desastre em que me meti para uma garota de onze anos.

— Sabe o que acho que aconteceu?

— Não. Mas acho que está prestes a esclarecer para mim.

— Acho que ela gosta de você, e você foi um babaca com ela.

Meu garfo estava a caminho da boca, e congelei. Ao ver minha reação, minha sobrinha sorriu de orelha a orelha. *Filha da puta.*

Felizmente, a garçonete se aproximou e interrompeu nossa conversa.

— Vou querer outro café, por favor. — Olhei para Hailey. — Quer mais leite com chocolate?

Ela assentiu para a garçonete.

— Sim, por favor.

Definitivamente não passou batida a inserção das palavras *por favor* ao vocabulário de Hailey nas últimas semanas. Queria poder dizer que tinha sido eu, mas não fora. Elodie estava fazendo um bom progresso com ela. Naquela manhã, Hailey tinha colocado um alarme para tocar cedo e se aprontou para eu levá-la para se inscrever em umas aulas de hip-hop que ela gostaria de fazer. Há algumas semanas, sua ideia de alarme era eu berrando várias vezes para ela levantar da cama.

Hailey comeu todas as suas panquecas com gotas de chocolate em silêncio. Fiquei aliviado por parecer que ela tinha parado de falar de Elodie.

— Eles... deixam os filhos visitarem os pais quando estão na prisão?

Merda. Podemos voltar a falar de Elodie?

— Acredito que sim. Acho que depende do motivo pelo qual a pessoa está presa. Mas não conheço todas as regras.

Ela tirou o canudo do seu copo quase vazio e o ergueu até a boca, inclinando a cabeça para trás a fim de beber as últimas gotas.

— Então meu pai pode receber visitas?

— Não sei.

Seus olhos estiveram em todo lugar menos nos meus. Ela respirou fundo e encontrou meu olhar.

— Pode descobrir e me levar para visitá-lo, se for permitido? Por favor?

Eu não sabia a resposta certa para aquilo. Deveria levar uma garota de onze anos à prisão? Ou isso a marcaria para sempre? Apesar de que, talvez, fosse pior impedi-la de ver o pai, que era o único que conhecera — mesmo que ele fosse um completo idiota. Era uma decisão sobre a qual eu, definitivamente, consultaria Elodie.

— Seu pai está em Ohio, então não é tão simples. Pode me dar um ou dois dias para pesquisar e pensar nisso? Serei sincero, não sei se é o melhor ambiente para você encontrar seu pai.

Hailey franziu o cenho.

— Já o vi em lugar pior. Como acha que ele encontrava o caminho de casa quando estava drogado? Às vezes, eu tinha que buscá-lo nesse prédios abandonados onde todo mundo dorme em colchões sujos no chão.

Jesus Cristo. Eu sabia que meu meio-irmão era viciado e roubava carros, mas não sabia que sua filha tinha que salvá-lo de buracos de drogas.

Assenti.

— Me dê um ou dois dias. Ok?

— Ok.

Na segunda à noite, Elodie estava se preparando para sua agora comum partida rápida quando cheguei. Colocou a bolsa no ombro, falou boa-noite para Hailey e começou a seguir para a porta.

— Hummm, Elodie? Posso falar com você por um minuto, por favor?

Ela parou e se virou para me encarar. Os cantos de sua boca se curvaram para baixo.

Assenti para a porta da frente.

— Eu te acompanho. — Olhei para Hailey. — Volto em alguns minutos. Por que não começa a fazer sua lição de casa?

Ela uniu as sobrancelhas.

— Ãhhh... porque estou de férias e não tem lição?

Balancei a cabeça.

— Só vá ver TV por uns minutos, então.

Elodie foi na minha frente para a porta. Sua bunda balançava de um lado para o outro na calça jeans justa. Aquela mulher — ela era Eva, e aquela bunda era minha maçã brilhante.

Quando chegamos ao corredor, ela cruzou os braços à frente do peito e me esperou falar.

Pigarreei.

— Hailey me pediu para levá-la para visitar o pai na prisão. Queria sua opinião sobre como lidar com isso.

A máscara severa que estivera usando na última semana e meia se esvaiu.

— Oh. Uau. Essa é difícil.

Assenti.

— Detesto pensar em levá-la na prisão, no fato de ela ter que vê-lo naquele ambiente. Mas, como ela me lembrou, viu o pai em condições piores. E a questão é que ele é o pai dela. A forma como ele a deixou aqui e desapareceu... Imagino que ela queira ver por si mesma se ele está bem.

Elodie olhou para seus pés, parecendo perdida em pensamentos. Quando olhou para cima, percebi que era a primeira vez que fazia contato visual comigo em mais de uma semana.

— Acho que nunca te contei sobre o meu pai.

Quando a entrevistara, ela tinha dito algo sobre uma infância de merda — foi sua justificativa do porquê era a pessoa certa para o emprego. Mas nunca havíamos falado sobre isso em detalhes.

— Você mencionou que teve dificuldades na infância, como Hailey.

Ela assentiu e se endireitou um pouco.

— Meus pais são alcoólatras. *Último Grau*. Ou *eram*. Bem, tecnicamente, acho que minha mãe ainda é alcoólatra... não tenho certeza. Não somos tão próximas, e não quero saber mesmo. Mas acho que isso é irrelevante para a história. Enfim, meu pai era policial, e a maioria de seus amigos era da polícia e também bebia muito. Farinhas do mesmo saco.

Ela deu de ombros.

— Ele não achava nada de mais beber a tarde inteira no churrasco na casa de um amigo e, depois, nos levar para casa dirigindo. Eu sabia diferenciar o certo do errado, mas acho que, pelo fato de ele ser policial, não tinha problema infringir a lei. No dia anterior ao meu aniversário de doze anos, estávamos indo para casa depois de um desses churrascos, e meu pai estava ziguezagueando pela estrada. Ele tinha bebido demais e acabou batendo em uma árvore. Minha mãe quebrou a perna e algumas costelas. Eu estava sentada atrás dela no banco traseiro e, de alguma forma, sofri apenas alguns arranhões e ferimentos. Mas meu pai estava sem cinto. Ele voou pelo para-brisa e foi jogado a trinta metros dali. Quebrou o pescoço e ficou paralisado instantaneamente.

— Jesus. Sinto muito.

— Obrigada. Ele ficou no hospital por bastante tempo. Na verdade, prenderam-no e o acusaram ali. Minha mãe queria que eu o visitasse com ela, mas eu estava brava demais pelo que ele fizera... pelo que os dois tinham feito. Sem contar que estava humilhada na escola porque tudo saiu no noticiário: policial dirige bêbado e quase mata a família.

— Você o visitou?

Elodie balançou a cabeça.

— Não. Eu era teimosa. — Ela deu um sorrisinho. — Sei que vai ser difícil acreditar nisso.

Sorri.

— É. Parece bem diferente da sua personalidade agora. Porque é tão tranquila.

— Enfim, paraplégicos têm muito risco de problemas de saúde devido à imobilidade. Trombose é um deles. Certa noite, aparentemente, ele teve um inchaço no braço. Na manhã seguinte, tinha morrido devido a um coágulo.

Fechei os olhos e assenti.

— E você não o visitara no hospital.

— Ele ficou lá por cinco semanas, e eu nunca fui.

— Você se arrepende?

Ela assentiu.

— Não sei por que, mas me arrependo. Queria ter ido uma vez, pelo menos. Talvez teria me ajudado a ter minha última lembrança do meu pai sóbrio e sofrendo as consequências dos seus atos. Não sei. Mas sempre me arrependi.

— Então, acho que tenho minha resposta.

Elodie se inclinou para a frente e apertou o botão para chamar o elevador. Quando chegou, ela entrou e olhou para mim de maneira triste. As portas começaram a se fechar, e simplesmente não consegui deixá-la ir sem falar alguma coisa.

Estendi a mão e impedi que as portas se fechassem.

— Desculpe pela confusão que criei entre nós. Cometi um erro pegando sua calcinha. E fiz mal em falar com você como falei na semana passada quando interrompeu meu encontro. Você não merecia.

Ela assentiu.

— Obrigada. Desculpe por continuar o jogo e depois ficar brava e arruinar seu encontro.

Estendi a mão como uma oferta de paz.

— Amigos?

Ela hesitou, mas, em certo momento, colocou sua mãozinha na minha.

— Claro.

— Obrigado. — Assenti e parei de bloquear as portas do elevador.

Desta vez, Elodie as impediu de fechar.

— Ei, Hollis?

Nossos olhos se encontraram.

— Sabe de uma coisa que *não* me desculpo?

— Do quê?

— Da foto que deixou no meu celular. Acabou sendo *bem* útil na minha mão. — Ela soltou as portas do elevador e entrou de volta, abrindo o sorriso mais malvado que pôde antes de elas se fecharem, e balançou os dedos. — Boa noite, Hollsy.

Na manhã seguinte, Hailey acordou cedo de novo. Aparentemente, ela e Elodie iriam passar o dia fazendo um passeio fotográfico de grafite pela cidade. Ela estava sentada à ilha da cozinha, comendo cereal em uma tigela.

Coloquei minha caneca vazia de café na pia.

— Então, pensei no que você me pediu. Vou levá-la para ver seu pai, se quiser.

Hailey sorriu.

— Elodie te deu permissão, não é?

Merdinha.

— Já ouviu o ditado *não cuspa no prato que comeu*?

— Já. Mas Elodie prepara meus pratos na maioria das noites, lembra?

Peguei minha carteira e meu celular da mesa de jantar.

— Não seja espertinha, Hailey. Você sabe o que quero dizer.

Ela pulou do banquinho e se aproximou de mim. Esticando-se na ponta dos pés, ela me surpreendeu me dando um beijo na bochecha.

— Obrigada, tio Hollis.

Assenti.

— Por nada.

Ela voltou à sua tigela de cereal de mel.

— Então, quando podemos ir?

— Vou precisar comprar passagens de avião. Mas a visita nos fins de semana são o dia todo. Então, provavelmente, vamos voar para lá na sexta à noite e voltar no sábado depois da visita.

— A Elodie pode ir?

— Elodie não trabalha nos fins de semana.

— Mas, se eu pedir para ela ir junto e ela aceitar, tudo bem?

Era uma má ideia eu passar tempo extra com Elodie. Embora precisasse admitir que ela tinha uma conexão especial com Hailey e saberia lidar com as coisas melhor do que eu, caso ela ficasse chateada.

Suspirei.

— Se quer que ela vá e ela puder ir, sim, podemos levar Elodie.

— Irado.

É, estou mesmo *ferrado. Pode falar.*

CAPÍTULO 19

Hollis

Acabamos comprando um voo no sábado à tarde e planejamos ver meu irmão no domingo de manhã, antes de voltar naquela tarde. Eu tinha pensado em mandar um carro buscar Elodie, para ela poder nos encontrar no aeroporto, mas depois resolvi que o mínimo que eu poderia fazer era buscá-la, já que ela viajaria conosco em seu dia de folga.

Hailey e eu saímos da cidade cedo, no caso de haver trânsito em algum lugar. Além disso, estacionar no LaGuardia com toda a reforma que estavam fazendo seria um saco. Chegamos à casa de Elodie quase quarenta e cinco minutos mais cedo do que o planejado.

Hailey começou a sair do carro e percebeu que eu não tinha me movido.

— Você não vai entrar?

Depois da besteira que fiz da última vez, eu não iria arriscar.

— Preciso responder alguns e-mails, então vou esperar aqui. Vá na frente e avise que chegamos mais cedo. Fale que ela não precisa ter pressa.

— Ok.

Observei Hailey saltitar para a porta e Elodie abri-la. Elas conversaram por um minuto e, então, ambas olharam para o carro. Acenei e ergui meu celular. Mesmo da rua, pude ver o sorrisinho no rosto de Elodie — claro que ela sabia por que eu não iria entrar. Mas que seja... Melhor prevenir do que remediar.

Passaram-se uns dez minutos. Eu estava no meio de uma resposta enorme de e-mail quando uma BMW preta estacionou à minha frente. Um homem saiu e começou a andar na direção da porta de Elodie.

Quem é esse babaca?

Ele não tinha nada nas mãos como se fosse entregar alguma coisa, e estava muito bem vestido. Também foi até a porta sem hesitação em relação aonde estava indo. Observei do carro como um falcão.

O homem bateu na porta, e Elodie a abriu com um sorriso no rosto. Vendo quem era, imediatamente murchou. Segurei a maçaneta da porta do carro, mas consegui me impedir de abrir.

Elodie colocou as mãos na cintura e falou alguma coisa. Então, o cara falou, e o que quer que tenha dito a irritou. Ela começou a balançar as mãos, e ouvi sua voz se elevar, embora minhas janelas estivessem fechadas.

Foda-se. Saí do carro e cheguei à porta dela em cinco passadas longas.

— Tem algum problema aqui?

O cara se virou e me olhou de cima a baixo.

— Quem é você?

— Hollis LaCroix. E você?

— Marido de Elodie.

Elodie torceu os lábios.

— *Ex*-marido. E ele já estava indo embora. Pode ignorá-lo, Hollis.

O ex dela apontou para mim com o polegar.

— Quem é esse cara?

— Ele não é da sua conta, é quem ele é. E não tenho nada para falar com você. Então *vá para casa*, Tobias.

Cruzei os braços à frente do peito e preparei minha postura.

— Você ouviu a moça.

Ele bufou para mim.

— O que você vai fazer, me dar um soco?

Minhas mãos já estavam cerradas em punho. Claro, por que não? *Me dê motivo, babaca.*

— Por que não escuta o que sua ex-esposa está dizendo e dá o fora? Obviamente, você não é bem-vindo aqui.

Hailey se aproximou da porta.

— Quem é esse?

Elodie respondeu:

— Esse é Tobias. Meu ex-marido. Pode tirar minha mala de rodinha do quarto, Hailey?

Minha sobrinha deu de ombros.

— Claro.

Elodie deu um passo para fora e puxou a porta para fechar atrás dela.

— Como pode ver, estamos de saída. Então por que não me envia um e-mail se precisa conversar comigo?

Ele suspirou.

— Trata-se de Bree.

— O que ela tem?

— Minha mãe me pediu para falar com você. — O babaca olhou para mim. — Podemos falar em particular, por favor? É um assunto de família.

Elodie respirou fundo.

— Certo. Mas precisamos pegar a estrada. — Ela se virou para mim. — Você se importaria de aguardar mais cinco minutos, Hollis?

Eu não queria deixá-la sozinha com aquele cara, mas, obviamente, Elodie não sentia que estaria em perigo, então assenti.

— Hailey e eu vamos esperar no carro.

— Obrigada.

Hailey levou a mala até a porta, e eu a peguei e a coloquei no porta-malas. O ex-marido de Elodie parecia ser um grande babaca. Em vez de esperar dentro do carro, me apoiei na porta do motorista, ficando atento à casa. Hailey fez a mesma coisa ao meu lado. Observando sua postura protetora, percebi o quanto provavelmente estávamos engraçados, ambos de guarda com os braços cruzados à frente do peito. Embora eu não desse a mínima.

— Você viu aquilo? — Hailey perguntou.

— O quê? — Meus olhos estiveram grudados na porta da frente. Não poderia ter perdido nada.

— A vizinha. A cortina se mexeu, e vi uma mulher. Acho que ela está nos observando ou algo assim.

— Ah. Provavelmente, é a amiga de Elodie, Bree. É vizinha dela. Tenho certeza de que ela está apenas de olho, certificando-se de que está tudo bem.

Dois minutos mais tarde, *eu* vi a cortina se mexer na casa vizinha. Sua amiga, definitivamente, estava nos observando. Mas não demorou muito até a porta da frente de Elodie se abrir e seu ex sair. Endireitei a coluna.

Ele me olhou friamente, mas não falou nada ao voltar para seu carro e entrar.

Elodie saiu de sua casa com a bolsa.

— Desculpe por isso.

— Está tudo bem?

Ela olhou para trás, para a casa de sua amiga, e franziu o cenho.

— Na verdade, não. Se importa se eu demorar mais cinco minutos?

— Nem um pouco. Vá fazer o que precisa. Chegamos cedo.

— Obrigada.

Dessa vez, dei privacidade para Elodie e entrei no carro enquanto ela ia à casa da amiga. Quinze minutos mais tarde, ela abriu a porta do passageiro do meu carro. Seu rosto estava inchado com lágrimas.

— Elodie?

Ela balançou a cabeça e olhou para a frente.

— Agora não.

— Quer mais alguns minutos para entrar e se recuperar?

— Não. Só quero ir.

Assenti e liguei o carro.

Hailey foi até a banca de jornal em frente ao portão para olhar as revistas. Elodie ficou quieta o caminho inteiro até o aeroporto.

— Quer conversar sobre isso? — perguntei baixinho.

— Sobre Tobias? Não. Mas sobre Bree? Talvez.

Me mexi no meu assento para lhe dar atenção, enquanto ainda ficava de olho na banca de jornal.

— Pode falar.

— Te contei que minha melhor amiga está doente. Bree tem feito parte de um tratamento experimental para sua doença, que se chama linfangioleiomiomatose.

— Que palavrão.

Ela assentiu.

— É uma doença incurável no pulmão. Ela não fala muito nisso, não quer me dar o fardo dos detalhes. O que acho idiotice, mas ela é assim. É importante, para ela, não interromper a vida... então omite como está se sentindo. A mãe de Tobias, Mariah, é casada com o pai de Bree e, ontem, Bree contou ao pai que tinha parado o tratamento experimental. Está deixando-a bem enjoada e tonta, mais sem ar do que o normal. Mas as novas drogas eram, basicamente, a última esperança. Bree não escuta o pai, então Tobias veio conversar comigo para ver se eu poderia intervir. A família dele não sabe que nosso casamento acabou mal. Contamos a eles que nos precipitamos e percebemos que ficaríamos melhor como amigos.

Assenti.

— Entendi. E sinto muito por sua amiga. Sua conversa com ela ajudou?

Ela balançou a cabeça.

— Ela jurou que pensaria em voltar aos tratamentos. Mas eu a conheço, e foi apenas para eu ir embora.

Pensei no que eu tinha passado com minha mãe no fim. Os tratamentos a deixavam muito enjoada.

— Minha mãe teve câncer. Ela morreu quando eu tinha dezenove anos, após muitas sessões de quimioterapia. No fim, ela escolheu parar todos os tratamentos e curtir os dias que ainda lhe restavam. Foi bem difícil aceitar. Há coisas na vida que, simplesmente, não conseguimos mudar. Então *nós* precisamos mudar para lidar com elas. E é muito mais fácil falar do que fazer isso.

Elodie olhou para mim e assentiu.

— Obrigada, Hollis. E obrigada por ir ver como eu estava quando viu Tobias na minha porta.

Seus olhos estavam brilhantes, e eu sabia que ela estava lutando contra as lágrimas. Coloquei um braço em volta do seu ombro e a apertei.

— Claro. Imagine. Somos amigos, lembra? É isso que amigos fazem um pelo outro. Bem, isso, cheirar a calcinha e deixar nudes.

Elodie deu risada e enxugou uma lágrima do olho.

— Temos uma amizade fodida, Hollis.

Eu sorri.

— Somos assim desde o começo. Acho que não conseguimos ser de outra forma.

O voo para Ohio foi tranquilo, e eu tinha reservado quartos conjugados em um hotel no centro de Cleveland. Hailey e Elodie ficaram em um quarto, e eu, no outro, apenas uma porta separando-nos.

Nós três fomos jantar em um restaurante de frutos do mar cinco estrelas que dava para ir a pé de onde estávamos ficando e optamos por voltar ao hotel logo depois.

Enquanto Elodie e eu estávamos ansiosos para relaxar, Hailey parecia ter outros planos.

— A piscina fica aberta até às dez! — ela declarou quando estávamos chegando em nossos quartos.

— Acho que vamos nadar! — Elodie disse.

Parei na minha porta.

— Vocês trouxeram trajes de banho?

— Claro. Qual é a graça de ficar em um hotel sem nadar na piscina? — Hailey perguntou, como se minha pergunta fosse idiota.

— Até que gosto de só ficar deitado na cama, assistindo TV e comendo uns salgadinhos — eu disse.

— Isso é porque você é velho, tio Hollis.

Isso me fez rir.

— Aparentemente, todo mundo veio preparado, menos você, Hollsy. — Elodie deu uma piscadinha.

Algo naquela piscadinha me fez desejar poder bater na bunda dela.

Elas entraram no quarto delas para se trocar. Meu plano era ficar sossegado e assistir HBO enquanto elas estavam na piscina. Isto é, até elas virem dizer que estavam descendo.

A barriga chapada de Elodie e os seios grandes saindo do biquíni me provocaram. Eu seria louco de ficar no quarto quando poderia passar a hora seguinte observando-a. Não poderia encostar, mas ainda poderia olhar, certo? Parecia bem melhor do que HBO.

— Talvez eu vá com vocês.

Hailey ficou confusa.

— Vai nadar?

— Não. Mas vou ficar lá, talvez ler o jornal.

Lá embaixo, usamos a chave do quarto para acessar a piscina coberta. Era aquecida e parecia uma sauna. Eu tinha comprado o USA Today na recepção e o joguei em uma das mesas antes de me acomodar em uma cadeira branca de plástico.

Elodie tirou o short e mergulhou na piscina. Hailey pulou logo depois dela.

Era difícil não assistir aos seios de Elodie balançando conforme ela brincava com Hailey na água. O jornal estava diante do meu rosto, mas eu estava mais olhando além dele do que lendo.

Outro dia, eu cometera o erro de olhar as fotos no celular dela quando o deixara em meu apartamento. Deparei-me com uma selfie que ela tirara de sutiã e calcinha e devo ter olhado para ela por meia hora sem parar. Me senti culpado depois. Foi quando tirei aquela foto de mim mesmo, logo antes de destruir a calcinha dela me masturbando com ela.

Apesar da grande diversão que eu tinha com nosso joguinho, ainda tinha certeza de que não poderíamos levar as coisas mais longe. No entanto, ficava frustrado sexualmente ao extremo a cada dia que passava.

Elodie saiu da piscina e se sentou ao meu lado. Seu cabelo loiro estava molhado e grudado para trás do rosto. Ela passou as mãos nele para desembaraçá-lo.

Ela olhou para Hailey, ainda nadando.

— Estou muito feliz por ela estar se divertindo esta noite. Tenho certeza de que amanhã será bem estressante para ela.

— Bem, graças a você, ela está se divertindo. Não sei se teria tanta graça se fôssemos apenas nós dois. Obrigado de novo por concordar em vir.

— Por nada. — Ela ficou quieta, depois se virou para mim. — Também tem sido bom para mim. Não tinha planos selvagens para este fim de semana.

— Está se sentindo melhor do que estava de manhã?

— Com certeza.

Sorri.

— Que bom.

Ela desviou o olhar, quase parecendo desconfortável com nosso contato visual, meio envergonhada, o que era incomum — mas linda.

— Obrigada pelo jantar. Estava muito bom — ela agradeceu.

— Se contar, provavelmente te devo uns cem jantares agora.

— Até eu parar de fazer para duas pessoas.

— É, isso foi um saco, aliás. Mas entendo.

— Você mereceu.

— Eu sei.

Compartilhamos um sorriso, então ficamos sentados em um silêncio confortável enquanto continuamos olhando Hailey na piscina.

Após aproximadamente uma hora, Hailey estava tremendo com uma toalha enrolada no corpo quando declarou que queria ir para o quarto.

De volta, pude ouvir o chuveiro ligado no quarto ao lado e resolvi tomar banho também. Olhar por tanto tempo para o corpo de Elodie tinha me excitado mais do que o normal. Meu orgasmo foi intenso no banho. Ainda assim, não foi suficiente. Sinceramente, não sabia o que faria com essa atração maluca por ela. Queria me livrar dela ou trancá-la, guardá-la e esconder a chave. Mas não era tão simples quando ela estava por perto quase todos os dias. Parecia que eu tinha um monte de energia sexual e nenhum lugar para aliviá-la.

Depois do banho, vesti uma camiseta preta limpa e calça de moletom. Normalmente, dormia de cueca boxer, mas não sabia se veria Elodie de novo naquela noite. Liguei a TV e peguei uns pretzels que tinha comprado no aeroporto. Estava prestes a começar a ver um filme quando Elodie me enviou uma mensagem.

Elodie: Hailey apagou. Queria conseguir dormir também. Ela praticamente desabou. A piscina a cansou.

Também me cansou, só que de um jeito diferente.

Ela estava sugerindo que eu a convidasse para ficar no meu quarto ou apenas me atualizando?

Sem pensar melhor, digitei.

Hollis: Estou acordado, se quiser companhia.

CAPÍTULO 20

Elodie

Não estava esperando que ele me convidasse para ir ao seu quarto. Não me entenda mal, eu queria que ele convidasse, mas, raramente, Hollis se permitia estar sozinho comigo. Então foi surpreendente. Apesar de que Hailey estava dormindo do outro lado da parede, então acho que ele sabia que nada poderia acontecer.

Em silêncio, abri a porta que conectava nossos quartos, depois fechei.

Hollis estava na janela, olhando para o trânsito da noite na rua abaixo. Virou-se, parecendo meio tenso.

— Ei. — Sorri.

Ele esfregou as mãos.

— Oi.

Olhei para a televisão.

— Interrompi seu filme?

— Não. Não tinha começado a ver ainda.

Me sentei na poltrona do canto. Não ousava me deitar na cama.

Seus olhos passaram por minhas pernas, e seu maxilar ficou tenso. Eu estava vestindo short curto de pijama e uma camiseta. Eu o flagrara me olhando inúmeras vezes na piscina também. Adorava pegá-lo me olhando.

Naquele momento em particular, ele estava mais gostoso do que nunca com o cabelo molhado do banho. Cheirava ao pós-barba de que eu me lembrava na minha calcinha. Só de pensar em nosso joguinho minha pulsação já acelerava.

Mas era como uma preliminar que não levava a nada. Toda aquela experiência era o oposto do que eu encontrava quando estava com ele — um relacionamento que era, no máximo, *amigável*.

Hollis foi até a cama e se deitou. Baixou o volume da TV e disse:

— Seu ex-marido parece ser bem babaca.

O fato de ele mencionar Tobias naquele instante meio que me surpreendeu.

— Não o achei babaca por muitos anos. Fiquei bastante ferida. Ele foi meu professor, afinal de contas. Tinha todo um respeito por ele. A coisa de autoridade pode ser bem sedutora. Aluna-professor. Funcionário-chefe. Sabe como é.

Hollis abriu um sorriso discreto, mas não tomou meu comentário como se tivesse relação com ele. Pigarreou.

— Com que frequência ele aparece na sua casa sem avisar?

— Faz isso de vez em quando. Uma parte dele ainda enxerga como se fosse a casa dele. Mas tento não deixá-lo mais entrar.

— Ele não deveria lhe dar mais privacidade do que isso?

— Bom, ultimamente, não tem muita coisa para ver. Não é como se ele fosse me encontrar em situações comprometedoras.

Hollis me encarou por um tempo e perguntou:

— Por que faz tanto tempo que não fica com ninguém?

Arregalei os olhos.

— Já tentou marcar encontros on-line, Hollis? É péssimo. Não quero alguém que apenas esteja atrás de uma rapidinha, mesmo que seja do que preciso às vezes. O mundo é assustador. Há doenças e pessoas assustadoras. Sei lá. Às vezes, só acho que não fui feita para isso.

— Foi feita para estar com um homem...

— É. Tenho muito a dar para alguém, para a pessoa certa. Mas acho que também fico apreensiva de dar os passos necessários para encontrá-lo. Acho que pensei que *tivesse* encontrado em Tobias. Mas me enganei. Então agora é como se começasse do zero.

Resolvi mudar o foco de mim e satisfazer minha curiosidade.

— Acha que nunca vai sossegar?

Ele respirou fundo.

— Não. Tomei a decisão de permanecer solteiro. Tive uma experiência ruim no quesito relacionamento sério na minha vida, e nunca mais tive vontade de me colocar nessa posição.

Uau. Definitivamente, havia uma história aí.

— Quer falar sobre isso?

— Preferiria não falar.

— Ok. Entendo.

Deus, eu estava muito curiosa. Ver essa vulnerabilidade aparecer me deixou *mais* atraída por Hollis. Ele não era tão frio quanto eu pensava no início; provavelmente estava apenas protegendo o coração.

Brinquei com uma linha no braço da poltrona e indaguei:

— Então, aquela mulher da outra noite... quando interrompi vocês... Ela sabia exatamente por que estava lá? Sem expectativas?

— Sim. Todas as mulheres com quem me relaciono têm claro que não quero nada mais do que um relacionamento sexual. Sou aberto com todo mundo que conheço.

— Você as conhece na internet?

— Geralmente, não. Conheço as mulheres enquanto saio por aí em eventos sociais.

Assenti.

— Claro que, dadas minhas atuais responsabilidades, não há tantas oportunidades ultimamente. — Ele ergueu a sobrancelhas. — Mais alguma coisa que queira saber?

Não sei o que me deu para fazer a pergunta seguinte. Mas era a única coisa de que eu precisava saber.

— Você quer me foder, Hollis?

Ele arregalou os olhos.

— Que tipo de pergunta é essa?

— Não quis dizer agora. — Uma risada nervosa escapou de mim. — Foi mais... uma pergunta geral. Só estou curiosa para o que aconteceria se as circunstâncias fossem diferentes.

— Acho que essa pergunta é irrelevante levando em conta que *estamos* nesta situação.

— Estou puramente curiosa se você simplesmente gosta de flertar comigo ou se eu seria seu tipo.

— Você não é o tipo de mulher com quem eu gostaria de me envolver... não por falta de desejo, mas porque você é... boa demais para mim.

— Como assim?

— Merece um homem que queira sossegar, que queira lhe dar mais do que uma rapidinha. Não sou esse homem.

— Sente atração por mim?

— Sabe a resposta para isso, Elodie.

— Sei?

— Minhas ações já não deixaram extremamente claro que sinto atração por você?

Eu nem sabia mais aonde queria chegar com aquela conversa. Só queria ver o que ele iria dizer. Então, perguntei:

— E se eu dissesse que só queria transar com você, e mais nada?

— É uma pergunta hipotética?

— Claro. Toda esta conversa é hipotética — respondi, sem acreditar nas minhas próprias palavras.

— Certo... Hipoteticamente falando, se me dissesse que só queria transar e mais nada, provavelmente eu não acreditaria em você baseado em tudo que já me contou sobre si mesma.

— Iria pensar que eu estava mentindo.

— Sim.

Descruzei as pernas e me inclinei para a frente.

— Podemos parar de criar hipóteses por um instante?

— Sim.

— Não quero te querer de um jeito inapropriado, Hollis. Você é meu chefe, e nada bom pode resultar se ultrapassarmos o limite em nosso relacionamento. Não seria bom para Hailey.

— Concordo plenamente.

— Mas aquele joguinho realmente mexeu comigo. Encontrar você com aquela mulher... me chateou, me deixou com ciúme. Percebi que o jogo tinha feito minha cabeça.

Precisava me parar porque estava revelando coisa demais.

— Nem sei qual é o objetivo desta conversa — confessei. — Desculpe. Estou falando demais.

— Você é boa. Não me importo. Gosto da sua honestidade. A verdade é que levei longe demais as coisas com você. Foi um jogo que eu nunca deveria ter começado, independente do quanto fosse tentador. Sinto muito se te fiz ter alguma esperança. Foi um erro. E assumo toda a culpa.

Ai. Bom, com certeza, não era a resposta que eu estava esperando.

Estava excitada, frustrada e tinha uma enorme queda pelo meu chefe, que praticamente acabara de admitir que estava jogando comigo e não tinha sérias intenções.

Me senti uma idiota completa. Será que, secretamente, eu estava esperando que pudesse mudá-lo? Ou sentia tanta atração por ele que não me importava com nada além de tê-lo?

Hollis estivera *jogando* comigo. E eu o usara como prova de que as coisas poderiam estar avançando entre nós, quando sempre foi apenas um jogo. Agora nosso relacionamento estava mais claro.

Me levantei da poltrona.

— Acho que vou dormir. De repente, comecei a sentir o cansaço.

Ele se levantou da cama.

— Ok. Provavelmente também vou.

— Boa noite.

Ele ergueu a mão.

— Boa noite.

Aff.

Totalmente bizarro.

De volta à cama, fiquei virando de um lado para o outro, me sentindo horrível e desejando nunca ter tocado no assunto. Ele tinha destruído completamente qualquer esperança minha de algo entre nós.

No dia seguinte, uma divisória de vidro separava Hailey de seu pai. Hollis e eu demos espaço a ela quando se sentou à frente do irmão dele. Stephen parecia uma versão magricela de Hollis. Embora fossem *meios*-irmãos, eu conseguia ver uma semelhança.

Ele e Hailey estavam terminando a conversa quando o escutei dizer para ela:

— Coloque a mão no vidro.

Ela fez o que ele pediu.

— Te amo, papai.

— Também te amo, Hailey. Muito obrigado por vir até aqui. Juro que, quando sair deste lugar, você vai ter um pai totalmente novo. Nunca mais vou te decepcionar.

Dado o histórico dele, algo me dizia que essa promessa não poderia ser levada a sério.

— Ok — ela disse.

Ela se levantou da cadeira e se aproximou de mim. Eu a abracei. Estava tão orgulhosa dela por ser corajosa e querer ir para lá.

Hollis foi até seu irmão, e eles conversaram em particular por alguns minutos enquanto Hailey e eu esperávamos.

Quando saímos da prisão, estava claro que algo a estava incomodando.

Estávamos quase no carro quando eu parei.

— O que houve, Hailey?

— Só estou pensando em uma coisa que meu pai me falou.

— O que foi? — Hollis perguntou.

— Ele ficou falando de como finalmente aprendeu a lição, que estar preso tem ajudado a enxergar a luz e que mal pode esperar para ir para casa para podermos ficar juntos de novo.

— Por que isso te incomodou?

— Não quero morar com ele, tio Hollis... nunca mais. Não que não ame meu pai. Mas acho que não conseguiria confiar nele. Me sinto segura com você. Ele pode mesmo me fazer voltar a morar com ele?

Hollis pausou, olhando para mim.

— É complicado, Hailey. Tecnicamente, ele pode, mas...

— Você não pode fazer alguma coisa?

Ele pareceu perdido com as palavras.

E ela estava prestes a chorar.

— Você não me quer para sempre?

Hollis se abaixou para ficar no nível do olhar dela e colocou as mãos em suas bochechas.

— Não é nada disso, Hailey. Juro que, por mim, eu ficaria com você para sempre. Você me deu um propósito. Ter você por perto mudou minha vida, mas para melhor. Cuidar de você me deixa muito feliz. Nunca duvide disso, ok?

Ela fungou, então assentiu.

— Ok.

Isso aqueceu meu coração. Diga o que quiser baseado em algumas atitudes dele, mas, no geral, Hollis era um cara bom.

— Mas a lei nem sempre enxerga os melhores interesses de alguém — ele disse a ela. — Se a corte julgar que seu pai será um pai adequado quando ele cumprir a pena, não haverá nada que eu possa fazer, legalmente. — Ele secou os olhos dela. — Mas juro para você: farei tudo que estiver ao meu alcance para ficar com você, ok? E, se não conseguir, não vai conseguir se livrar de mim. Visitarei você todos os dias para me certificar de que está bem.

Antes de ele ser levado para Ohio com um mandado de prisão, Stephen tinha morado com Hailey em Nova York. Presumindo que ele escolhesse voltar para lá, Hollis vê-la diariamente era uma possibilidade.

— E quanto à Elodie? — ela perguntou.

— O que tem eu, querida? — Sorri.

— Não quero que perca seu emprego se eu voltar à casa do papai.

— Oh, não se preocupe com isso, meu amor. Há muitas coisas que posso fazer. Vou encontrar um emprego.

— Acredite em mim. Ela é bem versátil. — Hollis deu risada.

Eu o olhei friamente, mas sorri. Ele sorriu de volta.

Sua resposta me surpreendeu.

— Vou tentar manter Elodie com você, se puder. Mesmo que esteja com seu pai, vou pagá-la para ficar com você, contanto que Elodie possa ficar.

Meus olhos encontraram os dele. Então me virei para ela.

— Não vai conseguir se livrar de mim, Hailey. Mesmo se eu não for paga, ainda farei parte da sua vida. Juro, tá bom?

Eu sabia que aquela segurança significava que, de alguma forma, Hollis também sempre estaria na minha vida. Ele não iria a lugar nenhum, então alguma coisa precisava mudar.

Era um lembrete de que eu precisava seguir em frente com meus sentimentos, seguir com minha vida, apesar de ele estar nela.

Hailey respirou aliviada.

— Agora me sinto melhor. — Ela suspirou. — Sei que minha mãe está me olhando e está feliz por eu ter vocês.

Eu sabia que a mãe de Hailey tinha morrido de overdose quando ela era pequena. Sempre partia meu coração. Mas, apesar das decisões de sua mãe, Hailey falava dela com carinho, como se fosse um anjo cuidando dela agora.

— Você e eu temos mais em comum do que pensa — Hollis disse, colocando a mão na cabeça dela. — Sei como é difícil perder a mãe. Sei que tive a minha por muito mais tempo do que você teve a sua, mas nunca ficou mais fácil para mim, independente de quantos anos tenho.

CAPÍTULO 21

Hollis - *12 anos antes*

Anna esfregou minhas costas.

— Posso pegar alguma coisa para você comer? Não comeu o dia todo.

— Não, obrigado.

Era o dia seguinte ao funeral da minha mãe. O dia anterior tinha sido exaustivo, tendo que lidar com os cumprimentos de todo mundo e realmente falar com as pessoas naquela situação. Mas nada era pior do que o extremo silêncio de hoje — o dia seguinte. Não havia mais *sinto muito*, não havia mais barulho, não havia mais entrega de comida. O silêncio era ensurdecedor. E a dura realidade tinha chegado: minha mãe não iria voltar.

Eu tinha desistido de tudo para ficar em casa e cuidar dela enquanto ela estava doente. Tinha recusado a bolsa escolar de beisebol da universidade porque significaria deixá-la. E não era somente eu que desistira da oportunidade de estudar na UCLA. Quando Anna viu que eu não deixaria minha mãe, ela tinha ficado e ido à faculdade local comigo. Enquanto eu sentia muita culpa por isso, não conseguia imaginar como teria sido se Anna tivesse ido embora, além de todo o resto.

Com Anna ao meu lado, minha vida tinha se resumido a cuidar da minha mãe. E eu faria tudo de novo. Agora que minha mãe se fora, era para eu ter toda a liberdade do mundo. Ainda assim, me sentia adormecido. Não sabia quem eu era, se não fosse o filho da minha mãe. Apesar dessa nova liberdade, de uma forma estranha, não sabia o que fazer com minha vida agora. Teria que descobrir um jeito de me recompor e recomeçar.

Estava sentado no quarto da minha mãe e olhava as coisas dela, as roupas penduradas no armário, os enfeites de coelhinho na cômoda. A Páscoa sempre foi seu feriado preferido. Ela decorava a casa inteira com ovos em tons pastel, bichinhos de pelúcia e enfeites de coelho. A Páscoa seria difícil esse ano.

Todos os dias seriam difíceis.

Eu sabia que, em certo momento, teria que encaixotar todas aquelas coisas para poder vender a casa e seguir minha vida. Havia apenas uma coisa da qual tinha certeza: seguir a vida envolvia dar o próximo passo com Anna. Ela era minha família agora.

— Vamos morar juntos — eu disse de repente.

Ela arregalou os olhos.

— De onde veio isso?

— Veio do fato de que te amo. Quero começar nossa vida juntos. Minha mãe iria querer isso.

Anna e eu tínhamos planejado comprar um apartamento na Califórnia antes de a nossa mudança ser cancelada. Ela continuara morando com o pai enquanto estudava.

— Tem certeza? — ela **perguntou**.

— Claro que tenho. Faz tempo.

Antes de morrer, minha mãe me encorajou a, um dia, vender a casa e usar o dinheiro para comprar um anel de noivado para Anna, e um lugar para Anna e eu morarmos. Eu planejava cumprir esses desejos.

— Adoraria morar com você, amor — ela concordou.

— Então está combinado.

A breve alegria que senti por pensar em morar com Anna foi rapidamente substituída por outra onda de vazio.

Ela pôde ver que meu momento fugaz de felicidade tinha acabado.

— O que posso fazer por você?

— Por que não vai para casa? Está ao meu lado há três dias direto. Precisa de um descanso.

— Não quero deixar você.

— Tudo bem. Juro que ficarei bem.

— Tem certeza?

— Sim. Tenho.

Ela me abraçou.

— Te amo tanto. Só vou ver como meu pai está. Volto amanhã de manhã.

Anna estava prestes a se levantar da cama quando coloquei o braço no dela para impedi-la.

— Obrigado por tudo. — Pousei as mãos em suas bochechas, puxando-a para um beijo. Seu calor me confortou. Talvez, no dia seguinte, conseguisse me enterrar nela e esquecer essa dor.

— Sabe que não está sozinho, certo? — ela perguntou. — Tem a mim.

Provavelmente, essa era a única coisa com que eu poderia contar. Anna tinha sido minha rocha ao longo da doença da minha mãe, e agora após sua morte. Anna era meu tudo.

No entanto, no momento, eu precisava mesmo ficar sozinho. De alguma forma, tinha conseguido não desmoronar no dia anterior e engolir minhas lágrimas por não querer olhos curiosos testemunhando minha dor. Estar de volta ao vazio da casa, encarar a cama onde minha mãe deu seus últimos suspiros com enfermeiros ao lado, estava provando ser mais difícil do que eu imaginara. Precisava desopilar, e queria fazê-lo sozinho.

Assim que Anna partiu, caí na cama da minha mãe. Seu travesseiro ainda tinha seu perfume. Enterrei a cabeça nele e, finalmente, chorei.

Dane-se. Saí da cama, reconhecendo que não conseguiria dormir. Me vestindo, resolvi tomar um ar.

Coloquei um pé à frente do outro e, em certo momento, estava no hospital. Não era o lugar mais óbvio de se ir no meio da noite, mas lá estava eu. Embora minha mãe não estivesse mais ali, parecia que era onde eu precisava estar. Tinha me acostumado tanto a ir lá que meio que parecia minha casa, apesar de estar bem diferente agora.

Fui para a unidade pediátrica e perambulei pelos corredores vazios. A porta de um dos quartos estava aberta. Vi um garoto que estava bem acordado e sentado na cama. Nunca o vira lá. Deveria ser novo e parecia ter uns treze anos.

Ele se virou quando me viu ali parado.

Após alguns segundos, perguntou:

— Quem é você?

Quem sou eu?

Era uma pergunta interessante, já que, ultimamente, eu estivera tentando descobrir isso.

— Sou Hollis.

— E aí?

— Nada, não. Acho que estou perdido.

— Lugar bem ruim para se perder. É sonâmbulo ou algo parecido?

— Algo parecido.

Ele apontou para a poltrona ao lado da sua cama.

— Deveria se sentar. Descansar.

Dei de ombros.

— Certo.

No segundo em que minha bunda encostou na poltrona, houve uma vibração alta debaixo dela que lembrava o som de flatulência. Me levantei rápido e vi uma almofada que imitava pum.

Engraçadinho.

O garoto começou a rir.

— Está aí o dia todo, e você é o primeiro a cair nessa.

— Acho que é melhor eu olhar onde me sento a partir de agora. Mas que bom que pude te entreter.

— Tenho que *me* entreter, cara. Ninguém mais me diverte aqui, muito menos aqueles voluntários que vêm e *tentam* ser engraçados. Não são. Não dá para me fazer rir quando está *tentando* me fazer rir, sabe? É tão idiota.

Assenti.

— Entendo.

— Sabe o que me faz rir? Coisas que não são para serem engraçadas, mas simplesmente são... como sua expressão quando se sentou na almofada, um breve segundo de choque total. Queria poder ter tirado uma foto.

— Estou feliz que não tirou.

— É a mesma coisa quando alguém está rindo e peida sem querer. Não é engraçado para a pessoa, nem um pouco, mas é *muito* engraçado para mim.

Fiquei feliz por ter melhorado o humor do garoto.

— E quando alguém tropeça? — perguntei. — É bem engraçado, embora não deva ser.

— E cair da escada? Melhor ainda.

— Você é meio sádico, sabia disso? — Dei risada. — Como se chama?

— Jack.

Ergui a almofada amassada da poltrona e me sentei.

— É um prazer te conhecer... eu acho.

— O que está realmente fazendo aqui?

— Minha mãe costumava ficar neste hospital. E, às vezes, venho para cá passear. Antigo hábito.

— Onde sua mãe está agora?

Hesitei, sem querer chateá-lo.

— Ela faleceu.

— Sinto muito.

— Obrigado.

— Então você volta aqui para visitar porque sente pena da gente?

— Bom, esta é a primeira vez que volto, mas não, é exatamente o oposto. Venho porque conheci umas pessoas bem legais. Estar aqui também me faz lembrar um pouco da minha mãe. Mas vim esta noite porque queria companhia.

Passamos a hora seguinte jogando videogame, e Jack mostrou seu lado sádico — em pessoas de mentira desta vez.

Quando olhei para o relógio e vi que eram três da manhã, pausei o jogo.

— É melhor eu deixar você dormir.

Ele se sentou.

— Vai voltar de vez em quando?

— Não vai pregar mais peças em mim, vai?

Jack sorriu.

— Não posso prometer.

Fazê-lo se sentir melhor me fez sentir melhor. Talvez fosse assim que eu conseguiria parar de pensar na perda da minha mãe — continuando indo ali ficar com as crianças.

— O que acha de eu vir amanhã?

CAPÍTULO 22

Elodie

Benito era engraçado.

Tinha me forçado a voltar aos sites de encontro on-line que usara antes, e ele fora o primeiro cara a me mandar mensagem. Ao ver sua foto aparecer no meu celular, meu pensamento imediato fora *Aff, cansei de garotos bonitos.* Então disse isso a ele. O que o levou a me enviar fotos de seus dedos do pé e a uma conversa inteira sobre como seus pés eram feios. Sinceramente, eles eram bem bonitos.

Mas ele me fizera rir com seu humor autodepreciativo e, nos últimos dias, tinha me enviado fotos de seus outros defeitos — uma cicatriz irregular no abdome de um acidente de mountain bike (embora eu apenas tenha olhado para seu abdome definido), uma marca de nascença no formato da Austrália no topo da bunda (que também era bem definida) e uma parte do seu braço, na qual, estranhamente, não crescia pelo.

No entanto, o pacote completo era atraente, mesmo com pequenos defeitos e tal. Sem contar que eu tinha stalkeado seu perfil no Instagram e visto um vídeo dele dançando um ritmo latino — aqueles quadris sabiam rebolar.

Meu celular tocou com uma mensagem chegando.

Benito: Cortei o dedo usando uma serra de mesa hoje de manhã. Precisei de uns pontos. Está bem deformado. Preciso enviar fotos para continuar provando meu caso?

Sorri e tinha começado a digitar a resposta quando Hailey saiu do seu quarto. Alongou os braços acima da cabeça, e seu olhos baixaram para o meu celular por um instante.

— Para quem está mandando mensagem tão cedo?

— Primeiro, são dez horas, dorminhoca. Segundo, é pessoal, então não é da sua conta.

Ela revirou os olhos.

— É um garoto.

— Bom, se *estivesse* conversando com uma pessoa do sexo oposto, seria um homem, não um garoto.

Ela deu de ombros.

— Que eu saiba, a maioria dos homens só ficam mais altos e mais fortes. Ainda são garotinhos.

Balancei a cabeça e dei risada.

Bem sábia para a idade dela.

Pareceu meio estranho admitir que estava conversando com um homem. Mas, se eu queria que ela compartilhasse coisas sobre garotos comigo, não poderia me fechar.

Soltei meu celular e peguei minha caneca de café.

— O nome dele é Benito.

Ela franziu o cenho.

— O que foi? Não gosta do nome dele?

— Não. Não é isso. — Ela evitou fazer contato visual e entrou na cozinha. Abrindo a geladeira, passou alguns minutos com a porta aberta e encarando dentro dela.

Me aproximei.

— Está esperando alguma coisa aparecer magicamente aí dentro? Quer que eu faça panquecas de banana com nozes?

A barriga dela roncou alto, e eu dei risada.

— Acho que isso é um sim. Vá se sentar. Pode descascar as bananas e amassá-las para mim.

Peguei duas tigelas, farinha, açúcar, bicarbonato de sódio, ovos e canela no armário. Colocando uma das tigelas diante de Hailey, dei a ela três bananas e uma colher para usar para amassar.

— Então, qual é o problema? Você fez uma cara quando falei que estava conversando com um cara chamado Benito. O nome te lembra de alguém de que não gosta ou algo assim?

Ela descascou cada banana e as jogou sem cerimônia dentro da tigela.

— Está saindo com ele?

Observei sua expressão.

— Não. Bem, ainda não. Mas pode ser que saia. Acho que estou pensando nisso, sim.

Ela franziu o cenho de novo.

— Pensei que achasse meu tio bonito.

Congelei.

— Por que pensou isso?

Ela começou a amassar as bananas com a parte de trás da colher.

— Vocês estão sempre se olhando.

— Bom, ele é meu chefe, então, claro que vou olhar para ele.

Ela revirou os olhos.

— Sabe o que quero dizer. Você *olha olhando* para ele, e ele *olha olhando* para você. Vocês dois fazem isso quando pensam que ninguém está observando. Mas são tão óbvios.

Não havia por que tentar escapar da verdade.

— Seu tio é um cara bonito. É difícil não reparar, Hailey. Mas não significa nada.

— Por que não?

Suspirei. Ela fazia boas perguntas — perguntas difíceis, mas boas.

— Bom, só porque duas pessoas se sentem atraídas uma pela outra não significa que são ideais uma para a outra da maneira que um casal seria.

— Benito é atraente?

— É.

— Então o que ele tem que o tio Hollis não tem?

Balancei a cabeça.

— Não que esteja faltando algo no seu tio. Só não queremos as mesmas coisas, então não somos compatíveis para um casal.

— O que ele quer?

Ãh... como saio dessa? Não poderia simplesmente dizer *seu tio só quer me foder, como a maioria dos homens babacas*. Apesar de que — olhei para ela — ela era uma garota muito linda. Provavelmente, era uma lição que ela deveria aprender para poupar se magoar por ingenuidade. Mas essa era uma conversa que era melhor ter dali a alguns anos.

Coloquei farinha em uma xícara medidora e a esvaziei na tigela, depois deslizei tudo para o outro lado do balcão para poder me sentar no banquinho ao seu lado.

— Te contei que já fui casada. Por mais que eu tenha ficado triste de como acabou meu casamento, ainda tenho esperança de que, talvez, exista o cara certo para mim por aí. Por muito tempo, não tive. Mas isso mudou recentemente. Na verdade, acho que muito disso se deve a você.

— Eu?

Assenti.

— Quero uma família algum dia. Você me lembrou disso. Então, por mais que esteja meio assustada de voltar ao mundo dos encontros, acho que preciso fazer isso agora. Está na hora.

Pensara que tinha explicado muito bem, mas, ao olhar o rosto de Hailey, vi que não. Seus ombros caíram, e ela encarou as mãos.

— Então o tio Hollis não quer uma família?

— Oh, Deus, não. Não foi isso que eu quis dizer. Ele quer você. Disso, tenho certeza. Você o ouviu naquele dia que falou que faria tudo ao seu alcance para ficar com você ou ficar na sua vida. Ele te ama e quer que seja sua família.

— Mas não entendo. Você quer uma família. Ele me quer. Por que *nós* não podemos simplesmente ser uma família?

O medo na voz dela fez meu coração doer.

— É complicado, querida. E acho que estou estragando tudo explicando errado as coisas. Mas, resumindo, eu adoro você. Seu tio adora você. E o fato de eu sair com outra pessoa não vai atrapalhar nada disso.

Felizmente, isso pareceu satisfazê-la — era isso ou ela tinha ficado entediada com a conversa. Hailey terminou de amassar as bananas e mudou de assunto, perguntando se poderíamos patinar no gelo. Era verão em Nova York e estaria calor naquela tarde. No entanto, eu estava tão ansiosa para mudar de assunto que concordaria com qualquer coisa.

— Claro. Vamos ver se encontro um lugar.

— E aí, patrão? — Após o trabalho, resolvi parar no meu antigo trabalho. Entrei no escritório de Soren e me sentei na ponta da sua mesa.

Ele cruzou as mãos atrás da cabeça e reclinou na cadeira.

— Olha só quem apareceu. O Riquinho descobriu que você é maluca e já te demitiu?

— Não. Bom, sim. — Balancei a cabeça. — Quero dizer, tenho praticamente certeza de que ele sabe que sou louca, mas não me demitiu.

Soren semicerrou os olhos.

— Ele sabe que você é louca e não te demitiu? Então está tentando transar com você?

Suspirei.

— Quem me dera.

Ele ergueu as sobrancelhas rapidamente.

— Querendo pegar o novo chefe?

— Acho que preciso muito transar.

Soren franziu o nariz e gesticulou para mim.

— Não me fale uma merda dessa. Você é como se fosse minha irmã.

— Bom, é basicamente por isso que estou aqui. Quero que meu irmão faça uma pesquisa sobre um homem com que estou pensando em sair.

— Seu chefe? Esse Hollis? — Ele tirou as botas de cima da mesa e se endireitou na cadeira. — Sem problemas.

— Obrigada. Mas, na verdade, não é Hollis que quero que pesquise.

— Não?

— Não. O nome dele é Benito. Eu o conheci na internet. Parece ser bem legal, mas você sabe... Poderia ser um serial killer.

Soren pegou seus óculos de leitura e balançou a cabeça.

— Por que está conhecendo homens on-line? Conheça-os do jeito antigo.

Arqueei uma sobrancelha.

— Quer dizer contratá-los para serem meus secretários e não contar que chupar meu pau faz parte do emprego até que eles comecem?

— Você tem uma boca suja.

Inclinei a cabeça em direção à porta.

— Vi que Bambi foi substituída. Acho que as coisas não acabaram bem. *De novo.*

Ele resmungou algo baixinho.

Nos dois anos em que estivera com Soren, ele tivera, no mínimo, doze secretárias, e dormira com a maioria delas.

— Esse Benito tem sobrenome?

— Del Toro.

— Benito Del Toro. Como o ator?

— Não, esse é Benicio. Eu sei. O nome é meio infeliz. Mas ele é alguns anos mais velho do que eu, então a mãe dele lhe deu esse nome antes de o ator se tornar famoso. Mas poderia ser pior. Seu nome poderia ser Jeffrey Dahmer.

— Ele mora por aqui?

— Em Brooklyn Heights.

— Vou cuidar disso. Me dê até de manhã.

Sorri.

— Você é o melhor chefe... e, *já que estou aqui...* por que não pedimos comida daquele lugar chinês que amo? Estou com saudade da comida. E sinto ainda mais saudade de você comprar comida para mim.

Soren balançou a cabeça.

— Espera que eu te pague o jantar mesmo depois de ter se demitido daqui?

— Sei que você sente falta de comprar comida para mim.

Ele abriu sua gaveta, enfiou a mão e me jogou um cardápio.

— Ligue lá. Vou querer o de sempre.

— Ele era *literalmente* um escoteiro. Tem até uma pontuação de crédito altíssima. — Soren ligou na manhã seguinte assim que eu subia as escadas do metrô.

— Oh, uau. Ok. Então nada escondido?

— Não. Um acidente de carro, ironicamente, enquanto estacionava, há alguns anos. Então é melhor vocês dois andarem de transporte público. Tem o próprio apartamento e o carro. Mesmo emprego por nove anos. Uma irmã, que mora na porra de Nebraska. A mãe morreu no ano passado e, até então, ele pagava enfermeiros para cuidar dela em casa.

Tentei atravessar a rua no sinal verde para pedestres, mas precisei parar rápido quando um táxi fez uma curva repentina e quase passou por cima dos meus pés. O idiota cortou o semáforo, mas parou em cima da faixa de pedestre.

Bati no porta-malas do seu carro.

— *Olha por onde anda, babaca!*

Soren deu risada.

— Não sei por que tivemos o trabalho de verificar o passado desse cara. Tenho certeza de que, se ele te irritar, você vai bater nele.

— Obrigada por pesquisar, Soren.

— Imagine, garota. Melhor prevenir do que remediar. E passe aqui mais vezes, mesmo que seja para filar uma boia. O escritório não é o mesmo sem você me torturando.

Sorri. *Tem muito amor por trás dessa máscara de machão.*

— Vou, sim.

Consegui andar os dois quarteirões até o trabalho sem me envolver mais em brigas com táxis. Enquanto aguardava o elevador, meu celular tocou na bolsa. Tirei-o de novo e sorri ao ver o nome na tela.

Benito: Bom dia. Será que hoje é o dia que ela vai dizer sim?

Realmente, não havia mais motivo para não sair com Benito. Quando Soren não conseguia encontrar o podre de alguém, é porque era bem limpo. Além do mais, ele era engraçado, lindo e parecia interessado de verdade em me conhecer. Diferente de muitos caras, fez perguntas sobre mim, em vez de me contar o quanto ele era ótimo. Ainda assim, não conseguia dizer sim para um encontro por algum motivo.

Embora não quisesse mais dizer não também. Então, não respondi por enquanto. Guardei de novo o celular na bolsa e entrei no elevador.

O apartamento de Hollis estava em silêncio quando entrei, exceto pelo cumprimento de Huey.

— *Baaa!* Anna chegou!

Eu ainda dava risada toda vez que ele fazia esse som.

— Oi, Huey!

Ele balançou a cabeça rapidamente para cima e para baixo. Jurava que ele me entendia, apesar de ninguém mais concordar.

Hollis saiu do seu quarto e andou pelo corredor, dando passos longos e rápidos. Primeiro, pensei que ele estivesse atrasado e com pressa. Mas o olhar frio que me lançou quando me viu me fez duvidar disso.

— Está... tudo bem?

— Por que não estaria? — ele respondeu grosseiramente.

— *Tá bom*, então. — Coloquei a bolsa na mesa da sala de jantar e fui para a cozinhar fazer café para mim. Fiquei olhando discretamente para Hollis com minha visão periférica.

Ele estava com dificuldade de fechar o botão de um braço da camisa, e vi que estava ficando mais bravo a cada segundo. Em certo momento, desistiu e soltou um monte de palavrões. Pegou o paletó do encosto de uma cadeira, a carteira e as chaves de uma tigela no balcão da cozinha e foi em direção à porta da frente sem olhar de novo para mim.

Às vezes, eu não conseguia me segurar. Gritei para ele, cantarolando.

— Tenha um dia maravilhoso também, Hollis!

Ele olhou para trás com uma expressão severa e abriu a porta da frente. Bebi meu café, esperando ouvir a porta bater, mas, em vez disso, ele ficou parado na entrada. Ficou ali em silêncio, olhando para o teto por um minuto inteiro antes de se virar. Se o tempo que ele tomou era para tê-lo acalmado, definitivamente não funcionou. Porque sua expressão agora era quase assassina.

— É inapropriado você ficar conversando sobre seus ficantes com Hailey.

Franzi as sobrancelhas.

— Que ficantes?

Ele cerrou o maxilar.

— Benito.

Minha boca formou um O. *Esse ficante.*

Se olhos lançassem adagas, eu estaria cheia de buracos agora.

— Ela tem onze anos e se impressiona. A última coisa de que precisa é ouvir sobre você dormindo com todo mundo.

Dormindo com todo mundo? *Como ele ousa falar assim?* Coloquei meu café na mesa e levei as mãos à cintura. No entanto, antes de conseguir repreendê-lo, ele saiu e bateu a porta.

Inacreditável.

Muito inacreditável.

Esse homem tinha a audácia de insinuar que eu conversaria algo inapropriado com Hailey. Alguém, obviamente, o irritara durante o café da manhã. Precisava tranquilizá-lo. O idiota ainda poderia estar aguardando o elevador, então fui até a porta. Claro que o elevador, que normalmente rastejava, tinha sido rápido quando eu queria que demorasse. Hollis já tinha ido, apesar de o corredor cheirar ao seu pós-barba, o que só me irritou mais, porque meu corpo reagiu ao seu cheiro.

Brava, voltei para dentro e procurei meu celular. Digitei uma repreensão de quatro linhas raivosas, dizendo a Hollis exatamente o que eu pensava dele e de suas acusações. Mas, quando meu dedo pairou sobre o botão de enviar, um pensamento passou pela minha mente. Por que enviar uma mensagem quando poderia fazer algo muito mais vingativo?

Apaguei o que tinha digitado e, em vez de enviar a mensagem, abri a última mensagem de texto recebida.

Benito: Bom dia. Será que hoje é o dia que ela vai dizer sim?

Digitei a resposta.

Elodie: Hoje, com certeza, é o dia. Adoraria sair com você, Benito. O que acha de sexta à noite às sete?

CAPÍTULO 23

Elodie

Hollis: Vou trabalhar até tarde na empresa. Estou preso em uma reunião.

Li a mensagem e suspirei. Já estava ansiosa o dia todo com meu encontro naquela noite. Tristemente, uma parte de mim esperava ter que cancelar.

Elodie: Tarde quanto?

Hollis: Provavelmente, até as dez. Vou chamar um táxi para te levar para casa.

Benito e eu iríamos nos encontrar em um restaurante no centro às sete. Eu precisava avisá-lo, pois já eram quase cinco da tarde. Mudei para minha troca de mensagens com ele e comecei a digitar. Mas tive uma sensação engraçada.

Não... Hollis nem sabia sobre o meu encontro. Não poderia ser.

Comecei a digitar para Benito de novo e, então, parei. Hailey tinha ido para seu quarto se trocar.

— Hailey — chamei.

— Sim?

— Por acaso você falou do meu encontro desta noite com seu tio?

Ela saiu para a sala.

— Ontem à noite, perguntei a ele se poderíamos ir naquele lugar do hibachi que gosto hoje à noite e levar minha amiga. Ele falou que sim, e perguntei se poderia te convidar também. Mas, antes de ele responder, lembrei que você tinha planos, então falei para ele que não precisava porque você já tinha planos de jantar com Benito.

Babaca.

Poderia muito bem ser uma coincidência e ele *realmente* estar em uma reunião que iria atrasar, mas, no fundo, eu sabia que não era.

— Ok, obrigada.

— Não era para eu ter falado nada?

— Não, tudo bem, querida. Você não fez nada errado. Mas seu tio vai se atrasar um pouquinho hoje. Então, por que não desce para o apartamento de Kelsie e vê se ela quer sair para jantar conosco daqui a pouco? Vamos ao lugar do hibachi sem seu tio.

— Mas e seu encontro?

Sorri.

— Benito e eu podemos nos encontrar mais tarde ou outra noite.

Enquanto Hailey descia para o apartamento da amiga, resolvi investigar um pouco. Hollis nunca atendia ao próprio celular, então liguei para a empresa, sabendo que falaria com sua assistente, Laurel.

— Oi, Laurel. É a Elodie. Poderia me dar o número de telefone da pediatra da Hailey, por favor? Quero marcar uma consulta para ela.

— Claro, Elodie. Sem problema. Espere um segundo. — Ouvi as teclas em seu teclado baterem algumas vezes e, então, ela retornou. — É 212-555-0055.

— Muito obrigada.

— Queria falar com Hollis também?

— Não, tudo bem. Provavelmente, ele está em reunião ou algo assim.

— Não, na verdade, a reunião da tarde dele acabou cedo. Ele deve conseguir chegar em casa em um horário normal, para variar.

— Oh, uau. Que ótimo — menti entre dentes cerrados. — Mas não preciso falar com ele. Obrigada pela informação. Tenha um bom fim de semana.

— Você também.

Desliguei e fiquei sentada na sala, pensando. Ele tinha sido um idiota comigo a semana inteira, mas isso passou do limite. Eu estava furiosa, mas também salivando ao pensar em me vingar dele quando chegasse em casa mais tarde.

A coisa ficaria feia entre nós.

Funcionou perfeitamente.

Quando Hailey e eu levamos Kelsie de volta ao seu apartamento após o jantar, Kelsie perguntou se Hailey poderia dormir lá. Normalmente, eu verificaria com Hollis para permitir algo assim, mas não naquela noite. Se Hailey estivesse na casa da amiga, ele esperaria que eu fosse para casa, claro, e eu não tinha a menor intenção de fazer isso. Não até ele e eu termos uma conversinha.

A maçaneta da porta se mexeu lá para as nove e quarenta e cinco, e meu sangue começou a correr furioso. Nas últimas horas, eu tinha me acalmado, porém a ansiedade voltou devastadora com vingança. Fiquei parada na sala e aguardei.

Hollis entrou, me viu e desviou o olhar rapidamente. O desgraçado nem conseguia me olhar nos olhos.

— Desculpe ter chegado tão tarde.

Esperei até ele entrar na cozinha para colocar a carteira e as chaves na tigela do balcão, como sempre fazia. Então o segui.

Ele olhou para mim, e seus olhos rapidamente leram minha expressão.

— Está tudo bem?

— Não.

Por um segundo, ele pareceu genuinamente preocupado.

— Cadê a Hailey?

Dei um passo em sua direção.

— Ela está bem, está lá embaixo com Kelsie. A mãe dela falou que ela poderia dormir lá.

Ele franziu as sobrancelhas.

— Ok. Então qual é o problema?

Dei mais dois passos em sua direção.

— *Você.*

— Eu? O que foi que fiz? Acabei de entrar.

Diminuí a distância entre nós e cutuquei seu peito com o dedo a cada palavra.

— Você. Não. Tinha. Uma. Porra. De. Reunião.

Sempre havia a possibilidade de ele ter tido uma reunião no jantar da qual sua assistente não tinha conhecimento. Mas qualquer dúvida que eu tivesse sobre o jogo dele saiu voando pela janela quando vi a culpa estampada em seu rosto.

Ele desviou o olhar.

— Do que está falando?

Me ergui na ponta dos pés e olhei dentro dos seus olhos.

— Você *sabia* que eu tinha um encontro esta noite. Não havia nenhuma reunião. Você só queria arruinar minha noite como eu arruinei a sua.

Ele puxou a gravata e deu a volta em mim, seguindo para seu quarto.

Eu o segui rapidamente. Ele não sairia dessa de forma tão fácil.

— Quantos anos você tem? Arruinei seu encontro sem querer porque esqueci meu celular. E você vai e faz isso *de propósito*?

— Vá para casa, Elodie.

Sua atitude me deixou ainda mais irada. Ele nem iria se desculpar. Pensava que eu iria me virar e ir embora, como se estivéssemos quites? Sem chance.

Hollis foi até sua cômoda, puxou a gravata do pescoço e começou a desabotoar o botão do punho da camisa.

— Eu não vou a lugar nenhum! Você me deve uma merda de uma desculpa.

Ele teve dificuldade para abrir o botão e, depois de dez segundos tentando, puxou-o e o botão saiu voando pelo quarto. Encarou o punho por um minuto, e eu observei seu peito subir e descer. Quando ele, finalmente, olhou para mim, havia muita raiva em seus olhos.

— Pelo que gostaria que eu pedisse desculpa, Elodie?

— Por arruinar meu encontro!

Sua mandíbula ficou tensa, e ele deu um passo em minha direção. Eu recuei. Meu coração bateu descontrolado.

— Uma desculpa significaria que sinto muito pelo que aconteceu. E não sinto. Nem um pouco.

Arregalei os olhos.

— Você é um *enorme* babaca.

Ele continuou andando na minha direção, e eu continuei dando passos para trás.

— O que isso diz sobre você? Deve gostar de babacas, Elodie.

— *Vá se ferrar.* Não gosto *nem um pouco* de você!

— Não? — Sua voz ficou extremamente calma. — Então não *gosta de mim*, mas, ainda assim, quer *transar* comigo.

— Não quero transar com você. Vá para o inferno, Hollis!

Ele riu amargamente.

— Já estou lá. Aparentemente, inferno é um lugar onde o diabo é uma mulher com um jeito que faria qualquer homem normal sair correndo.

— Você me deve uma desculpa!

Ele diminuiu a distância entre nós, me fazendo bater na parede atrás de mim.

Hollis se abaixou para ficarmos no mesmo nível e falou com o nariz a centímetros de mim.

— Vamos ver. Pelo que lhe devo uma desculpa? Por me masturbar com sua calcinha? Ou talvez por gozar tão intensamente no chuveiro com imagens do seu rosto que mal conseguia enxergar direito depois? Ou poderia ser por querer bater em todo babaca chamado *Benito* na cidade de Nova York? Pelo quê, Elodie? Apenas uma desculpa vai adiantar?

Havia pouquíssimas vezes na vida em que ficara sem palavras, mas naquele instante eu não fazia ideia do que falar. Fiquei de queixo caído, e parecia que meu coração iria sair do peito.

Os olhos de Hollis se fixaram nos meus lábios, e senti meus joelhos enfraquecerem.

Ele rosnou.

— *Foda-se.*

Antes de conseguir entender o que estava acontecendo, ele envolveu suas mãos grandes no meu rosto, inclinou minha cabeça e grudou os lábios nos meus. Demoraram alguns segundos para o choque se esvair. Mas, quando o fez, todo o inferno se formou.

Minhas mãos se enfiaram em seu cabelo, e eu puxei o mais forte que pude. Ele rosnou e respondeu apertando a parte de trás das minhas coxas e me erguendo, guiando minhas pernas para envolverem sua cintura. Seu peito firme empurrou o meu e, se não tivesse sido tão incrivelmente bom, poderia ter me preocupado com o fato de estarmos sendo bem selvagens. Hollis posicionou o quadril entre minhas pernas abertas, e pude sentir como ele estava duro e excitado. *Oh, nossa.*

Não nos beijamos — seria uma palavra muito suave para descrever o que estava havendo entre nós. Atacamos um ao outro com a boca. Ele mordeu meu lábio inferior até eu sentir gosto de metal entre nossas línguas unidas. Cravei as unhas em seu pescoço de um jeito tão forte que furei a pele. Meu clitóris estava latejando; no dia seguinte, ficaria ferido pela maneira que ele estava roçando contra ele. Nenhum de nós conseguia parar. Queríamos mais selvagem, mais rápido, mais forte, *mais*.

Pensei, lá no fundo, que minhas costas tinham deixado a segurança da parede atrás delas. Caímos na cama juntos, membros se batendo e corpos colidindo. A raiva que nós dois tínhamos cinco minutos antes não tinha se dissipado nem um pouco — tinha apenas sido redirecionada para aquilo.

De forma abrupta, Hollis arrancou sua boca da minha e se levantou. Arfei, engolindo lufadas de ar, e ergui a mão para cobrir meus lábios inchados. Ele ia parar? Eu iria reclamar pra caralho se ele achava que poderia me deixar ali arfando e molhada daquele jeito.

Mas, então, vi por que ele tinha se levantado rápido demais. Devo ter deixado passar os primeiros sons de alerta.

— Tio Hollis? Você está aqui?

Merda!

Sem querer que Hailey me visse toda desgrenhada, corri para o banheiro da suíte de Hollis e fechei a porta. Pareceu a coisa mais sensata a se fazer sem tempo para pensar.

Coloquei a orelha na porta e ouvi a conversa deles.

— Por que está com batom no rosto inteiro?

Me encolhi. *Merda.*

Hollis se fez de bobo.

— Estou?

— Está. Olhe no espelho.

— Uau. Tem razão — ele disse. — O que está fazendo em casa?

— Kelsie vomitou, então a mãe dela pensou que era melhor eu não dormir lá. Ela me trouxe aqui, e usei minha chave.

— Ah. Ok. Bom... provavelmente foi a decisão certa.

— Então, por que está com batom no rosto?

Imaginei que ela não deixaria para lá. Como ele iria explicar isso? Mais ainda, como eu iria sair do banheiro?

Hollis, enfim, respondeu:

— É uma longa história que eu preferiria não contar, ok? Não te devo uma explicação por tudo.

— Humm. Ok. Que seja.

Dei risada sozinha.

Hailey, com certeza, não acreditou, mas eu duvidava que desconfiasse que tinha algo a ver comigo.

— Está tarde. Por que não vai para seu quarto e tenta dormir?

— Ok. Boa noite, tio Hollis.

— Boa noite, querida.

Houve um longo momento de silêncio. Presumi que ele estivesse esperando Hailey desaparecer completamente. Ao longe, pude ouvir a porta do quarto dela se fechar. Hailey tinha o hábito de sempre bater a porta, e daquela vez não foi diferente.

A porta do banheiro se abriu, e eu dei uma olhada no rosto de Hollis. Ele tinha mesmo batom borrado por toda a boca. Seu cabelo também estava super bagunçado. Sem falar na sua ereção ainda pressionando a calça. Ele estava bem gostoso e atraente. Imaginei se ele estaria dentro de mim agora caso Hailey não tivesse vindo para casa.

Falando nisso, minha calcinha estava molhada. Claramente, meu corpo estivera se preparando para algo grande.

Seus olhos pousaram nos meus lábios feridos e ele disse:

— Temos que tirar você daqui.

Assenti e saí do banheiro.

Andando na ponta dos pés até a sala, fui para a porta. Ele me seguiu para fora e a fechou, falando baixinho:

— Essa foi por pouco. Ela quase nos pegou.

— Bom, felizmente, não pegou.

Hollis pareceu estar arrependido.

— Eu não deveria ter te atacado daquele jeito.

— Não precisa se desculpar. Na verdade, até que gostei.

Ele passou a mão por seu cabelo já bagunçado.

— Olha... claramente, estou confuso. Meus sentimentos por você são carnais e, às vezes, parecem... incontroláveis. Isso não muda o fato de que não deveria ter acontecido. Essa foi por pouco, mas estou feliz que nos impediu de cometer um erro que não podemos voltar atrás.

Isso me irritou.

— Então você teria dormido comigo e chamado de erro? O que teria acontecido, Hollis? Você teria conseguido sua parte, a adrenalina do sexo comigo e, então, me falado que nunca mais poderia acontecer? Você iria me *foder*.

— Não sei o que teria acontecido. Obviamente, não estou pensando com o cérebro.

Isso é certeza.

— Me faça um favor, Hollis. Fique fora da minha vida, ok? Uma coisa é você pensar que não é uma boa ideia sermos mais do que parceiros de negócio. Mas, se é esse o caso, não manipule as coisas... como fez me atrasando para meu encontro desta noite. Não é justo. Não dá para ter tudo.

Hollis nem confirmou nem negou ter arruinado meu encontro com Benito de propósito e simplesmente disse:

— Não vou interferir na sua vida.

— Obrigada.

Então não me impediu de ir embora. Queria que o tivesse. Queria que ele provasse para mim que estava errado, que admitisse que tinha sentimentos por mim, que ficou com tanto ciúme da ideia de eu sair com outra pessoa que não pôde deixar de interferir.

Mas, em vez disso, do jeito típico de ser de Hollis, ele se fechou, de novo me fazendo pensar que era louca por acreditar que pudesse haver algo entre nós.

Às vezes, Bree tinha dificuldade de dormir e ficava acordada até tarde. Pensei se ela gostaria de uma visita naquela noite. Então lhe mandei mensagem, e ela respondeu que eu deveria ir para lá. Falou para usar minha chave e entrar.

Ela estava sentada no sofá quando entrei em sua casa. Parecia que tinha emagrecido mais. O fato de ela ter parado os tratamentos experimentais estava começando a ter consequências. Eu não gostava nada disso.

Ela tossiu.

— O que aconteceu?

Passei os minutos seguintes fazendo uma xícara de chá e contando a Bree toda a história do meu encontro humilhante com Hollis e o fato de Hailey quase nos pegar.

— Uau. Ele definitivamente gosta de você.

— Não ouviu nada que acabei de te contar? Ele usou toda a experiência para repetir que seria um *erro* ultrapassarmos o limite. Foi como se ele sentisse a chegada de Hailey como um aviso de perigo de Deus.

Ela balançou a cabeça.

— Ele só está com medo, Elodie. É tão claro para mim. Obviamente, ele sente algo por você que vai além da parte física se ele chegou ao ponto de sabotar seu encontro. Só não admitiu para si mesmo, que dirá para você.

— Sabe, não enxergo assim. Ele é egoísta. Não é que me queira para ele. Só queria se vingar de mim por atrapalhar o encontro *dele*. Ficou bravo e frustrado por eu brigar com ele por seu comportamento, e *isso* levou ao lapso de insanidade que foi nossa sessão de amasso. É raro ficarmos sozinhos e, sinceramente, acho que foi só carnal para ele.

— Não sei se acredito nisso. — Bree cobriu a boca ao tossir de novo.

— Você está bem? Quer água?

Ela ergueu a mão estendida.

— Estou bem. — Mas continuou tossindo.

Minha amiga era muito guerreira. Eu detestava o fato de ela ter que conviver com aquela doença horrível. Servi um pouco de água e entreguei a ela.

— Ok — eu disse, analisando seu rosto para me certificar de que estava bem antes de continuar desabafando. — A pior parte é que precisei cancelar um encontro com um cara perfeitamente bom que *quer* ficar comigo.

— O que o cara falou? Como é o nome dele mesmo?

— Benito. Falei que eu não tinha escolha, que meu chefe não chegou em casa para me dispensar. Espero que ele não pense que estou inventando.

— Tenho certeza de que ele vai aproveitar a chance quando você remarcar para este fim de semana. Mas, para ser sincera, tenha cuidado com a rapidez que vai com outra pessoa. Ainda sinto que as coisas com Hollis podem mudar. Ele parece extremamente fraco quando se trata de você, e eu odiaria que ele voltasse atrás e te encontrasse com outra pessoa.

— Bom, isso seria problema *dele*.

— Só que acho que é Hollis quem você *realmente* quer. Acho que nem estaria procurando encontros na internet se não fosse para escapar do que sente por ele.

Ela tinha razão. E era uma droga.

— Não importa o que sentia por ele... e digo *sentia* no passado porque, depois do que ele fez esta noite, estou mais determinada do que nunca a superar isso.

Procurei desculpas mais lógicas para superar meus sentimentos.

— E sabe o que mais? Ele é viciado em trabalho. Estou procurando um homem de família, alguém que colocaria a mim e ao meu filho em primeiro lugar. Apesar de ter sido obrigado a cuidar de Hailey, Hollis não é esse tipo de cara naturalmente. Está ficando mais óbvio a cada segundo que ele não é o certo para mim.

CAPÍTULO 24

Hollis - *7 anos antes*

Anna e eu estávamos nos arrumando para sair para jantar, quando resolvi falar sobre algo em que estivera pensando.

— Estou pensando cada vez mais em começar minha própria empresa — eu disse enquanto colocava o colar nela.

Ela se virou para me encarar.

— Sério?

— Sim. — Endireitei seu pingente de ouro. — Percebi que, no futuro, vou me cansar de trabalhar no escritório. Estou ganhando bastante dinheiro agora, mas acho que não quero trabalhar dezesseis horas por dia para sempre... não se formos ter uma família um dia. Preciso de mais flexibilidade, mais noites e fins de semana. Preciso começar a me planejar para isso.

Ela ajustou meu colarinho.

— Bom, não posso reclamar quanto à ideia de você ter mais tempo livre. Porque, no momento, você é casado com seu emprego.

— Não quero ser casado com meu emprego... quero ser casado com *você*. — Me inclinei e a beijei antes de massagear seus ombros. — Na verdade, estava pensando em pedir para Addison ser minha sócia. O que acha?

— Uau. — Anna desviou o olhar para refletir. — Na verdade, acho que vocês dois seriam ótimos juntos... se não se matarem.

— Pode ser que irritemos um ao outro, mas confio nela. E ela é bem esperta. Provavelmente, é a única com quem poderia imaginar abrir um negócio.

— Acho que formarão uma grande equipe.

Fiquei animado e aliviado por Anna concordar.

— Então vamos fazer isso.

Inclinando-me para lhe dar outro beijo, ouvi algo que me fez parar.

— *Anna chegou!*

Nossa atenção se voltou para o pássaro que Anna havia trazido para casa outro dia. Ficava em sua gaiola no canto da sala.

— Ele só fala "Anna chegou"? — perguntei.

Então ele falou de novo:

— *Anna chegou!*

Ela deu risada.

— Nem sabia que ele sabia meu nome.

Pensei em uma coisa.

— Dia desses, quando você voltou do shopping, olhei-o e falei "Anna chegou". Ele deve ter memorizado.

Anna foi voluntária em um santuário de pássaros e, por algum motivo, tinha decidido levar para casa, para viver conosco, aquele pássaro em particular. Como ele era da Austrália, ela pensou que seria engraçado lhe dar o nome do ator australiano Hugh Jackman. Mas eu não achava que ele tinha cara de Hugh, então o chamávamos de Huey, para encurtar. Não fiquei muito animado para morar com aquela coisa, tendo que limpar sua gaiola e tal, mas ela insistira. Não pude recusar.

Seguimos para a porta quando ele falou de novo.

— *Anna chegou!*

Ela deu risada.

— Isso vai te deixar maluco, não vai?

— Não. Nunca vou me cansar de ouvir seu nome, mesmo que venha desse carinha irritante.

Algumas semanas depois, Addison encontrou Anna e eu para procurar uma sala para alugarmos para a empresa que planejamos começar. Addison aceitara minha proposta de ser minha sócia, e o futuro parecia promissor.

Uma corretora de imóveis nos levou a uma sala que era pequena, no centro da cidade, mas que seria perfeita para o que tínhamos em mente. O preço era justo, e não encontramos nenhum motivo para não alugá-la.

A corretora uniu as mãos.

— O que me dizem? Vamos voltar para o meu escritório e assinar os papéis?

Addison e eu olhamos um para o outro antes de ela assentir, me dando a deixa para dizer:

— Vamos alugá-la.

Anna se ergueu na ponta dos pés para me abraçar.

— Parabéns! Que legal.

— Depois que assinarmos a papelada, vamos comemorar? — Addison perguntou.

— Parece ser uma ótima ideia, mas vamos ter que deixar para depois. Anna e eu precisamos ir ao hospital esta noite. A mãe de Adam me ligou hoje. Aparentemente, ele voltou para o hospital.

Sua empolgação desapareceu.

— Oh, sinto muito por saber disso.

Suspirei profundamente.

— Acredite em mim, eu também.

Nunca tinha visto Adam tão ruim conforme o levava na cadeira de rodas para a sala a fim de começar um jogo. Às vezes, jogávamos em seu quarto, outra vezes, ali fora, para mudar o cenário. Tentava não lhe fazer muitas perguntas sobre sua saúde porque não queria alarmá-lo parecendo extremamente preocupado. Entretanto, com base em sua aparência esquelética, era bem óbvio que ele não estava bem.

Quando Anna saiu para ir ao banheiro, Adam me surpreendeu ao dizer:

— Hollis, pare o jogo por um minuto.

Imediatamente, soltei o controle e tirei o som.

— O que foi?

Nada poderia ter me preparado para o que ele disse em seguida.

— Desta vez, não vou conseguir.

Meu coração doeu. Não esperava que ele se confidenciasse comigo e, com certeza, não sobre esse assunto. Conforme encarava sua pele pálida, tentei confortá-lo, mesmo que eu soubesse ser em vão.

— Não sabe disso.

— Sei sim. E sabe qual é a parte triste? — Ele riu, quase parecendo um louco. — Ainda sou a porra de um virgem aos dezenove anos que nunca nem deu o primeiro beijo! E vou morrer assim.

O que eu poderia dizer depois disso?

— Está dizendo que quer que eu te beije?

Só Deus sabe como ele conseguiu sorrir, mas o fez.

— Pensando bem, não precisa.

Anna voltou e, na presença dela, ele não mais pareceu interessado em conversar.

Voltamos ao jogo até uma enfermeira chegar e interromper, insistindo que Adam precisava descansar e que deveria voltar para o quarto.

Anna e eu ficamos mais um pouco na sala depois que a enfermeira o levou de volta.

— O que foi? Você parece chateado — ela disse. — É a aparência dele?

Balancei a cabeça.

— Estou devastado, Anna.

— Ele não está bem, não é?

— Acabou de confessar para mim que acha que não vai conseguir desta vez.

Ela encarou o chão.

— É horrível ele ter perdido a esperança. Como alguém vive todos os dias sabendo que vai morrer? Nem sou capaz de compreender.

— Ele me contou que não conseguia acreditar que iria morrer virgem e sem nunca nem ter beijado uma garota. Me senti horrível. O que se responde para algo assim?

Ela colocou a cabeça no meu ombro.

— *O que* você falou?

— Fiz uma piada idiota, oferecendo para eu mesmo beijá-lo.

Anna sorriu, solidária.

— Pelo menos o fez sorrir.

Ficamos ali sentados em silêncio por um tempo, então finalmente me levantei.

— É melhor irmos.

— Devemos dar tchau para ele?

— É melhor o deixarmos descansar — respondi. — Voltarei amanhã.

Estávamos indo embora quando Anna parou, logo antes de chegarmos aos elevadores.

Ela parecia ansiosa e disse:

— Espere bem aqui, ok?

— Por quê?

— Já volto.

Anna atravessou o corredor na direção do quarto de Adam. Apesar de ter me dito para esperar, não pude evitar a curiosidade, então a segui.

Ele estava, na verdade, acordado e sentado sozinho.

Em pé do lado de fora, observei Anna se sentar na beirada da cama dele e puxá-lo para ela. Adam não questionou. Só deitou a cabeça no peito dela e fechou os olhos. Após um minuto, mais ou menos, ele olhou para ela e, para minha surpresa, Anna baixou a cabeça para ele. Meu coração bateu descontrolado conforme a vi dar um beijo demorado e firme nos lábios dele. Durou apenas alguns segundos, porém, para Adam, eu tinha certeza de que a lembrança duraria eternamente. A boca dele se abriu em um sorriso amplo depois disso.

A minha também.

CAPÍTULO 25

Elodie

Meu plano para o sábado era dormir até tarde, comprar uma roupa nova no shopping, me presentear com manicure e pedicure e, então, ir para casa me arrumar para o meu encontro com Benito à noite. Felizmente, ele não tinha me recusado por ter cancelado o outro encontro.

De qualquer forma, aqueles *eram* meus planos para sábado. Isto é, até meu celular tocar enquanto eu estava me arrumando para começar o dia.

Quando vi que era Hollis, quase pensei que estivesse ligando para se desculpar pela noite anterior. Mas eu já deveria saber que não era.

Meu tom foi frio quando atendi.

— Alô.

— Elodie... Desculpe te incomodar em um sábado.

— O que foi?

— Hailey foi convidada para uma ópera esta noite, pode acreditar? Os pais da amiga dela têm ingressos. Eles vão à apresentação e, então, ela vai dormir na casa deles do outro lado da cidade. Ela não tem nada para vestir. Eles querem que ela use vestido. Falei para não incomodar você, mas ela realmente quer que vá com ela às compras. Há alguma chance de eu te pagar em dobro para sair com ela por algumas horas hoje? Sinta-se à vontade para dizer não.

Sinta-se à vontade para se desculpar por ser um babaca ontem à noite.

Não respondi imediatamente. Uma parte de mim queria recusar. Mas simplesmente não conseguia fazer isso com ela. Mas também não iria deixá-lo livre na minha manhã de folga.

— Então, é o seguinte, eu já ia ao shopping perto daqui para comprar uma roupa. Ela e eu podemos comprar um vestido lá. Talvez você possa trazê-la até aqui.

Ele não hesitou.

— É, posso fazer isso. Mas, provavelmente, não vale a pena eu voltar para a cidade depois. Vou levar trabalho comigo e encontrar um lugar com WiFi até vocês terminarem.

— Ok. Que seja. No shopping Westshore Farms à uma da tarde? Podemos nos encontrar na entrada principal.

— Combinado. — Ele pausou, então disse: — Elodie?

Suspirei.

— Sim?

— Obrigado por fazer isso.

Hollis e Hailey chegaram na hora. Eu tinha chegado no shopping alguns minutos mais cedo, provavelmente porque a ideia de ver Hollis me deixou ansiosa. Ficar em casa e aguardar estava me deixando louca.

— Estou tão empolgada para fazer compras! — Hailey berrou e me abraçou.

Hollis, por outro lado, não parecia tão empolgado. Mas ele estava incrível vestido com uma camisa azul-claro deixada para fora da calça jeans. Suas mangas estavam arregaçadas, deixando seus antebraços bronzeados e musculosos à mostra. Parecia ter saído de um catálogo da Ralph Lauren.

Ele olhou para os dois andares acima de nós.

— Não consigo em lembrar da última vez em que estive em um shopping.

— Tem um Starbucks no primeiro andar com WiFi.

— É. Acho que vou para lá. — Virou-se para Hailey. — Quanto acha que vai demorar?

Ela franziu o nariz.

— Não pode apressar a perfeição, tio Hollsy.

— Certo. — Ele deu risada.

Quando nos separamos dele, Hailey e eu fomos a três lugares diferentes antes de acabarmos na grande loja de departamentos. Visitamos a seção infantil primeiro para pegar um monte de vestidos para ela. Então fomos para o departamento feminino e selecionamos algumas roupas para mim. Levamos tudo para o provador e planejamos desfilar as roupas uma para a outra.

Entrei em uma porta e Hailey foi para a vizinha à minha. Avisaríamos quando estivéssemos prontas, então nos encontraríamos na área comum para exibir nossas roupas.

Quando provei a última, saí e vi que ela não estava na área comum. Em vez disso, pude ouvi-la conversando do lado de fora do provador.

— Hailey? — chamei.

— Aqui fora! — ela disse.

Saí.

— O que está... — Fiquei sem palavras ao ver Hollis ali parado no meio do departamento feminino.

Ele engoliu em seco ao olhar para mim. Eu estava com um vestido vermelho matador que juntava meus seios de maneira bonita. Se tivesse que escolher uma roupa para ele me flagrar, seria essa.

— O que está fazendo aqui? — perguntei.

— Hailey me falou que precisava de mim.

Ela olhou para ele.

— Bem, precisa pagar meu vestido, certo?

Isso é mentira.

— Você sabe que tenho o cartão de crédito do seu tio — eu a repreendi.

Ela ruborizou.

— Ok, tem razão. Queria que ele visse como você está bonita.

Agora era eu que estava ruborizando.

Os olhos de Hollis viajaram de cima e a baixo no meu corpo.

— Ela está... bem bonita.

— Ela tem um encontro. Ele vai buscá-la às oito em ponto. — Ela deu risada. — Rimou.

Não tinha lhe contado que tinha um encontro, que dirá a hora que Benito iria me buscar.

Erguendo a sobrancelha, perguntei:

— Como sabe disso?

— Apareceu uma mensagem no seu celular. — Ela deu de ombros. — Enfim, vou tirar esta roupa.

Hailey saltitou para o provador.

Eu estava prestes a voltar também quando a voz de Hollis me fez parar.

— Espere.

Me virei e, antes de ele poder falar alguma coisa, eu disse:

— Espero que saiba que eu estava tentando, especificamente, não anunciar meus planos para esta noite.

Ele enfiou as mãos nos bolsos.

— Eu sei.

Cruzei os braços.

— O que iria dizer?

— Só queria agradecer de novo por isso. Depois do jeito que as coisas terminaram ontem, você poderia ter recusado tranquilamente.

— Estou fazendo isto por ela, não por você.

— Sei disso. Mas obrigado por não descontar meu erro nela.

— É, erro. Toda vez que chega perto de mim, você fala que é um grande erro.

— Não foi o que eu quis dizer. — Ele olhou para os sapatos, depois de volta para mim. — Olha, desculpe por ontem. Claramente não sei como me comportar perto de você.

Dei risada, brava.

— É melhor eu ir antes de ela nos escutar.

Quando Hailey e eu voltamos, segurando os dois vestidos que tínhamos escolhido, fiquei surpresa ao ver que Hollis ainda nos aguardava. Ele parecia um peixe fora d'água, perdido em pensamentos, encarando uma prateleira de vestidos Diane von Furstenberg.

Nós três fomos para o caixa, e Hollis ficou bem perto de mim enquanto eu pagava pelo vestido de Hailey com o cartão de crédito dele e usava meu cartão para pagar pelo meu. Quando ele expirava, podia sentir na minha nuca; ele estava bem perto mesmo.

A simples respiração trouxe de volta a lembrança de como foi quando ele devorou meus lábios, como foi incrível ser devastada por ele na forma menos gentil possível.

Hollis estava quieto quando saímos do shopping. Quando chegamos ao estacionamento, ele ainda parecia perdido na própria mente.

Coçou a cabeça.

— Não consigo lembrar onde estacionei.

— Bom, isso é péssimo — eu disse. — Eu parei bem aqui. Acho que vejo vocês na segunda.

Hailey me abraçou.

— Obrigada de novo, Elodie.

Apertei-a.

— Divirta-se na ópera. Me conte como foi. Nunca fui a uma.

Ela recuou.

— Sério?

— A maioria das crianças não cresce com acesso a coisas tão chiques. E muitos adultos também não têm essa oportunidade. Você é muito sortuda.

— Eu sei. — Ela sorriu.

Sorri também. Eu sabia que Hailey dava valor à vida que ganhara.

Nós duas nos viramos para Hollis, que ainda parecia estar tentando descobrir para qual direção seguir. Ele realmente tinha esquecido onde estacionara.

— Cuidado na volta para a cidade — eu disse.

— Se conseguirmos encontrar o carro! — Hailey deu risada.

Me separei deles antes de saber se tinham achado o carro de Hollis.

Pensamentos sobre ele inundaram meu cérebro no caminho inteiro de volta para casa. Queria mesmo saber o que tinha acontecido para deixá-lo tão na defensiva, com tanto medo de intimidade.

Balancei a cabeça. Não era para estar analisando Hollis. Era para estar ansiosa para o meu encontro com Benito.

Quando cheguei em casa, percebi que não respondera à mensagem de Benito sobre o horário de ele me buscar, aquela que Hailey vira em meu celular.

Digitei uma resposta.

Elodie: Desculpe por responder só agora. Às oito está ótimo. Ansiosa.

Benito: Eu também. Ainda não consigo acreditar que finalmente concordou em sair. :-) Gosta de sushi?

Elodie: Adoro.

Benito: Conheço um lugar ótimo não muito longe de você. Tem um bar de jazz na esquina que serve umas bebidas muito boas também. Talvez possamos ir lá depois.

Elodie: Parece perfeito.

Benito: Pode me enviar seu endereço?

Após digitar, pensei melhor se era seguro ele me buscar. Mas, então, me lembrei de que o passado dele era limpo e resolvi não me estressar com isso.

Eram quatro da tarde. A hora tinha voado e eu nem percebera. Embora não tivesse feito as mãos e os pés como havia planejado originalmente, pensei que ajudar Hailey a escolher seu primeiro vestido chique foi um uso muito melhor do meu tempo.

Pensei no fato de que ela iria dormir na casa da amiga, já que a ópera era do outro lado da cidade. Significava que Hollis teria o apartamento só para ele. Provavelmente, chamaria uma de suas amantes para consertar a bagunça que começara comigo no outro dia. Pensar nele descontando suas frustrações sexuais em outra pessoa realmente me irritava.

E aqui estou eu, pensando em Hollis de novo.

Por quê? Por que não conseguia livrar minha mente dele por uma noite?

Decidindo tomar um banho relaxante para aliviar a mente, enchi a banheira e joguei sais de banho na água. Deslizando para dentro das bolhas, não tive pressa aplicando uma máscara facial e, depois, raspando as pernas com cuidado. Mesmo que praticamente tivesse certeza de que não transaria com Benito no primeiro encontro, precisava me preparar para o inesperado.

Quando saí da banheira, vesti minha calcinha preta de renda e, imediatamente, claro, pensei em Hollis. Afinal, foi aquela calcinha que começara o jogo infame. Tinha quase certeza de que selecionei aquela em particular como um *foda-se* extra para ele naquela noite.

Depois de secar o cabelo e me maquiar, coloquei o vestido vermelho que escolhera e inclinei a cabeça ao me olhar no espelho.

Ainda havia muito tempo para Benito chegar e resolvi me servir de uma taça de vinho. As palmas das minhas mãos estavam suadas e meu coração, acelerado. Fazia muito tempo que eu não ia a um encontro.

Às sete e quarenta e cinco, a campainha tocou.

Puta merda. Ele chegou cedo.

Agora meu coração tamborilava conforme derramava o restante do vinho na pia. Arrumei o vestido e esfreguei os lábios um no outro antes de dar uma última olhada no espelho do corredor.

Estou pronta para isto.

Ou era o que eu pensava.

Mas, quando abri a porta, não era Benito que estava lá.

CAPÍTULO 26

Elodie

Meu coração acelerado parou abruptamente ao ver Hollis na minha porta. Detestava o efeito que ele causava em mim. O vinho que eu tinha acabado de beber queimou na garganta, ameaçando voltar, e engoli em seco para falar.

— O que está fazendo aqui?

Ele passou a mão pelo cabelo.

— Posso entrar?

Cruzei os braços à frente do peito conforme minha surpresa inicial começou a se transformar em raiva.

— Para quê?

— Preciso falar com você.

— Não é uma boa ideia. O cara com quem vou sair vai chegar a qualquer minuto.

O maxilar de Hollis ficou tenso, mas ele se esforçou ao máximo para manter a voz estável.

— Vai demorar só um segundo.

Na semana passada, o fato de ele ficar bravo mencionando meu encontro teria me deixado empolgada. Mas eu estava cansada de joguinhos. Ele não tinha direito de ficar bravo e, com certeza, não tinha direito de ficar possessivo, porque eu não era dele. Deus sabe que eu tinha lhe dado bastante oportunidade, e ele deixara claro que qualquer coisa que aconteceu entre nós foi um erro. Eu não era *erro* de ninguém.

Endireitei a coluna.

— Fale o que tem a dizer bem aqui. E fale rápido. Já estragou os primeiros planos que eu tinha com Benito. Não vou deixar você fazer isso esta noite também.

Hollis olhou para baixo e só ficou balançando a cabeça. Após um longo minuto observando e aguardando, ele finalmente falou.

— Desculpe. — Sua voz era um sussurro.

— Pelo quê?

— Por fazer você perder seu encontro naquele dia. — Ele olhou para cima e para dentro dos meus olhos. — Por agir como um ciumento babaca.

Suspirei. Queria interpretar sua admissão de ciúme, entender que ele sentia algo por mim. Mas uma forte atração física não se iguala a sentimentos, e eu estava cansada de ter esperança.

— Certo. Desculpa aceita. Mais alguma coisa?

Hollis olhou para um lado e para o outro entre meus olhos. Enquanto ficávamos ali parados encarando um ao outro, um carro diminuiu a velocidade e parou.

Merda. Benito.

Prendi a respiração enquanto ele estacionava e começava a sair do carro. Hollis olhou por cima do ombro e de volta para mim. Minhas mãos tremiam, mas não deixaria nenhum desses homens me ver assim.

— Não vá — Hollis sussurrou.

Benito fechou a porta do carro e começou a subir para minha casa.

Senti lágrimas se acumularem nos meus olhos.

— Me dê um motivo para não ir, Hollis. Não com sua boca ou com seu corpo, mas algo do coração... palavras, sentimentos, qualquer coisa.

A dor em sua expressão era palpável. Mas eu o deixara fazer isso comigo mais de uma vez. Precisava de mais do que ciúme e atração física. Até me agarraria a algo mínimo, só para garantir que não assumiria o risco sozinha.

Os passos de Benito ficaram mais altos.

— Hollis? Tem mais alguma coisa a dizer?

Ele continuou me observando conforme Benito se aproximava e ficava ao lado dele. Não tive escolha a não ser falar com ele.

Abri meu melhor sorriso falso.

— Você deve ser Benito.

— Sou. — Benito olhou pra Hollis, que ainda estava com os olhos fixos em mim.

A coisa toda foi bizarra.

— Hummm... Este é meu chefe, Hollis.

Benito estendeu a mão.

— Ah. É um prazer te conhecer.

Hollis se virou, olhou-o friamente e baixou os olhos para a mão de Benito. Mas não se esforçou para responder ao cumprimento.

Olhou de volta para mim.

— Podemos falar um minuto, por favor?

Não poderia deixá-lo fazer isso. Simplesmente não poderia. Ele tivera sua chance e, de novo, tinha me deixado a ver navios.

— Podemos conversar sobre isso na segunda de manhã, quando eu for trabalhar. — Voltei a atenção para o meu encontro. — Hollis já estava indo embora. Se importa de entrar um pouco, Benito? Só preciso pegar minha bolsa.

— Humm... tá bom. Claro.

Não poderia ficar mais confortável do que isso. Assenti para Hollis.

— Tenha um bom fim de semana.

Abrindo a porta, entrei, e Benito me seguiu. Assim que ele entrou, eu segurei a porta aberta e aguardei mais alguns segundos. Hollis encarou o chão.

Franzi o cenho.

— Adeus, Hollis.

Falar essas palavras e fechar a porta foram, estranhamente, duas das coisas mais difíceis que já precisei fazer. Mas precisei fazê-lo. Meu relacionamento com Hollis não era saudável, e eu merecia mais do que ele me daria.

Benito olhou para mim.

— Está tudo bem com seu chefe?

Respirei fundo.

— Está. Só temos opiniões diferentes quanto a lidar com as coisas. Ele vai superar. — Apesar de não ter certeza se iria mesmo. — Desculpe pela forma como ele agiu. Ele é um babaca às vezes.

Benito deu risada.

— Não tem problema. Já tive chefes assim. O truque é assentir bastante, então ficar firme e fazer o que você acha que é certo.

Forcei um sorriso.

— É. Pode me dar licença por um minuto? Preciso ir ao banheiro antes de sairmos. Tem vinho e água na geladeira, se não se importa de se servir.

— Obrigado. Pode ir com calma. Cheguei cedo.

Entrei no banheiro e, imediatamente, subi na banheira para poder olhar pela janela. As persianas estavam fechadas, então as abri o suficiente para ver lá fora. Partiu meu coração ver Hollis entrando em seu carro. Colocou o cinto e o ligou, então encarou a casa por um bom tempo. Depois, foi embora.

A totalidade do que havia acontecido começou a se acumular, e senti lágrimas pinicarem meus olhos. Cada sentimento corria pelo meu corpo — raiva, tristeza, decepção, dor e alívio. Foi demais para manter guardado, e meus ombros começaram a tremer conforme lágrimas escorriam pelo meu rosto.

Caramba, Hollis.

Caramba.

Na verdade, eu estava mais brava por ele ter ido embora do que por ter aparecido. Ele tinha o dom de fazer minhas esperanças retornarem, apesar de todo o pessimismo que eu sentia. E eu caía nessa toda vez. Ele acabou comigo, me fazendo sentir uma boba de novo.

Fechei os olhos e respirei fundo, inspirando e expirando. Quando me estabilizei, olhei no espelho. Meu rosto estava vermelho de chorar, então apliquei um corretivo que escondia qualquer coisa. Que pena que eles não faziam aquilo para passar dentro do corpo. Assim que terminei, retoquei os lábios com um vermelho forte que combinava com meu vestido e passei perfume.

Não queria mais ir a esse encontro. Mas eu nunca deixaria Hollis arruinar outra noite minha.

Eu me divertiria, mesmo que me matasse.

Na verdade, Benito era mais bonito ao vivo. Era alto, com pele naturalmente bronzeada, olhos amendoados cor de mel e uma estrutura óssea ampla. Tinha um sorriso incrível que abria com frequência e uma risada calorosa e contagiosa. Se não estivesse competindo, sem saber, com Hollis LaCroix, eu teria ficado empolgada por conhecer um cara como ele.

— O que acha de pedir sobremesa? — ele perguntou.

Eu tinha comido muito pão e bebido duas taças de vinho para acalmar os nervos. Estivera quase cheia antes mesmo de o jantar chegar.

— Estou bem cheia.

Ele abriu um sorriso infantil.

— Eu também. Estou enrolando porque não estou pronto para nossa noite acabar.

Que romântico, um homem que diz o que sente.

Isso deveria ter me feito querer ficar mais, mas eu só queria ir para casa e deitar na cama. Estivera me esforçando para parecer feliz desde que saímos de casa. Benito era uma ótima companhia; eu só não conseguia curtir naquela noite. E, por isso, ele merecia um pouco de honestidade.

— Você é ótimo...

Benito me interrompeu e cobriu o coração com uma mão, como se seu peito doesse.

— Não, não fale.

— Falar o quê?

— Você estava prestes a falar *mas*, não estava?

Sorri tristemente.

— Talvez. Estou meio avoada esta noite e, embora tenhamos acabado de nos conhecer, sinto que sabe disso.

Ele assentiu.

— Seu chefe estragou sua noite. Entendo. Acontece.

Que cara legal.

— Obrigada por entender. Acha que, talvez, possamos pular a sobremesa e tentar de novo outra noite?

— Claro. Gostaria de fazer isso. Vou pedir a conta.

Me senti mais leve depois de falar que não estava sendo eu mesma naquela noite. Baixar a guarda me permitiu viver o momento. Saímos do restaurante e, talvez fosse apenas porque eu sabia que o encontro terminaria em breve, mas me senti mais relaxada do que estivera o dia todo. Benito e eu conversamos enquanto aguardávamos o carro chegar, e a conversa continuou a fluir livremente no caminho até minha casa. Quando paramos ao lado de um jovem dirigindo um calhambeque que tinha o espelho retrovisor grudado com fita, demos risada dos nossos primeiros carros.

— Não tinha ar-condicionado no meu, e havia um buraco enorme no piso do passageiro — Benito contou e balançou a cabeça. — O buraco era perfeitamente redondo e parecia que o proprietário anterior tinha cortado com uma serra circular ou algo assim. Eu tinha a maior queda por uma garota chamada Angie no meu último ano. Alguns dias depois de pegar meu carro, parei no posto de gasolina para encher o tanque, e Angie estava lá com um carro cheio de amigas dela. Tentei bancar o descolado, mas, na verdade, era a primeira vez que eu enchia o tanque. Angie veio falar comigo, e fiquei totalmente distraído e esqueci de tirar o bocal do tanque quando terminei.

Cobri a boca e dei risada.

— Ah, não. E saiu com a mangueira assim?

Benito assentiu.

— Sim. Saiu rápido de cima da portinha, então não prejudicou muito, mas o puxão da mangueira acionou um alarme. O posto de gasolina inteiro, dentro e fora, ficou com luzes piscando e uma sirene tocando.

— Angie ainda estava lá?

— Ah, sim. Gargalhando com as amigas. No dia seguinte, na escolar, admiti para ela que estivera tentando bancar o experiente e não fazia ideia do que estava fazendo.

— O que ela falou?

— Por mais que pareça maluco, ela concordou em sair comigo. Foi uma boa lição. Aprendi que a honestidade te leva muito mais longe com mulheres.

— Aprendeu isso bem cedo comparado a muitos homens. Quanto durou com Angie?

Benito saiu da estrada para pegar a saída para minha casa.

— Um encontro. Estava chovendo na noite em que a levei para sair. Passei por uma poça enorme com o carro, sem pensar no buraco que tinha do lado dela, e começou a jorrar água suja pelo chão do meu carro. — Ele deu risada. — Ela ficou ensopada. Parecia um gêiser, juro. Aprendi uma segunda lição naquela noite. As mulheres só aguentam uma vez você ser idiota.

Demos risada, e Benito dirigiu pelas ruas até minha casa. Eu tinha relaxado bastante. Que pena que não acontecera isso no caminho para nosso encontro, porque ele era uma boa companhia. Fizemos a última curva, virando no meu quarteirão, e meu coração parou.

A Mercedes de Hollis estava estacionada em frente à minha casa de novo. Quando nos aproximamos, vi que ele não estava esperando dentro do carro. Sua postura imponente estava sentada nos degraus da varanda. Ele se levantou quando diminuímos a velocidade, e Benito o notou pela primeira vez.

— Esse é...

Assenti.

— Meu chefe.

Benito estacionou e colocou o carro no ponto-morto. Olhamos para a varanda de novo. Fiquei aliviada por Hollis ter esperado ali e não ter vindo até nós.

— Quer que eu fale para ele ir embora?

Sim.

Não.

Talvez?

Balancei a cabeça. Definitivamente, não seria uma boa ideia.

— Não, tudo bem.

Benito franziu as sobrancelhas.

— Ele é... mais do que seu chefe?

Suspirei.

— É... meio... complicado.

Ele franziu o cenho.

— Ok.

— Sinto muito mesmo por esta noite. Você é muito legal, e não tive a intenção de arruinar nosso encontro.

— Tudo bem. Outra noite, talvez?

Ele falara isso para ser educado. Naquele instante, nós dois sabíamos que não haveria outras noites. Me inclinei e lhe dei um beijo na bochecha.

— Claro. Muito obrigada pelo jantar, Benito.

Ele assentiu.

— Vou ficar aqui até você entrar.

— Obrigada.

Senti um frio na barriga ao subir para minha casa. *Detestava* o que aquele homem fazia comigo. Me fazia sentir esquisita.

— Está feliz? — perguntei baixinho ao me aproximar. — Arruinou meu encontro com um cara perfeitamente legal. Provavelmente, o primeiro da espécie que conheço em anos.

Hollis olhou para baixo.

— Sinto muito.

Revirei os olhos.

— Não sente, não.

Pegando as chaves na bolsa, destravei a porta da frente. Hollis aguardou conforme eu entrava.

— Benito é um cavalheiro. Vai ficar lá e se certificar de que está tudo bem. Então você precisa entrar.

Ele assentiu e me seguiu para dentro. Acenei para Benito antes de fechar a porta.

— Vou precisar de vinho para isto. — Fui até a geladeira. — Quer uma taça?

— Não, obrigado.

Coloquei vinho quase até a borda e me sentei na poltrona à frente do sofá, sem querer sentar perto demais de Hollis. Ele estava sentado diante de mim e observou enquanto bebi metade da taça em um grande gole.

— Vá em frente. — Dei de ombros. — Fale o que quer que precise falar. Foi uma noite longa, e estou cansada.

Esperei uma eternidade para ele organizar os pensamentos — pelo menos pareceu um bom tempo.

Hollis passou uma mão no cabelo, o que pareceu que estivera fazendo bastante naquela noite. Havia uma sombra de barba por fazer em seu maxilar forte, e me irritava o fato de eu estar ali sentada pensando em como ele estava bonito desarrumado.

— Não sou o homem certo para você, Elodie.

Coloquei o vinho na mesa de centro e me levantei.

— Não preciso de um fora gentil, Hollis. Perdeu sua viagem para Connecticut.

— Sente-se — ele mandou.

Cruzei os braços à frente do peito.

— Não.

— Caramba, Elodie. Não quero travar uma batalha de vontades com você. Nós dois sabemos que você vai ganhar. Pode simplesmente sentar e me dar cinco minutos?

Sua admissão de que eu iria ganhar me deixou mais calma.

— Certo. Cinco minutos.

Hollis esperou até eu me sentar e, então, desviou o olhar.

— Obrigado. — Ele expirou de forma audível. — Como estava dizendo, não sou o homem certo para você. Você foi magoada e, ainda assim, debaixo de toda essa sua armadura, acredita que o maldito Príncipe Encantado está por aí. Não sou um Príncipe Encantado.

Inclinei a cabeça.

— Bom, pelo menos concordamos em alguma coisa.

Hollis deu risada. Respirou fundo mais uma vez e, finalmente, me olhou nos olhos.

— Você merece um Príncipe Encantado. Mas sou um desgraçado bem egoísta para não dar a mínima para o que você merece.

Meu coração se agitou. Minha cabeça sabia que estava dormente, e que iria acontecer, mas eu não tinha nenhum controle sobre o músculo gigante no meu peito.

— Pode simplesmente falar o que quer falar? Essa lenga-lenga é exaustiva.

— Quero tentar, Elodie.

Devia ter entendido errado.

— Tentar o quê?

— Ficar junto.

Semicerrei os olhos para ele.

— Quer dizer que quer me foder?

— Não. Sim. Não. Bem, claro que quero. Mas não é isso que estou tentando dizer.

— Então *o que* está tentando dizer?

— Quero... Não sei, ficar com você?

Bom, isso era uma reviravolta que eu não tinha previsto. Não pude deixar de desconfiar.

— Quer ficar comigo?

— Quero.

— E o que isso engloba?

— Não sei. Jantares. Passar tempo juntos...

— E se eu dissesse que não vou transar com você? Ainda iria querer ficar comigo?

Ele ergueu as sobrancelhas.

— Para sempre?

Sorri.

— Não. Não para sempre. Mas... não sei se acredito que queira ficar comigo, Hollis. Acho que está frustrado e sabe que esse é o único jeito de acontecer entre a gente. É um meio para um fim para você.

Ele franziu o cenho.

— Não quero ser escroto, mas, se eu só quisesse transar, não seria muito difícil.

Queria muito acreditar nele, mas não era tão fácil.

— Por quê? Por que a mudança repentina? Naquele dia, nosso beijo foi um erro enorme, e você se arrependeu. Hoje, eu saio com outra pessoa e você, milagrosamente, descobre que quer ficar comigo?

Hollis se inclinou para a frente no sofá e olhou diretamente nos meus olhos.

— Não vou mentir para você. Provavelmente foi o que me fez enxergar. Mas o motivo de eu ter descoberto isso importa?

Analisei seus olhos. Ele parecia bem sincero... Ainda assim, Tobias também parecera quando disse seus votos em nosso casamento. Aquele homem poderia me destruir com facilidade. Mas vamos encarar os fatos, eu já tinha dado uma parte do meu coração para ele, e iria acontecer, independente se eu ficasse com ele ou não. Acho que seria melhor aproveitar uns bons encontros.

— Certo. Mas quero comer no restaurante do Mandarin Hotel. Quando trabalhei para Soren, precisava encontrar os babacas no bar Aviary de lá, e o restaurante sempre tinha um cheiro tão bom. E não posso pagá-lo.

O canto do lábio de Hollis se ergueu.

— Combinado. Mais alguma coisa?

Humm... Já que ele estava perguntando...

— Nunca passeei de carruagem pelo Central Park.

— Podemos fazer isso.

— Nem fui patinar no gelo no Rockefeller Plaza.

O lábio dele se curvou de novo.

— Estamos em julho, mas talvez no Natal.

Meu coração inchou. O Natal era dali a cinco meses. Aquela simples resposta me disse que ele não estava planejando um lance rápido — não de propósito, de qualquer forma.

— Mais alguma coisa? — Ele ergueu uma sobrancelha.

Bati o dedo no lábio, pensando. Eu estivera zoando, mas algo importante me veio à mente.

— Não contaremos a Hailey o que está havendo entre nós... não no começo, de qualquer forma. Ela já quer que sejamos uma família, e não quero decepcioná-la se as coisas não derem certo.

A boca de Hollis formou uma linha reta, mas ele assentiu.

— Tudo bem.

Peguei meu vinho e dei um gole.

— Acho que temos um acordo, então.

Os olhos de Hollis brilharam.

— Ainda não. Você não ouviu as minhas condições.

Ergui as sobrancelhas.

— Suas condições?

Ele deu um sorrisinho.

— Isso mesmo. Não posso ter condições?

— Acho que depende de quais forem.

Hollis esticou o braço e pegou a taça de vinho da minha mão. Levou-a aos lábios e bebeu o restante. Colocando-a na mesa, estendeu a mão para mim.

Hesitei, mas, em certo momento, coloquei minha mão na dele. No segundo em que o fiz, Hollis puxou forte, e saí da minha poltrona e caí em seu colo. Ele segurou meu rosto.

— Número um. Nenhum outro homem. Principalmente Benito.

Fingi ponderar e, então, dei de ombros.

— Acho que sim.

Ele colocou a mão na minha bunda e apertou. *Forte.*

— Engraçado. Número dois, se não vamos transar por um tempo, vai precisar usar algo diferente de calcinha de renda.

Recuei a cabeça.

— Não gosta das minhas calcinhas de renda?

— Adoro. Mas, já que vou precisar cuidar de mim mesmo por enquanto, você vai deixar para trás suas calcinhas no fim dos nossos encontros. A renda causa atrito.

Arregalei os olhos. Não conseguia acreditar que ele acabara de me contar que esfregava minhas calcinhas no pau tão forte que o machucava.

— Vou precisar alterar minhas condições, por favor.

Ele arqueou uma sobrancelha.

— Vou precisar de calcinhas novas. Só tenho uma ou duas que não são de renda.

Hollis abriu um sorriso malicioso.

— Será um prazer.

Envolvi os braços em seu pescoço.

— Terminamos?

— Não. Tenho mais uma condição.

— Fale.

Ele me olhou de cima a baixo.

— Não use este vestido em nenhum dos nossos encontros.

Fiz beicinho.

— Não gosta do meu vestido?

— Exatamente o oposto. Adoro demais. Se usá-lo, não vou conseguir me impedir de rasgá-lo e de te foder contra a parede em algum momento.

Engoli em seco. *Oooohhh. Contra a parede. Parece muito bom.*

Hollis rosnou.

— Preciso de uma quarta condição.

— Qual?

— Não fique desse jeito perto de mim.

— Desse jeito como?

— Como se realmente quisesse que eu te fodesse contra a parede.

Meus olhos ficaram mais suaves.

Hollis me puxou contra seu peito e deu um beijo casto na minha testa.

— Estamos bem?

Assenti.

— Acho que sim.

— Então é melhor eu ir.

— Ir? Por quê?

— Porque sua bunda está sentada no meu pau, e vou tentar quebrar a regra número um nos próximos cinco minutos se não for, querida.

Querida. Gostei.

Hollis me beijou na boca.

— Amanhã à noite. Às sete.

Sorri.

— Ok.

— Durma um pouco.

Acompanhei Hollis até a porta.

— Volte com cuidado.

Ele tinha dado alguns passos para fora da minha casa quando o chamei.

— Hollis?

Ele se virou de volta.

Coloquei a mão debaixo do meu vestido e tirei a calcinha deslizando pelas pernas. Saindo dela, peguei a calcinha preta de renda e joguei para ele.

— Desculpe. Vai ter que aguentar um pouco de atrito esta noite.

Ele pegou minha calcinha e a ergueu até o nariz, inspirando fundo.

— Hummm... Estava com saudade disto.

Vê-lo cheirar minha calcinha foi erótico pra caramba. Aparentemente, Hollis poderia não ser o único a cuidar de si mesmo naquela noite.

Ao ver minha expressão, ele deu uma piscadinha.

— Vou comprar umas baterias para você quando comprar suas calcinhas novas.

CAPÍTULO 27

Hollis

— Posso ajudá-lo, senhor?

Uma funcionária me flagrou esfregando uma calcinha de seda na bochecha. É. Essa não dói. Sério, o que minha vida tinha se tornado?

Eu fora até uma loja chique de lingerie para cumprir minha promessa. Originalmente, não havia planejado usar o rosto para testar. Simplesmente havia me envolvido demais, imaginando Elodie nela.

— Não, obrigado.

— Está procurando algo em particular?

— Ãh... calcinha *macia*, particularmente fininha — eu disse baixinho.

Ela foi até o outro canto da loja. Eu a segui, olhando por cima do ombro rapidamente.

A mulher abriu uma gaveta, pegou uma calcinha de seda de cor lavanda e a entregou para mim.

— Este é o nosso tecido mais macio.

Sentindo-a com os dedos, eu disse:

— Vou querer uma de cada cor.

Ela se inclinou e sussurrou:

— São para você?

Pego de surpresa, perguntei:

— Para mim?

— É. Sabe, alguns homens realmente gostam de usar calcinha lá embaixo.

Ela pensa que sou um travesti?

— Não. São para minha... — hesitei.

O que Elodie era para mim? Não era minha namorada, mas era mais do que uma amiga ou uma transa casual.

— São para minha babá. — Dei risada com a palavra que decidira falar. Bom, acho que era a verdade.

— Sua babá?

— É. — Dei risada. — Um presente.

— Bom, ela tem muita sorte. Eu costumava ser babá de um casal em Upper West Side. Com certeza, nunca ganhei calcinhas chiques.

Ela colocou uma pilha de calcinhas que formavam um arco-íris no balcão e as levou até o caixa. Embrulhou-as em papel de seda e as guardou em uma sacola pink.

Olhando para o meu cartão de crédito, ela disse:

— Bom, sr. LaCroix, espero que sua babá goste das calcinhas macias.

— Oh, *nós* vamos gostar. — Sorri.

Naquela tarde, depois que voltei do meu passeio improvisado para comprar lingerie no domingo, Hailey me ligou do apartamento de sua amiga vizinha. Era para ela passar o dia com Kelsie e dormir lá. Foi a primeira vez que lhe pedira especificamente para ver com a amiga dela se poderia passar a noite lá. O que posso dizer? Eu estava desesperado para ficar com Elodie.

— E aí? — perguntei.

— Mudança de planos para esta noite. Não posso mais dormir na Kelsie.

Merda.

— Por que não?

— A tia de Kelsie entrou em trabalho de parto. Elas precisam ir para Nova Jersey.

Bom, lá se vai minha babá. Era para eu pegar Elodie às sete. Eu tinha feito reservas no restaurante que ela queria ir no Mandarin Hotel e marquei um passeio de carruagem para depois. Claro que não era para Hailey saber. E agora? Eu não conseguiria encontrar uma babá em tão pouco tempo. Ri sozinho. *Talvez, se você não estivesse ficando com a maldita babá, Hollis, não teria esse problema.* De qualquer forma, eu estivera ansioso para ver Elodie o dia todo. Não queria ter que esperar até a semana seguinte.

— Que horas você vai voltar?

— Elas vão sair em breve. Provavelmente, em uns quinze minutos.

Suspirei.

— Ok, garota. Até daqui a pouco.

Expirando frustrado, peguei o celular e liguei para Elodie.

Ela atendeu.

— Oi.

Meu tom estava menos feliz.

— Ei.

Ela sentiu que havia algo errado.

— O que houve?

— Então... estou com um probleminha.

— Vai cancelar comigo?

— Porra, não.

— O que aconteceu?

— Vou ficar com Hailey esta noite. Os planos dela falharam.

— Pensei que ela fosse dormir na casa de Kelsie.

— Ela ia. Mas tiveram uma emergência de família. Então, ela vai voltar daqui a uns minutos.

Elodie suspirou no telefone.

— Merda. Certo. Bom, isso é uma droga. Mas não tem o que fazer.

Pense.

— Sei que falei que não queria que Hailey soubesse de nada. Acho que é inteligente... mas ainda quero muito te ver.

— Bem, que opção nós temos? — Ela suspirou. — Não podemos.

Esfreguei o queixo.

— Talvez possamos.

— Como?

— Pode vir para a cidade?

— Claro, mas ela vai desconfiar se eu for aí em um domingo.

Vasculhei meu cérebro para encontrar uma solução.

— Vou levá-la para sair em algum lugar. Você pode aparecer e fingir que simplesmente acabou nos encontrando. Vou levá-la para comprar comida para cozinhar o jantar aqui. Precisamos ir às compras, de qualquer forma. Quando ela vir você, sei que vai implorar para ir para casa conosco.

— Falei para ela, há uns dias, que quero ver como é o novo mercado gourmet do centro, Victor's Market — ela contou. — Talvez eu possa ter um desejo intenso por alcachofras em conserva que me levou a pegar o metrô para a cidade em um domingo preguiçoso?

— Perfeito. Pode ser. Ela vai acreditar se fizermos parecer que foi coincidência. Quanto vai demorar?

— Uns noventa minutos.

Eu a vi antes de Hailey. Elodie estava com uma cestinha de compras pendurada no pulso conforme caminhava pelo corredor de pão. Seu cabelo comprido e loiro estava amarrado em um rabo baixo. Suas orelhas pequenas estavam expostas, e dava vontade de mordê-las.

Agora eu queria morder a porra das orelhas dela? *Jesus*. Essa mulher me fez perder a cabeça.

Nossos olhos finalmente se encontraram. Sorrimos conforme Hailey continuou distraída com uma amostra de queijo.

Elodie se aproximou e fingiu surpresa em nos ver. Ficou boquiaberta.

— Hollis?

Agi surpreso.

— Elodie? O que está fazendo na cidade em um domingo?

Hailey virou a cabeça rapidamente.

— Ah, meu Deus! Como assim? — Ela correu para Elodie e lhe deu um abraço.

— Oi, Hailey! Que surpresa encontrar vocês.

— Por que está aqui? — Hailey perguntou.

— Bom, tive um desejo enorme de comer alcachofras em conserva e queijo brie. Então, como não tinha nada melhor para fazer hoje, resolvi vir para a cidade e comprar minhas coisas preferidas.

— Vai carregar toda essa comida para casa no metrô?

— Bom, me limito a uma sacola grande.

Hailey olhou para mim.

— O tio Hollis vai fazer pizza caseira de marguerita para a gente esta noite. Viemos comprar a massa, manjericão fresco e tal.

Elodie me olhou como se estivesse impressionada.

Dei de ombros.

— Não sou o melhor cozinheiro. Mas sei fazer pizza.

— Depois vamos assistir ao novo filme da Marvel.

— Parece muito divertido. — Elodie sorriu.

Hailey saltitou.

— Você poderia vir jantar com a gente e assistir ao filme.

Bingo. Obrigado, querida sobrinha.

Elodie fingiu hesitação.

— Ah, não sei. Talvez fique tarde demais para eu ir para casa em uma hora decente se for para lá. Amanhã eu trabalho, afinal de contas. Tenho que estar pronta para você bem cedo.

Hailey ficou amuada.

— Acho que é verdade.

Elodie e eu compartilhamos um olhar de entendimento. Nenhum de nós estivera esperando que Hailey desistisse com tanta facilidade.

E agora?

— Eu ficaria feliz em te levar de volta depois do jantar — eu disse. — Sei que Hailey não se importaria com a carona.

— Ótima ideia, tio Hollis. — Ela se virou para Elodie. — Viu? Agora você tem que vir.

— Bom, como posso recusar um jantar, um filme e um serviço de motorista até minha porta?

Uma mulher perto de nós estava comendo algo bem com bastante chocolate em um palito.

Hailey se fixou naquilo.

— Onde pegou isso? — ela perguntou.

A moça apontou.

— Estão oferecendo para provar naquele canto.

— Já volto! — Hailey avisou, indo para lá.

Elodie balançou a cabeça.

— Ela é focada.

— Certamente, me identifico com ela.

Ela ruborizou.

— Você estava *muito* determinado em me ver.

— Você está linda.

— Bom, como tinha um encontro com um homem bem lindo e às vezes desagradável esta noite, resolvi me embonecar toda.

— Espero que saiba que ele tinha grandes planos para você... o restaurante no Mandarin Hotel, um passeio de carruagem, a coisa toda.

— Posso ter me empolgado um pouco com minhas exigências. Espero que não pense que realmente me importo com onde vai me levar. Estou animada para só ficar com você. Ficar em casa é ótimo.

Seu uso da palavra *casa* me deixou um pouco inquieto. Foi um lembrete de que precisava pensar antes de me envolver em algo sério. Mas, no momento, não conseguia pensar em muita coisa além de seus lábios. Meus olhos estavam grudados neles.

— Quer provar? — ela perguntou.

— Tudo que eu quero é provar esses lábios. — Verificando para me certificar de que Hailey não estivesse olhando, me inclinei e tentei fazer exatamente isso, de olho no caminho em que minha sobrinha fora o tempo todo.

Quando Hailey apareceu de repente, recuei e murmurei:

— Merda.

— Será uma longa noite. — Elodie sorriu.

A cozinha estava cheia de farinha espalhada. Optamos por limpar a bagunça depois que comêssemos. Elodie limpou o balcão enquanto eu lavava as louças.

Hailey secava todo prato que eu lhe entregava.

— Quando vamos começar a ver o filme?

— Provavelmente, daqui a uns dez minutos.

Quando ela terminou o último, perguntou:

— Então, posso ir para o meu quarto?

— Pode. Claro.

Elodie ainda estava passando pano no balcão quando a porta de Hailey bateu.

Aguardei alguns segundos, então fui para trás de Elodie, puxando-a para a pequena despensa.

Estava bem escuro ali, mas tinha luz suficiente da cozinha passando pelas frestas na porta.

Ela ficou ofegante quando olhou nos meus olhos.

Baixei a boca até a dela e esvaziei toda a minha respiração nela. Nos beijamos como se estivéssemos famintos. Ela puxou meu cabelo enquanto eu apertei sua bunda. Provando o gosto de vinho nela, movimentei mais intensamente e rápido a língua a fim de provar o resto. Baixando a cabeça em seu pescoço, enfiei os dentes em sua pele.

Foi então que ela me tirou do transe, recuando.

— É melhor nós sairmos.

Descansei a boca em sua pele, depois grunhi. Olhei para fora antes de abrir a porta para garantir que a barra estivesse limpa.

Ela fez o mesmo e, então, voltou a limpar o balcão despreocupadamente.

Olhou para mim e ruborizou. Isso me fez querer beijá-la inteira de novo.

— É bem divertido fazer isso escondido — ela disse.

— Me sinto um moleque. — Dei risada. — Estive esperando para fazer isso a noite toda.

— Me certifiquei de não usar batom, esperando que fizesse isso. — Ela deu uma piscadinha.

— Bom, seus lábios estão bem vermelhos agora. Eu os deixei esfolados.

Continuamos nos encarando, querendo mais do que poderíamos ter no momento, sabendo que Hailey sairia a qualquer instante.

Sua pele macia e clara estava implorando para ser mordida de novo. Minha incapacidade de me concentrar em qualquer coisa naquela noite além de tocá-la e beijá-la era surpreendente. Era como se, agora que me permitira tocá-la, não conseguisse mais conter as mãos. Talvez fosse bom Hailey estar conosco naquela noite. Poderíamos ter levado as coisas longe demais. Ou, pelo menos, eu teria *tentado*.

Estava prestes a roubar mais um beijo quando a porta do quarto de Hailey se abriu, demonstrando que estávamos a apenas alguns segundos de sermos pegos.

CAPÍTULO 28

Elodie

Meus lábios ainda estavam doloridos do nosso beijo na despensa. Hollis estava me querendo tanto naquela noite que estava me deixando completamente maluca.

— Podemos fazer pipoca? — Hailey perguntou.

— O que é um filme sem pipoca? — Sorri. — Vou fazer.

Alguns minutos mais tarde, Hailey apagou as luzes da sala. Coloquei uma tigela gigante de pipoca no colo. Hailey se sentou ao meu lado. Me surpreendeu o fato de Hollis escolher se sentar do meu outro lado, em vez de ao lado de Hailey. Isso poderia tê-la deixado desconfiada. Mas, sinceramente, fiquei feliz por ele ter arriscado. Se eu não conseguisse tocá-lo nem beijá-lo naquela noite, pelo menos queria ficar perto dele.

A lateral da sua perna estava encostando na minha. O calor do seu corpo penetrava pela minha roupa. Conseguia sentir seu desejo sem ele precisar dizer nem fazer nada além daquele sutil contato.

Eu estava morrendo de vontade por dentro, desejando que ele pudesse simplesmente me levar para seu quarto e me devastar. Tentei me concentrar no filme, mas era difícil quando só conseguia pensar em quando conseguiria sentir sua boca em mim de novo.

Nossas mãos encostaram uma na outra na tigela de pipoca. De vez em quando, eu o flagrava olhando para mim, em vez de para a TV. E pude senti-lo se aproximando lentamente, se é que era possível. Sabia que nenhum de nós estava realmente focado no filme.

De repente, Hailey se levantou.

— Pode pausar para eu fazer xixi?

— Claro — Hollis respondeu ao pegar o controle remoto. Seus olhos a seguiram pelo corredor.

Quando a porta do banheiro se fechou, Hollis colocou a mão na minha coxa e me puxou em sua direção conforme envolveu minha boca com a dele. Gemeu em meus lábios, um som de fome satisfeita. Sua língua contra a minha fez os músculos entre minhas pernas se contraírem.

Ao longe, a descarga foi acionada. Ele se afastou de mim rapidamente, pegando uma almofada e a colocando sobre sua virilha, e deitou a cabeça para trás como se nada tivesse acontecido e tentou agir normalmente enquanto Hailey voltava ao seu lugar.

Ela se jogou no sofá.

— Ok. Aperte o play.

Hollis fez o que ela pediu. Voltamos a assistir ao filme como se ele não tivesse acabado de virar meu mundo de cabeça para baixo com aqueles dez segundos enfiando a língua na minha boca. Queria muito fugir para o banheiro e aliviar a dor entre minhas pernas. Não me satisfaria de outro jeito naquela noite, porque, assim que aquele filme terminasse, Hollis precisaria me levar para casa. Me perguntei se as pilhas do meu vibrador ainda funcionavam. Não usava meu amiguinho há um tempo, mas, naquela noite, poderia precisar dele.

Quando o filme terminou, Hailey se virou para mim.

— É meio que burrice nossa levar você até em casa se precisa estar de volta pela manhã. Por que simplesmente não dorme aqui?

Virei para Hollis.

— Não sei se seu tio fica confortável com isso.

— É um prazer te levar para casa se preferir dormir em sua própria cama, mas temos um quarto de hóspedes. É bem-vinda para ficar.

Hailey se levantou para pegar uma bebida e Hollis murmurou:

— Diga que sim.

Dei risada.

Quando Hailey voltou, eu disse:

— Sabe de uma coisa? Está tarde. Acho que vou aceitar sua oferta. Vou usar as mesmas roupas amanhã.

— Tenho certeza de que o tio Hollis tem uma camiseta para te emprestar para dormir. — Hailey saltitou. — Que legal. Elodie vai dormir aqui!

Hollis abriu um sorriso rápido e malicioso para mim.

Empolgada pelo fato de eu dormir lá, Hailey insistiu que pintássemos as unhas antes de ir para a cama. Também pediu uma camiseta emprestada para Hollis. Quando a vesti, chegou na metade das minhas coxas. Ficou basicamente um vestido.

Não queria que ela sentisse que havia algo estranho — especificamente, que eu estava ansiosa para voltar para Hollis —, então fiquei com ela e agi o mais normal possível. Ela, enfim, bocejou e declarou que iria dormir.

Dei-lhe um abraço.

— Te vejo de manhã, garota.

Tenho certeza de que Hailey pensou que eu fosse para o quarto de hóspedes. Em vez disso, em minha camiseta comprida e os pés descalços, procurei Hollis no apartamento. A cozinha estava vazia, e ele não estava na sala.

Olhei para dentro do seu quarto e vi que ele estava acabando de sair do banheiro. Ele tinha se trocado e vestido uma camiseta simples branca e calça de pijama. Estava descalço.

Então, me viu na porta.

Secando o cabelo com uma toalha, ele disse:

— Venha aqui.

Hollis me abraçou, e fiquei totalmente perdida nele. Saído direto do chuveiro com uma camada fresca de pós-barba, ele cheirava muito bem. Isso era esperado. O que não era esperado era a batida acelerada do seu coração.

Ainda não sabia o que Hollis estava fazendo comigo, quais eram suas intenções. Mas as batidas do seu coração podem ter sido minha primeira prova verdadeira de que não era mais um jogo para ele.

— Você tomou banho? Me sinto suja agora.

— Eu precisava... aliviar a tensão. Mas, para ser sincero, não acho que adiantou muito.

Definitivamente Hollis ainda parecia tenso. Nós dois, claramente, queríamos a mesma coisa na questão física, mas não poderíamos fazer isso naquela noite.

Isso nos deixava sem saber o que fazer um com o outro.

— Adoro você com minha camiseta — ele disse.

Esfreguei os braços.

— Obrigada por me deixar pegar emprestada. É tão macia.

Ele deu um passo para trás.

— Isso me lembrou de que comprei uma coisa para você.

Ergui a sobrancelha.

— É?

Ele enfiou a mão debaixo da cama e tirou uma sacola pink. Reconheci que era da La Vivienne, uma loja cara de lingerie. Ele parecia incomumente tímido enquanto me observava abri-la.

Dentro dela, havia calcinhas de seda em um arco-íris de cores.

— Hollis, elas são muito... caras.

— A mulher da loja jurou que eram as mais macias.

— Sim, mas você deve ter pagado trezentos dólares por calcinhas que você vai acabar rasgando.

— Vai valer a pena. — Ele deu uma piscadinha.

— Quer que eu prove uma?

— Não precisa.

— Mas quer?

— Claro que sim — ele respondeu imediatamente.

Tirei a calcinha de renda vermelha que estava usando, deixando-a no chão. Hollis a encarou.

Então, cuidadosamente, arranquei a etiqueta de uma calcinha de cor creme e a vesti.

— O tecido é incrível.

As pupilas de Hollis estavam dilatadas. Eu sabia que ele queria vê-la em mim, mas sua camiseta comprida estava cobrindo minha bunda.

— Quer ver?

Seu peito subiu e desceu.

— Quero.

Lentamente, ergui a camiseta e me virei, expondo minha parte de trás.

— Como ficou?

Ele não falou nada. Não conseguia ver sua expressão, mas podia ouvir sua respiração se tornar ainda mais ruidosa.

Ele pigarreou.

— Valeu cada centavo.

— Gostou?

— Se gostei? *Gostar* não é a palavra certa, Elodie.

Me virei e o vi com uma ereção. Me aproximei mais e envolvi os braços nele, pressionando a barriga contra sua protuberância excitada na calça.

Passando os dedos por seu cabelo úmido e macio, eu disse:

— Você é lindo.

— Fico feliz que pense assim.

— Sempre pensei assim.

Eu adorava poder tocá-lo daquele jeito. Sabia que havia muito mais em Hollis do que sua beleza física. Ele era complexo. Queria muito saber mais sobre seu passado, porém sempre tinha medo de tocar no assunto e chateá-lo.

Ainda assim, grande parte de mim estava aterrorizada em dar o próximo passo sem saber da história que o tornara tão arredio quando se tratava de amor. Parecia uma informação necessária naquele momento.

Arrisquei e perguntei:

— Vai me contar o que aconteceu com Anna?

O maxilar de Hollis ficou tenso. Nossos olhos se encontraram, e ele pareceu buscar a resposta à minha pergunta.

Em certo instante, ele assentiu.

— Por que não vamos para a sala? Se ficarmos aqui, não vou conseguir me concentrar em nada além da sua bunda nessa calcinha.

Sorri.

— Tá bom.

CAPÍTULO 29

Hollis - *6 anos antes*

Eu estava suando.

Da última vez que fiquei tão nervoso foi quando precisei fazer um discurso em homenagem à minha mãe diante da igreja lotada. Não deveria estar suando agora. Nunca tivera tanta certeza de algo na minha vida quanto a pedir Anna em casamento. Estávamos juntos há quase dez anos. Tínhamos morado juntos nos últimos cinco. Ela era a melhor coisa que me aconteceu, e eu não tinha dúvida de que aceitaria.

Nos últimos meses, ela me dera dicas sutis de que estava pronta. Bem, tão sutil quanto Anna Benson poderia ser. Havíamos passado por uma joalheria, e ela destacara um conjunto de que gostou. Quando Addison se casou alguns meses antes, ela mencionou, em várias ocasiões, que não conseguia acreditar que *ela* estava se casando em vez de nós. Mas Addison se casou com seu marido babaca depois de apenas dois meses namorando — então não era muita gente que acreditava que ela estava se casando.

Mas eu entendi o que Anna quis dizer.

Enfim, chegara a hora certa. Meu novo negócio tinha decolado. Addison e eu havíamos ganhado o equivalente aos nossos salários anuais em nossas antigas firmas nos três primeiros meses de sociedade. Anna e eu nos mudamos para um apartamento mais legal e, finalmente, eu consegui comprar o anel que ela merecia.

Tirei o dito anel do bolso e olhei para ele mais uma vez. *Dezoito mil.* Nunca tinha desembolsado tanto dinheiro de uma vez. Até a entrada do meu carro novo tinha sido apenas dez. Mas minha garota valia a pena. Teria gastado mais se não achasse que ela teria medo de usá-lo.

As portas do elevador se abriram, saí e andei até nosso apartamento. Parei em frente à porta, pausando antes de entrar. Ela não fazia ideia do que aconteceria naquela noite, e eu tinha pensado na maneira perfeita de fazer o pedido.

Inspirei fundo e expirei alto.

Dane-se. Aqui vai.

Abri a porta.

— Anna chegou! *Squawk!* Anna chegou! *Squawk!* Anna chegou!

Dei risada. O pássaro dela estava prestes a ser testemunha do meu pedido.

— E aí, Huey?

Anna estava na cozinha esvaziando a máquina de lavar louças.

— Oi. Chegou cedo.

Me inclinei e a beijei.

— Pensei que poderíamos sair para jantar esta noite.

— Ah, tá bom. Tirei o frango para fazer, mas vai ficar para outra noite.

— Fiz reserva para seis. — Deixei de fora o fato de ter feito a reserva para *sete* pessoas... Tinha convidado o pai dela, Addison e o novo marido, assim como a amiga de Anna do trabalho. Seu pai sabia o que aconteceria naquela noite, porque eu já tinha falado com ele para pedir sua benção. No entanto, Addison e os outros não faziam ideia. Eu inventara uma história sobre comemorar um novo cliente que havia conseguido.

— Aonde vamos?

— É surpresa.

Ela sorriu.

— Você precisa, pelo menos, me dizer o que vestir.

— Algo sexy.

Ela revirou os olhos.

— Você diria isso mesmo se estivesse me levando para comer pizza.

Peguei da mão dela o prato que havia retirado da máquina.

— Vá se trocar. Eu termino de arrumar aqui.

— Ok. Mas temos que soltar Huey antes de irmos. Então pode fechar todas as janelas quando terminar?

Bingo. Eu estivera contando com o fato de ela insistir em cuidar do pássaro antes de sairmos.

— Claro.

Anna gostava de deixar Huey esticar as asas e se exercitar um pouco todos os dias. Tínhamos desenvolvido uma pequena rotina. Quando eu chegava do trabalho, fechávamos as janelas da sala e as portas de todos os quartos, e eu colocava um petisco na boca do pássaro. O merdinha voava por um minuto e, depois, pousava no ombro de Anna e entregava o petisco para ela. Só comia se *ela* lhe desse. Naquela noite, o petisco que ele entregaria seria caro pra caramba.

Enquanto Anna estava no quarto se arrumando, fechei todas as janelas da sala e as portas do outro quarto e do meu escritório. Depois, guardei a caixa do anel no bolso interno do paletó e amarrei o anel de diamante em um dos petiscos de Huey, então o guardei no bolso da calça.

Quando Anna saiu, estava linda com o cabelo solto e usando um vestido rosa-claro, sexy, que enfatizava suas curvas. Rosa era sua cor preferida, mas, naquele momento, também era minha favorita.

— Você está linda.

Ela sorriu.

— Obrigada. Estamos prontos para soltar Huey? Já passa das cinco e meia.

Apesar de estar nervoso antes de entrar, de repente, tudo pareceu certo.

— Estou pronto. Vamos lá.

Anna foi até a gaiola e soltou Huey, e ele fez o que costumava fazer: voou e veio para mim a fim de pegar o petisco. Fiz contato visual com ele conforme tirei o petisco com o anel amarrado do bolso.

Não estrague tudo, amiguinho.

Prendi a respiração enquanto ele batia as asas e circulava a sala com o petisco no bico. Anna estava ocupada enchendo de água a tigela dele e não percebeu nada de diferente. Quando terminou, era o momento de Huey comer seu petisco, então fez o pouso de sempre no ombro dela.

O anel estava pendurado em uma cordinha.

Ela pegou o petisco, ainda totalmente ingênua enquanto eu me ajoelhava em uma perna.

O tempo pareceu se mover em câmera lenta depois disso.

Anna viu o anel.

Ficou boquiaberta.

Uma mão voou para cobrir a boca.

Ela se virou para me olhar.

Era a hora. Muitos anos planejando.

— Anna, eu te amo desde o jardim de infância. Mas meu amor por você cresceu ao longo do tempo. Ainda é minha melhor amiga, mas agora é a mulher com quem quero passar o resto da minha vida. Já tem meu coração. Quer me dar a honra de ficar com esse anel também?

CAPÍTULO 30

Hollis

Elodie cobriu a boca quando cheguei à parte da história em que me ajoelhei. Estranhamente, era bem parecida com a cara que Anna fizera naquele dia.

— O que ela disse?

Era difícil falar sobre a merda que aconteceu, mesmo depois de quase seis anos.

Pigarreei.

— Ela começou a chorar. Presumi que fossem lágrimas de alegria. Até ela começar a balançar a cabeça e me contar que tinha conhecido outra pessoa.

— *Que vaca.*

Sua reação sincera me fez sorrir pela primeira vez quando pensava em alguma coisa relacionada àquele dia.

— Resumindo, nós discutimos. Eu fui para o quarto pegar minha carteira e saí furioso do apartamento. Anna me seguiu e, enquanto ela estava fora, Huey voou pela janela do nosso quarto porque eu deixara a porta aberta. Ele ainda estava com o petisco com o anel. Voou lá fora por um tempo, depois encontrou o caminho de volta. Mas, em algum momento em seu voo, deixou cair o petisco... junto com o anel amarrado a ele.

— Jesus. Que loucura. — Ela arregalou os olhos. — Ah, meu Deus. Você falou que custou dezoito mil. Foi isso mesmo?

Assenti.

— Provavelmente, o anel caiu na rua perto do prédio e alguém o pegou. Pelo menos foi o dia de sorte de alguém. Anna o procurou por dias.

— Espero que a tenha feito se sentir uma bosta.

Dei risada.

— Enfim, o maldito pássaro me fez perder dezoito mil. Anna se mudou uns dias depois, deixando-o aqui porque seu novo apartamento não aceitava animais de estimação. O veterinário falou que Huey tem uns dez anos, e essa raça pode viver até noventa. Então só tenho mais oitenta anos para ouvi-lo gritar *Anna chegou* e me lembrar daquela merda todos os dias.

— Quanto tempo você e Anna ficaram juntos?

Franzi o cenho.

— Éramos amigos desde crianças. As coisas mudaram quando éramos adolescentes.

— Uau. Certo. Bom, obrigada por contar. Agora entendo um pouco mais por que você não é superfã de Huey.

Depois disso, passamos mais algumas horas conversando. Provavelmente, foi o maior tempo que passara conversando com qualquer mulher desde que Anna e eu terminamos. Apesar do meu passado não ser um assunto que gostaria de relembrar, não tinha me matado falar sobre ele como sempre pensei que aconteceria. No fim, fiquei feliz por Elodie saber.

Acordei com uma ereção dolorosa.

Isso não era incomum, claro. Acordar duro algumas vezes por semana tinha se tornado rotineiro desde os dez anos. Mas aquela não era a glória matinal corriqueira e básica. Meu pau estava tão duro que parecia que poderia martelar um prego com ele. Mas a ereção do dia tinha menos a ver com uma função corporal natural e mais a ver com a mulher cuja bunda estava pressionada na minha virilha.

Elodie e eu dormimos juntos no sofá na noite anterior. O clima sexual do início da noite tinha sido suficientemente arruinado depois que lhe contara sobre Anna. Mas nenhum de nós quisera se separar e voltar para os respectivos quartos. Acordei com meu corpo envolvendo o dela, uma perna por cima do seu quadril, mantendo-a bem perto.

Eu não estava com o relógio, e não fazia ideia de onde estava meu celular, mas a claridade começara a aparecer pelas janelas da sala. Devia ser quase seis horas. Tentei desemaranhar nossos corpos sem acordar Elodie, porém, um dos meus braços estava debaixo dela, e ela enrijeceu quando, gentilmente, a ergui para me libertar.

Ela abriu os olhos.

— Desculpe — sussurrei. — Estava tentando não te acordar.

Ela esticou os braços acima da cabeça e abriu um sorriso bobo.

— Bom, fez um belo trabalho de merda, então, não fez?

Dei risada — acabando comigo logo cedo.

— Vou entrar no banho para me arrumar para o trabalho. Por que não vai para o quarto de hóspedes e volta a dormir? Hailey só vai acordar daqui a muitas horas e, provavelmente, é melhor que ela pense que você dormiu lá.

Elodie assentiu.

— Este sofá é bem desconfortável, de qualquer forma. A estrutura de metal ficou incomodando minha coluna quase a noite toda.

Segurei seu quadril e pressionei minha parte da frente contra suas costas.

— Não foi a estrutura de metal, querida.

— Oh! — Ela riu. — Nossa. Deve estar desconfortável.

— Você nem imagina quanto.

Teria sido tão fácil tirar meu pau da calça, erguer a camiseta fina dela e deslizar entre suas pernas. Mas não era a hora nem o lugar para isso. Sem contar que ela que falava da velocidade com que lidávamos com as coisas. Precisava confiar que eu não queria apenas sexo, o que significava que eu não poderia insistir até ela chegar nesse ponto.

Então, pigarreei e me libertei de detrás dela. Levantando-me, estendi a mão para ajudá-la a se levantar.

Minha virilha ficou na altura do olho de Elodie. Ela encarou a óbvia protuberância na minha calça e lambeu os lábios.

— Jesus Cristo — resmunguei. — Não faça isso.

Ela olhou para mim, com os olhos arregalados.

— O quê?

— Não me olhe como se estivesse faminta pelo meu pau.

Elodie ruborizou e mordeu o lábio inferior.

— Estava pensando... Minha condição era sem sexo. Mas não definimos exatamente o sexo, não é? Talvez possamos...

Olhei para o teto e soltei uma sequência de palavrões murmurados antes de me agachar para olhar em seus olhos.

— Suas garganta ficaria dolorida pela força com que quero fazer isso agora. Além do mais, a menos que queira que Hailey saia e me encontre segurando seu cabelo e minha bunda fodendo seu rosto como um animal selvagem, acho melhor eu ir tomar banho, e você ir para o quarto de hóspedes.

Ela ficou boquiaberta.

Me inclinei e sussurrei em seu ouvido.

— É melhor fechar essa boca sexy antes que eu não seja tão cavalheiro.

Abri a porta do quarto de hóspedes, tentando ser o mais silencioso possível no caso de ela ter dormido.

— Está melhor? — Elodie sorriu. Ela estava deitada no meio da cama, seu cabelo loiro espalhado pelo travesseiro.

Eu tinha cuidado de mim mesmo no chuveiro — a masturbação mais rápida na história das masturbações —, mas, não, na verdade, não estava melhor. Sentia que poderia explodir a qualquer minuto.

— Não muito.

Ela se apoiou nos cotovelos.

— A oferta ainda está valendo, se quiser uma ajudinha para se aliviar.

Passei a mão pelo cabelo molhado.

— Você é o diabo. Sabia disso?

Ela deu uma risadinha.

— Pelo menos você *consegue* se aliviar. Eu preciso de um brinquedinho para isso.

Qualquer alívio que sentira depois de terminar sozinho no chuveiro se esvaíra quando imaginei Elodie usando um vibrador para se aliviar. Senti meu pau inchando na calça.

— Estava falando sério quando disse que nem todo sexo estava fora de questão?

— Estava. Ficaria feliz em te ajudar a terminar antes de ir para o trabalho.

Sem desviar nosso olhar, estiquei o braço para trás de mim e segurei a maçaneta. O barulho da fechadura trancando ecoou pelo quarto.

— Desça para a beirada da cama. — Minha voz estava grossa e rude.

Elodie tirou o lençol que a cobria e escorregou para baixo. Seus olhos estavam enevoados enquanto ela aguardava, presumindo que eu aceitara sua oferta. Mas a única coisa que poderia chegar perto de satisfazer meu apetite era prová-la.

— Deite-se e abra as pernas.

Ela arregalou os olhos, mas fez o que pedi.

Fui até a cama, puxando minha gravata para soltá-la, e ajoelhei diante dela.

— Abra mais para mim, Elodie.

Ergui a mão e massageei gentilmente dois dedos no tecido macio da calcinha que tinha comprado para ela.

Bem macio.

Bem no meio do caminho.

Com um puxão rápido, rasguei-a do seu corpo.

Elodie arfou, e eu não perdi tempo ao ir com calma. Meu rosto se enterrou em sua boceta. Não consegui me controlar para começar devagar e ir aumentando. Não houve provocação, agitação da minha língua por sua pele sensível. Em vez disso, lambi de uma ponta a outra, e minha língua se enfiou nela. Sua boceta era tão doce, e ela era muito molhada e apertada. Eu precisava de mais. Empurrando seus joelhos, abri mais suas pernas. Elodie começou a se contorcer e cravou as unhas na minha cabeça. Se eu tinha alguma preocupação de que ela pudesse não gostar da brutalidade dos meus atos, foi totalmente por água abaixo quando ela puxou meu cabelo e me apertou mais nela.

— *Oh, nossa.* — Suas costas se arquearam da cama.

Ergui uma mão e a pressionei em sua barriga chapada, segurando-a para baixo. Devorei-a completamente, lambendo e chupando, enfiando a língua bem fundo até ela começar a falar meu nome repetidamente.

— Hollis. *Oh. Nossa.* Isso. *Hollis.* Assim.

Ela segurou minhas orelhas, e eu soube que ela estava perto. Seus fluidos cobriam meu rosto inteiro e, se eu pudesse me afogar neles, teria morrido como o homem mais feliz do planeta. Lambi para cima até seu clitóris e suguei forte. Ela gemeu. Então enfiei dois dedos nela e movimentei para a frente e para trás. Seus músculos tensos se apertaram, e ela começou a gozar. E gozar... demorada, intensamente e *alto*. Foi a primeira vez, desde que eu era um garoto, que pensei que poderia sujar a calça sem nenhuma fricção.

Depois, Elodie ficou deitada na cama com um braço jogado no rosto, cobrindo os olhos. Ela estava ofegante.

— *Puta merda.* Foi...

Me sentindo um rei — caramba, me sentia o rei da selva —, sorri e me levantei para pairar sobre ela na cama.

— Está melhor?

Ela abriu um olho.

— Eu tomo anticoncepcional.

Não era exatamente o que esperava que ela dissesse. Mas, *porra*. Queria entrar nela mais do que conseguia me lembrar de querer alguma coisa.

— Bom, então, que pena que o sexo mesmo está fora de questão.

— Gostaria de rever minhas regras.

Arqueei uma sobrancelha. Por um segundo, quase pareceu que eu estava no controle.

— E se eu não concordar com suas mudanças de regra?

Elodie envolveu meu pescoço com uma mão e me puxou para baixo para um beijo. Eu adorava o fato de ela não dar a mínima por eu ter acabado de comê-la e estar com seu gosto na língua.

— Se não concordar, tenho certeza de que consigo encontrar outra pessoa — ela disse. — Provavelmente, Benito está disponível.

Meus olhos escureceram. Pensar em qualquer homem chegando perto dela me deixava louco. Ela viu minha expressão e sorriu.

— Vai pagar por esse comentário, espertinha.

— Espero que sim. Quando?

Baixei a cabeça e dei risada.

— Você parece tão desesperada quanto eu.

— Faz *dois anos*, Hollis. Precisamos de uma noite inteira.

Concordava plenamente. Embora alguma coisa na boca do meu estômago me dissesse que uma noite inteira não faria nem cosquinha com aquela mulher. *Um ano inteiro* poderia não ser suficiente para me satisfazer dela.

— Vou ver o que posso fazer. Hailey perguntou se a garota que deu a festa da piscina poderia dormir aqui. Talvez possa ligar para a mãe dela e sugerir que durmam uma noite aqui e outra lá.

Elodie semicerrou os olhos.

— *Eu* vou ligar para a mãe. Não gostei do jeito com que ela te olhou quando foi nos buscar no dia da festa. Aquela mulher quer te ver nu. PQQF, lembra?

Gostava do fato de estarmos na mesma página. Normalmente, uma mulher ciumenta seria totalmente brochante para mim, mas, por algum motivo, eu adorava Elodie ciumenta. Eu a queria possessiva, porque me sentia do mesmo jeito em relação a ela.

— Não importa quem quer me ver nu. Porque só há uma única mulher para quem tenho interesse em ficar nu.

— Já era hora. — Addison se sentou na cadeira de visitante do outro lado da minha mesa. Encarando para fora pela janela, eu nem a tinha visto entrar na minha sala.

— O quê?

Ela sorriu.

— De você pegar a babá. Demorou bastante.

Minhas sobrancelhas se uniram.

— Do que está falando?

Addison suspirou e revirou os olhos.

— Você está mole há semanas. Eu estava na recepção quando você chegou esta manhã. A nova recepcionista estava mexendo no celular. De novo.

— E...

— Você sorriu para ela e falou bom dia em vez de despedi-la.

— Você está ficando louca.

Addison arqueou uma sobrancelha.

— Então não transou ontem à noite.

Tecnicamente, eu não tinha transado. Peguei uma pilha de papéis na minha mesa que não precisavam ser endireitados e os endireitei. Desviando o olhar, eu disse:

— Não dormi com Elodie. Não que seja da sua conta.

A expressão de Addison mudou para surpresa. Ela arregalou os olhos e uniu as mãos.

— Ah, meu Deus. Está se apaixonando, e nem dormiu com ela ainda.

— Você não tem nenhum trabalho para fazer? Dei uma olhada na nova lista de clientes. Sua equipe não está conseguindo grandes resultados este trimestre. Talvez devesse passar mais tempo gerenciando-os e sair do meu pé.

A resposta dela foi um sorriso enorme de orelha a orelha.

— Estou tão feliz por você, Hollis.

Balancei a cabeça.

— Fique feliz em outro lugar. Tenho trabalho de verdade a fazer.

— Faz muito tempo desde Anna. Você merece tudo de bom na sua vida.

Normalmente, qualquer menção à minha ex deixava um gosto amargo na minha boca. Mas, naquela manhã, eu estava ocupado demais saboreando o gosto de Elodie para sentir outro. Se fechasse os olhos e respirasse fundo, ainda conseguiria sentir seu cheiro no meu rosto. Internamente, dei risada do que Addison teria feito se, de repente, eu tivesse feito isso — fechado os olhos, respirado fundo e exibido um sorriso satisfeito.

Olhei para minha sócia. Ela não iria dar o fora da minha sala a menos que lhe desse alguma informação. Então joguei a caneta que estava segurando na mesa e cedi um pouco.

— Não vai acabar bem.

Ela uniu as sobrancelhas.

— Por que diz isso?

— Hailey já está bem ligada a ela. Quando as coisas forem mal, ela vai sofrer.

Os olhos de Addison analisaram meu rosto e, então, ela balançou a cabeça.

— Tem tanta coisa errada nessa última frase que nem sei por onde começar.

— Pare de analisar tudo psicologicamente. Nem tudo que alguém fala tem um significado mais profundo. Tenho uma preocupação legítima quando se trata de Hailey. Ela é uma menina, e alguém precisa protegê-la. Deus sabe que o merda do pai dela a deixou jogada ao vento.

— Hollis, não é sua preocupação quanto a Hailey se magoar que é esquisita. O que acabou de me falar? Pense nisso.

Dei de ombros.

— Não faço ideia. Mas acredito que está prestes a me esclarecer.

— Você falou *Quando as coisas forem mal, Hailey vai sofrer.*

— E?

— O que *quando as coisas forem mal* significa para você?

Ela realmente precisava que desenhasse para entender? Pensei que tivesse sido bem claro.

— Hailey não é ligada a muita gente. Quando Elodie for embora, vai ficar magoada. Qual parte é tão difícil para você entender?

Addison franziu o cenho.

— A parte em que você tem tanta certeza de que ela vai embora. Nem toda mulher vai te abandonar. Mas, se entrar nesse relacionamento com o final da história já escrito, tudo que fizer será levado para essa direção.

Eu sabia que ela tinha ficado porque eu ainda não havia ido embora. Era típico de Addison. Geralmente, seria porque eu estava com dificuldade com uma questão profissional — um cliente me pedindo para fazer algo do qual eu não tinha certeza ou alguma coisa acontecendo com um funcionário que eu não estava conseguindo lidar. Nós discutíamos pela manhã, normalmente discordávamos e, depois, horas mais tarde, quando eu ia embora, parava em sua sala e encontrávamos, juntos, uma solução para lidar com as coisas.

Só que naquele dia não se tratava de negócios.

Me sentei à frente dela, do outro lado de sua mesa, e me recostei na cadeira.

— Então, como faço para mudar?

Addison tirou os óculos do rosto e os jogou em cima de uma pilha de papéis.

— Permitindo-se dar uma chance de verdade às coisas.

— E como faço isso?

— Bom, precisa começar mudando sua perspectiva. Não vai acontecer da noite para o dia. Mas precisa acreditar que a felicidade é uma possibilidade para você. Comece aos poucos. Pense em algo pelo qual é grato e expresse de algum jeito. Não precisa ser grandioso. Apenas aceite as coisas pelas quais é grato e as reconheça como positivas em vez de esperar que se tornem negativas.

— Ok.

— E use palavras positivas. Em vez falar *isto vai ser um desastre*, fale *vamos fazer dar certo*. E faça planos em sua vida pessoal que durem mais do que alguns dias no futuro... talvez uma viagem no mês que vem com Elodie ou até ingressos para uma peça no outono com Hailey. Vai mostrar a elas que está pensando a longo prazo.

Suspirei.

— Certo. Vou fazer isso.

— Vai levar tempo, Hollis. Apenas dê pequenos passos e tente não se preocupar com o fim. Em vez disso, aproveite a jornada.

Arqueei uma sobrancelha.

— Quando se tornou o Dalai Lama?

Addison sorriu.

— Logo depois do meu segundo divórcio, quando decidi que era hora de eu realmente ser feliz.

CAPÍTULO 31

Elodie

Fiquei ansiosa o dia todo.

Ansiosa para ver Hollis, já que, da última vez que o vira, ele colocara a cabeça entre minhas pernas.

Ansiosa para saber se ele viria para casa com uma opinião diferente sobre nós.

Ansiosa porque ele tinha me enviado mensagens bem curtas o dia todo.

Então, quando ouvi a chave balançando na fechadura da porta da frente, dei um pulo.

— Oi. — Estava em pé na sala, me sentindo incomumente estranha.

Hollis andou na minha direção, com os olhos analisando meu corpo a cada passo. O ar começou a crepitar conforme ele olhava pela sala.

— Onde Hailey está?

— No banho. Acabou de entrar. Nós pintamos hoje, então pode ser que demore um pouco. As mãos dela ficaram com tantas cores quanto a tela.

Hollis envolveu um braço grande na minha cintura e me puxou com força contra ele. Ele baixou a cabeça e roçou os lábios nos meus.

— Que bom. Não consegui parar de pensar nessa boca o dia inteiro.

Toda a ansiedade se esvaiu de mim em um enorme suspiro. Envolvi as mãos em seu pescoço.

— Também fiquei pensando na sua boca. Principalmente, no quanto ela é talentosa.

Ele arqueou uma sobrancelha.

— É mesmo?

Assenti com um sorriso bobo.

— Estou feliz que mudamos as regras.

— Eu também. — Seus olhos vasculharam meu rosto. — Comprei ingressos para irmos a uma exposição de arte que acho que pode gostar. Um cliente meu é dono de uma galera.

— Oh, uau. Que legal. Quando?

Hollis colocou uma mecha de cabelo atrás da minha orelha.

— No fim de semana do Dia do Trabalho.

O calor se espalhou pelo meu peito.

— Certo. Obrigada. Será ótimo. Também tenho planos para nós.

— É?

Assenti.

— Falei com Lindsey Branson hoje, a mãe de Megan. Megan virá amanhã para brincar com Hailey.

— Que bom.

— E, aparentemente, os Branson têm um barco e vão para Block Island no próximo fim de semana. Convidaram Hailey para ir com eles... no *fim de semana inteiro*.

Os olhos de Hollis escureceram.

— Gosto mais dos seus planos do que dos meus. Na verdade, tenho um único problema.

— E qual é?

Hollis se inclinou para mim.

— Tenho que esperar até a semana que vem para estar dentro de você. — Ele começou a beijar meu pescoço e me causou arrepios.

— Dava para sentir sua boca entre minhas pernas o dia todo hoje. Você é muito bom nisso.

— E eu consegui sentir seu gosto o dia todo. — Ele sussurrou: — Preciso de mais, Elodie... do pior jeito.

Minhas costas estavam contra o balcão conforme ele enfiou a língua na minha boca. Sugou minha língua do mesmo jeito que tinha feito com meu clitóris naquela manhã. Os músculos entre minhas pernas se contraíram. Pude sentir o quanto ele estava duro através da sua calça.

— Quero você — arfei.

— Estou ficando louco — ele gemeu.

Podia sentir sua ereção aumentando enquanto ele descansava a boca no meu pescoço.

— Seu gosto é ainda melhor do que eu imaginava. Mal posso esperar para te foder.

Segurando seu cabelo, puxei-o para mais perto e enfiei a língua em sua boca.

Meus olhos se moveram para o lado.

Hailey.

Ah, meu Deus.

Oh, não!

Tínhamos nos entretido tanto que não percebemos Hailey ali parada de toalha, nos observando do corredor.

Hollis não tinha percebido, seu rosto estava enterrado no meu pescoço, quando o empurrei para longe de mim.

— Hailey... — eu disse, meu coração quase saindo do peito.

Hollis congelou. Ou tinha sido o banho mais rápido do mundo ou tínhamos nos perdido um no outro.

Hailey parecia tão atordoada quanto nós.

Ninguém falava nada. Era um dos momentos mais bizarros da minha vida.

Para piorar, Hailey não parecia feliz. Na realidade, parecia bem desconfortável.

— Eu... vou para o meu quarto — ela finalmente falou, então desapareceu pelo corredor.

Ficamos paralisados, observando-a ir embora.

Quando desapareceu, Hollis enterrou o rosto nas mãos.

— Porra.

Entrei um pouco em pânico.

— É melhor eu conversar com ela?

— Nós dois precisamos conversar com ela.

— Não acredito nisso.

Aguardamos um pouco, presumindo que ela estivesse se vestindo. Nunca saía do quarto. Ficou claro que estava demorando lá de propósito. Eu fiquei perdida. Considerando que ela sempre incentivara para acontecer alguma coisa entre mim e Hollis, não esperava que ficasse tão chateada em nos flagrar.

— Acho que é melhor tomarmos uma atitude — disse a ele.

— Certo, mas, antes de entrarmos, vamos falar em como abordar isso.

— Não há tempo. Acho que temos que improvisar. Só responda às perguntas dela com sinceridade.

Hollis assentiu e me seguiu pelo corredor até o quarto de Hailey.

Um nó se formou em minha garganta conforme bati.

— Ei, podemos entrar?

Depois de alguns segundos, ela respondeu:

— Sim.

Nunca tinha visto Hollis tão desconfortável. Seu corpo estava rígido como uma tábua quando se sentou na beirada da cama dela.

Me sentei no tapete pink felpudo e cruzei as pernas.

— Ficou chateada?

Ela não olhava para nós.

— Não fiquei chateada. Foi estranho ver vocês assim... não porque não goste de vocês juntos. Mas porque... não me contaram.

Respirei aliviada. Então se tratava de não termos contado a ela?

— Parece que estão escondendo de mim ou algo assim — ela continuou.

Hollis fechou os olhos.

— Desculpe, Hailey. É minha culpa. Lidei com isso de forma errada.

— Nós dois erramos. — Fui rápida em complementar.

— Não queríamos falar nada para você, porque não queríamos que se magoasse se não desse certo entre nós. É tudo muito... novo — Hollis explicou.

— Não *parece* novo.

Ela tinha razão. Hollis estava praticamente me devorando. Parecíamos bem confortáveis um com o outro.

O rosto de Hollis ficou atipicamente vermelho ao dizer:

— Elodie e eu realmente... gostamos da companhia um do outro.

— Você acha? — ela provocou.

Agora eu ruborizei.

— Mas nossa prioridade é você.

Ela se virou para mim.

— Gosto de vocês juntos. Só não quero que escondam coisas de mim.

Assentindo, eu falei:

— Entendi.

— Mas e se não der certo? — ela perguntou.

— O que acontece entre mim e Elodie não tem nada a ver com seu relacionamento com Elodie. Ou meu relacionamento com você, por sinal.

Ela cruzou os braços.

— Então, se acontecer alguma coisa, Elodie ainda vai vir aqui todos os dias?

Ele soltou a respiração.

— Não posso falar por Elodie, mas eu nunca manteria você longe de alguém de que gosta.

— Mas você nem *fala* sobre Anna quando te pergunto. Não sabia quem ela era. O papai precisou me contar. Fiquei curiosa porque Huey fala o nome dela. Se não fala de Anna, como sei que não vai acontecer a mesma coisa com Elodie?

Parecendo sem saber o que dizer, ele fechou os olhos.

Quando não respondeu, eu falei:

— A vida se trata de correr riscos, Hailey. Ninguém pode dizer exatamente o que vai acontecer. Só podemos tentar ao máximo não magoar um ao outro. Não *queremos* magoar um ao outro... ou você.

— Iam me contar?

— Claro — respondi.

— Sempre quis vocês juntos, mas foi estranho descobrir assim.

— E isso foi culpa minha — Hollis disse. — Sem segredos, ok?

Hailey olhou para mim, depois para Hollis.

— Ok.

— Te vejo em dez minutos para o jantar, garota — Hollis falou ao se levantar e sair do quarto.

Eu lhe dei um abraço antes de sair.

— Até amanhã.

Hollis e eu andamos juntos até a porta.

— Que confusão — ele falou baixo.

— Ela é muito mais perceptiva em relação a você do que imaginei.

— A conexão que ela fez quanto à Anna... — ele começou. — Me pegou desprevenido. Mas ela tem razão. Se eu não conseguia falar sobre aquela situação, o que a faz acreditar que eu conseguiria lidar com a situação de ver você todos os dias se as coisas dessem errado entre nós? Precisamos nos certificar de que não vamos nos enganar, Elodie.

Essa era a situação perfeita para Hollis duvidar de nós de novo.

Ergui rapidamente a guarda.

— E como exatamente não nos enganamos, Hollis?

— Não sei. Talvez precisemos ir um pouco mais devagar.

Estamos mesmo falando nisso de novo?

— Isso se trata de Hailey ou de você? Sinceramente, não sei.

Seu maxilar ficou tenso, porém ele não respondeu.

Baixei a voz.

— Você quer me foder. Deixou isso bem claro. Mas acho que ainda não sabe se está preparado para mais. *Querer* estar preparado e, na verdade, estar preparado são duas coisas diferentes. Você sempre está procurando uma desculpa para recuar. — Me virei em direção à porta. — Tenho que ir.

Abri a porta e me direcionei a ele uma última vez.

— Isto nunca vai ser livre de risco, Hollis. Sempre haverá uma chance de eu te magoar ou de você me magoar. Precisamos decidir se vale a pena arriscar para estar um com o outro.

Ele não falou nada enquanto eu fui embora.

Fui direto para a casa de Bree quando voltei para Connecticut. Torci para ela estar a fim de conversar.

Ela estava ainda mais esquelética do que da última vez que a vira.

— Você comeu hoje?

Ela se endireitou na cadeira.

— Comi. Mariah me trouxe uma torta. Comi um pouco.

— E isso faz quanto tempo?

— Foi esta tarde.

— Posso fazer alguma coisa para você?

— Não. — Ela tossiu, cobrindo a boca com a mão. — Me conte o que aconteceu esta noite. Você parece estar chateada.

— Hailey pegou Hollis e eu em um amasso na cozinha.

— Merda. Certo.

— Precisamos ter uma conversa com ela e explicar tudo. Ela ficou meio estranha, e isso me surpreendeu.

Bree suspirou.

— Bom, conforme ela fica mais ligada a você, presumo que o medo de te perder fica maior.

— Te contei que finalmente consegui fazer Hollis se abrir um pouco sobre seu último relacionamento?

Bree balançou a cabeça em negativa e bebeu água.

— Essa garota... seu nome era Anna. Foi a namorada dele de muito tempo. Enfim, ela partiu o coração dele, de verdade. Ele não previra nada. Ficou relutante a se envolver com alguém desde então. Ela é o motivo pelo qual seu pássaro, Huey, não fala nada além de "Anna chegou".

Ela limpou a boca com a manga.

— Uau.

— Enfim, Hailey tocou no assunto Anna. Ela é mais consciente do que pensamos em relação ao tio ter problemas de confiança, e acho que está tão assustada quanto eu que as coisas não deem certo.

— Ela parece ser bem esperta.

— Bom, agora que ela sabe, me fez acordar para o fato de que eu realmente posso me magoar. Nos deixamos levar por nossa atração sexual, porém, se ele tem problemas de confiança... e, vamos admitir, eu também tenho... será que é inteligente da minha parte dormir com ele e me sentir ainda mais conectada? Sem contar que ele voltou a agir estranho comigo logo depois de ela descobrir.

Bree começou uma sequência de tosse.

— Vou pegar água para você.

Corri para a geladeira, enchi seu copo e lhe entreguei.

Ela bebeu um pouco, depois olhou para mim.

— Olha, Elodie. Quero que me escute, ok?

Me sentei no divã diante dela.

— Tá bom...

— Daria tudo para ter o dilema que está vivendo. Está se perguntando se deveria dar uma chance para o amor. Eu não tenho a oportunidade de ter essa chance. Não estou dizendo isso para fazer você sentir pena de mim, é só para te dar uma perspectiva diferente... seu problema é bom de ter. Há muita coisa para se pensar em relação a algo antes de ter desperdiçado toda a sua vida. Só faça o que te faz sentir bem e pare de pensar tanto em tudo, pelo amor de Deus.

Sou tão burra. Tudo que faço é vir aqui e reclamar para Bree sobre problemas que são solucionáveis. Enquanto isso, ela sofre de uma doença incurável.

Burra.

Burra.

Burra.

— Juro que vou tentar seguir seu conselho. Como sempre, obrigada por ouvir. — Me ajoelhei ao seu lado. — Por favor, me diga o que posso fazer por você, Bree.

— Na verdade, tem uma coisa...

— Qualquer coisa.

— Estava pensando se ficará por aqui este fim de semana.

Este fim de semana.

Era para eu passá-lo com Hollis. Mas minha amiga era prioridade.

— Claro que posso ficar. O que foi?

— Bom, não sei como as coisas vão ser para mim nos próximos meses. Estive falando com meu pai sobre ir para a casa do lago em Salisbury. Realmente gostaria que a família toda fosse. Infelizmente, significa que Tobias vai. — Ela riu um pouco. — Acha que consegue nos aguentar?

— Lógico. Com certeza.

— Ótimo. Podemos ir todos juntos no meu carro. Deus sabe que precisa ser dirigido antes que se desintegre por falta de uso.

— Vamos nos divertir. Podemos ir a algumas das lojas de antiguidade enquanto estamos lá — tentei animá-la.

— Basicamente, vamos evitar Tobias juntas. — Ela deu risada.

Sorri, embora sentisse que estava chorando por dentro.

— Exatamente.

CAPÍTULO 32

Hollis

Amassei a décima folha de papel e a joguei no lixo. Naquele dia, meu foco estava inexistente.

Como sempre, Addison estava em cima de mim.

Ela entrou no meu escritório segurando dois cafés e colocou um na mesa.

— O que você fez, Hollis?

— Por que sempre pensa que sabe o que está havendo comigo?

— Porque te conheço melhor do que você mesmo. Agora, fale. O que fez agora para estragar tudo com Elodie?

Amassei mais um papel e mirei na lata de lixo.

— Hailey nos flagrou beijando. Fomos obrigados a contar para ela que estamos ficando muito mais cedo do que estávamos preparados.

Ela assentiu.

— Ok, mas isso não pode ser uma coisa boa? Poupa vocês de terem que esconder dela.

— Não. Foi cedo demais. Ainda não demos o veredito. Como podemos explicar adequadamente para ela quando nem nós sabemos o que está havendo conosco?

— Como Hailey reagiu?

— Nada bem. Agora está preocupada de que vou estragar tudo e ela perderá Elodie.

— Então não estrague tudo.

— Jesus, obrigado. Você é brilhante.

— É simples assim, sim, Hollis.

Pensei naquele fim de semana e me perguntei se nossos planos ainda estavam de pé.

— Era para termos o fim de semana inteiro para nós... para dar o próximo passo.

Ela deu um sorrisinho.

— Fornicar como macacos?

— Eu estava tentando ser mais diplomático.

— E daí? Agora não tem certeza?

— Ela não é do tipo de mulher com quem se brinca. Não posso ter as duas coisas. E preciso decidir que caminho vou seguir antes de levar adiante.

Addison deu a volta na mesa em minha direção e começou a vasculhar minhas gavetas.

— O que está fazendo?

— Pegando um bloco de notas. Vamos cortar esse mal pela raiz agora mesmo. — Ela pegou uma caneta e desenhou uma linha no meio do papel amarelo cheio de linhas. — Prós e contras de mergulhar de cabeça com Elodie. Mas há uma regra. Os contras não podem ser reflexos de si mesmo ou perguntas "e se". Só vamos listar as peculiaridades de Elodie. Então, coisas tipo "medo de se magoar", "medo de magoar Elodie" ou "medo de magoar Hailey" não valem como contra. Isso é tudo reflexo de você duvidando de si mesmo e não existe de verdade, além de na sua cabeça.

Ela clicou a caneta.

— Eu começo. Obviamente, ela é linda. — Ela anotou. — Ótima para Hailey. — Pausou para pensar. — Te faz sorrir como um tolo bobão e você nem percebe... tecnicamente, não é uma peculiaridade, mas acho que é relevante.

Depois de escrever tudo, ela olhou para mim.

— Contras?

A coisa mais ridícula, que não tinha nenhum significado, me veio à mente.

Usa calcinha áspera.

Não consegue estacionar por nada.

Nada em que eu conseguia pensar tinha alguma relevância ou mudava o fato de Elodie ser perfeita pra caramba para mim.

Vasculhei meu cérebro, tentando encontrar, no mínimo, um contra legítimo. Mas não havia nenhum. Cada coisa negativa em que pensava era exatamente o que Addison descrevera: um reflexo do meu próprio medo.

— Tenho outro pró — declarei.

— Oh!

— Ninguém mais pode ficar com ela se ficarmos juntos.

— Bom, tecnicamente, isso é reflexo da sua insegurança e não uma peculiaridade, mas vou deixar passar e adicioná-lo. — Ela deu risada. — Então é isso? Sem contras?

Batuquei com minha caneta, depois a joguei pela mesa, frustrado.

— Sem contras.

Addison estava gostando demais disso.

— Pare de rir, Addison. — Abri o café que ela tinha me trazido.

— Parabéns, Hollis. Acabei de poupá-lo de meses de preocupações inúteis que o teriam levado à mesma conclusão. Você quer ficar com ela, ela te faz feliz e, sinceramente, isso é suficiente.

Ela me olhou diretamente nos olhos e sua expressão ficou séria.

— É, *sim*, suficiente, meu amigo.

Naquela noite, eu estava determinado a consertar as coisas com Elodie.

Quando entrei no apartamento, vi que ela parecia triste enquanto limpava o balcão da cozinha.

Joguei minhas chaves na mesa.

— Ei.

Ela olhou para cima.

— Oi.

— Podemos conversar? — perguntei.

— Na verdade, *eu* preciso conversar com você.

Me sentindo meio ansioso, eu disse:

— Tá bom...

Ela deixou o pano de prato de lado.

— Depois de ontem, nem sei se este fim de semana ainda estava de pé, mas não vou poder te ver, de qualquer forma.

Merda.

— Por que não?

— Minha amiga Bree não está muito bem. Pediu que sua família se encontre para um fim de semana na casa de verão deles. Como sou considerada da família por ela, tenho que ir também.

— Uau. Ok. Claro, você precisa ir.

Obviamente, a hora era péssima. Depois de muita reflexão naquela tarde, senti que, enfim, tinha me decidido. Mas ela não estava no clima para me ouvir. Tinha coisas muito mais importantes para se preocupar, e o que quer que estivesse acontecendo entre nós precisava esperar.

Coloquei as mãos em seus ombros.

— Você está bem?

— Não tinha percebido como era sério até ela pedir essa viagem. Sei que parece idiotice porque estou com ela o tempo todo. Mas acho que eu não queria acreditar. Ela pensa que vai viver apenas mais alguns meses, e essa viagem é a prova disso. É difícil aceitar. Eu estava em negação.

— Acredite em mim, eu entendo. Quando minha mãe ficou doente, tenho quase certeza de que fiquei em negação.

Ela sorriu.

— É. Sei que entende.

— Estarei aqui o fim de semana inteiro, se precisar conversar enquanto estiver lá.

— Obrigada.

— Cadê a Hailey?

— Está no quarto dela lendo o livro que foi passado para as férias.

Me inclinei e dei um beijo casto em seus lábios.

Ela suspirou.

— Só espero não matar meu ex-marido durante a viagem.

Meu corpo ficou rígido. Eu me esquecera totalmente de que a amiga dela também era a meia-irmã do ex-marido de Elodie. Viagem em família também significava que ele estaria lá.

Ótimo. Elodie estaria se sentindo carente, vulnerável e, com certeza, estaria duvidando dos meus sentimentos por ela baseado no meu comportamento naquela semana. E ele estaria logo ali para consolá-la, possivelmente manipulando-a. Não confiava que ele não tentaria reconquistá-la. Foi o que senti dele naquele dia que aparecera na casa dela enquanto eu estava lá. Aquele cara era encrenca.

Eu queria me abrir para ela naquele instante, me desculpar, falar que estava pronto para dar o próximo passo. Mas, apesar do meu ciúme, não era hora para isso. Ela estava chateada por sua amiga. Teria que deixá-la ir e rezar para conseguir consertar as coisas quando ela voltasse.

CAPÍTULO 33

Elodie

A casa do lago estava ainda mais tranquila do que me lembrava.

O caminho que durava duas horas tinha se transformado em quase três e meia devido ao trânsito da hora do rush e a um resgate de acidente. Então, chegamos tarde, e Bree estava pronta para dormir no instante em que entramos. Ela sempre parecia exausta ultimamente.

Nós duas iríamos dividir um quarto, então, depois que a ajudei a arrumar suas máquinas de oxigênio e fazer as camas com lençóis limpos, conversamos até ela mal conseguir manter os olhos abertos.

O pai e a madrasta de Bree estavam no quarto à frente do nosso e tinham ido dormir mais ou menos uma hora antes. O quarto de Tobias ficava do outro lado da casa, e ele também parecia ter desaparecido, algo pelo qual eu ficava imensamente grata.

Mas eu não conseguia dormir. Então, desci as escadas dos fundos para sentar nas docas e tomar um ar fresco ao lado do lago.

Minha mente estava tão atrapalhada. Entre observar como Bree tinha ficado fraca, estar de volta ao lago pela primeira vez desde que Tobias e eu havíamos terminado e a instabilidade do meu relacionamento com Hollis... Eu simplesmente não conseguia relaxar.

O lago estava sereno no escuro, tão plano e reflexivo quanto um espelho, com apenas o murmúrio suave da água batendo contra as pedras na beirada. Sons do que pensei que pudesse ser um sapo gigante coaxando ao longe alternavam com uma coruja acima das folhas das árvores. Eles quase pareciam estar conversando.

Me sentei em uma cadeira Adirondack na beirada das docas, respirei fundo algumas vezes e fechei os olhos.

Inspira ar fresco, expira pensamentos infelizes.

Inspira ar fresco, expira energia negativa.

Inspira ar fresco, expira e relaxa os ombros.

Após alguns minutos, minha mente começou a clarear um pouco. Senti aliviar a tensão no meu pescoço, e minhas mãos, as quais eu não tinha reparado que estavam cerradas em punho, se abriram. Tudo pareceu mais fácil de lidar.

Até que ouvi o som de passos descendo as escadas.

— Aí está você.

Meus olhos se abriram ao ouvir a voz do meu ex-marido. A tensão que tinha começado a se esvair voltou imediatamente.

— Está tudo bem com Bree?

— Ela está bem. Fui ao seu quarto para procurar você, e ela parece estar dormindo. Estava me perguntando onde você tinha se enfiado. Então me lembrei do quanto amava ficar aqui nas docas. Lembra da noite em que trouxemos um cobertor e...

Eu o interrompi. Nem pensar que eu iria falar sobre lembranças naquele momento.

— Você queria alguma coisa, Tobias?

Ele deu um passo para mais perto, agachou-se e colocou a mão no meu braço.

— Estava esperando que pudéssemos conversar.

Puxei meu braço para trás.

— Sobre o quê?

— Não sei. — Ele balançou a cabeça. — Qualquer coisa. O tempo. Trabalho. Política. O que você quiser.

— Minha capacidade de ter essas conversas com você acabou na tarde em que encontrei seu pau dentro da sua aluna.

Estava escuro, mas a lua iluminou o lago o suficiente para eu conseguir ver Tobias se encolher.

Que bom.

Ele suspirou.

— Não há um dia que passe que não me arrependa do que fiz.

— Sabe como você evita de ter esses arrependimentos?

— Como?

— Não fazendo merda com as pessoas que gosta.

Me levantei e comecei a andar na direção das escadas. Havia dado dois passos quando resolvi que eu tinha, *sim*, uma coisa para conversar com meu ex-marido. Me virando, voltei para onde ele estava e cruzei os braços à frente do peito.

Uma coisa estivera me corroendo por um bom tempo.

— Por quê? — perguntei.

Ele franziu as sobrancelhas.

— Por que o quê?

— Por que me traiu? Eu era uma boa esposa. Mantinha a casa arrumada e cozinhava para você. Nunca brigamos. Pensei até que tivéssemos uma boa vida sexual. Você parecia gozar, e eu não me lembro de uma única vez em que te recusei quando você estava a fim. Até me produzia e atendia à porta com aquelas fantasias baratas de enfermeira de que você tanto gostava.

— Meu terapeuta acha que sou viciado em sexo.

Bufei.

— Viciado em sexo? Terapeuta?

— Sim, é um transtorno compulsivo, nada diferente de alguém que lava a mão o tempo todo ou que verifica se trancou a porta. É uma doença.

— Sério? Ok, bom, as pessoas que precisam lavar as mãos o tempo todo ou verificar se a porta está trancada... vão à casa dos *outros* para lavar as mãos ou verificar se a porta do vizinho está trancada? Porque posso acreditar que é uma doença que o torna obcecado por sexo... mas isso não explica por que você simplesmente não podia transar mais com sua esposa disposta.

Tobias franziu o cenho.

— Está simplificando algo que é mais complicado do que isso.

— Na verdade, acho que você está transformando algo bem simples em uma coisa mais complicada. Você me traiu porque é um babaca. E, mesmo depois de dois anos, ainda não consegue admitir. Sabe por quê? Porque é um babaca. Talvez tenha o transtorno obsessivo-compulsivo da babaquice. Por que não pede ao seu terapeuta para tratá-lo por isso? Soube que uma lavagem intestinal pode ajudar.

— Está me insultando porque ainda se importa. — Ele deu um passo em minha direção, e eu coloquei as mãos para cima e dei um passo para trás.

— Não — alertei.

— Deveria consultar meu terapeuta comigo. Acho que seria bom para nós.

— Não, Tobias. Primeiro de tudo, não existe *nós*. Segundo, você não precisa de terapeuta para tratá-lo de uma merda de doença. Simplesmente precisa crescer e ter mais respeito. Terceiro, não estou te insultando porque me importo. Estou fazendo isso porque detesto traidores. Você roubou minha felicidade nesses dois últimos anos, e alguma vadia burra deixou o homem de que gosto nervoso demais para tentar um relacionamento porque ela o traiu. Traidores são, basicamente, a maldição da minha existência.

Meu ex-marido teve a audácia de parecer perturbado.

— De que homem você gosta?

Bufei e me virei de volta para as escadas.

— Vá dormir, Tobias.

Na manhã seguinte, durante o café da manhã, Bree perguntou se todos nós poderíamos sentar na varanda de trás quando terminássemos de comer. Mariah, a madrasta de Bree, e eu arrumamos a cozinha enquanto Richard, o pai de Bree, e Tobias seguiam para fora. Falamos para Bree que nos juntaríamos a eles assim que terminássemos.

Sem estar pronta para a conversa que estávamos prestes a ter, passei um minuto secando um único prato.

— Talvez devêssemos tirar toda a louça do armário e lavá-la. A casa não foi usada no inverno e, provavelmente, está tudo bem sujo.

Mariah terminou de enxaguar o último prato na pia e tirou a água antes de colocá-la no escorredor. Ela se virou para me encarar, apoiando o quadril na pia.

— Sei que é difícil. Mas pense no quanto é muito mais difícil para ela. Precisamos tentar ficar firmes com tudo que ela quer falar hoje.

Balancei a cabeça.

— Acho que não consigo.

Ela sorriu carinhosamente.

— Consegue. Apesar de eu fazer parte desta família há apenas alguns anos, posso dizer, sem sombra de dúvida, que você é uma das mulheres mais fortes que conheço. Só sabemos que somos fortes quando precisamos ser. É isso que você vai fazer, que todos nós vamos fazer. Vamos ficar firmes e unidos como uma família. Todos juntos.

Um nó se formou na minha garganta. Contar com as pessoas não tinha funcionado muito bem para mim no passado — minha própria família, Tobias... Toda vez que eu reunira coragem para confiar em alguém e permitia que esse alguém carregasse um pouco do peso, a pessoa desmoronava quando eu me apoiava.

Mas faria o que precisasse para ajudar minha amiga. Só precisava aguentar firme e estar lá para ela. Desabar naquele dia só dificultaria tudo.

— Obrigada, Mariah. Acho que é melhor não a deixarmos esperando mais.

Mariah e eu saímos para a varanda dos fundos e nos juntamos a todo mundo. Quando nos sentamos, Bree pegou uma folha de papel dobrada do bolso de trás e começou a abri-la. Pigarreou.

— Pensei que era hora de falarmos sobre meus últimos desejos.

Eu sabia por que ela tinha pedido que todos nós fôssemos para lá no fim de semana — seus motivos eram óbvios —, mas ouvi-la dizer as palavras últimos desejos tornava tudo muito mais real. Acumularam-se lágrimas em meus olhos. Não havia jeito de terminar aquele dia sem chorar.

Bree olhou para cada um de nós antes de começar. Eu estava indignada pelo tanto que ela conseguia ser forte.

— Na semana passada, quando fui ao meu médico, assinei a ONR. — Ela ergueu a camisa de manga comprida para revelar uma pulseira que eu não tinha notado em seu pulso. — Sei que todos vocês sabem o que significa, mas queria me certificar de que soubessem que *eu também sei* o que significa. Esta pulseira diz a qualquer enfermeiro ou médico que eu não quero ter tratamentos que prolonguem a vida. Estou escolhendo não ser ressuscitada, caso meu coração pare ou caso precise de intubação de longo prazo.

Lágrimas escorreram pelo meu rosto, e Mariah esticou a mão e me entregou um lenço.

Bree olhou para mim com tristeza. Na verdade, *ela* sentia pena de nós. Ela era muito altruísta.

— Sinto muito por ter precisado fazer isto, e que esteja causando dor a vocês. Mas acredito que, ao longo do tempo, vai melhorar, se tudo ficar claro. Seria bem pior para todos vocês assegurarem meus desejos e terem que tomar decisões por mim, se não tivessem certeza. Também não quero que pensem que possa ter assinado documentos como a ONR na pressa. Quero me certificar de que saibam que pensei bastante e por muito tempo nas minhas decisões.

Claro que isso fazia total sentido. Era a coisa responsável a se fazer. Mas não era mais fácil. Eu me sentia tão perturbada, tão extremamente vazia, que, quando Tobias esticou o braço e pegou minha mão, não tive forças para tirá-la. Em vez disso, apertei-a de volta.

— Meu pai é meu executor. É bem simples e direto. Todas as minhas economias restantes vão para a Fundação de Pesquisa de Linfangioleiomiomatose. Tenho um cofre, que contém algumas coisas que eu gostaria que cada um de vocês ficasse, e ele se certificará de distribuí-las.

Pelos vinte minutos seguintes, minha melhor amiga falou sobre alívio da dor, doação de seus órgãos, seus planos de funeral e meia dúzia de outras coisas que ouvi, mas não processei de verdade. Ela falou por tanto tempo que precisou fazer inúmeras pausas a fim de recuperar o fôlego. Quando terminou, tinha se desgastado tanto que foi necessário deitar e descansar.

Fui com ela para o quarto para me certificar de que estivesse bem.

Bree se sentou na beirada da cama e deu um tapinha no lugar ao seu lado.

— Nunca mais vamos ter essas conversas deprimentes depois de hoje. Mas precisava dizer aquelas coisas.

— Entendo. E estou maravilhada com o quanto você é corajosa, mantendo-se firme enquanto falava. Você é incrível, Bree.

Ela pegou minha mão com a dela.

— Preciso que faça uma coisa por mim. Não quis falar disso na frente de Tobias.

— Claro, qualquer coisa.

Ela sorriu.

— Estava esperando que dissesse isso.

— Do que precisa?

— Preciso que jure para mim que vai lutar pelo amor verdadeiro.

— Não entendi.

— Me preocupo com as coisas... como meu pai não ir à igreja depois que eu me for, porque culpa Deus. Então, eu o fiz prometer que vai à missa todos os domingos por um ano depois que eu não estiver mais aqui. Pensei que, se ele conseguir superar esse primeiro ano, sua fé vai ajudá-lo a encontrar o caminho no restante do tempo. E me preocupo de você desistir do amor porque muitas pessoas te decepcionaram na vida.

Suspirei.

— Quero dar qualquer coisa para te fazer feliz. Mas não sei como jurar que vou lutar por uma coisa que pode não existir, Bree.

Ela franziu o cenho.

— Você confia em mim?

— Claro que confio.

— Quero dizer, *realmente* confia em mim. Cegamente. O suficiente para acreditar em algo que eu diga ser verdade, mesmo que não faça nenhum sentido para você?

Pensei.

— Acho que sim.

Ela me olhou nos olhos.

— Que bom. O amor verdadeiro existe, porque já o vivenciei. Não falo muito sobre meu ex porque nosso término foi difícil para mim. No entanto, fui amada por um homem e o amei de um jeito que era puro e verdadeiro. Então posso te dizer, sem nenhuma hesitação, que o amor verdadeiro existe.

— Acredito que tenha vivenciado isso. Mas como pode ter certeza de que tem alguém por aí assim para todo mundo?

Ela olhou para baixo, para as mãos, por um minuto, então voltou a olhar para mim.

— Fé. Eu tenho fé.

Queria acreditar no que ela disse, pelo menos para tranquilizar sua mente. Mas também não queria mentir para ela. Então ofereci o que podia.

— Juro que vou tentar. Juro que vou lutar pelo amor, se vivenciá-lo... que não vou fugir se as coisas ficarem difíceis. É suficiente?

Bree sorriu.

— É o que posso pedir. Você é muito teimosa. Sei que, se se comprometer comigo que vai lutar por algo, vai mesmo. Só precisava desse comprometimento. Então fico tranquila.

Sorri.

— Ok, maluquinha. O que te fizer feliz.

Bree apertou minha mão.

— Vou me deitar. Espero que vá para a sala e beba bastante enquanto tiro uma soneca. Talvez brigar com o asno do meu meio-irmão como uma forma de desopilar um pouco da raiva. Acho que você merece.

Ela era incrível mesmo. Comecei a me levantar e, então, me sentei e a puxei para mais perto para um abraço apertado e demorado.

— Te amo, Bree.

— Também te amo, Elodie.

CAPÍTULO 34

Elodie

Nunca estivera tão exausta quanto quando cheguei em casa naquela noite de domingo. O fim de semana na casa do lago tinha drenado toda a minha energia, embora eu não tivesse feito nada além de ficar sentada por dois dias.

O que eu precisava era de um bom, demorado e quente banho de banheira. Enchi a banheira e joguei minha bomba de sal de banho preferida da Lush, chamada Sex. Era para ser um poderoso afrodisíaco, mas eu simplesmente gostava do cheiro de jasmins e de como o leite de soja nela deixava minha pele macia.

Tirei a roupa e enfiei um pé na água quente, porém, quando tentei mudar o peso e entrar por completo, tocaram a campainha.

Jesus. Só pode estar brincando comigo.

Eu não estava esperando ninguém, então imaginei que provavelmente fosse alguém tentando me vender alguma coisa que eu não queria ou, pior, alguém tentando me dar sermão sobre sua maldita religião. Hesitei com um pé na água e pensei em ignorar, mas, então, me preocupei que pudesse ser Bree e peguei meu robe do cabide atrás da porta do banheiro.

Me ergui na ponta dos pés para olhar pelo olho mágico e fiquei surpresa ao ver Hollis parado no meu capacho de boas-vindas. Não tivera notícias dele o fim de semana inteiro, e parecia que ele estava sozinho, apesar de que deveria estar com Hailey.

Apertei o cinto do robe e abri a porta.

— Hollis? O que está fazendo aqui?

Seus olhos desceram pelo meu corpo e avistaram minhas pernas expostas. Meu robe era bem curto.

Ele pigarreou.

— Oi. Posso entrar?

Olhei por cima do seu ombro para verificar dentro do carro.

— Hailey está com você?

Ele balançou a cabeça.

— Ela ligou esta manhã e falou que os Branson queriam ficar mais uma noite. Então vai chegar em casa só amanhã.

— Ah. — Dei um passo para o lado. — Claro. Entre. Eu ia tomar banho. Vou fechar a água.

Hollis assentiu.

Dentro do banheiro, fechei o registro e ergui a alavanca para abrir o ralo. Dei uma olhada no meu reflexo no espelho de cima a baixo e pensei em trocar o robe minúsculo de seda por outra coisa mais apropriada.

Mas, então, decidi que não. Hollis poderia estar ali para me dar o fora gentilmente. O mínimo que eu poderia fazer depois de ser enrolada por tanto tempo era fazê-lo se sentir horrível. Não me incomodei em vestir calcinha.

Ele estava encarando o lado de fora pela janela quando voltei para a sala. Parecia perdido em pensamentos.

— Então, o que está havendo? Você veio da cidade? Deve ter pegado bastante trânsito neste horário!

Ele se virou para me encarar.

— Saí de lá de manhã, na verdade.

Minhas sobrancelhas se uniram.

— Você teve uma reunião ou algo assim?

Ele enfiou as mãos nos bolsos e olhou para baixo, balançando a cabeça.

— Eu não sabia a que horas você chegaria em casa. Saí logo depois que Hailey ligou de manhã.

— Você estava estacionado lá fora quando cheguei?

— Não. Fui comprar uma coisa para comer. Você deve ter chegado enquanto eu estava fora.

— Mas são quase seis horas. Ficou aí esperando o dia inteiro?

Ele assentiu.

— Por que não ligou?

— Não queria interromper seu momento com sua amiga. Não sabia quando você iria embora.

Era meio louco dirigir até aqui para ficar parado em frente à minha casa e esperar, mas seu motivo para não ligar também foi cuidadoso e fofo. Hollis tinha tantas arestas e, ainda assim, de vez em quando, ele mostrava um lado carinhoso. E esse carinho, apesar de raro, escondia toda a dureza.

Me sentei no sofá.

— Obrigada. Mas poderia ter ligado ou enviado mensagem.

Hollis se sentou no sofá, a quase um metro de mim.

— Como foi seu fim de semana? Como está sua amiga?

Suspirei.

— Ela queria falar sobre seus últimos desejos, combinações e tal.

Ele assentiu.

— Deve ter sido difícil.

— Foi. E ela fez isso por nós. Queria se certificar de que soubéssemos o que ela queria, não para seu bem, mas para nos aliviar de quaisquer decisões difíceis que pudéssemos ter que tomar. Na verdade, o fim de semana inteiro realmente foi para garantir que iremos ficar bem depois que... — Parei de falar, sem conseguir formar as palavras.

Hollis deslizou para mais perto no sofá e pegou minha mão.

— Sinto muito.

Engoli em seco e assenti.

— Enfim, acho que não aguento relembrar o fim de semana, então prefiro mudar de assunto. Por que não falamos sobre por que você veio aqui? O que está havendo?

Ele se aproximou mais.

— Vim aqui por você.

Talvez fosse um mecanismo de autoproteção, mas, instintivamente, recuei.

— Por mim?

— Se estivesse em qualquer outro lugar que não fosse com sua amiga, que precisava de você, neste fim de semana, eu teria ido dirigindo até você... nem dirigindo, teria ido *andando* se precisasse.

Ele passou as mãos no cabelo, formando uma linda e despenteada bagunça. Parecia incomumente nervoso.

— Contei cada minuto que você esteve fora. Tem sido difícil guardar isto.

Meu coração acelerou.

— Guardar o quê?

— Queria falar isso antes de me contar que iria para o lago com Bree. Vai se lembrar de que cheguei do trabalho naquela noite querendo conversar. Mas, então, você me contou que iria viajar, e percebi que, dada a situação, isso precisava esperar. Você precisava se concentrar nela. Mas não consigo mais esperar, e foi por isso que vim aqui.

Cruzei os braços.

— O que foi?

— Cansei de estragar tudo, Elodie. — Hollis olhou para o teto e pausou, como se estivesse organizando os pensamentos. — Passei a semana inteira tentando encontrar um motivo legítimo, além do meu próprio medo, do porquê não posso apostar tudo com você, e não consegui.

Apesar de sua franqueza, minha guarda estava totalmente alta naquela noite. Talvez fosse o peso emocional do fim de semana. Ver Tobias foi um lembrete do meu próprio mau julgamento no passado e de como era fácil ser magoada por alguém que eu pensava conhecer.

Mas, mais importante, minha ideia de que a vida era curta ficou ainda mais forte agora. Eu não tolerava mais joguinhos ou mentiras.

— Então, está procurando motivos para *não* ficar comigo?

Ele balançou a cabeça.

— Não quis dizer isso. Não estou *torcendo* por um motivo para não ficar com você. Acho que... estava tentando... de alguma forma, garantir que não acabasse magoado. Mas, finalmente, tive uma epifania. Percebi que *nunca* vou conseguir garantir isso. Nunca vou conseguir garantir que não nos machuquemos. Não é uma coisa que se pode controlar cem por cento, porque nada é garantido na vida. No fim, a questão é se preciso de você mais do que me importo com a possibilidade de me magoar. E a resposta é que *sim*. Preciso de você. Demais.

Meu coração começou a se abrir um pouco, apesar dos meus melhores esforços para mantê-lo fechado. Ele estava me dizendo tudo que eu queria ouvir, mas eu não iria abrir por completo meu coração para ele até estar cem por cento convencida de que ele estava falando sério.

Minha experiência com Hollis até então tinha me treinado a tratar com muito cuidado.

— Como sei que não vai voltar atrás de novo? Sério, Hollis, não vou aguentar mais uma vez.

Pensei na minha conversa no lago com Bree.

— Fiz uma promessa para Bree neste fim de semana. Ela me pediu para lutar pelo amor verdadeiro. Acredita nisso? Eu teria dado qualquer coisa que ela pedisse. Mas, de todas as coisas, ela queria pedir isso, que eu encontrasse meu amor verdadeiro, a felicidade real, o que mais importava para ela. E ela entende que o maior obstáculo para encontrá-lo... sou eu mesma.

Hollis assentiu.

— Ela parece incrível e sábia.

— Ela é. — Suspirei. — Enfim, jurei para ela que tentaria, que lutaria por amor se um dia o vivenciasse, que não fugiria se as coisas ficassem difíceis.

Percebi, naquele instante, que o que eu precisava de Hollis era exatamente o que Bree queria de mim.

— Preciso que faça essa mesma promessa... que não vai fugir se as coisas ficarem difíceis, que vai lutar por nós. Se não conseguir fazer isso, não posso ficar com você. Não posso suportar as idas e vindas. Você não é o único com problemas de abandono. Sinto que estou sempre prendendo a respiração e esperando acontecer de novo. E o problema é que essa sensação fica mais forte quando as coisas estão indo bem entre nós. Até aqui, você provou que meus medos estão garantidos. Eu só... quero poder expirar.

Ele pareceu realmente sentir dor.

— Desculpe se deixei meus problemas destruírem a melhor coisa que me aconteceu em muito tempo. Entendo por que não consegue acreditar no que estou dizendo agora. Minha palavra não significa nada. Sei disso. São as ações que contam.

Ele apontou para o peito.

— Mas, se conseguisse enxergar dentro de mim agora, saberia que não resta dúvida, nem hesitação. Estou pronto para fazer isto, Elodie. Porém, para provar, terá que ser dia após dia. E estou preparado para o desafio. Na verdade, começa agora.

— O que está começando exatamente?

Ele me olhou com uma intensidade que eu nunca vira nele.

— A ser o homem que você merece.

CAPÍTULO 35

Hollis

A menos que ela insistisse, eu não iria embora.

— Por que não vai tomar aquele banho que estava tentando tomar antes de eu chegar?

— Vai embora?

— Não. Não vou a lugar nenhum. Estarei bem aqui quando sair.

Ela pensou por um instante.

— Tá bom. Vou tentar não demorar muito. Fique à vontade para pegar qualquer coisa na geladeira.

Depois que Elodie foi para o banheiro, vi uma pilha de louça suja na pia. Arregaçando as mangas, abri a torneira e comecei a lavar. Quando terminei, peguei uma vassoura e varri. Após fazer isso, peguei seu rodo e passei pano no chão. Então, passei pano nos balcões. Descarreguei toda a minha energia nervosa na cozinha.

Sem contar que já era hora de ajudá-la com alguma coisa. Aquela mulher passava o dia inteiro cuidando de Hailey — e de mim. Queria cuidar *dela* naquela noite, mostrar o quanto gostava dela. E não só naquela noite, mas em *todas* as noites.

Deve ter demorado, no mínimo, quarenta e cinco minutos para Elodie sair do banheiro. Ela vestia uma camiseta comprida debaixo do robe, e estava com as pernas nuas. Seu cabelo úmido cascateava sobre os ombros.

Ela viu a cozinha brilhante.

— Você limpou?

Joguei no ombro o pano que estava segurando.

— Limpei.

Sua pele ficou vermelha. Na verdade, ela parecia envergonhada.

— Normalmente, não sou tão desleixada. Cheguei em casa da cidade muito tarde antes de termos que sair para viajar. Foi o único motivo para a louça estar...

— Ei. Espere, não foi isso que pensei. Estava só tentando ajudar. Na verdade, no tempo inteiro que você estava no banheiro só consegui pensar que já era hora de eu fazer alguma coisa por *você*, para variar.

— Bom, obrigada.

Ela cheirava muito bem, tipo coco e baunilha. Devia ser seu xampu.

Coloquei a mão em sua bochecha.

— Me diga o que está pensando.

— Estou me sentindo melhor. Esse banho me ajudou a relaxar. Pensei bastante lá dentro também.

— Em quê?

— Neste fim de semana e em você.

Tinha uma coisa que eu precisava saber.

— Seu ex tentou alguma coisa enquanto você estava lá?

Ela expirou.

— Ele tentou se aproximar um pouco, aproveitar-se da minha vulnerabilidade. Mas não funcionou. Ele me contou que o único motivo de ter me traído foi porque é viciado em sexo. Acredita nisso? Não acreditei nele, mas me fez pensar em você.

Meu estômago afundou.

— Por favor, não me diga que acha que eu faria isso com você.

— Na verdade, não. Você fica com muitas mulheres, mas não é um traidor, e sempre foi aberto quanto às suas intenções. Realmente acredito que você seja uma pessoa diferente dele. Você é uma pessoa melhor... com mais medo de magoar alguém do que capaz de magoar outra pessoa. Vale mais a pena dar uma segunda chance a você do que a ele. — Ela suspirou. — Não posso dizer não a você, Hollis. Porque seus motivos para ser cuidadoso, na verdade, são honrosos. — Ela pausou. — Precisamos tentar... de verdade, desta vez.

Respondi pegando sua mão e a colocando no meu coração.

— Sinta. Estava preocupado que fosse me dar o fora por ser um babaca. Juro que não vai se arrepender.

Minha felicidade foi rapidamente reduzida quando ela disse:

— Mas acho que não deveria passar a noite.

Não podia dizer que me decepcionava, mas eu precisava respeitar seus desejos.

— Ok, linda. Tudo bem.

— Acho que vou dormir, se não se importa.

— São apenas sete e meia. Já está pronta para ir para a cama?

— Estou. Foi um fim de semana bem longo. Mas pode me colocar na cama?

Bom, parecia doloroso... colocá-la na cama antes de pegar a estrada para minha longa e *dura* viagem de volta à cidade. No mínimo, queria deitar ao seu lado, respirar um pouco daquele cheiro delicioso ao cair no sono.

Mas não parecia que isso iria acontecer. Precisava respeitar sua decisão e não insistir.

— Sim, claro — eu disse.

Segui Elodie para o quarto dela. Era um ambiente tranquilo com luz suave e uma aura feminina. Basicamente, era o paraíso, e eu não queria ir embora.

Pensei que soubesse o que era tortura — quando ela falou que eu teria que ir para casa naquela noite. No entanto, aparentemente, eu não sabia nada sobre tortura.

Ela tirou o robe, seguido da camiseta, deixando livres seus seios macios. Observei seus perfeitos e rosados mamilos, chocado. Não esperava que ela se despisse na minha frente. Mas, pensando bem, talvez não deveria ter sido surpreendente.

Porque era da minha ousada Elodie que estávamos falando, a mesma mulher que me provocara por dias com suas calcinhas. Definitivamente, ela era uma expert em provocação de pau. E era exatamente o que estava fazendo comigo no momento.

Falando em calcinhas, ela tirou a dela. Era oficial. Ela estava tentando me matar. Então, entrou debaixo das cobertas antes de eu conseguir examinar cada centímetro dela, como queria.

Engoli em seco.

— Você sempre dorme nua?

— Sim.

Meu coração estava palpitando.

— Entendi.

Ela segurou o lençol sobre seus seios.

— Obrigada por entender que preciso ficar sozinha esta noite. Pode vir e me dar boa-noite?

Fui até ela devagar. Beijá-la nos lábios só pioraria as coisas; eu não iria querer parar. Então, optei por um beijo gentil na testa dela.

Entretanto, antes de eu conseguir piscar, ela tinha segurado meu rosto e dado um beijo de verdade, demorado e sensual em mim, com sua língua na minha boca. Prová-la e saber que estava nua debaixo daquele lençol me deixou louco.

Meu pau praticamente pesou conforme me afastei e obriguei meus pés a seguirem para a porta. O contorno do meu pau na calça jeans era vergonhosamente óbvio. Imaginei se teria que parar em algum lugar de volta para casa para me masturbar.

A única coisa mais difícil do que ir embora, naquele momento, seria ficar.

— Bom, boa noite — eu disse. — Até amanhã.

Bem quando eu ia me virar e ir embora, ela se levantou.

— Ah, meu Deus, Hollis. Venha aqui. Só estou te zoando.

Ãh?

— O quê?

— Não quero que vá para casa. Quero você aqui comigo. Estava te provocando. Não tenho intenção de deixar você sair daqui esta noite.

Isso era um jogo?

Merda. Nunca estive mais grato por um *jogo* em toda a minha vida. Nem conseguia ficar bravo com ela.

Parecia que eu tinha expirado todo o ar do meu corpo quando falei:

— Ainda bem.

— Estava brincando com você. Pensei que gostasse quando eu fazia isso. — Ela deu uma piscadinha.

— Vai pagar por isso — alertei.

Ela jogou o lençol para o lado, expondo seu corpo totalmente nu.

— Por favor, me faça pagar, Hollsy. — Ela abriu um sorriso malicioso.

Seu lindo cabelo loiro estava espalhado por seu peito, mal cobrindo os mamilos. Sua barriga chapada. Sua boceta nua.

Sua boceta nua.

Porra. Isso.

Ela deve ter depilado a faixa de pelos que tinha anteriormente. Nossa, era muito perfeita.

Arranquei minha camisa e fui até a cama. Ajoelhando no colchão, observei Elodie segurar meu cinto e abri-lo. Ela olhou para minha virilha como se quisesse me devorar. Abri minha calça e a joguei para o lado, deixando apenas a boxer cinza-escura entre nós.

— Você está muito duro — ela disse ao me puxar para cima dela, sua pele nua agora pressionada contra a minha. — Não podia deixar você ir para casa assim. Não depois de ter me esperado o dia inteiro. Tive que me impedir de me masturbar na banheira só de pensar em você do outro lado da porta.

Recado para mim mesmo: observá-la tomar banho de banheira num futuro próximo.

— Sinto que estou com esta ereção há meses, Elodie. Não faz ideia do quanto te quero agora. Mas vou esperar o quanto precisar.

Com certeza, era mais fácil falar isso agora, que eu sabia que a espera tinha acabado.

Podia sentir seu calor através da minha boxer. Após sua provocaçãozinha nua com a rotina de dormir e agora isto, parecia que meu pau iria explodir. Falando nisso, se ela escolhesse se movimentar debaixo de mim no momento, não poderia garantir que não sujaria a cueca.

Aguardei um instante para absorver tudo. Elodie maravilhosa. Nua debaixo de mim.

Tinha demorado tanto tempo para chegarmos ali, mas tudo valeu a pena. O futuro poderia ser incerto, porém uma coisa era certa: eu ia transar muito com ela agora.

Nossos lábios se esmagaram e, conforme aumentava a intensidade do nosso beijo, eu não fazia ideia de como iria me impedir de perder o controle assim que sentisse sua boceta quente em volta do meu pau. Mas nunca que eu iria arruinar nossa primeira vez juntos. Precisava encontrar um jeito de adquirir um ritmo.

Enquanto estava deitado em cima dela, Elodie enfiou as mãos dentro da minha boxer e apertou minha bunda. Isso me deixou maluco. Ela moveu a cueca para baixo pelas minhas pernas, e agora meu pau estava encostado em sua boceta. Baixei a boca até seu seio e chupei forte o mamilo conforme eu esfregava meu pau escorregadio em seu clitóris.

Ela tinha me contado que estava tomando pílula. Basicamente, isso era permissão para entrar nela sem nada. E não queria mais nada do que fazer exatamente isso. Mal conseguia me conter, então não me contive. Entrei nela em uma investida forte.

Ela se encolheu.

Congelei imediatamente.

— Você está bem?

— Sim. Estou... só faz um tempo. Não pare.

Ela estava tão apertada em volta do meu pau. Entrei e saí dela conforme ondas de um prazer entorpecente percorriam meu corpo. Meus lábios estavam pairados perto dos dela o tempo inteiro, embora minha boca estivesse aberta pela pura intensidade do quanto era bom estar dentro dela e do quanto estava tentando não gozar.

Ela girou os quadris debaixo de mim, encontrando minhas investidas com uma precisão rítmica e recebendo tudo que eu estava lhe dando.

— Por favor, me perdoe se eu gozar rápido demais. Juro, Elodie. Nunca senti algo tão bom. Está incrível. Tenho que encontrar um jeito de fazer isso com você todos os dias.

Ela estava tão incrivelmente molhada. Estava com as mãos em volta do meu pescoço e as pernas em volta do meu tronco. Olhei para baixo, para seu rosto. Seus olhos estavam bem fechados, sua boca, aberta. Parecia que ela estava em êxtase, completamente absorta, e me agradava o fato de ser eu a colocá-la ali.

Comecei a fodê-la mais forte quando ela apertou os músculos em volta de mim. Meu pau estava muito fundo dentro dela agora. Estava quente e seguro, ainda assim, ao mesmo tempo, parecia a primeira vez que tinha provado uma droga que me viciaria para sempre.

Movimentei os quadris mais rápido conforme a senti contrair. Quando, de repente, ela gemeu, percebi que iria terminar. Não conseguia acreditar que iria gozar antes de mim. Tremendo e pulsando, ela gozou, gritando com prazer. Poderia apostar que sua amiga vizinha conseguia ouvi-la; foi bem alto.

Enfim, me soltei, descarregando uma quantidade infinita de gozo dentro dela e, mentalmente, dizendo que ela era minha conforme sentia o orgasmo mais intenso da minha vida. Não diminuí a velocidade até ter saído a última gota de mim. O movimento dos meus quadris finalmente parou logo antes de enterrar minha cabeça em seu pescoço e beijá-la carinhosamente.

Dentro de um minuto, me sentia pronto para a segunda rodada.

Elodie arfou.

— Valeu muito a pena a espera.

Transar com ela foi tudo que tinha imaginado e mais. Se aquela mulher me quisesse, eu não tinha dúvida de que ela me teria para sempre.

Para sempre.

Eu tinha mesmo acabado de pensar isso? Aguardei o pânico que tinha certeza de que iria se instalar.

Porém, então, senti lábios macios em minha bochecha, e recuei para olhar para a mulher debaixo de mim. Elodie tinha o sorriso mais bobo de orelha a orelha que eu já tinha visto. A frente do seu cabelo loiro estava grudada em sua cabeça com suor, e a parte de trás, para cima e para todos os lados. Ela estava descabelada, mas uma descabela completamente fodida e *gostosa*. Também parecia verdadeiramente feliz. E sabe o que aconteceu depois?

Sorri de volta para ela.

Aquele pânico que eu estava esperando nunca chegou.

CAPÍTULO 36

Elodie

Tive que colocar a mão na boca para me impedir de gargalhar quando Hollis se virou de volta para mim.

Havíamos tomado banho de banheira juntos. Eu precisava da imersão demorada após todo o exercício que tínhamos feito na cama na noite anterior. Doíam músculos que eu nem sabia que tinha. Não conseguia contar o número de vezes que havíamos feito sexo. Eu só sabia que fazia *muito tempo* que não me sentia tão satisfeita.

Tinha preparado o banho enquanto Hollis ainda dormia, e ele me surpreendeu se juntando a mim depois que entrei. Mas, quando terminamos, eu mentira e falara que todas as minhas toalhas estavam para lavar e lhe entreguei um dos meus roupões felpudos de inverno para se secar. Não sei como consegui me manter séria enquanto o encorajava a vesti-lo, dizendo que a parte de dentro secava melhor do que a de fora.

Agora havia esse homem lindo, normalmente sério e de cara fechada, de um e oitenta de altura, em pé no meu banheiro, usando um roupão felpudo pink. Ele se virou e viu o sorriso enorme no meu rosto.

Sua reação inicial foi devolver o sorriso, porém ele já me conhecia bem demais. Sabia a diferença entre meu sorriso feliz e meu sorriso de brincadeira, e a progressão do seu próprio sorriso parou enquanto ele semicerrava os olhos para mim.

Ele olhou em volta no banheiro.

— Não há armário de toalhas aqui. Onde você as guarda?

Tentei ao máximo não rir.

— No armário no fim do corredor.

Os olhos de Hollis desceram para o meu sorriso e, então, ele analisou mais um pouco meu rosto. Sem falar mais nada, abriu a porta do banheiro, saiu no corredor e achou o armário de toalhas.

Encontrou dez toalhas limpas e felpudas.

Ficou parado de costas para mim, olhando no armário por um bom tempo. Então, com muita calma, fechou a porta e se virou para me encarar. Seu sorriso só poderia ser descrito como malicioso. E provocou diretamente entre minhas pernas.

Ele arqueou uma sobrancelha.

— Está se divertindo?

Arqueei uma sobrancelha de volta e uma risadinha escapou.

— Estou.

Ele deu um passo em minha direção e, por instinto, dei um para trás, em direção ao banheiro. Me ver recuar aumentou a intensidade do seu sorriso já malicioso.

— Nervosa que eu me vingue?

Meu rosto deveria ter craquelado do quanto meu sorriso se abriu.

— Não. Nem um pouco.

Ele deu outro passo em minha direção.

Dei outro para trás.

Seus olhos brilharam... logo antes de ele dar um bote para cima de mim. Gritei e dei risada conforme Hollis se abaixou, apoiou o ombro na minha barriga e me ergueu no ar como um bombeiro carregaria alguém. Bateu na minha bunda enquanto eu chutava e ria.

— Não pude me conter. Amo como fica tão fofo de rosa.

Hollis marchou para fora do banheiro e percorreu o corredor.

— Você gosta de jogos, não é? Também gosto, mas é minha vez de escolher o próximo joguinho.

Continuei rindo enquanto ele nos levava para o meu quarto e se sentava na beirada da cama. Em um movimento rápido, ele me ergueu, tirando-me do ombro, e me colocou em seu colo, de bruços para seus joelhos.

Aplicou uma pressão firme em minhas costas quando tentei me levantar.

— O que pensa que está fazendo?

— Te falei. É minha vez de escolher o jogo.

Minha cabeça estava pendurada perto do tapete, e precisei virá-la a fim de olhar para cima, para ele.

— E qual é exatamente esse jogo? Porque parece que estou deitada em você com minha bunda quase exposta.

Hollis deu um sorrisinho.

— Ah, sim. Deixe-me retificar. — Ele ergueu a barra do meu robe curto de seda e expôs minha bunda inteira. — *Agora* estamos prontos para brincar.

Provavelmente, deveria ter me sentido nervosa em tal posição, mas, em vez disso, me senti excitada. O sorriso malicioso de Hollis era tão sexy e eu adorava o quanto ele parecia poderoso e no controle no momento. Só *aquele* homem poderia arrasar em um roupão felpudo e pink.

— Deixe-me levantar — eu disse.

Ele me ignorou.

— Meu jogo é como Jeopardy... só que não ganha pontos pelas respostas certas. Você ganha palmadas se errar.

— Você ficou louco.

— Primeira pergunta: parte preferida do corpo do seu mestre, Hollis?

— Meu mestre? — Bufei. — Jesus, deixe-me adivinhar, a resposta certa seria *o pau dele*?

Hollis bateu forte o suficiente em minha bunda para arder.

— *Bzzz*. Desculpe. Você esqueceu de falar na forma apropriada. A resposta correta é *O que é o pau do Hollis?*

Bufei.

— Você é maluco.

— Próxima pergunta. Quando Hollis tomar banho de banheira ou chuveiro da próxima vez, o que vai dar para ele se secar quando terminar?

Não consegui me conter.

— O que é meu robe de seda vermelho?

Ele bateu na minha bunda de novo. No mesmo lugar, e um pouco mais forte.

— Ai!

— *Bzzz*. Resposta incorreta. Esqueci de mencionar que, como Jeopardy, as apostas sobem enquanto você responde?

— Deixe-me levantar, seu doido! — Tentei parecer irritada, mas era impossível fingir quando toda palavra saía da boca sorridente.

— Última pergunta. Esta vale o dobro, então preste bastante atenção. — Ele pausou e passou a mão na parte da minha bunda em que bateu. — Vai brincar com Hollis de novo?

Me preparei desta vez. Realmente *queria* sentir sua mão grande na minha bunda de novo.

— Sim! Sim! Definitivamente, vou!

A mão dele deu dois tapas na minha bunda. O primeiro ardeu, mas o segundo foi forte o suficiente e realmente deixaria marca.

Mesmo assim, eu não estava nada irritada. Pelo contrário...

Estava com mais tesão do que tudo. *De novo.*

Hollis me levantou. Ainda tinha aquele brilho nos olhos quando se sentou na cama, me observando para ver o que eu faria, como iria retaliar. No entanto, eu não queria revidar; queria montar nele. Estava praticamente pingando de tão molhada. Dei um passo para trás para que ele tivesse uma visão geral e, lentamente, desamarrei o robe e o deixei cair no chão. Virando-me, me abaixei o suficiente para apoiar as mãos nos joelhos e empinar a bunda para que ele pudesse dar uma boa olhada em seu trabalho, então olhei para trás, por cima do ombro, para ele.

Vi suas pupilas dilatarem conforme ele encarou onde tinha batido. O local estava quente, então imaginei que ele conseguia ver todo o contorno de sua mão em um vergão bem vermelho.

Ele ficou boquiaberto e engoliu em seco.

— *Uau*. Isso é muito excitante.

Não podia concordar mais.

Me virei de novo e inclinei a cabeça timidamente.

— Agora é a minha vez de escolher o jogo, certo?

Seus olhos pularam para os meus. Hollis era esperto. Não tinha certeza se eu iria brincar com ele de novo.

— Depende do que tem em mente.

Abri as pernas e montei em seus joelhos com ele sentado na cama. Lambendo os lábios, sorri.

— Meu jogo é o das argolas. Adivinha quem vai ser a parte do pino?

Hailey iria chegar logo. Mantivera contato com Hollis para avisá-lo a hora que sairiam de Block Island para ele poder buscá-la quando ela voltasse. Tinha funcionado maravilhosamente bem para termos a noite inteira juntos *e* não precisarmos nos apressar de manhã. Hollis trabalhara um pouco da minha casa, mas havia tirado folga a maior parte do dia — apesar de, no momento, ele estar em pé na minha sala de estar, falando com sua sócia ao telefone. Olhou para mim enquanto falava.

— Porque eu não estava em casa ontem à noite nem esta manhã. Estou na casa de Elodie. Passei a noite aqui, se quiser saber.

Hollis tirou o celular da orelha, e ouvi Addison gritando. Ele balançou a cabeça e revirou os olhos, mas sua voz foi em tom de brincadeira.

— Não espere mais. Ficou sabendo do máximo que vou falar.

Terminei de colocar na máquina a louça do café da manhã e resolvi que, finalmente, era hora de me vestir. A caminho do quarto, parei diante de Hollis com a pretensão de beijá-lo, mas acabei arrancando o celular de sua mão.

— Oi, Addison. É a Elodie. Por que não almoçamos um dia? Aí eu te falo tudo que quiser saber.

Ela deu risada.

— Seria incrível. Não só porque sou xereta pra caramba, mas porque tenho certeza de que ele odeia a ideia de nós almoçarmos juntas.

Olhei para Hollis, que não parecia muito feliz, e assenti.

— Está parecendo que ele chupou um limão, então acho que tem razão. Pode ser no próximo fim de semana?

— Sim, perfeito.

— Ótimo. Te vejo no fim de semana, então.

Entreguei de volta o celular para Hollis e saí correndo para o banheiro. Hollis entrou enquanto meus braços estavam nas costas, fechando o sutiã.

— Não gosto de vocês duas juntas.

— Por que não?

— Porque ela é xereta e, assim que souber dos meus assuntos pessoais, nunca mais vou conseguir fazê-la ficar de fora.

Entrei no closet e peguei uma blusinha azul-clara e short branco.

— Você precisa de alguém que se importe com você na questão pessoal, Hollis. Todos nós precisamos.

— Me dou muito bem sozinho.

Vesti a blusinha e saí do closet balançando a cabeça.

— Sério? Quanto tempo faz que você teve um relacionamento mesmo? Seis anos?

Hollis pegou o short branco da minha mão e se ajoelhou no chão diante de mim. Abriu-o para eu poder entrar e, então, o puxou para cima por meus quadris e segurou o zíper. O pequeno gesto de me ajudar a me vestir aqueceu meu peito. Quando ele queria, Hollis era bem fofo e carinhoso. Não parecia que ele tinha que tentar. Queria, naturalmente, cuidar de mim.

Depois de abotoar meu short, levantou-se e envolveu as mãos na minha cintura, prendendo-as em minhas costas.

— Venha comigo para pegar Hailey e, então, vá para casa conosco. Ainda não estou pronto para te deixar.

Aquele quentinho no peito ficou mais derretido.

— E Hailey?

Ele deu de ombros.

— O que tem ela? Já conversamos. Ela sabe que está havendo alguma coisa entre nós.

Envolvi as mãos em seu pescoço.

— Ela sabe que está havendo *alguma coisa*. Mas acho que não é uma boa ideia ela nos ver na mesma cama tão cedo. Ela se impressiona fácil, e vamos dar exemplos a ela, incluindo a velocidade em que vai para a cama com alguém.

Hollis baixou a cabeça e gemeu.

— Quero você na minha cama.

Sorri.

— E eu gostaria também. Mas acho importante colocarmos Hailey em primeiro lugar, em vez da nossa libido.

— Certo. Venha para casa comigo esta noite e fique no quarto de hóspedes. Já fez isso antes. Vou falar para ela que te busquei antes de pegá-la hoje porque tenho que acordar cedo amanhã. Ela dorme até tarde. Não vai saber que horas eu saio.

Mordi o lábio. Era uma proposta tentadora, mas eu não tinha tanta certeza de que não acabaria na cama de Hollis. Nenhum de nós tinha muito autocontrole perto um do outro.

Precisava de algumas garantias.

— Ok. Mas *sem* ir escondido para o quarto de hóspedes. Ela já nos flagrou uma vez e não quero que nos pegue nus e na sacanagem.

— Certo.

Hollis concordou com isso rápido demais. Estava armando alguma coisa.

— Por que concordou sem discutir?

— Farei qualquer coisa para te levar para casa comigo.

— Então não vai tentar transar comigo depois? Por que eu não acredito em você?

Ele sorriu.

— Imaginei que deve estar dolorida em algum lugar. É melhor te dar um descanso.

Meu instinto me dizia que ele estava mentindo, mas lhe dei o benefício da dúvida e assenti.

— Ok. Vou para casa com você.

Hollis deu um beijo casto em meus lábios e moveu a boca para o meu ouvido.

— Além do mais, já determinamos que *sexo* não inclui oral, e mal posso esperar para te colocar de joelhos e ver você chupar meu pau mais tarde.

— Quero ver como Bree está, rapidinho, antes de irmos. Este fim de semana foi bem difícil para ela. Além disso, adoraria que te conhecesse, se ela estiver a fim.

Hollis sorriu.

— Seria legal. Sinto que já a conheço de tudo que você me contou.

— Tenho certeza de que ela se sente assim também. — Olhei a hora no celular. Tínhamos uns quinze minutos até precisarmos sair para pegar Hailey, e eu já tinha feito a mala para uma noite. — Volto em cinco minutos.

Coloquei chinelos e fui até a vizinha. Bree demorou alguns minutos para atender à porta. Quando abriu, ela sorriu, embora não parecesse muito bem. Sua pele tinha um tom cinzento, e ouvi o chiado de ar de sua cânula nasal. Seu oxigênio estava bem alto naquela manhã.

— Como está se sentindo?

Ela abriu mais a porta para eu poder entrar.

— Costumava sentir que tinha trinta anos com pulmões de uma pessoa de sessenta. Mas, hoje, meu corpo inteiro parece ter setenta anos.

Coloquei a mão em sua testa.

— Está com gripe? Com febre? Precisa ir ao médico?

Ela sorriu tristemente.

— Não. É só a progressão da doença. Isso é tudo normal.

— A viagem deste fim de semana foi demais. Deveríamos ter nos reunido aqui.

Ela balançou a cabeça.

— Não. Eu queria ir para o lago.

Bree se sentou em sua cadeira reclinável, e eu me acomodei no sofá diante dela. Tinha ido ver como ela estava, mas também contar-lhe sobre Hollis e, naquele instante, isso parecia incrivelmente egoísta.

— Por que não está no trabalho? — ela perguntou.

— Eu... ãhh... Hailey passou o fim de semana na casa da amiga e resolveu ficar mais uma noite. Na verdade, vou pegar carona com Hollis para buscá-la daqui a pouco.

Ela franziu as sobrancelhas.

— Hollis? Ele vem te buscar?

Não queria mentir para ela, mas também não queria esfregar isso na sua cara.

— Ele, hummm... veio para cá ontem à noite e conversamos.

— Ah!

— Vamos tentar... um relacionamento, quero dizer.

— Ah. Uau. Que... — Ela tossiu um monte de vezes. — ... notícia boa. Que ótima notícia.

Assenti.

— É. Mas me sinto uma idiota falando sobre meu romance desabrochando quando você está tão doente.

— Imagine. Quero que seja feliz. Sabe disso.

Conversamos por alguns minutos e, então, percebi que Hollis e eu precisávamos ir. Estiquei o braço e segurei sua mão.

— Tenho que ir, porque precisamos pegar Hailey às duas. Mas me ligue se começar a se sentir pior. Por favor.

Bree assentiu, apesar de eu saber que ela não ligaria se sua saúde piorasse, o que era muito ruim. Ela se esforçou para levantar da cadeira.

Falei para ela ficar sentada, mas Bree, sendo Bree, insistiu em me acompanhar até a porta.

Debati mentalmente se perguntava a ela se estava a fim de um visitante e, quando chegamos na porta, pensei que sua saúde, provavelmente, não iria melhorar. Também sabia que ela realmente queria que eu fosse feliz, então, talvez, conhecer Hollis lhe trouxesse um pouco de conforto.

— Você... gostaria de conhecer Hollis antes de buscarmos Hailey? Ele está na minha casa, e posso trazê-lo para te conhecer rapidinho.

Bree franziu o cenho.

— Hoje, não. Desculpe. Mas fale para Hollis que estou torcendo por ele, ok?

Beijei sua bochecha.

— Vou falar. E te mandarei mensagem, mais tarde, para ver como está.

Ela assentiu.

Voltei para casa me sentindo vazia. Hollis deu uma olhada na minha expressão e me puxou contra seu peito para um abraço, beijando o topo da minha cabeça.

— Imagino que ela não esteja bem.

Engoli um nó salgado na garganta e balancei a cabeça.

— Ela não está bem para receber visita.

— Claro. Outra hora.

Fiquei abraçando-o por um minuto e, então, joguei a cabeça para trás.

— Quase esqueci... Bree disse para te falar que está torcendo por você.

— É?

— Ela está torcendo por você desde o começo. Pareceu sentir que deveríamos ficar juntos.

— Você tem uma amiga esperta.

Sorri.

— Tenho.

Hollis apontou para a porta.

— Venha. Temos uns minutos antes de precisarmos sair para buscar Hailey. Vi uma pequena floricultura quando fui para a cidade comer ontem. Por que não vamos comprar umas flores, e você pode dar para ela antes de irmos?

Deus, eu amava esse Hollis de relacionamento. Era tão carinhoso.

— Você é o melhor. Obrigada.

— Não precisa me agradecer.

Me estiquei e o beijei.

— Talvez. Mas vou agradecer, de qualquer forma... mais tarde, depois que Hailey estiver dormindo... *de joelhos.*

CAPÍTULO 37

Hollis

O sol estava se pondo quando chegamos à casa de Megan. Quando Hailey entrou no carro, pareceu surpresa, mas feliz, em ver Elodie.

Ela se inclinou para o banco da frente.

— Você vai para casa conosco?

Elodie olhou para trás para ela.

— Vou. Não tem problema?

— Não, claro que não!

Fiquei aliviado em ter essa resposta da Hailey. Não que eu não pudesse mudar qualquer coisa naquele momento, mas o fato de ela se sentir mais confortável significava uma complicação a menos.

— Como foi em Block Island? — Elodie perguntou.

— Muito divertido, só que vomitei no barco a caminho de lá.

— Ah, não!

— O que vocês fizeram neste fim de semana? — ela indagou.

— Ficamos na minha casa em Connecticut — Elodie respondeu.

— Contei para Megan que vocês estavam namorando, e sabem o que ela disse?

Ergui a sobrancelha e olhei para ela pelo espelho retrovisor.

— O quê?

— Que, provavelmente, vocês estavam se pegando enquanto eu estava fora.

Elodie e eu olhamos um para o outro, e ela se encolheu.

— Sabe o que isso significa? — Elodie perguntou.

O rosto de Hailey ficou vermelho.

— Sei.

Precisei interromper a conversa.

— Elodie e eu somos adultos, Hailey. O que estávamos fazendo não é da conta de ninguém, além da nossa. E sua amiga não deveria falar coisas tão inapropriadas para você. Não quero ouvir esse tipo de coisa de novo. Não sei se Megan é uma influência muito boa, se está te falando isso.

— Ela só estava zoando. Por favor, não me faça parar de brincar com ela. Desculpe.

— Não vou fazer isso, mas pense no que vai sair de sua boca antes de dizer, ok?

Ela ficou amuada.

— Ok.

— Só fiquei com seu tio em uma parte do fim de semana — Elodie explicou. — Fui à casa do lago da minha amiga. Lembra que falei que iria viajar?

— Ah, sim. Esqueci disso. Como ela está?

— Infelizmente, não muito bem. Mas fiquei feliz por ter passado um tempo com ela lá. Depois, Hollis foi me visitar quando voltei para casa.

— E agora vai para casa com a gente. Vai se mudar em breve?

Elodie balançou a cabeça e deu risada.

— Não.

— Elodie e eu estamos indo devagar — eu disse. — Mas ela vai passar *muito* mais tempo na nossa casa.

Se fosse do meu jeito, isso significaria toda noite. Então não se mudaria *tecnicamente*, mas...

Hailey pareceu feliz com a revelação.

— Legal.

Elodie se virou a fim de olhar para ela.

— Você vê algum problema nisso?

— Claro que não. Eu te amo.

Eu sabia que elas eram próximas, mas nunca tinha ouvido Hailey falar isso para Elodie.

— Eu também te amo — Elodie disse sem hesitação.

— Você ama Elodie, tio Hollis?

Só minha sobrinha para me colocar contra a parede mesmo. Com certeza eu estava me apaixonando por Elodie, mas não sabia como responder essa pergunta.

Enfim, falei:

— Acho que seria bem fácil amar Elodie.

Percebi que isso não era exatamente uma resposta. Felizmente, Elodie pareceu gostar dela, pois segurou minha mão.

— Desculpe ter sido estranha quando descobri sobre vocês — Hailey pediu.

— Acho que foi uma reação normal — Elodie admitiu. — Entendi completamente.

Após um curto tempo dirigindo em silêncio, resolvi anunciar:

— Então, estava pensando em tirar o dia de amanhã de folga e curtir com vocês. O que acham?

— Ah, meu Deus. O quê? — Hailey deu um grito.

— Isso é chocante? — Dei risada.

— É! — ambas responderam ao mesmo tempo.

Elodie riu.

— Desde que o conheço, você nunca tirou um dia de folga. E agora vai tirar dois seguidos.

— Eu sei. Acho que é hora de começar a colocar outros aspectos da minha vida antes do trabalho. Então decidi tirar folga de novo. — Revirei os olhos. — Acredite em mim, Addison vai adorar. Vai ficar animada em me substituir.

Elodie tinha ido diretamente para o quarto de hóspedes depois que nós três ficamos até tarde assistindo a um filme. Até demais para a garota que, mais cedo, prometera me agradecer de joelhos. Ela também estava sendo determinada quanto a não demonstrar afeição em relação a mim perto de Hailey durante a noite inteira.

Mas, agora que minha sobrinha estava dormindo, meu foco mudou para querer contaminar as boas intenções de Elodie. Eu sabia que não deveríamos arriscar sermos flagrados, mas não tinha certeza se possuía autocontrole. Minha capacidade de ficar longe de Elodie estava muito mais baixa agora que eu tinha provado como era estar com ela. *Viciado* nem começava a descrever a necessidade.

Estava determinado a levar Elodie para o meu quarto, independente de qualquer coisa. Enquanto estava ali deitado *sozinho*, peguei meu celular e lhe enviei uma mensagem.

Hollis: Estou pensando em mudar as cores do meu quarto. Pode vir aqui um segundo e me dar sua opinião?

Elodie: Eu iria, mas acho que, se colocar o pé no seu quarto, nunca mais vou sair.

Hollis: Essa é a ideia. ;-)

Elodie: Imaginei mesmo. E é por isso que vou ficar aqui.

Hollis: Na verdade, estou pensando em você de joelhos, na real, aos pés da minha cama, me fazendo um oral.

Elodie: Rimou.

Hollis: Gosta disso?

Elodie: De rima? Claro.

Hollis: Também estou pensando em você no meu pau, rebolando a bunda, enquanto te dou um grau.

Elodie: Rs.

Hollis: E... não confunda, mas eu REALMENTE quero bater na sua bunda.

Elodie: Olha só, você é criativo quando está com tesão...

Hollis: Minha versão imatura rima. ;-) Me lembre de novo por que você está no fim do corredor e não na minha cama?

Elodie: Porque, agora que realmente estamos aqui e ela está no quarto ao lado, amarelei.

Hollis: Como posso já sentir sua falta? Acabei de te ver... faz o quê? Vinte minutos? Já estou inquieto.

Elodie: E amanhã vai tirar folga de novo! Não posso acreditar. Já falei do

quanto amo o Hollis fofo e romântico?

Ela tinha usado a palavra *amor*.

Hollis: Não sei se minhas intenções do momento são puramente românticas. Falando nisso, acabou de falar que me AMA?

Houve uma longa pausa até ela enviar uma resposta.

Elodie: Não se preocupe. Não quis dizer que AMO de amor. Não surte. Haha. Só quis dizer que gosto muito desse seu lado fofo.

Decidi provocá-la.

Hollis: Tem outro significado para amor? Porque tenho quase certeza de que falou que me ama.

Elodie: Só quis dizer que amo o homem que você é ultimamente.

Hollis: Parece muito que você me ama.

Os três pequenos pontos dançaram por um tempo. Presumi que ela não soubesse o que dizer, ou que eu a tivesse deixado desconfortável insistindo.

Hollis: Estou brincando com você, Elodie.

Elodie: Pensei que tivesse feito você surtar.

Hollis: Isso é porque uma mensagem de texto não permite que você veja o rosto da outra pessoa. Se pudesse me ver, veria o quanto estou sorrindo no momento. A única coisa que está me fazendo surtar é o fato de você estar no fim do corredor e eu não poder te tocar. E, se não vier para cá agora, eu vou até você, o que não é ideal, já que seu quarto é ao lado do quarto de Hailey. Como vai ser?

Elodie: Está falando sério?

Hollis: Porra. Claro. Pode apostar.

Cerca de um minuto depois, minha porta se abriu. Elodie estava parada na entrada em uma camiseta comprida.

— Demorou demais. Venha aqui, linda.

Ela fechou a porta com cautela, depois veio andando até mim.

— Só não quero que ela acorde e me veja aqui.

Puxei-a para mim enquanto estava sentado na beirada da cama.

— Vamos ficar bem quietos. Precisamos começar a praticar, de qualquer forma. Estou disposto a arriscar que ela acorde. Ela já pensa que estamos, nas palavras dela, *nos pegando*, graças a Megan. Então, estou sendo culpado por isso sem colher os benefícios, no momento.

— É, é uma infelicidade.

Apertando a bunda dela, eu disse:

— O que é uma infelicidade? Eu não colher os benefícios ou a escolha de palavras de Megan?

— Ambos? Enfim, você colheu os benefícios esta manhã.

Me aninhei em seu pescoço.

— Não foi suficiente.

Sua respiração estava instável conforme jogou a cabeça para trás.

— Hollis, o que fez comigo? Nunca me senti assim na vida. Estou muito ferrada se partir meu coração um dia.

Isso nunca vai acontecer.

De alguma forma, eu sabia disso. Se as coisas não dessem certo entre nós, não seria eu que iria terminar. Minha hesitação sempre foi em relação ao meu medo de ela me deixar, nunca o contrário.

As palavras explodiram de mim. Não esperava que elas saíssem. Mas saíram.

— Você falou que ama o homem que sou quando estou com você. Também amo o homem que sou quando estou com você. Mas, mais do que isso, eu amo *você*, Elodie. Amo você demais. E sinto muito se isso te assusta um pouco, mas é a verdade, e pensei que deveria saber. — Engoli em seco, meio chocado com minha própria sinceridade.

Ao longe, Huey gritou:

— *Baaa!* Anna chegou!

Foi como se o universo estivesse me lembrando de Anna para me testar. Mas não mudou nada.

Elodie pareceu tão chocada quanto eu com minha admissão.

— Como pode ter tanta certeza tão rápido?

— Tão rápido? Só porque me recompus e deixei de lado meus medos agora não significa que foi só então que descobri que te amo. Tenho quase certeza de que te amo quase desde que te conheci. E foi isso que me assustou pra caramba.

Seus olhos lacrimejaram quando ela refletiu sobre as palavras. Ela segurou meu rosto.

— Ah, meu Deus, Hollis. Foi exatamente isso que eu quis dizer na mensagem. E, então, voltei atrás, porque fiquei com medo de que não tivesse chegado lá ainda.

— Cheguei, Elodie. Cheguei mesmo. E, de algum jeito, eu sabia que você também se sentia assim em relação a mim, mesmo quando estava te provocando. — Olhei em seus olhos. — Eu te amo.

Seu peito subia e descia.

— Eu também te amo.

Elodie montou em mim. Começamos a nos beijar e, quando vi, eu estava dentro dela. Nós dois ainda estávamos sentados na mesma posição, totalmente vestidos, só com nossa parte de baixo puxada para o lado, conforme ela montava em mim devagar, apaixonadamente — e sempre em silêncio.

CAPÍTULO 38

Elodie

— Tem certeza de que não liga de eu me encontrar com Addison?

Não queria chatear Hollis quando as coisas estavam indo tão bem.

Ele chegou por trás de mim enquanto eu fazia ovos mexidos e beijou minha nuca.

— Tenho. É bom você conhecê-la.

Era o fim de semana depois de Hollis e eu termos nos declarado um para o outro. Eu tinha passado todas as noites com ele na última semana, exceto uma. Insistira em ir para casa ver como Bree estava e passei a noite de quinta em Connecticut — sem contar que eu estava sem roupas limpas.

Addison e eu havíamos decidido que era melhor almoçarmos no sábado, de acordo com a agenda dela, então eu a encontraria mais tarde. Apesar do meu interesse inicial no almoço com ela ter sido provocar Hollis, eu queria mesmo conhecer a pessoa que fazia parte do dia a dia dele.

Servi os ovos em dois pratos.

— Tenho certeza de que há uma parte dela que quer se certificar de que minhas intenções são as melhores com seu melhor amigo.

— Não. Acredite em mim, Addison foi uma enorme apoiadora sua desde o comecinho. Ela não vai te fazer um questionário. Só quer conversar com você, talvez me criticar um pouco, só por diversão. Confie em mim. Está tranquilo.

Addison e eu nos encontramos em um restaurante fofinho de Midtown. Embora fosse fim de semana, ela estava vestida formalmente, com camisa e saia lápis. Não sabia sua idade exata, mas Addison parecia ter a idade de Hollis.

— Você está tão arrumada. Estou aliviada por ter vestido uma roupa bonita.

— É força do hábito. Sempre penso que vou ter que sair correndo para visitar um cliente. Você está adorável, por sinal, Elodie.

— Obrigada.

Após nos sentarmos, abri meu cardápio e disse:

— É tão bom sair assim. Não faço muito isso.

Ela brincou com seu colar de pérolas.

— Por que não?

— Passo bastante tempo com Hailey. Quando chego em casa, estou exausta. Bom, quando costumava ir para casa.

— Ultimamente, sua *casa* é a de Hollis, certo? — Ela sorriu.

— É, pelo menos na última semana.

— E agora é *Hollis* que te deixa exausta depois do trabalho?

Dei risada.

— De um jeito bom.

A garçonete chegou e anotou nosso pedido. Escolhi salmão em vez de salada, enquanto Addison pediu um hambúrguer com queijo suíço.

Então, Addison se inclinou e falou:

— Espero que não soe estranho, mas posso te contar que rezei por você?

Não entendi muito bem.

— Rezou por mim?

— Sim. Pedi ao bom Senhor ou Senhora lá de cima para trazer alguém como você à vida de Hollis... alguém que ele achasse bem atraente e sensual a ponto de deixar todo o resto de lado. Precisava ser o pacote completo. Alguém que valesse a pena arriscar se magoar. Tinha que ser alguém especial, que não desistiria dele. Eu sabia que ele queria alguém como você antes de ele saber. Na verdade, foi no meu casamento que pedi por você.

— Sério?

— Bom, meu *terceiro* casamento. Deixe-me te inteirar. — Ela deu risada. — A terceira vez foi a de sorte para mim. Eu tive dois casamentos curtos e fracassados antes de decidir que minha felicidade viria primeiro. Meus dois ex eram pessoas críticas que nunca apoiaram minha carreira de verdade ou que me apoiaram, em geral. Com meus dois primeiros maridos, que conheci em Wall Street, sempre foi uma competição, nunca uma parceria de verdade. Nunca me apoiaram.

— Sinto muito.

— Oh, não sinta. Tudo aconteceu do jeito que deveria. — Ela sorriu. — Conheci meu marido, Peter, quando dividimos um táxi. Parece uma história de amor típica de Nova York, não é? Só que Peter era o motorista. Ele me viu tão chateada certa noite, depois de uma briga com meu agora ex-marido número um. Ele desligou o taxímetro e continuou nos levando até Jersey Shore. Ficamos acordados a noite toda conversando. Continuamos amigos, mas não nos encontramos até meu segundo casamento terminar. Então, basicamente, cometi o mesmo erro duas vezes antes de enxergar a luz. Um dia, simplesmente, acordei e percebi que era Peter. Estava ignorando o fato de ele ser perfeito para mim. Assim que os papéis do meu segundo divórcio foram assinados, fui fundo e nunca olhei para trás.

— Uau. É uma história ótima.

— E *sei* que é isso para mim. Peter é o certo. Quando é o certo, você sabe.

Não poderia concordar mais.

— Oh, sei o que quer dizer.

— Não tinha contado a Hollis sobre minha amizade com Peter enquanto estava casada. Mantive a coisa toda em segredo. Mas, assim que Peter e eu começamos a sair e eles realmente se conheceram, Hollis pôde ver como eu estava feliz. Ele nunca aprovou meus dois primeiros casamentos. Ele conhecia ambos antes dos meus relacionamentos e sempre conseguiu enxergá-los, mesmo quando eu não conseguia.

— Amo sua amizade fácil com Hollis. Ele fala tão bem de você. E eu adoraria conhecer Peter.

— Vamos ter que sair para beber, só nós quatro, alguma noite.

— Será muito divertido.

Naquele instante, meu celular tocou.

Olhei para baixo, para a tela.

— É Hollis.

Ela gesticulou.

— Atenda.

Atendi:

— Ei.

A voz grave dele vibrou no meu ouvido.

— Ela está sendo boazinha?

Olhei para Addison, que estava sorrindo.

— Sim. Estamos aproveitando bastante. Ela acabou de me contar a história de como conheceu Peter.

— Todos nós nos conhecemos em veículos. Eles se conheceram em um táxi. E nós nos conhecemos quando você bateu o carro no meu.

— Muito engraçado. Acho que nós dois sabemos o que *realmente* aconteceu lá.

Ele deu risada.

— Ok, vou parar de interromper sua festa. Só queria ouvir sua voz e irritar Addison ao mesmo tempo. Me certificar de que ela saiba que a estou observando.

— Você é louco.

— Eu sei.

Depois que desliguei, nossa comida chegou, e começamos a comer.

Addison estava de boca cheia quando apontou o garfo para mim e disse:

— Enfim, voltando à conversa original, Peter e eu fizemos um casamento na Grécia. Ele é grego, na verdade, mas nasceu aqui. Convidamos apenas família e amigos próximos. Durante nossa dança na praia em Mykonos, vi Hollis nos observando. E poderia jurar que vi uma expressão de anseio em seu rosto. Cheguei à conclusão de que ele sabia que estava sentindo falta de sua vida ao erguer tantos muros. Só não sabia como mudar. E isso fez meu coração doer. Então, rezei por você naquela noite. E demorou um pouco, mas você apareceu.

Uau.

— Addison, isso é bem intenso. Espero que consiga alcançar suas expectativas.

— Está brincando? Hollis já está dez vezes menos ferido. Que eu saiba, você já fez seu trabalho. E eu posso ficar com meu Bentley, além de tudo.

— Seu Bentley?

Ela deu uma piscadinha.

— Só uma apostinha que fizemos.

Demoramos duas horas para almoçar, porque nenhuma de nós parecia conseguir ficar quieta o suficiente para dar mais do que algumas garfadas de vez em quando. Apesar de, no começo, eu estar meio nervosa, tudo estava terminando melhor do que eu poderia ter previsto. Addison foi carinhosa e receptiva, e estava óbvio que amava muito Hollis. Discutimos para ver quem pagava o almoço e saímos do restaurante de braços dados.

— Então vai voltar para Connecticut ou ficar aqui na cidade?

— Falei para Hollis que voltaria para a casa dele para passar a noite.

Ela sorriu.

— Ele é um pouco possessivo, não é?

— Não tem problema. Também sou meio possessiva. Nós dois nos machucamos antes, então talvez sejamos mais atentos desta vez.

Addison balançou a cabeça.

— A ex dele tem sorte de eu nunca ter conseguido encontrá-la depois do que fez com ele.

Sorri.

— Sinto muito por ele ter sido magoado. Mas, se um dia eu der de cara com ela, terei que agradecê-la. Só ganhei por ela tê-lo deixado.

Addison me abraçou.

— Só para você saber, Hollis estava enganado, afinal de contas. Me falou que iria achar você ótima. Mas você é incrível pra caramba.

— Querido, cheguei — brinquei ao entrar no apartamento de Hollis.

Ele estava no sofá com os pés descalços em cima da mesa de centro com um livro nas mãos. Ele o colocou no colo e esperou que eu fosse até ele. Claro que Huey me recebeu com seu típico:

— *Baaa!* Anna chegou.

— Ei, Huey. *Elodie* chegou. — Fui até Hollis e me abaixei para beijá-lo nos lábios. — Sentiu saudade de mim?

Quando fui me levantar, ele segurou a parte de trás dos meus joelhos e me puxou para seu colo.

— Senti. Vou te mostrar o quanto. — Ele se aconchegou no meu pescoço e segurou um dos meus seios através da camiseta.

Dei risada.

— Cadê a Hailey?

— Foi lá embaixo para fazerem a mala de Kelsie para ela vir dormir aqui. Então me dê essa boca e deixe eu passar a mão em você. Não temos muito tempo.

Hollis colocou uma mão na minha nuca e puxou meus lábios para beijarem os dele de novo. Nosso beijo esquentou rápido como sempre. Enfiei as mãos em seu cabelo, e sua língua lambeu todos os pensamentos de qualquer coisa, com exceção do meu desejo por ele.

Não tivéramos muito sucesso para manter as coisas em particular. Hailey o havia flagrado segurando minha bunda na cozinha outro dia e também nos flagrou de amasso no elevador certa noite, quando as portas se abriram no andar deles. É que era muito fácil nos perdermos um no outro. E era por isso, claro, que nenhum de nós ouviu a porta da frente se abrir naquela hora também.

— Ãh. Vão para o quarto, seus pervertidos — Hailey resmungou ao ir para o dela com Kelsie.

Pela voz dela, eu sabia que ela estava mais brincando do que brava. Mas, independente disso, ela tinha me pego de surpresa, e minha reação foi pular do colo de Hollis. Infelizmente, minha tentativa em ficar de pé falhou, e eu acabei caindo de bunda no chão da sala.

Hollis deu risada e estendeu a mão.

— Discreta.

— Cale a boca. — Esfreguei a bunda ao me levantar. — Foi culpa sua. Tentei te dar um selinho nos lábios. Mas *nããooo...* não foi suficiente. Você tinha que ser voraz.

— Não consigo evitar quando estou perto de você. Eu *sou* voraz. Quero seu corpo em minhas mãos todas as vezes. — Ele se levantou e beijou minha testa. — Sente-se. Comprei aquele vinho que você gostou. Vou pegar uma taça para você, e aí pode me contar as coisas terríveis que minha sócia te contou sobre mim, para que eu possa negá-las.

Hollis voltou com duas taças de vinho e se sentou ao meu lado no sofá. Colocou sua taça na mesa de centro, ergueu meus pés e começou a tirar minhas sandálias.

— Então, como foi?

— Foi ótimo. Realmente amei a Addison.

— Que bom. Fico feliz. Porque, por mais que ela seja um grande pé no meu saco, é uma boa pessoa e minha melhor amiga. Mas não diga a ela que falei isso.

Bebi meu vinho.

— Não vou dizer. Mas tenho praticamente certeza de que ela te adora tanto quanto você a adora. Apesar de parecer que vocês dois gostam de fingir que irritam um ao outro. No trem para cá, percebi que nunca perguntei como se conheceram.

— Nos conhecemos desde a faculdade. Ela era a assistente da professora de Macroeconomia de Anna. Ficaram amigas.

— Ah, uau. Não pareceu que são amigas ainda.

Hollis jogou minhas sandálias no chão e começou a massagear meus pés.

— Não são mesmo. Anna a conheceu primeiro, e nós três nos tornamos amigos. Addison estava um ano à frente da gente, mas ela e eu tínhamos a mesma matéria, então nós três estudávamos juntos com frequência. Depois que nos formamos, fomos trabalhar em firmas concorrentes. Quando resolvi que queria sair para abrir minha empresa, sugeri que fizéssemos isso juntos. — Ele deu de ombros. — Quando tudo desmoronou com Anna, ela deve ter ficado tão irritada quanto eu. As duas foram amigas primeiro, mas, se as coisas não tivessem dado errado com Anna, não há dúvida de que lado da igreja Addy teria se sentado.

— Gosto do fato de sua melhor amiga ser mulher.

Hollis passou o polegar no arco do meu pé, e senti meu corpo inteiro relaxar.

— Ah, é? Gosto do fato de sua melhor amiga *não ser* homem. Tenho quase certeza de que detestaria que ficasse com outro homem o tempo todo.

Dei risada.

— Está dizendo que se sentiria ameaçado?

— Não. Só prefiro que o único pau perto de você seja o meu.

— Tenho pena de Hailey quando ela começar a namorar. Você é meio protetor demais.

Os dedos de Hollis pararam de se mover.

— Namorar? Vai demorar para isso acontecer.

— Não muito. Eu já gostava dos meninos quando tinha treze anos. Fui ao cinema sozinha com Frankie Hess aos quinze.

— Não gosto desse Frankie Hess.

Dei risada.

— Bom, é melhor o Frankie Hess de Hailey torcer para outra pessoa, que não o tio dela, atenda à porta quando ele vier buscá-la.

— Outra pessoa? Presumo que seja você, certo?

As coisas entre Hollis e mim estavam basicamente perfeitas, mas eu ainda gostava de provocá-lo para manter os pés no chão.

Dei de ombros.

— Ou quem quer que esteja com você na época. Estamos falando de alguns anos no futuro.

Fingi não ver sua careta.

— E onde está planejando estar nessa época?

Se eu olhasse para ele, iria dar risada. Então, em vez disso, bebi meu vinho e me estiquei para colocar a taça ao lado da dele na mesa de centro.

— Não sei. Talvez procure Frankie e veja o que ele está fazendo ultimamente.

Quando dei por mim, estava deitada de costas com Hollis pairando sobre mim mais rápido do que conseguir terminar de gritar.

— Estou brincando. — Dei risada.

— Brincando, hein? Está muito engraçada. Primeiro, me fala que Hailey vai namorar nos próximos dois anos e, depois, me provoca falando de outro homem.

Dei uma risadinha.

— Frankie tinha *quinze anos*.

Ele se enterrou no meu pescoço.

— Não me importo. O que é meu é meu, e não gosto de pensar que pertence a outra pessoa, antes ou depois de mim.

— *Neandertal* — provoquei.

Mas a verdade era que eu amava ouvir Hollis se referir a mim como *dele*.

Ele jogou a cabeça para trás e olhou para mim.

— Se o fato de eu querer te trancar e encher sua barriga com filhos meus me torna um homem das cavernas, então que seja. Cadê meu taco? Posso usá-lo para bater em Frankie.

Minha expressão suavizou, e me estiquei e segurei o rosto de Hollis.

— Você quer ter filhos comigo?

Ele pareceu confuso com minha pergunta. Suas sobrancelhas se uniram.

— Claro que quero. Você não quer?

Ter filhos não era algo que sentia ser necessário antes. Tobias e eu nunca tínhamos falado nisso. Mas, quando olhei nos olhos de Hollis, pude ver nosso futuro incluindo bebezinhos lindos.

Encarei-o por um bom tempo antes de responder.

— Acho que formaríamos uma linda família.

Hollis passou o polegar nos meu lábios.

— Querida, preciso te dizer que já *somos* uma linda família.

Naquela noite, pedimos pizza com Hailey e a amiga. Depois, Hollis e eu assistimos a um filme no quarto dele para as meninas poderem ficar com a sala. Foi um dia tão simples, mas meu coração estava cheio conforme eu descansava a cabeça em seu peito. Ao assistir a um *Duro de Matar* velho que ele escolhera, me senti alegre pela primeira vez em... bom, desde que nasci.

Apoiei a cabeça no punho.

— Quero, sim, ter um filho um dia... ter um filho com você.

Hollis apontou o controle remoto para a TV e colocou o volume no mudo.

— Que bom, amor. Estou feliz que estejamos na mesma página, mesmo que você só esteja descobrindo isso agora e eu tenha pensado nisso há um tempo.

Sorri.

— Não tive o melhor lar. Então, acho que ter família, um dia, não era um presente para mim.

Hollis colocou uma mecha de cabelo atrás da minha orelha, e seu polegar se demorou, acariciando meu pescoço.

— A nossa será diferente. Eu juro.

— Eu sei.

— Falando nisso, já que tocamos no assunto, você fica falando *um dia*. E, do jeito que fala, parece que *um dia* está bem longe. Só para te alertar, não precisamos ter filhos na semana que vem... Estou aberto para quando se sentir pronta para isso... Mas você e eu morando debaixo do mesmo teto, sem você ter que dormir no fim do corredor, eu oficializando a questão de você ficar aqui e ser minha? Não estão tão longe.

Um calor se espalhou pelo meu peito. Não conseguiria mais *não* amar esse homem. Deveria ter me assustado o fato de as coisas andarem tão rápido. Eu tinha praticamente morado ali nas últimas semanas, e agora ele estava falando sobre tornar aquilo permanente... tornar *a gente* permanente. Mas não fiquei assustada. O amor era arriscado, mas eu tinha certeza de que valia a pena arriscar com Hollis LaCroix.

Respirei fundo e sorri.

— Tá bom.

Ele olhou nos meus olhos por garantia.

— Tá bom?

— É. Concordo com isso.

Naquela noite, mais flutuei do que dormi. Nunca estivera tão feliz. Minha vida com Hollis parecia um conto de fadas, quase bom demais para ser verdade.

No entanto, quando acordei de repente quase às duas da manhã, caí em mim.

Contos de fadas são apenas histórias inventadas por outras pessoas. E *são* bons demais para serem verdade.

CAPÍTULO 39

Elodie

— Ah, meu Deus... — Meu coração acelerou, ainda que o resto do meu corpo se sentisse paralisado.

Hollis acordou assustado.

— O que aconteceu? Qual é o problema?

Eu estava com o celular na orelha e falava com Mariah.

— Onde ela está?

— No Hospital Bridgeport. Sei que é tarde, mas jurei para você que te avisaria se mudasse alguma coisa.

Saí da cama e corri pelo corredor para o quarto de hóspedes, onde guardava minhas roupas. Minhas pernas estavam tremendo.

— Ela está estável?

A voz de Mariah falhou.

— Uma ambulância foi buscá-la. Ela teve uma parada cardiorrespiratória a caminho do hospital, mas conseguiram trazê-la de volta. Durante toda a correria, um interno se esqueceu de verificar a pulseira médica e eles... a intubaram.

— Mas ela não queria isso.

— Eu sei. Foi um erro. Deve ter sido chocante, para eles, verem a saúde de uma mulher tão jovem em perigo, e é provável que simplesmente fizeram o que podiam para salvá-la. Foi um engano, mas... ela ainda está entre nós.

— Estou indo.

Quando me virei, Hollis estava atrás de mim, já vestido e com as chaves na mão.

Olhei-o, e ele segurou minha mão.

— Venha. Liguei para a mãe de Kelsie e falei que tivemos uma emergência. Ela está subindo para ficar com as meninas. Vamos.

Depois de dez minutos no carro, Hollis finalmente falou. Eu estivera tão perdida em pensamentos conforme encarava pela janela que esqueci que ainda não havíamos falado sobre a ligação nem nada que tinha acontecido. Ele se esticou e pegou a mão no meu colo. Entrelaçando nossos dedos, ele levou nossas mãos unidas para seus lábios e beijou o topo da minha.

— Você está bem?

Balancei a cabeça.

— Não.

— Sabe o que aconteceu?

— Tudo que a madrasta dela me contou foi que ela parou de respirar na ambulância. — Lágrimas começaram a escorrer pelo meu rosto. — Ela estava muito fraca ultimamente.

Hollis apertou minha mão.

— Mas está estável agora?

— Colocaram um tubo na garganta dela, apesar de ela não querer. Aparentemente, alguém cometeu um erro.

— Merda.

Voltei a encarar pelas janelas conforme Hollis dirigia pela cidade. As ruas estavam bem vazias. Olhei para o relógio no painel. Duas e meia da manhã. Explicava por que ainda estava escuro lá fora, e as ruas estavam tão desertas em Manhattan.

— Queria que ela conhecesse você — sussurrei.

— Vou conhecer. Se for parecida com a amiga, ela é forte e vai superar isso.

O caminho para Bridgeport demorava, normalmente, umas duas horas, mas Hollis estava voando.

— Sabe — ele disse —, quando minha mãe ficou doente, me lembro de assistir às notícias à noite e ficar irritado com um cara que tinha assaltado uma idosa e bateu nela com a arma, deixando-a inconsciente.

Olhei para ele. Ele me olhou de lado e voltou a focar na estrada.

— Aquele babaca estava andando por aí em perfeita saúde, e minha mãe estava deitada na cama, lutando pelo próximo respiro. Me deixou bravo.

Não tinha pensado que a condição de Bree poderia trazer à tona sentimentos fortes em Hollis.

— Fico mudando entre brava e chateada — contei a ele. — É mais fácil de lidar com a raiva.

Hollis sorriu.

— Nunca teria adivinhado.

Mesmo no momento mais sombrio, ele conseguia me divertir. Apertei sua mão.

— Obrigada por entrar no carro sem fazer uma única pergunta.

— Claro. Queria poder fazer mais do que apenas te levar. Queria poder carregar o peso que tem nos ombros.

— Ter você ao meu lado me faz sentir que não estou mais carregando sozinha.

— Fico feliz. Porque você não está mesmo.

Chegamos ao Hospital Bridgeport em tempo recorde. Hollis entrou e parou na entrada do estacionamento.

— Quer que eu te deixe na porta de entrada e te encontre lá dentro?

— Não. Se não se importa, prefiro estacionar e ir com você. Estou nervosa quanto a entrar.

— Lógico.

Hollis estacionou, e fomos de mãos dadas até a entrada do hospital. As portas compridas e largas se elevavam ameaçadoramente. Cada passo dado fazia crescer o nó na minha garganta.

— Sabe onde ela está? Ou precisamos perguntar na recepção?

— Tobias enviou mensagem há um tempinho e falou que ela foi levada para a UTI. Está no leito três.

Fomos de elevador para o quarto andar e seguimos as placas para a Unidade de Terapia Intensiva. Quando chegamos a uma porta dupla fechada, havia um botão para abri-la e um recipiente de álcool em gel na parede ao lado. Hollis e eu espirramos o produto na palma das mãos e, então, respirei fundo.

— Está pronta? — ele perguntou.

Forcei um pequeno sorriso.

— Não, mas vamos entrar, de qualquer forma.

Hollis usou o cotovelo para apertar o botão na parede, e a porta dupla se abriu. O cômodo era enorme, com dúzias ou mais de leitos posicionados em volta de uma estação grande de enfermeiros no meio. Fomos até a enfermeira mais próxima disponível.

— Pode me dizer onde é o leito três, por favor?

Ela apontou para um canto onde a cortina estava fechada e franzi o cenho.

— Tem familiares lá agora, mas podem entrar.

— Obrigada.

Hollis colocou a mão nas minhas costas.

— Quer que eu aguarde aqui?

— Não. Se não se importa, gostaria muito que ficasse comigo.

— Como quiser.

Ele nos guiou até a maca três. A cortina em volta ficava a mais ou menos um metro do chão, então eu conseguia ver três pares de pés. Presumi que pertencessem ao pai e à madrasta de Bree e a Tobias. Quando nos aproximamos, senti uma onda de alívio ao ouvir as máquinas apitando. Tinha ficado aterrorizada por termos demorado a chegar.

Me virei para Hollis e soltei a respiração pesada.

— Máquinas. Estou ouvindo as máquinas.

Ele sorriu.

— Isso é bom.

Alguém deve ter nos ouvido, porque a cortina se abriu de repente. Mariah estava a um metro da cama, bloqueando minha visão de Bree. Ela se virou, me olhou e me puxou para ela. Tive meu primeiro vislumbre da minha melhor amiga por cima do ombro de sua madrasta.

Havia um tubo em sua garganta, preso em seu rosto para se manter no lugar. E uma máquina barulhenta posicionada ao lado da cama simulava o som de inspiração e expiração. Sua pele estava muito pálida, e ela parecia bem pequena e jovem. Meu peito doía tanto.

Mariah me soltou, e olhei para o pai de Bree e Tobias. Nenhum deles parecia estar prestando atenção em mim. Estavam ocupados demais encarando por cima do meu ombro.

— Oh, desculpem. Este é...

— Hollis — o pai de Bree interrompeu.

Olhei entre eles, confusa.

— Como sabem o nome dele?

Parecia que havia um tipo de duelo de encarar acontecendo, do qual eu não fazia parte. Todo mundo pareceu ter a atenção concentrada no homem atrás de mim. Ainda assim, não falavam nada.

Me virei para Hollis.

Ele, com os olhos arregalados, encarava minha amiga deitada na cama.

— Hollis?

Ele me ignorou.

— Hollis?

Eu sabia que ela não estava bem, mas parecia que Hollis tinha visto um fantasma. Talvez fosse demais pedir para ele vir vê-la assim. Provavelmente, a mãe dele também estivera na UTI.

Toquei seu ombro.

— Você... está bem?

Ele balançou a cabeça.

— O que está acontecendo?

— Do que está falando? Esta é minha amiga Bree.

Ele se virou e me encarou.

— Você quer dizer *Anna*.

Anna.

Anna?

Demorei muitos segundos para sequer começar a entender do que ele estava falando.

Meu coração bateu cada vez mais rápido conforme eu juntava as peças lentamente.

Ele tinha acabado de chamar Bree... de *Anna*.

Meus olhos se arregalaram. Brianna era o nome inteiro de Bree. Mas não poderia ser...

Bree é Anna? A ex de Hollis, aquela que partiu o coração dele?

Minha Bree?

Dei uma olhada na expressão dele, e não havia mais questionamento.

Bree é Anna.

O cômodo pareceu girar, e uma sensação de irrealidade tomou conta do meu corpo. Não fazia sentido e, embora não houvesse mais dúvida, eu precisava que ele confirmasse.

— Hollis? Bree é sua ex-namorada, Anna?

Sem conseguir tirar os olhos dela, ele assentiu.

Não havia jeito fácil de dizer.

— Hollis é meu namorado. Eu não fazia ideia de que ele conhecia Bree. Sempre se referiu à ex como Anna, e não penso em Bree como Brianna. Não sabia que alguém a chamava de Anna.

O pai de Bree fechou os olhos e começou a balançar a cabeça.

Os olhos de Mariah estavam arregalados.

— Bom... que coincidência.

— Só algumas pessoas a chamavam de Anna quando ela era mais nova. Era como a avó dela a chamava — Richard disse. — Ela quis parar de ser chamada assim quando ficou mais velha. Preferia Bree. Mas sempre foi minha Anna na infância.

Tobias deu uma olhada feia para Hollis antes de declarar para Richard:

— Preciso tomar um ar.

Depois que Tobias saiu, dei um pequeno suspiro de alívio. Sua presença só piorava a situação.

Hollis ainda não estava falando nada. A sala estava assustadoramente quieta, com exceção do som das máquinas que mantinham Bree viva.

De repente, ele foi até sua maca e puxou uma cadeira ao lado dela. O resto de nós observou Hollis encará-la sem acreditar. Colocou as mãos na cabeça e puxou o cabelo enquanto continuava a analisá-la. Então, como se uma chave tivesse girado, ele se levantou e saiu rapidamente.

— Com licença — pedi ao me apressar atrás dele.

Hollis fugiu para o corredor, finalmente parando em um bebedouro. Com ambas as mãos, apoiou-se nele, inspirando e expirando como se estivesse hiperventilando.

Enfim, olhou para mim. E, quando nossos olhos se encontraram pela primeira vez desde que esse pesadelo começou, nenhum de nós tinha o que falar.

Simplesmente, não havia palavras.

CAPÍTULO 40

Hollis

Finalmente, consegui falar.

— Não entendi. Me faça entender, Elodie.

Ela balançou a cabeça.

— Também não entendi. De verdade.

— Você não sabia disso?

A expressão dela se transformou de preocupada para brava.

— Como assim? Acha que te enganei ou algo assim? Claro que eu não sabia!

Imediatamente, me arrependi da minha declaração. Isso era confuso pra caramba.

— Não quis dizer que você estava me enganando. Só não entendi como não sabíamos disso. Ela é sua melhor amiga.

Elodie continuou balançando a cabeça.

— Ela nunca falou de você para mim, Hollis. Eu sabia que ela tinha passado por uma decepção há muitos anos. Mencionou um ex-namorado. Sinceramente, não sei se era você ou outra pessoa, mas, juro, Hollis, ela nunca mencionou seu nome nem falou nada quando falei de você.

Inspirando fundo, tentei me localizar. A cada segundo que perdíamos ali fora tentando desvendar esse mistério, Anna estava lá dentro lutando pela vida. Não me importava o quanto ela havia me magoado ou o quanto essa revelação foi chocante — nada disso importava no momento.

Ela está morrendo.

Anna estava morrendo.

O que *importava* era que Anna estivesse rodeada por aqueles que amava no que poderiam ser suas últimas horas. Não sabia se ela realmente tinha me amado, mas uma parte de mim sempre a amaria. Por isso fiquei tão devastado por todos aqueles anos. Até Elodie aparecer, Anna tinha sido o amor da minha vida.

Me forcei a parar de pensar nisso.

— Precisamos voltar lá para dentro.

Elodie secou os olhos.

— É. Vamos.

Entrar naquela sala uma segunda vez não foi mais fácil, nem menos chocante. Anna sempre tinha sido pequena, mas parecia excepcionalmente delicada e frágil, apesar de ter o mesmo rosto lindo do qual sempre me lembrei. Ver aquele tubo em sua garganta doeu em mim, principalmente ao saber que era contra os desejos dela.

Você é muito corajosa, Anna.

Meu instinto era tentar salvá-la, fazer alguma coisa, mas ficou claro que não havia nada que pudéssemos fazer a não ser rezar. Não conseguia me lembrar da última vez que pedira a ajuda de Deus. Sinceramente, depois que minha mãe morreu, eu tinha perdido a fé de que havia alguém lá em cima ouvindo minhas orações. Aquela era a primeira e única vez, desde então, que eu me sentia obrigado a implorar por misericórdia.

Por favor, não a deixe sofrer assim.

Lembranças de Anna passaram por minha mente. Ela tinha sido minha rocha nos piores momentos durante a doença da minha mãe. Sempre era isso que se destacava. Não importava como as coisas tinham terminado entre nós, eu nunca tinha me esquecido disso ou parado de ser grato por isso. Vê-la naquele estado foi o pior tipo de déjà vu. Parecia a piada mais cruel da vida.

Richard deve ter percebido o horror contínuo em meu rosto porque me levou para o lado.

— Hollis, filho, sei o quanto Brianna significou para você. Sinto muito ter descoberto assim.

Deus, se era difícil para mim, nem conseguia imaginar como ele se sentia. Anna sempre foi a garotinha do papai.

Fiz uma pergunta idiota.

— Como está conseguindo aguentar?

— Bom, sabe... — Ele hesitou e seus olhos se encheram de lágrimas. A voz dele tremeu. — Ela é minha menininha.

— É — sussurrei.

Eu não era o tipo de cara que abraçava outro homem com facilidade, mas, naquele instante, não hesitei em envolver os braços em Richard. Porra, nós estávamos *nos* consolando. Richard sempre costumava me fazer sentir que eu não era bom o suficiente para sua filha. Em certo momento, percebi que não era um reflexo de mim, mas era mais o quanto ele a amava e sentia que ela merecia o melhor. Eu tinha acabado de ganhar a confiança dele quando Anna terminou tudo comigo de repente.

Quando nos soltamos, meus olhos retornaram para Anna.

Eu tivera tanta raiva em meu coração relacionada a ela ao longo dos anos. Mas, naquele instante, tudo que eu queria era um milagre. Ela era uma pessoa boa pra caramba que não merecia aquele destino. Em meu coração, eu sabia que a situação era terrível e que esperar um milagre era pedir demais. Mas não poderia perder a esperança.

Olhei para Elodie, e minha dor se ampliou. Era para eu estar segurando a mão dela durante tudo isso, mas mal conseguia me consolar. Só esperava que ela entendesse.

Richard foi até a porta.

— Vou pegar uma água.

Precisando respirar de novo, eu disse:

— Vou com você.

Conforme andamos pelo corredor juntos, perguntei:

— Você se lembra de quanto tempo depois de terminarmos ela foi diagnosticada?

Richard piscou.

— Não lembro, Hollis. Mas, provavelmente, não demorou muito. Mesmo depois que ela descobriu essa doença, ficou completamente bem por bastante tempo. As coisas realmente pioraram nos últimos anos.

— O que aconteceu com o cara com quem ela estava?

Aquele pelo qual ela me deixou...

Ele piscou como se fosse para tentar lembrar.

— Não durou.

Ela tinha me devastado por um relacionamento que nem durou? Será que ele a deixou quando descobriu sobre a doença? E há quanto tempo Richard estava casado? A mãe de Anna tinha morrido quando ela era bebê, mas ele não tivera uma namorada, que eu soubesse. E *aconteceu* de ele se casar com uma mulher cujo filho se casou com Elodie? Eu tinha tantas perguntas, mas não era a hora de fazê-las. Tinha perguntado o suficiente.

Richard bebeu do bebedouro. Coloquei a mão em seu ombro conforme voltamos para a sala.

Com meu retorno, os olhos de Elodie encontraram os meus, e a tristeza neles era palpável. Eu tinha certeza de que ela conseguia enxergar o mesmo sentimento nos meus. Nos abraçamos, apesar de toda a estranheza de Richard e Mariah nos observando. Elodie desmoronou em lágrimas em meus braços. Por mais que eu precisasse, não conseguia chorar, ainda sufocado por meu choque e confusão, pelas emoções borbulhando dentro de mim que não saíam.

Enfim, um médico chegou para falar com Richard.

— As próximas vinte e quatro horas serão críticas — ele começou. — Queria muito poder lhe dizer, de uma forma ou de outra, como as coisas acontecerão, mas simplesmente não sabemos. No momento, ela está totalmente dependente das máquinas. Amanhã, vamos testar para ver se ela consegue respirar por conta própria. Mas não vamos tentar nada esta noite.

— Quais as chances de uma recuperação completa? — Richard perguntou.

A expressão do médico foi austera.

— Não parecem existir. Dado seu entendimento sobre a doença dela e o prognóstico, não vou lhe dizer nada que já não saiba. Não facilita nada. Eu sei. Sinto muito.

Era incompreensível que Anna fosse morrer tão jovem, que seu pai teria que dizer adeus. Já era bem doloroso perder um pai ou uma mãe. Não conseguia imaginar como era perder um filho. Escolhi me concentrar no que significava, para

Richard, perder Anna, porque não conseguia suportar o que significava para mim. Não falava com ela há anos, mas ela nunca esteve longe dos meus pensamentos. Ela era a pessoa que mais tinha impactado minha vida.

Ainda assim, eu não fazia ideia do que ela enfrentara todos aqueles anos. Se fizesse, minha atitude em relação a ela, certamente, teria sido diferente. Eu havia me enchido de desdém por ela; enquanto isso, aparentemente, ela estivera sofrendo na maior parte do tempo.

O sol estava começando a nascer quando Elodie e eu fomos embora, prometendo voltar em algumas horas.

Um silêncio tenso preencheu o ar durante nossa volta para casa. Nós dois estávamos exaustos e perturbados demais para conversar. No entanto, em certo momento, eu precisava perguntar a ela uma coisa, apesar de saber que ela não tinha a resposta.

— Como ela não falou nada para você quando contava de mim para ela?

— Não sei, Hollis. Falei seu nome várias vezes. Será que ela pensou que era uma coincidência e nunca considerou que fosse o mesmo Hollis?

Balancei a cabeça.

— Não consigo imaginar que ela não fosse, pelo menos, questionar. Meu nome não é comum, e ela sabia o nome da minha sobrinha. Estávamos juntos quando a namorada do meu meio-irmão deu à luz, embora ache que os dois nunca se conheceram. Nada disso faz sentido.

E parece que não teremos a chance de perguntar a ela.

Elodie viu que eu estava dirigindo para Connecticut.

— Aonde vamos? Vai me levar para casa?

Eu não tinha percebido que a estava levando para casa, e não de volta para a cidade comigo. Mas a verdade era que eu precisava ficar sozinho naquela noite. Queria estar lá para ela. Queria mesmo. Queria ser um homem melhor e mais forte do que isso, mas simplesmente não conseguia.

— Preciso ficar sozinho esta noite. Espero que entenda.

— Não sei se entendo, Hollis. Acho que precisamos nos apoiar agora, não afastar um ao outro.

Ela tinha razão. No entanto, eu precisava processar isso sem ter que me preocupar em como meus sentimentos poderiam impactá-la. Talvez fosse egoísmo. Contudo, não conseguia ficar perto de ninguém no momento, nem dela.

Quando parei em sua casa, balancei a cabeça.

— Desculpe. Sei que não estou lidando muito bem com isso. Talvez, absorva isso em algum momento. Só não cheguei lá ainda.

Após um instante, ela pareceu ficar mais tranquila.

— Desculpe por te fazer se sentir mal por isso. Eu entendo.

Elodie não falou mais nada antes de sair do carro. Aguardei até ela ter entrado para sair.

Exausto, tinha toda intenção de voltar para a cidade a fim de dormir o que tanto necessitava. Mas, depois de ver uma placa na lateral da estrada, não foi para onde fui.

CAPÍTULO 41

Elodie

Estava quase amanhecendo, e eu não tinha piscado o olho. Ficara sentada no sofá encarando o nada, tentando entender tudo. Vasculhando meu cérebro, tinha repassado todas as minhas conversas com Bree sobre Hollis. Estava desesperada para descobrir se ela sabia que o *meu* Hollis era o Hollis *dela*.

A dor nos olhos dele, naquela noite, era algo de que eu não me esqueceria fácil. Ficou claro que uma parte dele ainda a amava. E eu não iria mentir e dizer que saber daquilo não causou um impacto profundo em mim. Mas *eu* a amava. Tanto. Então, como poderia culpá-lo?

Anna havia deixado Hollis por outro homem. Bree sempre se referia ao amor que perdera. Era o outro homem? Ou Hollis? Ela nunca queria falar sobre isso.

Será que era possível ela ter descoberto a verdade sobre a pessoa por quem eu me apaixonara e se sentido mal por tê-lo magoado, e foi por isso que nunca me disse nada? Talvez quisesse dar a ele a chance de amar sem interferir, porque sabia o quanto o havia magoado.

Essa era apenas uma teoria. As perguntas eram infinitas em minha mente. E eu sabia que poderíamos nunca ter as respostas de que precisávamos.

Sentindo urgência, saí correndo do sofá e peguei minhas chaves, as quais incluíam as chaves da casa de Bree.

Correndo para a casa vizinha, abri para entrar. Sabia que não tinha direito de invadir, mas minha necessidade por respostas estava desesperada. Também sentia falta da minha amiga. Estar naquela casa vazia sem ela era esquisito. Meus olhos foram para o sempre presente copo de água na mesa ao lado da poltrona em que ela se sentava. Saber que ela poderia nunca retornar era de partir o coração.

Subi as escadas correndo e comecei a mexer nas gavetas e nos armários, em busca de algo que pudesse me fornecer respostas. Minhas lágrimas caíam conforme eu continuava vazia, mais devastada a cada minuto que passava. Mexi em todas as coisas que ela poderia nunca mais usar, como a roupa pendurada em seu armário. Canhotos de ingressos de shows jogados em cima de sua escrivaninha. Ela amava música e shows ao vivo. Poderia nunca mais ver um.

A vida é muito injusta.

Meus olhos pairaram em uma pilha de álbuns de fotos no canto do armário.

Minhas mãos tremiam conforme os pegava e os levava lá para baixo, para a sala. Sentada no sofá, inspirei fundo e abri o primeiro. Na maior parte, continha fotos de Bree quando criança. Em uma foto, ela estava tão magra e pequena que me lembrou de como estava parecendo hoje no hospital, franzina e infantil.

O segundo álbum de fotos continha fotos dela quando era adolescente. Não demorei muito para me deparar com a que estivera procurando: a primeira foto de Hollis e Bree. *Anna.* Estavam na praia, e Hollis estava com o braço em volta dela. Bree usava um biquíni e Hollis, uma bermuda. Eles pareciam bem felizes com o sol iluminando-os.

Era surreal vê-los juntos, minha melhor amiga e meu namorado. Eles se amavam. Ou, pelo menos, Hollis a amava. Era óbvio pelo jeito que ele sorria para ela na foto seguinte que encontrei. Estavam sentados debaixo de uma árvore. Era uma foto pura, como se alguém tivesse percebido o jeito que ele olhava para ela.

Deus, isso machuca.

Havia uma inocência em Hollis naquelas fotos que não existia mais. Quando o conheci, ele fora endurecido pela perda. O cara naquelas fotos, definitivamente, não existia mais. Continuei virando as páginas. Mais fotos deles juntos. Em algumas, eles estavam se beijando. Em muitas, estavam rindo. Uma foto de formatura. Graduação. Tinham passado por muita coisa juntos. Me perguntei se tinham sido o primeiro um do outro.

Por que, Bree?

Por que escondeu isso de mim? Eu tinha me aberto tanto para ela quanto à minha atração por Hollis, aos meus sentimentos. Será que ela não fizera a ligação ou estava torcendo para não ser verdade para não despedaçar minha vida?

Ela não quisera conhecê-lo no fim de semana que ele passou em Connecticut. Me lembro de sentir que foi estranho, apesar de ter pensado que fosse por causa de sua saúde frágil. Será que ela suspeitava de algo e não queria descobrir a verdade?

Ou será que *sabia* a verdade?

Tive que me perguntar se as coisas comigo e Hollis seriam iguais de novo. Conseguiríamos superar?

Fechei o álbum de fotos. Aquelas perguntas teriam que esperar no momento. Porque Bree estava lutando por sua vida. Alguma outra coisa importava?

Os corredores do hospital estavam silenciosos, exceto por um idoso cantando uma música de Johnny Cash enquanto passava pano no piso do lado de fora do elevador do quarto andar. Não eram nem 7 da manhã ainda, mas a UTI não tinha horário de visitas, e eu não conseguia dormir. Pensei que Richard pudesse estar lá, mas não esperava ver mais ninguém tão cedo.

Chegando à porta dupla, espirrei álcool em gel nas mãos e apertei o botão para abri-la. A estação das enfermeiras estava calma, e parei quando vi a mesma mulher que estivera verificando como Bree estava quando saí.

— Você voltou rápido — ela disse.

— Sim. Não consegui dormir. Como ela está?

A enfermeira abriu um sorriso triste.

— Brianna está na mesma. Acabei de verificar seus sinais vitais e garantir que estivesse confortável há uma meia hora.

Brianna.

Não sabia se já a tinha chamado assim. O nome pesou em meu peito por causa de todas as complicações... Bri*anna*. Anna de *Hollis. Ah, Deus.* Esfreguei meu osso do peito. Também é a *Anna de Huey.*

— Ok. Obrigada. Tem problema se eu visitá-la agora?

— Não. Vamos trocar os plantões daqui a pouco, então você e seu irmão vão precisar sair por mais ou menos uma hora. Mas, agora, não tem problema.

— Meu irmão?

Ela ergueu o queixo em direção ao lado oposto do lugar onde a cama de Bree estava.

— Já faz quase meia hora que ele está aqui. Também não parece que dormiu muito.

Segui sua linha de visão, esperando ver Tobias, e um nó se formou na minha garganta.

Hollis.

Ele estava sentado ao lado da cama de Bree. O cabelo dele estava todo bagunçado; só de olhar, eu sabia que ele tinha passado as últimas horas puxando-o. Mas o que ele estava fazendo ali tão cedo? Eram quatro horas para ir e voltar para a cidade, e tínhamos saído no meio da noite. Ele não poderia ter ido para casa e voltado. Senti que iria ficar enjoada. Será que Hollis havia me deixado em casa para poder voltar correndo e ficar sozinho com Bree?

Aquele pensamento trouxe muitos sentimentos — tristeza e confusão. Eu me detestava por sentir isso, mas também havia com certeza ciúme misturado.

Observei de longe, sem saber o que fazer. Será que ia ali e me juntava a ele? Será que me sentava na sala de espera e lhe dava um tempo sozinho? Será que ia embora e voltava?

Após alguns minutos tentando descobrir a resposta correta, percebi que, na verdade, não havia nenhuma para essa situação. Então respirei fundo e resolvi ir lá e ver como ele estava. Perguntaria a ele se queria ficar sozinho. Não queria esconder que eu estava lá, e também precisava ver minha melhor amiga, mesmo que por apenas alguns minutos.

Hesitante, fui até o leito de Bree. Meus pés pareceram pesados conforme me aproximei. As costas de Hollis estavam viradas para mim, então ele não me viu chegar. No entanto, quando me aproximei mais, ouvi sua voz e parei de andar.

— Quebrei a promessa que fiz a você.

Ele se esticou e pegou um das mãos dela, e meu peito se contraiu tão forte que ficou difícil de respirar. Ainda assim, fiquei paralisada no lugar.

— Percebi isso quando estava andando pelo hospital ontem à noite, quando saí e vi as placas da unidade pediátrica de oncologia. Você se lembra da noite em que me fez prometer que eu nunca pararia de visitar? Foi a noite em que Adam morreu.

Hollis ficou em silêncio por um bom tempo. Eu deveria ter recuado, dado privacidade a ele. Mas simplesmente não conseguia me mover. Ele soltou uma lufada alta de ar antes de continuar.

— Você foi o primeiro beijo dele. E o último. — Ele balançou a cabeça e riu secamente. — Fiquei com ciúme daquele beijo. Acho que nunca te contei. Você deu, a um moribundo de treze anos, que tinha uma queda por você, o primeiro e o último beijo da vida dele, e fiquei com ciúme dele naquele momento. Isso é muito possessivo e zoado, não é?

Ele pigarreou.

— Na noite em que Adam morreu, você me fez prometer que eu nunca pararia de visitar a ala pediátrica de oncologia para jogar videogame. Mas parei. Parei depois que você me deixou. Ainda enviava um cheque todo ano no Natal, para garantir que a ala compraria jogos e coisas novas, mas parei de ir, Anna. Todos nós somos bons e maus. Mas, quando você partiu, levou todas as partes boas de mim com você. Nem sabia que poderia recuperar essas partes até recentemente. Pensei que elas tivessem desaparecido para sempre.

Ele pausou.

— Enfim, ontem à noite, em vez de ir para casa, acabei no Walmart 24 horas. Comprei uns jogos e um novo console de jogo e os trouxe para a ala daqui do hospital. As enfermeiras foram legais e me deixaram instalar lá. E conheci Sean enquanto fazia isso. Ele tem quinze anos e está na segunda rodada de quimioterapia, mas está muito bem-humorado. Acabou comigo no Grand Theft Auto.

Apertou a mão de Bree.

— Acho que parei de ir porque fiquei muito bravo com você. Ontem à noite, conhecer Sean trouxe de volta muitas lembranças. Lembranças de nós dois sentados na ala pediátrica jogando com aquelas crianças. Lembranças de você ao meu lado todos os dias quando minha mãe estava doente.

Ele balançou a cabeça, e senti as lágrimas escorrendo pelas minhas bochechas.

— Não sei o que aconteceu entre nós. Mas me lembro do quanto você me apoiou. E vou te apoiar, Anna. Bem ao seu lado, como você sempre me apoiou.

Uma enfermeira chegou por trás de mim e tocou meu ombro. Pulei de susto.

— Desculpe. Pensei que tivesse me visto. Gostaria que eu trouxesse outra cadeira, para vocês dois poderem ficar com Brianna?

Hollis se virou, e nossos olhos se travaram.

— Elodie.

— Eu... eu preciso de um minuto.

Praticamente saí correndo da UTI. Quando cheguei no corredor, vi uma placa de Saída iluminada à esquerda, então corri nessa direção. Uma porta levou a uma escadaria, e eu só queria me esconder e ficar sozinha. Consegui descer um lance antes de ter que parar e sentar em um degrau, porque chorava tanto que mal conseguia enxergar.

Nem sabia direito o que tinha me deixado triste.

Se era a história que Hollis contou a Bree e a percepção do quanto ele profundamente a amava ou o fato de a minha melhor amiga estar deitada no leito de morte.

Acho que ambos. Era coisa demais para lidar de uma vez.

Felizmente, pouquíssimas pessoas iam pelas escadas às sete da manhã. Então, fiquei sentada naquele degrau por bastante tempo sozinha e desabei. Em certo momento, quando não me restavam mais lágrimas, desci para o primeiro andar, sem saber muito bem aonde iria, até ver uma placa para a capela.

O santuário minúsculo tinha apenas uma meia dúzia de bancos de cada lado e um corredor que levava a um altar simples. Estava escuro e vazio, e não me incomodei em acender as luzes. Me sentei na última fileira e fiz algumas orações em silêncio com os olhos fechados. Foi a maior paz que tivera nas últimas vinte e quatro horas, e senti meus ombros caírem e um pouco da tensão em meu pescoço se esvair.

Resolvi ficar e tentar relaxar um pouco. Não estava com pressa para encarar Hollis no momento. Mas, depois de um tempo, a falta de sono e a exaustão devem ter tomado conta de mim, porque, quando vi, um homem estava me acordando — um homem de colarinho clerical.

— Que horas são? — Esfreguei os olhos.

O padre sorriu.

— São umas dez horas. Vi você aqui há algumas horas e imaginei que precisasse dormir um pouco. Mas há uma missa diária que vai começar em vinte minutos. Então queria te acordar agora para você não despertar no meio dela.

— Oh. Desculpe. Tudo bem. Obrigada. Vou sair daqui. A intenção não era dormir.

— Não tem pressa. Posso saber por que está no hospital? Está visitando alguém?

Assenti.

— Minha melhor amiga. Ela está muito doente.

— Sinto muito por saber disso.

— Obrigada.

— Teria problema se eu me sentasse com você por alguns minutos?

— Claro que não.

Eu estava sentada na ponta do banco, então deslizei para dar espaço, e o padre se sentou.

— Sua amiga vai ficar muito tempo no hospital?

Franzi o cenho.

— Acho que sim. A não ser que...

O padre assentiu, embora eu não tivesse completado a frase.

— Sabe, ninguém se importa com o cuidador. Naturalmente, todo mundo fica focado no paciente, mas o cuidador tem um papel importante. Precisa descansar e cuidar de suas próprias necessidades a fim de conseguir fazer o trabalho de ficar ao lado da pessoa que ama.

Suspirei.

— É. Eu sei. É que ontem à noite foi muito chocante.

— Qual é o nome da sua amiga?

— Bree... Anna. O nome dela é Brianna.

— E o seu?

— Elodie.

O padre estendeu a mão para mim.

— Sou o padre Joe. Vamos fazer uma oração, juntos, por Brianna?

— Ah. Sim. Seria ótimo. — Coloquei a mão na dele e fechei os olhos.

O padre recitou algumas orações, depois adicionou:

— Querido Pai Todo-Poderoso, hoje peço que olhe com compaixão para nossa amiga Brianna, que está limitada a uma cama por doença. Por favor, envie conforto e cura. Rezamos para Sua gentil graça para dar força e cura, qualquer que seja o problema que adoentou o corpo dela. Pedimos força para a família e amigos dela, principalmente Elodie, que possam segurar a mão dela com coragem e amor em seu momento de necessidade. Em nome do Pai, do Filho e do Espírito Santo. Amém.

Fiz o sinal da cruz e abri os olhos.

— Amém.

O padre Joe sorriu carinhosamente para mim.

— Gostaria de se confessar? Muitas pessoas acham que ajuda a tirar o peso dos ombros. Já carrega o suficiente quando cuida de um ente querido doente.

Sorri.

— O senhor falou que tem uma missa para fazer em breve. Não sei se há tempo suficiente para eu te contar todas as coisas que fiz de errado desde a última vez que estive na igreja.

O padre Joe deu risada.

— Se quiser, pode tentar. Tenho certeza de que não pode ser tão ruim assim.

— Bom, definitivamente, menti em algumas situações.

— Ok.

— E, na verdade, posso estar mentindo de novo agora mesmo. Porque tenho quase certeza de que foi mais do que em algumas situações. Em meu último emprego, costumava manipular homens em ocasiões comprometedoras a fim de as esposas ganharem mais dinheiro no divórcio.

O padre ergueu as sobrancelhas de repente.

— Desculpe. Não é para demonstrarmos nenhuma emoção, mas eu ainda não tinha ouvido essa.

Dei risada.

— É, não foram meus melhores momentos. Mas, enfim, eu menti bastante. Também xingo igual a um marinheiro e uso o nome do Senhor em vão de vez em quando. Ah, e sou divorciada. Mas meu ex-marido me traiu e é um idiota, então acho que não tenho culpa nessa.

— Certo. Mais alguma coisa?

— Acho que não. Ah, espere. Sexo antes do casamento é pecado, não é?

— É.

— Mas eu o amo. Então deveria contar alguma coisa também, certo?

O padre Joe sorriu.

— Reze quatro Ave-Maria e dois Pai Nosso.

— Tá bom. — Comecei a fechar os olhos, então mudei de ideia. — Posso perguntar uma coisa?

— Claro.

— É possível amar duas pessoas ao mesmo tempo?

— Essa é uma pergunta interessante. — Ele ficou em silêncio por um bom tempo. — Acho que é possível amar muitas pessoas ao mesmo tempo. Mas não acho possível amar duas pessoas exatamente do mesmo jeito.

— Mas será que um homem pode se apaixonar por alguém, se nunca parou de amar a pessoa que amava anteriormente?

— Há algumas pessoas que entram em nossa vida e levam um pedacinho do nosso coração quando vão embora. Então, sempre terão esse amor com elas. Mas o coração é resiliente e, em certo momento, ele se cura. No entanto, o novo coração não é o mesmo que o antigo, e é por isso que nunca amamos duas pessoas da mesma forma.

— Verdade.

— Está preocupada com o homem com quem está agora?

— É uma longa história, e é incrivelmente egoísta, da minha parte, estar sequer pensando nisso agora, mas sim.

— Entendi.

— Ele amou uma mulher, e ela partiu o coração dele. Como o senhor disse, ela levou um pedacinho dele com ela quando foi embora.

— Você o ama?

— Amo. Tanto que me assusta.

O padre Joe sorriu.

— É assim que sabe que é verdadeiro... se te assusta demais. Particularmente, não sou muito entendido de relacionamentos entre homem e mulher, obviamente. Entretanto, já aconselhei muitos casais em meus quarenta anos de sacerdócio. Meu conselho seria dar um tempo a esse homem. Talvez ele esteja se sentindo tão assustado quanto você.

Suspirei e assenti.

— Tem razão. Tempo. Definitivamente, precisamos de um tempo. É melhor eu fazer essas orações e ir, antes que sua missa comece. Mas obrigada por conversar comigo.

— Por nada, Elodie. Estou aqui das oito às seis ou mais, todos os dias. Mas se eu não estiver aqui... — Ele apontou para a cruz acima do pequeno altar. — Ele está. Então venha e converse com um de nós quando precisar.

CAPÍTULO 42

Hollis

— Como está se sentindo, filho? — Richard entrou na pequena sala de espera do lado de fora da UTI enquanto eu aguardava meu café da máquina sair.

— Já estive melhor. E você?

Ele sorriu com tristeza.

— Também.

Tirei o copinho de papelão da máquina e bebi. Meu rosto franziu, e Richard deu risada.

— Parece café — ele disse. — Tem cheiro de café também. Tem gosto de lixo. Apesar de você *estar parecendo* um lixo. Então combina.

— Valeu — resmunguei.

— Ficou aqui a noite inteira?

— Saí para deixar Elodie em casa e fiz umas coisas, depois voltei.

Ele pegou um dólar do bolso, e a máquina sugou a nota.

— Deve ser difícil para vocês dois.

— Sim, não é algo que eu havia previsto.

Richard franziu o cenho.

— Sinto muito por isso. — Ele respirou fundo e apertou o botão para adicionar creme e açúcar ao café. — Falei com o pneumologista no telefone há um tempinho. Ele vai vir lá para as duas horas conversar conosco. Disse que vai trazer o neurologista e que quer falar sobre o prognóstico. Não pareceu muito otimista.

Esfreguei minha nuca.

— Ok. Vou sair antes disso para vocês terem privacidade.

— Não estava te contando isso para você ir embora. Estava te contando para poder ficar aqui. Bree iria querer todos nós juntos neste momento.

— Não sei se Anna, Bree, imaginou que eu fosse estar por perto de novo. Mas agradeço.

Richard bebeu seu café.

— Podem não estar mais juntos, mas você sempre esteve no coração da minha filha, Hollis.

Ela tinha um jeito engraçado de demonstrar isso. Mas não era a hora nem o lugar para amargura.

Só assenti.

— Estarei aqui quando o médico vier. Obrigado.

— Pode avisar Elodie do horário também?

— Sim, claro. Vou falar com ela.

Ela tinha desaparecido depois de me ver sentado com Anna naquela manhã. Eu sabia que ela tinha somado dois mais dois e descoberto que eu não tinha ido para a cidade e voltado. Provavelmente, pensava que eu mentira para ela quando a deixara em casa, dizendo que precisava ir para casa. Mas realmente não tinha *planejado* voltar. Então vi um outdoor da unidade pediátrica oncológica do hospital e, de repente, meu carro estava atravessando três faixas de trânsito para virar na próxima saída para um Walmart.

Era difícil planejar qualquer coisa quando as coisas poderiam mudar de um minuto para o outro. Felizmente, Addison tinha buscado Hailey e assumido o controle da firma, então, pelo menos, alguém com cérebro estava cuidando de tudo.

Quando terminamos nosso café, Richard foi se sentar com Mariah. Eu queria lhes dar privacidade, então resolvi dar uma volta lá fora e tomar um ar fresco. Pensei em ligar para Elodie e contar a ela que os médicos viriam às duas.

Mas, então, saí pelas portas da frente do hospital e me surpreendi ao encontrar Elodie sentada em um banco.

— Ei. O que está fazendo aqui fora?

Ela forçou um sorriso triste.

— Não sei. Ainda não estava pronta para voltar lá para cima, mas também não queria ir embora.

Assenti.

— Posso me sentar?

— Claro. — Ela deslizou para o lado no pequeno banco. — Verifiquei como Hailey estava há um tempinho. Ela pareceu bem. Aparentemente, pediu para Addison levá-la a Home Goods e está passando o dia redecorando seu escritório, já que está na sua firma hoje.

— Ótimo. — Dei risada. — Mal posso esperar para ver como vai ficar.

Ficamos em silêncio. Havia muita coisa a dizer, ainda assim, nada parecia certo. O silêncio se alongou e se transformou em estranheza até eu, enfim, lembrar que tinha algo para lhe contar... sobre os médicos. Só que, quando fui falar, ela também começou a falar.

Sorrimos e nós dois dissemos também no mesmo instante:

— Você primeiro!

Estendi a mão indicando para ela começar, para não acontecer uma terceira vez.

— Só ia dizer que vou buscar Hailey esta noite, na Addison, e ficar com ela, se quiser passar a noite no hospital de novo.

Franzi o cenho.

— Elodie, não pretendia voltar para cá ontem à noite, quando te deixei. Realmente planejava ir para casa.

— Tudo bem. Não precisa explicar.

— Não, eu *preciso* explicar, sim. Não quero que pense que menti para você.

Ela assentiu.

— Tá bom.

— Mas não se preocupe com Hailey. Addison falou que ficaria com ela uns dias. Ela vai ficar bem. Adora Addison.

— Tem certeza?

— Absoluta. Além disso, se um de nós tivesse que ir buscá-la, seria eu, não você. Seu lugar é aqui.

— O seu também.

Balancei a cabeça.

— Não sei onde é o meu lugar nesses últimos dias.

A expressão de Elodie me disse que ela tinha presumido que aquilo significava mais do que eu havia pretendido.

— Não quis dizer...

Ela me fez parar.

— Tudo bem. O que ia me contar?

— Falei com Richard, e ele disse que os médicos querem conversar às duas. Ele queria que nós dois ficássemos.

— Oh, uau. Tá bom. — Ela olhou para o relógio. — Daqui a uma hora. É melhor eu pegar alguma coisa para comer. Não me lembro da última vez que comi, e todo o café que bebi está me deixando ansiosa.

Ela não me pediu para ir junto, e isso me deixou triste, apesar de entender a necessidade de ficar sozinha.

— Certo.

Elodie se levantou.

— Tem uma loja de bagel a um quilômetro e meio. Quer que eu te traga alguma coisa?

— Não, obrigado.

Ela me olhou de um jeito estranho e ergueu a mão em um aceno.

— Certo. Te vejo lá em cima, então.

Observei-a se afastar como um maldito babaca. Em meu coração, sabia que deveria tê-la segurado e abraçado antes de deixá-la ir. Ainda assim, não consegui. E me odiei por isso.

— Então, o dr. Rashami e eu conversamos bastante — o pneumologista, dr. Marks, disse. — E também consultamos o dr. Cowan, o plantonista da UTI que esteve monitorando Brianna desde que ela chegou.

Todos nós estávamos alinhados de um lado da cama — eu, Richard, Elodie, Tobias e Mariah. Os dois homens de jaleco branco estavam do outro lado da cama.

Olhei para Anna. Naquela manhã, tinha perguntado a uma enfermeira se ela conseguia me ouvir quando eu falava, e ela disse que, às vezes, as pessoas se lembram de coisas que ouviram quando estavam em coma, mas outras não. Tive a sensação de que qualquer coisa que fosse dita agora poderia ser assustadora para Anna, se ela estivesse ouvindo, e não queria que ela sofresse mais do que já estava.

Então, falei, embora não fosse realmente adequado.

— Acha que podemos ter esta conversa em outro lugar? Talvez na sala de espera?

O dr. Marks assentiu e apontou para uma porta a alguns leitos de distância.

— Claro. Vamos fazer isso. Por que não vamos na sala de isolamento? Está vazia hoje.

Nos mudamos para uma pequena e privada sala, e o médico fechou a porta depois de entrar.

— Então, como eu estava dizendo, nós dois consultamos e falamos com os outros membros da equipe que cuida de Brianna. Como sabem, fizemos uma ressonância de alta definição, algumas radiografias e exames de sangue. Basicamente, vimos que a LAM, linfangioleiomiomatose pulmonar, de Brianna progrediu, bloqueando as pequenas vias aéreas e danificando seu tecido pulmonar. Também há um bloqueio em seu canal linfático que fez uma grande quantidade de fluido se acumular em seu peito e abdome... fluido que não deveria estar lá.

— Então o que fazemos? — Tobias perguntou.

— Bom, o fluido em seu peito e abdome pode ser drenado. Mas isso exige procedimento cirúrgico. E, mesmo que fizéssemos isso, há uma boa chance de voltar a encher. No entanto, sabemos, pela diretriz antecipada de Brianna, que ela não queria que tomássemos nenhuma atitude que salvasse sua vida, caso ela entrasse em um estado em que não pudesse tomar suas próprias decisões de saúde.

— Então o que vai acontecer se não fizermos nada? — A voz de Richard tremia ao falar.

— Os pulmões dela vão continuar se enchendo e... Bem, não tem jeito fácil de dizer isto, mas precisa ser dito para vocês poderem tomar as decisões corretas. Basicamente, ela vai se afogar no próprio corpo.

Mariah desmoronou com um soluço alto. Seu marido colocou o braço em volta dela e a puxou para o peito.

Os médicos se olharam.

— Acreditamos que a coisa certa a fazer seria desligar o ventilador antes de chegar a esse ponto.

— Ela consegue respirar sozinha? — indaguei.

O pneumologista olhou para baixo, depois de volta para cima, e pigarreou.

— Não, isso não é possível.

Todo mundo naquela sala sabia a resposta correta. Anna tinha deixado bem claros seus desejos, então não havia o que discutir. Ainda assim, duas horas se passaram e não havíamos chegado perto de uma conclusão sólida para o próximo passo. O problema não era pensar no que Anna queria; o problema era que ninguém estava preparado para deixá-la ir.

Nunca mais, na minha vida, usaria o termo "desligar os aparelhos" de brincadeira.

Apesar do que todos nós sabíamos em nosso coração, o fardo de tomar a decisão oficialmente e dar o aval para os médicos estava nas mãos do pai dela.

Após um longo período de reflexão silenciosa, Richard finalmente balançou a cabeça e disse o que todos nós estávamos pensando.

— Não tem o que fazer. Precisamos respeitar os desejos dela. Temos que deixá-la ir. — Ele apertou os dedos nos olhos para esmagar as lágrimas que vieram com a confirmação.

Todos nós parecemos assentir silenciosamente ao mesmo tempo. Não era necessário confirmar em voz alta mais uma vez. Pensar em tirar a máquina que a ajudava a viver estava me matando. E eu não via Anna há anos. Não conseguia imaginar como estava sendo para seu pai ou para Elodie. Senti as lágrimas se acumulando em meus olhos, mas me recusei a libertá-las. De todas aquelas pessoas, eu não tinha o direito de chorar naquele momento, não tinha o direito de ultrapassar a tristeza deles.

Em certo instante, Richard foi falar com o médico e, quando voltou à sala, parecia totalmente devastado. Eu sabia que ele havia dado o aval para desligarem o ventilador.

Mais tarde, naquela noite, a equipe do hospital veio e fez exatamente isso. Foi rápido, mas a espera que resultou disso foi excruciante.

Uma enfermeira acompanhou a avó de Anna para o leito. Eu não sabia como a vovó Beverly tinha chegado ao hospital, porque ninguém tinha saído dali para buscá-la. Ela deveria ter uns noventa anos agora.

Conforme a família mantinha vigília ao redor de Anna, o estresse da espera pela neta morrer foi demais para Bev. Também não poderia ser bom para a saúde dela. Mas eu entendia sua necessidade de se despedir, apesar disso.

Elodie envolveu os braços em Beverly e a acompanhou para fora. Fui atrás para me certificar de que estivesse tudo bem.

— Alguém precisa levá-la de volta à casa de repouso — Elodie disse. — Enviaram um motorista para trazê-la aqui, mas acho que ela não deveria voltar sozinha neste estado.

Eu era o melhor candidato para deixar o local, considerando que não sabia se Anna queria que eu estivesse ali, em primeiro lugar. Ofereci para levar Beverly de volta, sem saber se Anna estaria viva quando retornasse.

Definitivamente, a vovó Beverly não se lembrava de mim, e eu não tinha problema com isso. Perturbada demais, a pobre mulher chorou o caminho todo. Mas, de alguma forma, focar em Beverly ajudou meus próprios sentimentos a não saírem do controle.

Depois de tê-la levado para dentro da casa de repouso e me certificado de que ela estivesse em segurança no quarto, corri para o carro a fim de voltar ao hospital.

Tinha acabado de colocar o cinto quando meu celular acendeu.

Elodie.

Atendi.

— Oi. Estou voltando. O que houve?

Houve uma longa pausa.

Meu coração afundou.

Enfim, as palavras que eu temia vieram.

— Ela se foi, Hollis.

CAPÍTULO 43

Elodie

Os dias depois que Bree parou de respirar foram uma névoa. Digo *parou de respirar* porque era muito difícil, para mim, usar a palavra *morreu*. *Morreu* parecia um fim.

Passei todas as horas que estava acordada ajudando Richard do jeito que podia: escolhendo uma roupa para ela, encomendando flores, ajudando a pensar na refeição depois do funeral. Apesar de Bree ter cuidado de algumas coisas antes de sua morte, ninguém sozinho tinha a energia mental para cuidar das tarefas que sobraram. Então fizemos como uma equipe.

Hollis, como o resto de nós, ainda estava em choque. Eu não o vira nem falara com ele há uns dois dias, além das mensagens de texto rápidas que eu iniciava para ver como ele estava. Por mais que precisasse dele no momento, eu sabia que também precisávamos dar espaço um ao outro para sofrer o luto.

Além da devastação das últimas horas dela, havia o fato de que Hollis não conseguiu voltar a tempo de vê-la dar os últimos suspiros. Ela poderia não ser capaz de nos ouvir, mas fazer aquela despedida nos deu um pouco de consolo. Hollis perdeu uma boa parte disso porque Bree sucumbiu bem rápido.

Quando ele chegou de volta no hospital naquela noite, seus olhos estavam visivelmente vermelhos. Eu sabia que ele chorara bastante no carro depois da minha ligação. Provavelmente, eu nunca entenderia por completo o que ele sentia. Eu havia tido meu relacionamento próximo com Bree, mas não tão íntimo quanto Hollis tivera. Agora, nem ele nem eu teríamos a resposta de que precisávamos. Nunca saberíamos se ela sabia que eu estava saindo com ele antes de morrer — se tínhamos a benção dela ou se ela teria ficado triste.

A qualquer momento que me pegava analisando esse fato, me lembrava de que, naquele instante, o foco tinha que ser deixá-la descansar. E, no momento, eu estava fazendo o que precisava para manter as coisas andando: fazendo uma montagem de fotos dela para ser colocada no funeral. Tinha comprado duas telas grandes e planejava cobri-las com fotos. Mexendo nos álbuns do seu quarto, tirei as fotos que senti que melhor a representavam da infância à vida adulta. Até havia umas fotos de Hollis e Bree quando eram crianças. Com certeza, foram as que fiquei mais tempo encarando. Nunca tinha visto fotos de Hollis criança até então. Seu cabelo era mais claro, mas ele tinha o mesmo rosto lindo.

Richard tinha enviado um e-mail para a família e os amigos próximos perguntando se alguém desejava falar no funeral. Pediu para que respondêssemos a todos, assim todos os destinatários saberiam o que os outros fariam.

Respondi que seria um prazer falar. Hollis escreveu que não sabia como Anna se sentiria se ele fizesse um discurso, então ofereceu ajuda em outra coisa que precisasse. Ele não sabia que eu sabia disso, mas Richard me contou que Hollis insistia em pagar todo o custo do funeral. Richard havia recusado o dinheiro, mas eu sabia que Hollis encontraria uma forma de pagar.

Por causa dos desejos de Bree, a família optou por não fazer um velório e planejou apenas uma missa na igreja, e não na casa funerária. A missa seria seguida do enterro. O caixão dela ficaria no altar, rodeado por velas e flores. Ela tinha sido colocada em um pedestal, que era o que merecia.

Tanto Hollis quanto eu chegamos cedo ao funeral, mas separados. Ele estava de terno preto e andando de um lado a outro em frente à igreja quando cheguei. Eu tinha certeza de que ele estava relutante em entrar. Assim como eu.

Ele me viu chegando.

— Como você está? — perguntei.

— Eu que deveria te fazer essa pergunta — ele disse.

— Tenho quase certeza de que a resposta é a mesma para nós dois. — Ajustei sua gravata. — Chegamos cedo.

— É, eu não queria arriscar ficar preso no trânsito. Cheguei há um tempo.

— Como está Hailey? — perguntei.

— Com saudade de você, mas está ótima. Ficou bem apegada aos cachorros de Addison. Ela e Peter têm um grande dia planejado... parque com os cachorros e banho neles. Sei que ela vai começar a implorar por um em breve.

— Não sei se Huey gostaria disso. Não queremos que ele comece a latir também.

Hollis abriu um sorriso relutante, provavelmente só para me agradar. Certamente, não era hora para piadas, apesar de eu estar desesperada para sentir qualquer coisa além de dor.

— Enfim — eu disse —, vou encontrar um jeito de agradecer a Addison por cuidar dela por mim.

Ele olhou para o relógio.

— Vamos entrar?

Hollis colocou a mão na minha lombar conforme entramos na igreja juntos. Aquele leve toque me deu um mínimo conforto, assim como o fato de a igreja estar cheia. Addison estava sentada no último banco e sorriu com tristeza para nós dois quando passamos. Nem tinha pensado que ela viria, mas claro que precisava vir — todos eles foram amigos uma época, e ela e Hollis eram bem grudados.

As montagens de foto que eu fizera estavam colocadas na entrada, rodeadas por hortênsias brancas — a flor preferida de Bree. Hollis parou para olhar as fotos.

Seus olhos pousaram nas duas fotos dele e Bree quando crianças.

— Quem colocou estas?

— Eu.

Esperava que ele não ficasse bravo, já que eu não lhe perguntara se tinha problema usar fotos dele.

Seus olhos não desgrudavam delas.

— Onde encontrou?

— No armário dela.

— Estou surpreso que ela ainda as tivesse.

— Ela tinha um monte de álbuns guardados. Também colecionava ingressos de shows de, tipo, todo show que ia.

— Ela amava ir a shows.

Hollis se apoiou na mesa, respirou fundo e balançou a cabeça.

— No que está pensando agora? — perguntei.

Ele continuou encarando as fotos.

— Me arrependo de todos os anos que não falei com ela, que nunca verifiquei como ela estava para sequer saber que estava doente.

— O jeito com que você lidou foi compreensível, dadas as circunstâncias. É como a maioria de nós teria feito.

Ele se recusou a aceitar.

— Não. Primeiro e mais importante, Anna e eu éramos amigos. Foi assim que começamos, bem jovens. Queria ter tido um pouco mais de respeito por isso. Deveria ter deixado meus sentimentos de lado e entrado em contato com ela para me certificar de que estivesse bem. É o que amigos fazem. Não sei se posso me perdoar por ser tão egoísta.

— Você não sabe se ela teria sido franca se você tivesse feito isso. Ela nunca queria que as pessoas percebessem que estava doente. Nunca falava disso até precisar falar. — Olhando para uma foto de Bree e mim, eu disse: — Todos nós olhamos para trás e desejamos poder ter feito as coisas de um jeito diferente. Quando perdemos as pessoas, pensamos em tudo que deveríamos ter dito ou feito. Tipo, eu queria não ter perdido tanto do tempo precioso dela falando sobre os meus problemas. Ela nunca pareceu desinteressada, apesar de ter tanta coisa acontecendo na própria vida. Nunca pensei que realmente fosse acontecer alguma coisa com ela, por mais doente que estivesse. Ainda estou esperando a ficha cair.

— Estive pensando muito na questão de se ela iria me querer aqui ou não — ele falou. — Basicamente, eu a abandonei depois que ela terminou comigo. Ela nunca esperaria que eu estivesse aqui, Elodie, embora eu sinta que realmente *preciso* estar aqui.

— Tenho certeza de que ela iria querer você aqui, Hollis.

Seus olhos encontraram os meus.

— Acho que nunca saberemos.

Bree estava deitada com um vestido pink de seda que eu escolhera em seu armário. Seu traje era uma das coisas que ela não tinha planejado, então fiz meu máximo para escolher uma coisa que pensei que ela fosse gostar. Sua cor preferida era pink, e o vestido pendurado em seu armário ainda estava com a etiqueta;

obviamente, ela pretendia usá-lo, mas nunca teve a chance. Estava linda, apesar de meio diferente com toda a maquiagem que tinham passado nela.

Fiz meu melhor para conseguir homenagear Bree sem chorar. Falei do quanto nossa amizade era importante, de como ela sempre encontrava tempo para mim e de como nunca parou de ser amiga, mesmo quando estava bem doente. Era difícil ler enquanto via seu pai desmoronar. E Hollis estava com os olhos fixos no chão durante minha fala inteira.

Ao descer após meu discurso, vi Hollis se levantar do banco e começar a andar até o pódio. Todos os olhos estavam nele, porque aquilo não fazia parte do cronograma. Para minha extrema surpresa, ele se colocou diante do microfone e começou a falar.

— Conheci Brianna Benson no jardim de infância... Anna, para mim. Uns meninos estavam me provocando porque eu tinha feito xixi na calça durante o recreio. E Anna ouviu. Ela gritou a plenos pulmões até assustá-los, deixando-os com bastante medo. Foi a coisa mais fantástica que já testemunhara na vida, na época. — Ele fechou os olhos e sorriu. — Queria tanto pagá-la por isso que roubei um anel da caixa de joias da minha mãe naquela noite e dei a Anna no dia seguinte... não com intenções românticas, mas para recompensá-la.

Ele olhou para o pai de Bree.

— Provavelmente, Richard se lembra disso. Anna mostrou a ele o anel, e ele percebeu que era de verdade e que valia centenas de dólares. Então, Anna devolveu. Fiquei de castigo por uma semana quando minha mãe descobriu. Foi assim que minha carreira como ladrão de joias acabou, mas foi o começo da minha amizade duradoura com Anna. Fiz papel de bobo por muitas vezes ao longo da nossa amizade. Há aquele velho dilema se meninos e meninas podem mesmo ser amigos. Provamos que é possível... por bastante tempo. Então, arruinei tudo porque me apaixonei por ela. — Ele riu um pouco. — Não era nada difícil de acontecer isso. Nossa amizade, como conhecíamos, acabou quando isso aconteceu. Mas tivemos mais anos maravilhosos juntos. Ela me ajudou nos dias mais difíceis da minha vida, quando minha mãe estava doente. É por isso que vou me arrepender, para sempre, por não estar lá para ela durante seus dias mais sombrios, dos quais, infelizmente, eu não soube.

Ele olhou para baixo e engoliu em seco para se recompor.

— Perdemos contato ao longo dos anos. Ironicamente, nosso relacionamento começou e terminou com um anel. Mas como e por que terminou não é uma história para hoje. Não importa por que Anna e eu desaparecemos da vida um do outro. O que importa é a grande luz com que ela me iluminou nos anos em que estivemos juntos. O que importa é que torço para ela ouvir isto de onde estiver para entender o quando significou para mim e o quanto sempre vai significar. E o que importa que todos vocês entendam é: se alguém significa algo para você, não deveria deixar seu ego permitir que apague essa pessoa da sua vida. Porque, um dia, você pode não ter a chance de dizer a ela todas as coisas que deseja. Em homenagem a Anna, vá para casa esta noite e pense em alguém de que gosta e com quem talvez não tenha contato. Vá por mim, deixe seu orgulho de lado e fale para a pessoa que está pensando nela.

Ele olhou para o caixão.

— Sei que eu queria ter falado.

O jantar depois de tudo foi no restaurante do tio de Anna. Apesar de Hollis e eu termos sentado lado a lado durante a refeição, não conversamos muito. Eu ainda estava zonza da carga emocional do dia, principalmente depois do discurso de Hollis. Estava aliviada que as pessoas não estivessem conversando e rindo como normalmente acontece em reuniões após funerais. O clima geral estava sombrio, como deveria mesmo.

— Vou voltar a trabalhar na segunda — finalmente eu disse. — Pode avisar Addison.

— Tem certeza?

— Acho que voltar ao trabalho será bom para mim. Estou com muita saudade de Hailey.

— Ela vai amar.

Não queria ouvir Hollis me dizer que não estava pronto para eu voltar a dormir na casa dele, que não estava pronto para voltar à maneira como as coisas eram. Então resolvi cortar o mal pela raiz.

— Como moro ao lado, falei para o pai de Bree que vou cuidar das coisas dela. Toda noite, posso ir e progredir um pouco. Me falaram para demorar o quanto quiser, que eles não estão com pressa, mas, ainda assim, será bastante trabalho.

Então, vou voltar para Connecticut à noite para cuidar disso.

— Claro. Isso precisa ser feito.

Pronto.

Hollis não tinha me olhado muito naquele dia. Eu não sabia se era porque ele pensava que me chatearia se visse a dor em seus olhos.

Quando, enfim, ele me olhou, eu soltei:

— Estou orgulhosa por você ter subido lá e falado. Sei que não foi fácil.

— Não estava esperando que fosse.

— Sei disso.

— Nem me lembro do que eu disse.

— Veio do seu coração, improvisado e autêntico. Foi melhor do que algo planejado.

— Depois que você subiu e falou, percebi que era a única chance que eu teria de agradecê-la publicamente. Teria sido burrice não aproveitá-la. Só espero que ela tenha ouvido.

— Acredito que sim.

Estiquei o braço para pegar sua mão debaixo da mesa. Felizmente, ele não resistiu e passou o polegar no meu. Foi meio agridoce, já que era a primeira vez que nos tocávamos em tanto tempo.

Pensei se Hollis e eu conseguiríamos voltar ao que éramos antes. Será que o mistério sempre presente do que Bree sabia iria nos assombrar até o fim dos dias? Será que eu superaria ver o quanto ele a amara, e será que ele superaria o fato de eu ser tão próxima da mulher que partira seu coração? Só o tempo diria.

Contudo, eu sabia que ele precisava de espaço. Ele ainda não tinha processado muita coisa. E, até certo ponto, eu também não.

CAPÍTULO 44

Hollis

A segunda-feira depois do funeral não parecia uma segunda comum. Eu estivera acordado desde as quatro da manhã e já tinha tomado três xícaras de café, apesar de não conseguir comer nada de café da manhã. Seria meu primeiro dia de volta ao escritório, meu primeiro dia de volta a uma vida que era a mesma na superfície, mas, na verdade, estava mudada para sempre.

A porta se abriu, e Elodie entrou. Parecia profissional como sempre, apesar da dor gigante em meu peito. Eu sentia loucamente a falta dela. Só não sabia como voltar ao lugar em que estávamos antes de tudo isso acontecer. De alguma forma, não parecia certo comemorar a vida, ser feliz, em um momento desse. Não sabia como ser qualquer coisa que não fosse miserável, no momento.

Normalmente, eu sairia correndo pela porta com minha caneca de aço inox de café. Mas, naquele dia, me apoiei no balcão — sem pressa para sair, mas sem saber o que dizer.

— Como você está? — ela perguntou.

— Bem. E você?

— Tenho me mantido ocupada. Mas feliz de estar aqui.

— Eu também. Estou feliz que tenha voltado.

Elodie olhou na direção do quarto de Hailey.

— Acho que ela ainda está dormindo, não é?

— Sim.

— Pensei que talvez ela fosse estar acordada e empolgada para me ver.

— Ela não deve ter sentido tanto sua falta — brinquei.

Ela sorriu, hesitante.

— Richard me contou o que você fez. Foi incrível.

Como o pai de Anna tinha se recusado a me deixar pagar o funeral, como pedi, doei uma quantia enorme de dinheiro para começar uma fundação em homenagem a ela para pessoas afetadas pela mesma doença pulmonar.

— Pareceu a coisa lógica a fazer.

— Sei que ela ficaria muito grata... e eu quero que saiba que ficaria honrada se me deixasse ajudar a administrá-la.

— Claro. Precisamos de toda a ajuda que conseguirmos. Vou adicionar você aos e-mails.

— Obrigada.

Por algum motivo, naquele momento inoportuno, uma lembrança de Anna sorridente passou por minha mente. A verdadeira compreensão de que ela tinha ido para sempre parecia vir em ondas, alternando entre negação e choques de realidade.

Fechei os olhos.

— Imagine como deve ser saber que vai morrer... principalmente tendo uma morte lenta. Imagine a coragem necessária para suportar isso. Ainda não consigo acreditar que ela teve que viver assim por tanto tempo.

Eu tinha conseguido não desmoronar durante o funeral e depois disso, mas, por algum motivo, finalmente começou a acontecer naquele momento — a pior hora possível, porque não queria que Elodie tivesse que me ver chorar, dada a complexidade da situação.

— Sinto muito. Tenho que ir. Estou atrasado — eu disse antes de sair correndo.

Elodie nem teve tempo de reagir.

Assim que cheguei na calçada lá embaixo, minha primeira lágrima caiu.

— Bom, você está um lixo. — Addison sentou na cadeira do outro lado da minha mesa.

Joguei no ar a caneta que estava segurando e esfreguei as mãos no rosto.

— Manhã difícil.

— Semanas difíceis, eu diria. Como Elodie está lidando?

— Bem... Eu acho.

Addison franziu o cenho.

— Você não *sabe* como ela está lidando?

— Está ocupada. Passou os últimos dias fazendo coisas para a família de Anna... ajudando a limpar a casa dela e tal.

— Por que você não estava ao lado dela, ajudando-a?

— Ela precisa de um tempo.

Addison arqueou uma sobrancelha.

— *Ela* precisa de um tempo ou *você* precisa?

— Nós dois precisamos.

— Por quê?

— O que quer dizer com "por quê"? Não é óbvio?

Ela cruzou os braços à frente do peito.

— Não é, não.

— Nós dois passamos por algo traumático. Não somos máquinas. Leva um tempo para superar.

— Mas são um casal. Por que não estão superando isso juntos?

Me sentia perdido. Queria estar lá para Elodie. Só não sabia como. Parecia errado tocá-la e abraçá-la, mas eu não sabia por quê.

A expressão de Addison suavizou.

— Se não tivesse acabado do jeito que acabou. Se você tivesse descoberto que Elodie e Anna se conheciam, teria mudado alguma coisa entre você e Elodie?

Pensei nisso. Embora não soubesse como agir perto de Elodie nos últimos dias, eu tinha certeza de uma coisa: eu a amava. Eu a *amava pra caralho.*

— Não teria mudado nada, não. Acho que teria tido um período de adequação. Não teria sido simples sair com as duas juntas.

— Quer saber o que penso? — Addison perguntou.

— Não muito. Mas isso nunca te impediu.

— Acho que você é um covarde de merda.

Pisquei algumas vezes.

— O que disse?

— Você me ouviu. Acho que é um covarde de merda. Você evita se relacionar há anos, transando com Manhattan inteira, porque a última mulher que amou te deixou. *Finalmente* encontra uma mulher pela qual vale a pena colocar o coração em risco e aí *bam*... Tudo volta à tona e você recua.

— Não sabe do que está falando. Nós dois precisamos de tempo, Addison. Era a melhor amiga dela e a minha Anna.

Ela balançou a cabeça.

— Ela não era mais a *sua* Anna, Hollis. Mas ela é a *sua* Elodie. Pelo menos, por enquanto. Então supere... Elodie não vai te magoar como Anna fez. E sabe de uma coisa? Se eu estiver enganada e ela acabar te machucando, será que não seria melhor ter alguns anos com Elodie do que viver sem ela?

Viver sem ela. Essas palavras fizeram meu peito doer.

— Terminou? — Peguei minha caneta e olhei para a pilha de papéis na mesa. — Porque, se terminou, tenho que trabalhar.

Duas noites depois, eu estava sentado na minha sala às sete da noite, encarando o porta-retrato que Hailey tinha colocado em minha mesa. A "redecoração" dela incluíra duas almofadas com estampa de vaca para meu sofá de couro, um tapete branco desgrenhado debaixo da mesa de centro — eu tinha certeza de que o tapete era da seção de banheiro e deveria estar em frente a uma banheira — e algumas fotos emolduradas na mesa, das quais uma era uma selfie que ela havia tirado no dia em que Elodie e eu a buscamos na casa da amiga em Connecticut. Elodie e eu estávamos sentados no banco da frente, inclinados, e Hailey estava no banco de trás entre nós. Era uma foto fofa. Também havia foto do dia seguinte em que Elodie e eu tínhamos dormido juntos e da noite em que eu disse que a amava. Elodie e Hailey estavam bastante sorridentes, mas eu estava olhando para Elodie. A foto realmente captou como nos sentíamos naquele dia: felizes, apaixonados e sem ligar para mais nada.

Que diferença uma semana pode fazer.

Uma batida na porta do escritório me assustou.

Olhando para cima, minhas sobrancelhas se uniram.

— Richard? O que está fazendo aqui?

Ele ficou parado na porta.

— Posso entrar?

— Sim, sim, claro. — Me levantei e estendi a mão para cumprimentá-lo. — É bom te ver. Como você está?

Seus olhos analisaram meu rosto.

— Melhor do que você, ao que parece.

Suspirei.

— Estou trabalhando muito. Correndo atrás depois de ficar um tempo fora.

Ele fez uma cara que dizia que sabia que eu estava mentindo, mas não discutiu comigo e sentou-se diante de mim.

— Tem sido difícil — ele disse. — Nunca é fácil perder um filho, mas Anna... ela era minha garotinha. — Seus olhos lacrimejaram. — Sei que todo pai pensa que sua garotinha é especial. Mas a minha era mesmo. Sabia que recebi frutas cobertas de chocolate todos os dias desta semana, enviadas por ela? Sempre foi minha fraqueza. Nem sei como ela fez isso acontecer. Esse é o tipo de pessoa que ela era... sempre pensando nos outros e se certificando de que estivessem bem.

Essa era a Anna que eu conhecera anos antes. Mas não era meu lugar contar ao pai que sua filha só pensou em si mesma no término do nosso relacionamento.

Assenti.

— Ela era uma boa pessoa.

Richard enfiou a mão no bolso de trás, tirou um envelope e ergueu-o.

— Ela queria que eu te desse isso... depois. Não sei se concordo com algumas coisas que ela fez, mas tive que guardar os segredos dela. E, por isso, te devo desculpa, Hollis.

— Quais segredos?

Ele se levantou e jogou a carta na mesa.

— Está tudo aí. Não li. Mas ela me contou o que escreveu, e acho que vai explicar bastante coisa. — Ele ergueu a mão. — Elodie é uma mulher incrível. Estou feliz que vocês dois têm um ao outro. Estou torcendo para dar certo. Espero um convite para o casamento. Cuide-se, Hollis.

E, simples assim, ele se virou e saiu da minha sala.

Encarei o envelope branco no meio da mesa com a letra familiar de Anna na frente: *Hollis*.

O que está acontecendo?

CAPÍTULO 45

Elodie

— Você e o tio Hollis estão bravos um com o outro?

Franzi o cenho.

— Não, querida. Por que está perguntando?

— Não querem mais ser namorados?

Eu estava descascando um pepino para a salada e coloquei a faca no balcão para dar total atenção a Hailey. Ela estava sentada em um banquinho no lado oposto do balcão de granito.

— Não, não terminamos, se é isso que está perguntando.

— Mas talvez terminem?

Suspirei e dei a volta até ela. Pegando sua mão, guiei-a para descer do banquinho.

— Vamos nos sentar na sala e conversar.

Nos sentamos no sofá, e Hailey brincava com uma mecha de cabelo dela — coisa que fazia quando estava nervosa. Coloquei a mão debaixo do seu queixo e o ergui para nossos olhos se encontrarem.

— O tio Hollis e eu perdemos alguém que era próximo de nós. Só estamos tristes.

Pelo menos era o que eu esperava. Apesar de, nos últimos dias, ter começado a perder um pouco da confiança de que iríamos superar aquilo.

Hailey assentiu, porém parecia que ela tinha mais coisa a dizer e, por algum motivo, achei que não tivesse a ver com Hollis e eu sermos um casal.

— Hailey, já perdeu alguém próximo a você?

Ela balançou a cabeça.

— O que sua amiga tinha era contagioso?

— Oh, Deus, não. Definitivamente, não. Bree tinha uma doença rara chamada linfangioleiomiomatose. Não somente não é contagioso, como são tão poucas pessoas que têm isso que há apenas uns quatrocentos casos no país inteiro.

— Uau.

— É.

Hailey ainda tinha aquele olhar.

— Tem mais alguma coisa que queira saber? — perguntei. — Podemos conversar sobre qualquer coisa.

Ela desviou o olhar por um instante.

— O que acontece quando se morre?

Essa era uma pergunta difícil de responder. Mas eu sabia que Hollis e o irmão tinham sido criados como católicos, então dei a resposta que pensei que quisessem que eu desse. Na verdade, era o que acreditei na maior parte da minha vida. Apesar de, nos últimos dias, estar questionando tudo.

— Bom, sua alma vai para o paraíso, e você fica livre de qualquer doença e dor que teve aqui na Terra.

— Então Anna não está mais doente?

Sorri. Essa era a crença em que eu me apoiava.

— Não está, não.

— Que bom.

— É. Estou feliz que ela esteja em paz agora.

— E se... o tio Hollis ficar doente?

— Oh, amor, o tio Hollis é muito saudável. Não deveria se preocupar com isso.

— Mas Anna também era saudável, certo? Antes de ficar doente.

Ela tinha razão. E eu sabia, por experiência própria, como era não ter certeza do que aconteceria comigo se minha mãe alcoólatra não acordasse alguma manhã. Mesmo antes de o meu pai morrer, eu sempre me sentira sozinha. Quando nada na vida parece seguro, você costuma pensar bastante no que acontece em seguida.

Olhei para Hailey. Só nos conhecíamos há uns meses, mas eu a amava com todo o meu coração.

— Se alguma coisa acontecer com seu tio Hollis, o que não vai ocorrer, eu pediria permissão ao seu pai para você morar comigo.

Os olhos dela se iluminaram.

— Pediria?

Segurei suas bochechas.

— Claro que sim.

Hailey relaxou visivelmente.

— Obrigada.

— Não há nenhum motivo pra me agradecer. Eu seria sortuda de você ficar comigo, garota.

A campainha tocou quase às oito da noite. Hollis tinha enviado mensagem há apenas meia hora dizendo que só chegaria bem tarde. Não esperava que ele chegasse logo, mas pensei que tivesse esquecido a chave. No entanto, quando olhei pelo olho mágico, era um homem que eu não esperava ver do outro lado da porta.

Abri.

— Richard? Está tudo bem?

Ele sorriu carinhosamente, mas parecia cansado.

— Sim, querida. Estou bem. Posso entrar?

Dei um passo para o lado.

— Claro. Claro. — Presumi que ele tivesse vindo ver Hollis. — Hollis vai trabalhar até tarde hoje. Ainda não chegou em casa.

— Imaginei. Acabei de sair do escritório dele.

Minha testa franziu.

— Foi falar com ele no trabalho?

Richard assentiu.

— Precisava dar uma coisa para ele.

— Ah. Certo.

Ele olhou em volta.

— A sobrinha de Hollis mora aqui com ele, certo?

— Sim. Está no quarto dela com uma amiga. Queria conhecê-la?

— Não. Não. Só esperava que pudéssemos falar em particular um minuto.

— Ah. Claro. Quer beber alguma coisa? Água ou talvez vinho?

— Adoraria um copo de água. Pode ser da torneira.

Fui até a cozinha e Richard me seguiu. Ele se sentou ao balcão onde Hailey estivera mais cedo. Enchi um copo com gelo e água filtrada da porta da geladeira.

Passando-o para ele, observei-o engolir quase todo o copo e, então, fazer um som *Ahhh* alto.

— Sinto falta da água de Nova York. A água de Connecticut não tem o mesmo gosto.

Sorri.

— Tem menos ratos no sistema de esgoto. Connecticut é muito chique.

Richard enfiou a mão no bolso de trás e tirou um envelope.

— Olha, querida, vou direto ao ponto. Sei que você é direta e não gosta de enrolação.

— Ok... Obrigada, eu acho.

— Bree queria que eu entregasse isso a você. Ela te deve umas respostas, e acho que você vai encontrá-las aí. — Ele empurrou o envelope para a frente no granito.

— Ela escreveu uma carta para mim?

Ele assentiu.

— Não preciso te dizer que minha filha te amava como uma irmã. Você é a única boa decisão que aquele inútil do meu enteado já tomou. Ele perdeu e minha menininha ganhou. Você foi boa para a alma dela, Elodie.

Lágrimas se acumularam em meus olhos.

— Ela também foi boa para mim.

Ele ergueu o copo e terminou o resto da água.

— Vou sair do seu pé. Não precisamos abrir feridas recentes que só estão começando a cicatrizar. Vamos fazer isso na casa do lago em alguns meses. Acho que deveríamos nos reunir no aniversário de Bree em novembro, conversar sobre os bons tempos. Será mais fácil na época.

Sorri.

— Gostaria muito de fazer isso.

Ele se levantou e foi até a porta. Ao abri-la, virou-se e me olhou nos olhos.

— Não fique brava com ela. Ela quis fazer o bem.

Eu não fazia ideia do que ele queria dizer.

Por que ficaria brava com Bree?

Richard me deu um abraço apertado e me segurou por bastante tempo. Então beijou o topo da minha cabeça.

— O amor nos encontra de diferentes formas. Não importa como acontece. Só importa que seja verdadeiro. Cuide-se, querida.

Minhas mãos tremiam. Eu não sabia por que estava tão nervosa. A pior coisa que poderia acontecer já tinha acontecido. Mas eu sabia, no fundo, que isso se tratava de Hollis e de mim. Já estávamos tão abalados que precisei me abraçar para mais impacto. Peguei o envelope e o soltei três vezes.

Para me preparar, resolvi enviar uma mensagem para Hollis saber o que encontraria ao chegar em casa. Havia uma boa chance de eu ficar destruída depois de ler aquilo.

Peguei meu celular e enviei mensagem.

Elodie: Richard acabou de passar aqui. Me entregou uma carta que Bree escreveu.

Olhei meu celular, ansiosa enquanto a mensagem ia de *Enviar* para *Entregue* para *Lida*. Uma resposta veio segundos depois.

Hollis: Ele passou aqui hoje. Também recebi uma.

Richard *tinha* falado que passara no trabalho de Hollis para deixar uma coisa lá. Claro que ele também tinha recebido uma carta.

CAPÍTULO 46

Hollis

Servi dois dedos do uísque que guardava no escritório para ocasiões especiais, me sentei no sofá e abri o envelope. Só de ver a letra dela já fiquei abalado, e precisei respirar fundo e me acalmar. Quando isso não me desestabilizou mais, engoli o conteúdo do copo em um gole enorme.

Vamos acabar com isso.

Querido Hollis,

No último ano do Ensino Médio, você falou uma coisa que me acompanhou até hoje. Sua mãe tinha voltado para o hospital. Estava desidratada do tanto que os remédios a deixavam enjoada, e ela pegara uma infecção terrível pelo cateter da quimio. Estava com muita dor, e te matava vê-la daquele jeito. Também me matava. Tive que ir para casa, e ficamos diante do hospital por um bom tempo nos abraçando.

Você estava chorando e disse: "Queria ter força para fazê-la acreditar que não preciso dela... para ela poder partir".

Você sabia que a luta constante para ficar viva era difícil e dolorosa para ela, mas ela nunca iria parar por sua causa. Às vezes, na vida, as pessoas precisam de ajuda para partir.

Como está lendo esta carta, já não estou mais aqui. Mas você me deixou partir antes de hoje, e era isso que eu queria. O que você merecia. Cuidou da sua mãe por muitos anos, sacrificando de forma abnegada sua vida para estar ao lado dela. Eu não poderia permitir que também fizesse isso por mim. Você merecia muito mais — ser livre.

Então menti, Hollis. Nunca houve outro homem. Três dias antes de você fazer o pedido, fui diagnosticada com minha doença. Estava tentando encontrar um jeito de te contar e, naquele momento, quando olhei para você de joelhos, percebi o que significaria te contar.

Eu sabia que tinha uma longa batalha pela frente, a qual, inevitavelmente, terminaria antes de eu fazer trinta anos. Então tomei uma decisão radical. Falei para você que tinha conhecido outra pessoa para que você seguisse em frente.

Mas, ao longo dos anos, acompanhei você, e percebi que não estava realmente fazendo isso. Então, descobri que Hailey tinha ido morar com você e, então, milagrosamente, me deparei com um anúncio para uma babá — um anúncio com o endereço da sua firma. Era o destino.

Elodie é uma mulher incrível e, de alguma forma, eu simplesmente sabia que vocês dois dariam certo, se eu conseguisse fazê-la se inscrever. Todo o resto aconteceu sozinho — o acidente de carro em que se conheceram, você contratando-a, a maneira linda como se apaixonaram.

Tenho certeza de que vocês dois estão confusos no momento. Nem consigo imaginar como foi quando você descobriu que a sua Anna era a Bree de Elodie. Então, sinto que devo a vocês uma explicação, junto com um pedido de desculpa.

Desculpe por ter mentido para você.

Desculpe por ter mentido para Elodie.

Desculpe por ter te feito pensar que não te amava o suficiente para ser fiel.

Desculpe por ter te feito duvidar da sua confiança em mulheres.

O verdadeiro amor significa querer o melhor para alguém e, para você, isso não me incluía.

Cuide-se, Hollis. E cuide da minha menina. Vocês se merecem.

Para sempre,

Anna

Demorei uma hora para sequer conseguir levantar do sofá do escritório. Li a carta várias vezes, temendo ter perdido algo importante. Mas a coisa toda era importante — cada palavra. Era a mensagem mais *importante* que eu já tinha recebido na vida, tão preciosa e sagrada, que nunca seria repetida, nunca seria esclarecida. Era isso. As últimas palavras dela.

A primeira leitura certamente foi surpreendente. No entanto, quanto mais eu a lia, mais tudo se encaixava. Pela primeira vez desde que Anna saiu da minha vida, tudo fazia sentido.

Quando cheguei à minha porta naquela noite, parei antes de abri-la. Sabia que Elodie também tinha recebido uma carta. Presumi que estivesse em um dilema parecido de emoções confusas.

Quando, enfim, entrei, eu a vi sentada sozinha no sofá.

Ela se levantou rápido e correu até mim, me abraçando. A tensão em meu corpo se dissipou conforme me permiti ser abraçado por ela sem recuar. Tinha resistido demais a ela nos últimos dias. No mínimo, precisávamos daquilo agora.

Nos abraçamos por bastante tempo antes de ela, finalmente, me soltar e falar:

— Não consigo acreditar.

Respirei fundo e assenti.

— Mas é a primeira vez que alguma coisa faz sentido para mim, quando se tratava dela. Mesmo quando a vi lá deitada no hospital, nunca me passou pela cabeça que ela pudesse ter sabido da doença antes de terminar tudo comigo, há todos esses anos.

Elodie olhou para o nada.

— Estive pensando em algumas das conversas que ela e eu tivemos quando eu estava saindo com você. Não entendo como ela conseguiu aguentar me ouvir falar repetidamente sobre você. Precisou de muita força.

— Tudo que ela fez precisou de força. Lidar com as coisas sobre nós foi uma gota no oceano comparado a sobreviver todos os dias neste mundo sabendo que iria morrer jovem.

Fechei os olhos. Isso me fez perceber o mais importante: a coragem que precisava para viver daquele jeito.

Elodie parecia mais preocupada comigo do que consigo mesma ao colocar as mãos em meu rosto.

— Você vai ficar bem, Hollis?

Ela não sabia que, apesar de a notícia ser difícil de aceitar, me trouxe conforto saber que meus sentimentos duradouros por Anna, em todos aqueles anos, não tinham sido em vão.

— Ler a carta dela foi duro, mas me trouxe uma sensação estranha de paz — eu disse. — Estive em conflito comigo mesmo quanto a se ela iria me querer no funeral, em conflito sobre o porquê eu estava tão devastado em perder alguém que, aparentemente, tinha me traído. Vai demorar um pouco para absorver isso, mas estou melhor hoje do que ontem, se é que faz sentido. Pensei que nunca fôssemos ter respostas, que teríamos que viver com a incerteza para sempre. Agora, sabemos de tudo.

— É. — Ela fungou. — Sabemos.

Fomos para o sofá, e Elodie descansou a cabeça no meu peito. Envolvi um braço nela enquanto ficamos sentados em silêncio. Não queria que ela fosse embora naquela noite. Queria dormir ao seu lado e me enterrar dentro dela para esquecer a dor daquele dia.

No entanto, queria essas coisas para *me* confortar.

Ainda não achava certo voltar como estava antes com Elodie sem estar pronto para dar *a ela* tudo que merecia. Bem quando eu começara a pensar que poderia tentar recuperar minha vida de onde tinha deixado, essa nova bomba havia caído. Embora tivesse me trazido um pouco de paz, também trouxe novos sentimentos com os quais tive que lidar — especificamente, perceber que Anna nunca parou de me amar. Ela havia morrido sabendo que eu amava outra pessoa. Apesar do fato de ela ter orquestrado isso, eu sabia que devia ter sido doloroso para ela.

Hailey entrou na sala.

— Vocês dois estão bem?

— Estamos bem, sim — respondi.

A expressão dela dizia que sabia que era mentira.

— Sem mais segredos, gente, lembram?

Elodie olhou para mim e murmurou:

— Podemos contar para ela?

Assenti.

— Sente-se, Hailey — Elodie pediu.

Ela se sentou na poltrona à nossa frente.

Elodie se endireitou.

— Hoje, nós dois recebemos cartas da nossa amiga Brianna.

— Ela escreveu para vocês do céu?

Elodie balançou a cabeça.

— Não. Escreveu para nós antes de morrer.

— Ah. O que dizia?

— Admitiu uma coisa que nenhum de nós sabia.

— O quê?

Eu falei antes de Elodie ter que explicar.

— Aparentemente, ela descobriu a doença logo antes de terminar tudo comigo, há anos. Então, o motivo pelo qual eu acreditava que tínhamos terminado não era verdade.

— Ela mentiu?

— É complicado, mas ela não queria que eu sofresse por saber que ela estava doente e por vê-la morrer, do jeito que aconteceu com minha mãe. Então fingiu ter escolhido ir embora para eu... não amá-la mais.

Hailey olhou para o chão.

— Isso é muito triste.

— Eu sei — eu disse. — É um ótimo exemplo de altruísmo.

— O que ela escreveu para você, Elodie?

— Bom, na verdade, ela contou para nós algo que é bem inacreditável. Foi ela que arranjou para eu me inscrever para esta vaga. De alguma forma, sabia que era o anúncio do seu tio e planejou a coisa toda para eu conhecê-lo. Esperava que nos apaixonássemos.

Os olhos de Hailey iam de um lado a outro ao processar aquela informação.

— Sempre pensei que Deus havia te enviado. Mas foi Anna? Ela é melhor do que Deus.

Elodie sorriu.

— Ela é, basicamente, um anjo, enquanto estava aqui e agora no céu.

— Então, se ela quer vocês dois juntos, por que estão tão tristes? — Hailey perguntou.

Elodie olhou para mim. Essa não era uma resposta simples.

— Acho que ainda estamos tentando aceitar como deve ter sido difícil para ela — respondi.

Hailey se levantou e me deu um abraço, o que era raro.

— Obrigada por me contar.

Então também abraçou Elodie.

Desabafar com Hailey, na verdade, tinha ajudado a diminuir um pouco a tensão.

Ainda assim, por mais que eu quisesse que Elodie passasse a noite, deixei que fosse embora — de novo.

CAPÍTULO 47

Hollis

Nas semanas seguintes, fiz uma coisa que nunca tinha feito na minha carreira. Tirei férias de verdade. A única coisa é que ninguém ficou sabendo — além de Addison.

Precisava do tempo para mim, para pensar e absorver tudo que acontecera no último mês.

Então, saía para o "trabalho" de manhã, deixando Elodie pensar que eu iria para a firma. Enquanto isso, andava pela cidade, comendo em vários restaurantes ou comprando refeições para os mendigos. Certa tarde, fui a um jogo dos Yankees. Outro dia, visitei o túmulo de Anna para lhe dar paz de espírito por sempre acreditar que fosse melhor, para mim, passar aqueles anos sem ela. Então me abaixei e beijei a lápide, certificando-me de que ela soubesse que entendi a decisão que ela tomou.

Quando cheguei ao fim do meu hiato autoimposto, me vi desejando Elodie cada vez mais. Como a escola tinha voltado para Hailey, não havia motivo para Elodie não poder estar ao meu lado durante aquelas férias.

Minha última parada na sexta à tarde pareceu o lugar certo para finalizar minhas "férias".

Ao entrar na unidade de oncologia pediátrica do hospital, fui direto para o quarto de Sean. Eu o tinha visitado todos os dias desde que comecei a faltar ao trabalho. Então, quando entrei naquele dia e vi que seus pertences não estavam mais lá, sem nada nas paredes, fiquei paralisado.

Uma mulher chegou por trás de mim.

— Posso ajudá-lo?

— Sim, estava procurando Sean.

— Ele trocou de quarto, mas ainda está aqui. Vai encontrar o terapeuta agora. Sou a mãe dele.

O alívio me tomou.

— Ah. Entendi.

Quase tivera um ataque do coração pensando que algo tinha acontecido com ele; não poderia aguentar mais uma perda.

Ela inclinou a cabeça.

— E você é...?

— Sou Hollis... um amigo dele.

— Você é o cara que comprou o console de videogame. Sean falou que alguém próximo a você estava no hospital, e você vinha todos os dias para fazer uma pausa e jogar com ele.

— É. Sou eu.

— Muito gentil da sua parte.

— É um prazer. Sean é um ótimo garoto.

— Gostaria de sentar um pouco? Vou pegar café para nós.

— Claro. Seria ótimo.

— Gosta como?

— Preto.

— Ok. Já volto.

Ela desapareceu por alguns minutos, deixando-me sentado sozinho na área comum do lado de fora do antigo quarto de Sean. Estar ali sempre colocava as coisas em perspectiva.

A mãe de Sean voltou com dois copinhos de café fumegantes.

Peguei um.

— Obrigado.

— Sou Kara, por sinal.

— É um prazer te conhecer. Vocês moram perto?

— Alugamos um apartamento na esquina para ficar mais perto dele. Nossa casa é a uma hora daqui, em Nova Jersey.

— Presumo que venham aqui todos os dias.

— Sim. Na verdade, o próximo fim de semana será a primeira vez que não verei meu filho por alguns dias. Meu marido e eu vamos para Aruba renovar nossos votos de casamento. Faremos isso por Sean. Ele está doente demais para ir conosco, mas insistiu que viajássemos.

— É mesmo?

— Falou que estava enjoado e cansado da nossa cara deprimente e queria que vivêssemos um pouco.

— *Cara deprimente.* É bem engraçado.

— Esse é o meu filho. Ele disse que a única coisa pior do que estar preso aqui é *nos* ver presos aqui o tempo todo também. Meu marido e eu não saímos do lado dele por muito tempo. Mas, sabe, só enxerguei as coisas com a perspectiva dele recentemente. Admitiu que a pior parte de estar doente nem é a doença, mas o fardo que sentia estar colocando em nós. Pode acreditar nisso?

Imediatamente, pensei em Anna.

— Sim. — Encarei o vazio. — Na verdade, posso.

— Então... vamos viajar por Sean, renovar esses votos e viver um fim de semana em Aruba. Ele estará conosco em espírito. E nós vamos tirar muitas fotos e enviar para ele. Essa é a única coisa que ele insistiu. Disse "É bom prometerem tirar fotos, mãe e pai. Não vão até Aruba e não registrem. Não sejam bobos". — Ela deu risada.

Sorri.

— Ele é incrível.

— Demorei bastante tempo para concordar em ir. Não sentia que conseguiria viajar e me divertir, sendo que ele está tão doente. Mas ele disse "Só porque estou doente, não significa que você e o papai não possam aproveitar a vida. Porque, se for assim, são três pessoas morrendo, não uma. Ainda pode rir, mãe. Ainda pode se arrumar e fazer tudo que costumava fazer. Cada dia que passa que vocês ficam aqui e me observam, dói de verdade, porque me faz sentir que a vida de vocês parou por mim".

Uau.

Isso soava familiar.

— Você está bem? — ela perguntou, provavelmente percebendo o efeito que suas palavras causaram em mim.

— Sim. O que ele te disse realmente faz sentido para mim.

Pensei em todas as coisas que não faria se continuasse a lamentar eternamente por Anna. Eu também não tinha uma quantidade de tempo infinita neste mundo. Ninguém tinha. Elodie fora bem paciente comigo. Era hora de me permitir sentir todas as coisas que minha alma estivera esperando para vivenciar de novo. Era meu cérebro que estava impedindo, e isso precisava acabar.

— Estou mais do que bem, Kara... melhor do que estive em um bom tempo. Porque tenho praticamente certeza de que alguém muito especial para mim, que faleceu recentemente, me guiou para este lugar para ouvir você dizer exatamente o que acabou de falar.

De repente, estava louco para encontrar Elodie.

Me levantei.

— Obrigado. Por favor, diga a Sean que voltarei em breve para visitá-lo. Na verdade, farei companhia para ele quando vocês viajarem no próximo fim de semana.

— Vou falar, sim. Que ótimo. Ele vai gostar.

O ar frio de outono me atingiu quando saí do hospital. Estava chovendo quando fui para lá, mas agora o sol estava aparecendo. Olhei para o céu. Havia um arco-íris — uma raridade na cidade.

— Linda — sussurrei. — Aí está você.

Passei pelas ruas lotadas com os olhos focados nas listras coloridas.

— Agora entendi — disse a ela. — Entendi em alto e bom tom. Vou começar a fazer jus a esta vida em homenagem a você e aproveitar o presente que me deu... Elodie. E prometo tirar muitas fotos.

CAPÍTULO 48

Elodie

Eu nunca tinha limpado tanto na vida. O apartamento de Hollis estava um brinco porque eu estava descontando todo o meu nervosismo nisso. Fazia umas duas semanas que tínhamos recebido as cartas de Bree. Eu sabia que a intenção dela era nos aproximar, nos avisar que tínhamos sua benção. Ainda assim, para Hollis, não era tão simples. Ele ainda precisava entender o fato de que tudo que ele pensara saber era mentira.

Eu estava lhe dando tanto espaço quanto conseguia, mas era frustrante. Sentia falta do seu toque. Sentia falta da sua atenção. Talvez fosse egoísmo, mas eu sentia. Me sentia solitária e o queria de volta.

Mas não se pode obrigar alguém a superar algo que o assombra. As pessoas precisam fazer isso sozinhas.

Contudo, só porque eu entendia o comportamento dele, não significava que não estava começando a perder a paciência. A única coisa que nenhum tempo ou reflexão poderia fazer era trazer Bree de volta. Então, por que não tentar trazer *nossa vida* de volta?

A porta se abriu de repente, e quase deixei cair a vassoura. Era para Hollis chegar em casa só dali a algumas horas, e Hailey tinha ido para a casa de uma amiga depois da escola para dormir lá.

— O que está fazendo em casa?

— Estou *finalmente* em casa. — Ele estava sem fôlego e completou: — Desculpe por estar introspectivo por tanto tempo.

Era como se o meu Hollis tivesse saído de um coma. Ele correu até mim e me abraçou.

Obrigada, Deus.

Inspirei seu cheiro e falei em seu peito:

— Não precisa se desculpar.

— Preciso, sim. Você precisava de mim, e falhei com você. — Hollis pressionou os lábios nos meus, e meu corpo inteiro se reavivou.

Depois de ele me beijar intensamente, disse:

— Senti tanto sua falta. Só estava com medo de admitir, com medo de sentir as coisas que percebi porque estava sendo egoísta. Sem contar que estive mentindo para você por duas semanas.

Meu coração começou a palpitar.

— O que quer dizer?

— Não estive trabalhando. Estive andando pela cidade, comendo toda comida gordurosa que poderia encontrar... só fazendo nada. Não consigo me lembrar da última vez que fiz isso. Não queria te contar porque senti que deveria ter pedido para vir comigo. Mas precisava ficar sozinho. Precisava não trabalhar e só... ser.

— Aonde mais você foi?

— Vários lugares aleatórios. Um jogo do Yankees, ao parque... joguei videogame com Sean no hospital e visitei o túmulo de Anna. Mas, finalmente, encontrei a luz no fim do arco-íris, por assim dizer. Hoje, fui à seção pediátrica, e é uma longa história, mas, finalmente, percebi algo importante enquanto estava lá.

— E o que foi?

— Que não tem problema sorrir no meio da escuridão. Não tem problema ser feliz... nossos entes queridos querem isso. Não vou mais me arrepender por te amar, Elodie. Não vou mais me arrepender por te foder forte contra a parede esta noite. Não vou mais me sentir culpado por nada disso.

Praticamente pulando nos braços dele, envolvi as pernas nele enquanto nos beijávamos. Era incrível estar assim nos braços de Hollis de novo.

— Você voltou mesmo.

— E nunca mais vou a lugar algum. Juro — ele gemeu. — Quero muito deslizar para dentro de você agora. Mas planejei mal. Precisamos sair.

— Agora? Por quê?

— Nossa carona chegará em alguns minutos.

— Nossa carona? Vamos a algum lugar?

— Sim.

— Por que não vamos com seu carro?

— Acho que precisamos mudar um pouco para esta noite.

— Tá bom.

Quando chegamos ao lado de fora, fiquei surpresa ao ver um cavalo e uma carruagem bem ali na frente. Ele se lembrou do que eu dissera sobre meu sonho de encontro.

— Prometi a você andar em uma dessa há muito tempo, antes de estragarmos aquele encontro. Estou compensando agora. Vou compensar muitas coisas.

Hollis pegou minha mão e me ajudou a subir.

Apoiei a cabeça nele, e aproveitamos o passeio enquanto o sol começava a se pôr. O cheiro dos cavalos era bem... *robusto*. Mas não atrapalhou minha alegria. Estava tudo quieto além dos sons do trânsito e das ferraduras batendo no concreto.

Em certo momento, Hollis se virou para mim e perguntou:

— Elodie, pode me dar sua atenção?

— Claro.

Ele engoliu em seco, parecendo nervoso.

— Não quero que acredite, nem por um segundo, que o fato de eu ter ficado distante teve algo a ver com ter dúvidas sobre você. O amor que eu sentia por Anna é diferente do amor que sinto por você. E saber que ela ainda me amava quando terminou tudo, há todos esses anos, não substitui o tanto que te amo.

— Obrigada por esclarecer isso. Apesar de nunca ter sentido que era uma competição.

Ele colocou a mão no meu queixo e direcionou meus olhos aos dele.

— Meus sentimentos por você são sem precedentes. Eu amo Anna, e sempre vou amar, mas, mais importante, eu a amo por ter me trazido você. Não quero desperdiçar mais um único dia pensando no significado disso. Só quero ser o homem que você merece e demonstrar para você, todos os dias, o quanto significa para mim.

Aquelas palavras teriam sido suficientes para uma vida inteira, mas, então, ele me surpreendeu enfiando a mão no bolso e tirando uma caixa.

— O que é isso? — Cobri a boca. Meu coração acelerou. — O que está fazendo?

Ele a abriu, mostrando um enorme diamante entre duas pedras menores.

— Sei que parece loucura... ir de tão afastado para isso... mas me escute.

Verdadeiramente chocada, coloquei a mão no peito.

— Ah, meu Deus, Hollis.

Isso está mesmo acontecendo?

— Hoje, quando estava saindo do hospital, a caminho de casa para você, vi um arco-íris. Acredito que era Anna, a presença dela. Continuei andando até ele, finalmente, desaparecer. E, no instante em que não conseguia mais vê-lo, percebi que estava diante de uma joalheria. Era um sinal? Não sei. Mas o negócio é o seguinte: não me importava se era um sinal. Eu estava procurando uma desculpa, naquele momento, para fazer o que queria desde quando ficamos pela primeira vez. Não quero mais perder tempo. Quero começar uma vida com você, Elodie. Quero massagear seus pés enquanto você assiste às novelas turcas que não entendo. Quero dormir ao seu lado toda noite. Quero tudo. Este anel não é para apressar as coisas e nos casarmos amanhã. Trata-se do meu compromisso com você, um lembrete, para quando você olhar para ele, de que meu coração pertence a você, total e absolutamente, e a mais ninguém. Nunca mais quero que questione isso.

Sua mão tremia um pouco.

— Então... vai se casar comigo... um dia... quando estiver pronta?

Lágrimas se acumularam em meus olhos conforme assenti com grande entusiasmo.

— Sim! Vou me casar com você... um dia... amanhã... ou hoje. Quando você quiser.

Nossos lábios se encontraram, mas o momento foi interrompido quando a carruagem parou de repente. Os cavalos quase bateram atrás de um táxi.

O motorista gritou para nós:

— Está tudo bem! Passou perto, mas estamos bem!

— Estamos acostumados com acidentes — Hollis respondeu. — Na verdade, foi assim que nos conhecemos. Ela bateu em mim.

— Na realidade... — corrigi. — Ele *deu ré* para cima de mim.

EPÍLOGO

Hollis - *2 anos depois*

Escutamos uma batida na porta. Conforme Elodie foi atender, admirei o balanço de sua bunda.

— Estamos esperando alguém? — perguntei.

— Que eu saiba, não.

Quando ela abriu a porta, havia um homem parado com um buquê gigante de flores.

— Entrega para a senhora, madame.

— Oh, uau. Obrigada.

Depois que a porta se fechou, ela colocou as flores no balcão da cozinha e leu o cartão para si mesma. Deu risada antes de me entregar o cartão.

Elodie, você percorreu um longo caminho. Foi de armar para homens maus a criar futuros bonzinhos. Parabéns atrasado por seu filho.

Soren

P.S.: Se um dia quiser voltar a trabalhar para mim, eu seria uma ótima babá.

— Grande chance de isso acontecer, seu babaca. — Dei risada e joguei o cartão de lado.

Nunca poderia imaginar deixar minha esposa voltar àquela linha de trabalho. Eu acabaria na cadeia.

— Bom, de qualquer forma, foi muito gentil da parte dele — ela disse.

Nosso filho de três meses estava deitado de bruços no meu peito. Ele esticou o pescoço para ver tudo ao seu redor. Ben — apelido para Benson, o sobrenome de

Anna — tinha meu cabelo castanho e o nariz, mas os olhos eram de Elodie. Ele era uma verdadeira mistura da gente. Eu havia tirado duas semanas de folga para ficar com eles e aquele era meu último dia. Não me importaria de passar todos os dias com esses dois e não voltar mais a trabalhar. Acabaram meus dias de trabalhar sem parar. Agora eu administrava a firma até a hora em que o relógio marcava cinco horas e ia para casa, para minha família.

Ainda morávamos no mesmo apartamento, porém tínhamos transformado o quarto de hóspedes no quarto do bebê. Não apenas estávamos nos ajustando à vida com um recém-nascido, mas também estávamos lidando com uma adolescente agora. Hailey ainda morava conosco, e tinha esperança de ficar assim para sempre. Depois que meu irmão foi solto, ele desapareceu. No entanto, nos escrevera uma carta, um pouco antes de sua soltura, perguntando se poderíamos cuidar de Hailey indefinidamente. Fiquei completamente aliviado. Não queria ter que brigar com ele. E, apesar de se preocupar com o pai, Hailey ficou animada por morar conosco de forma permanente.

Falando nela, Hailey entrou dançando na sala. Meus olhos se arregalaram quando vi o que ela estava vestindo: uma camisa cortada.

— Aonde pensa que vai vestida assim?

— Ao cinema.

— Com quem?

— Com Kelsie.

Por algum motivo, não acreditei.

— Só ela?

— E Evan.

— Evan?

— Elodie sabe.

Olhei para minha esposa.

— Pode explicar?

— Conheci Evan e a mãe dele. É um bom garoto.

Elodie deu de ombros.

— Mas falei para ela que não poderia ir sozinha com ele. Tinha que levar Kelsie junto.

Não é possível que já esteja acontecendo isso.

— Quantos anos ele tem?

— Catorze — Hailey respondeu.

Pensei no crônico masturbador que eu era naquela idade e me encolhi.

— Vá vestir uma blusa diferente — mandei.

Ela bufou, mas voltou para o quarto. Era uma raridade não discutir comigo.

Depois que Hailey saiu para o cinema, Elodie e eu continuamos curtindo com nosso filho no chão. Ele tinha um daqueles tapetes de atividades com brinquedos pendurados, e agora estava balançando as pernas. Nós dois estávamos preocupados porque o pobrezinho não fazia cocô há dias. Estávamos no que apelidamos de "vigília do cocô". Se ele não fizesse naquela noite, planejávamos levá-lo ao pediatra bem cedo.

Após uma hora brincando no chão, vimos que Ben ficou com uma expressão que geralmente indicava que ele ia empurrar alguma coisa.

— Ah, meu Deus! Deve ser agora! — Elodie gritou.

O rosto de Ben ficou vermelho igual a uma beterraba, e pareceu que seus olhos iam sair da cabeça. Ele grunhiu.

— Está acontecendo — eu disse.

E, então, veio o som da explosão.

Elodie o pegou do chão e correu para o quarto para cuidar da situação.

Muitos segundos depois, eu a ouvi gritar do corredor.

— Ben caprichou! *Caprichou*!

Corri para o quarto e pedi:

— Deixe que eu faço as honras.

— Não, estou tão aliviada que ele fez que nem me importo de trocar.

Ela me entregou a fralda suja, e eu a joguei no lixo.

Elodie o trocou e colocou um pijama limpo. Entregou-o a mim, e eu o ergui no ar conforme nós dançamos com ele. Era nisso que minha vida tinha se transformado: dançar em comemoração do movimento peristáltico. Não queria outra coisa.

Voltamos à sala com nosso filho trocado, que com certeza se sentia bem mais leve depois daquilo.

— *Baaa*. Ben caprichou!

— Ouviu isso?

Elodie foi até a gaiola do pássaro.

— Huey, o que acabou de falar?

Ele ficou em silêncio.

Bem quando ela tinha desistido e se virado, ele gritou:

— *Baaa*. Ben caprichou.

— Oh, cara. — Dei risada. — Está falando sério?

— Acha que vai ficar nessa? — ela perguntou.

— Bom, a última frase dele durou apenas uma década inteira.

Esperava que Anna estivesse nos vendo agora e rindo pra caramba.

AGRADECIMENTOS

Somos eternamente gratas a todos os blogueiros que, de forma entusiasmada, falam sobre nossos livros e persistem mesmo quando fica cada vez mais difícil ser visto nas redes sociais. Obrigada a todos pelo trabalho duro contínuo e por ajudar a nos apresentar aos leitores que podem nunca ter ouvido falar de nós.

A Julie. Obrigada por sempre estar a um clique de distância. Temos muita sorte em ter sua amizade, seu apoio diário e seu encorajamento.

A Luna. Nossa mão direita. Sabemos que podemos contar com você para qualquer coisa e agradecemos muito por sua amizade e ajuda.

A nossa agente, Kimberly Brower. Estamos muito empolgadas pelo ano que virá e somos gratas porque estará conosco em cada passo. Somos muito sortudas em poder te chamar de amiga e agente.

A Jessica. É sempre um prazer trabalhar com você como nossa editora. Obrigada por lapidar tão bem nossos manuscritos.

A Eda & Julie. Agradecemos muito seus olhos de águia e sua atenção aos detalhes. Obrigada por ajudar a deixar Hollis e Elodie do melhor jeito que poderiam ser.

A Elaine. Uma editora, preparadora, formatadora e amiga incrível. Muito obrigada!

A Letitia. Obrigada por sua paciência com este aqui!

A Brooke. Obrigada por organizar este lançamento e por tirar um pouco da carga de nossas listas infinitas de afazeres todos os dias.

Por último, mas não menos importante, a nossos leitores. Continuamos escrevendo por causa da sua fome por nossas histórias. Amamos surpreendê-los e esperamos que gostem tanto deste livro quanto gostamos de escrevê-lo. Obrigada, como sempre, por seu entusiasmo, amor e lealdade. Damos valor a vocês!

Com muito amor,

Penelope e Vi

SOBRE PENELOPE WARD

Penelope Ward é autora bestseller do *New York Times, USA Today* e número 1 do *Wall Street Journal.*

Ela cresceu em Boston com cinco irmãos mais velhos e passou a maior parte de seus vinte anos como âncora de um jornal de televisão. Penelope mora em Rhode Island com o marido, o filho e a linda filha com autismo.

Com mais de 1,5 milhão de livros vendidos, ela é bestseller do *New York Times* pela vigésima vez e é autora de mais de vinte romances.

Os livros de Penelope foram traduzidos para mais de doze idiomas e podem ser encontrados em livrarias pelo mundo.

SOBRE VI KEELAND

Vi Keeland é autora bestseller do *USA Today* e número 1 do *New York Times* e *Wall Street Journal*. Com milhões de livros vendidos, seus títulos apareceram em mais de cem listas de Mais Vendidos e, atualmente, foram traduzidos para mais de vinte e cinco idiomas. Ela mora em Nova York com o marido e seus três filhos, onde está vivendo seu final feliz com o garoto que conheceu aos seis anos.

Entre em nosso site e viaje no nosso mundo literário.
Lá você vai encontrar todos os nossos
títulos, autores, lançamentos e novidades.
Acesse www.editoracharme.com.br

Você pode adquirir os nossos livros na loja virtual:
loja.editoracharme.com.br

Além do site, você pode nos encontrar em nossas redes sociais.

 https://www.facebook.com/editoracharme

 https://twitter.com/editoracharme

 http://instagram.com/editoracharme